베니스의 개성상인

2

베니스의   개성상인

2

한복을
입은 남자

오세영 역사소설

문예춘추사

차례

신대륙으로

커다란 배가 흰 물살을 가르며 미끄러지듯 베니스 만을 빠져나갔다. 파란 하늘과 파란 물결. 아드리아 해는 언제 봐도 정겹고 아름다웠다. 리도 섬으로 향하는 배에는 제법 많은 승객들이 타고 있었는데 대부분 귀족과 부호들이었다. 산 마르코 운하를 빠져나온 배는 머지않아 베니스 남쪽의 고급 휴양지 리도 섬에 당도할 것이다.

"줄리아, 그렇게 가장자리로 가면 위험해. 줄리오는 뭐하는 거니? 동생을 돌보지 않고!"

줄리에타는 오랜만에 가족여행을 나왔음에도 도무지 마음이 놓이지 않는지 가만히 있지를 못했다.

"그냥 내버려두시오. 애들도 모처럼 놀러 나왔는데. 배에 난간도 있고 선원들도 지키고 있으니 별일 없을 것이오."

안토니오가 자꾸 아이들 신경을 쓰는 줄리에타를 만류했다.

"안토니오, 당신은 애들이 다 큰 줄 아는 모양이군요. 하긴 매일 집을 비우니……. 당신이 출장에서 돌아왔을 땐 아이들이 제법 의젓하게 굴지만 나하고 있을 때는 여전히 철부지들이라고요."

입으로는 책망을 하면서도 줄리에타는 정이 가득한 눈길로 안토니오를 쳐다봤다. 아들 줄리오가 어느새 열 살. 생각해보면 꿈같은 세월이었다. 그러니까 이스탄불과 이스파한에서 잉글랜드의 머레이 지배인과 숨막히는 대결을 펼쳤던 것이 벌써 10년 전의 일이다.

이스파한에서 돌아온 안토니오는 곧 줄리에타와 결혼을 해서 가정을 이루게 되었다. 조선 청년 유승업이 베니스에서 완전히 뿌리를 내린 것이다.

그리고 얼마 지나지 않아 안토니오는 뢰백으로 출장을 떠나게 되었고, 이후로 집보다는 밖에서 훨씬 많은 시간을 보냈다. 줄리오는 안토니오가 출장 중에 태어났다. 수시로 출장을 떠나는 게 상사원이고, 어려서부터 줄곧 아버지를 기다리며 살았던 줄리에타지만 그때만큼은 안토니오가 몹시 원망스러웠다.

다행히 두 살 터울인 여동생 줄리아가 태어날 때는 안토니오가 집에 있었다. 그렇지만 그 후로 안토니오는 암스테르담을 거쳐 세비야에서 일하게 되었기에 같이 살았던 시간보다는 떨어져 있었던 시간이 훨씬 더 많았다.

"일일이 애들을 쫓아다니면서 간섭하는 것은 좋지 않아요."

안토니오는 애들에게 일찍부터 자율과 그에 따른 책임을 키워주고 싶었다. 줄리에타는 공감하는지 따로 대답하지 않았다.

안토니오도 어느새 40세가 되었다. 그 사이에 일에만 매달렸기 때문일까, 생각보다 일찍 눈가에 잔주름이 생겼고 머리도 희끗희끗해지기 시작했다. 그렇지만 강인한 눈매만은 여전했다. 그리고 유럽 곳곳을 돌아다니면서 많은 경험을 하고 경륜이 쌓이면서 생각도 한층 깊어졌고, 가정을 이루고 뿌리를 내리면서 행동에도 여유가 묻어나고 있었다.

주재원 경력을 다 쌓은 안토니오는 마침내 부지배인으로 승진을 했다.

그러면서 해외주재와 잦은 출장에서는 벗어나게 되었다.

"그럼 앞으로는 계속 베니스에 머물게 되는 건가요?"

줄리에타에게는 그것 이상으로 바람이 없을 것이다.

"당분간은. 그렇지만 급한 일이 생기면 언제라도 달려가야 할 거야."

그것은 줄리에타도 잘 알고 있었다. 그래도 장기간 떨어져 지내는 일은 이제 없을 것이다. 그 사실만으로도 줄리에타는 더할 수 없이 기뻤다.

아이들은 모처럼의 가족여행에 몹시 기뻐했다. 줄리오와 줄리아가 좋아하는 모습을 보며 줄리에타는 살며시 안토니오에게 기댔다. 이제는 가족이 함께 살게 된 것이다. 줄리에타에게는 안토니오가 부지배인으로 승진한 것보다 베니스에서 같이 살게 된 게 더 기뻤다.

배가 리도 섬에 다다랐다. 고급 휴양지답게 호화롭게 꾸며놓은 섬이다.

"어머니, 내려야 해요."

줄리오와 줄리아가 선실로 뛰어들어왔다. 계속 갑판에서 뛰어놀았으면서도 조금도 지치지 않은 모습이었다.

"줄리오, 허둥대면 안 돼. 줄리아, 너도."

줄리에타가 두 아이에게 점잖게 타일렀다. 커가면서 점점 아버지를 닮아가는 줄리오에 비해서 줄리아는 줄리에타를 그대로 빼닮아서 전혀 동양인 티가 나지 않았다.

따로 가르치지 않았는데도 줄리오는 여느 베니스 아이들과 달리 아버지를 어려워했다. 그럴 때면 안토니오는 먼 옛날, 어릴 적이 생각났다. 근엄하신 아버지와 인자하신 어머니, 그리고 두 살 터울의 여동생 명이. 우연이지만 줄리오와 줄리아도 같은 경우다.

그런데 어느새 세월이 흘러서 자신이 아이들의 아버지가 되었고 먼 이역에서 살아가고 있다. 돌아갈 수 없는 고향, 다시는 볼 수 없는 사람들…….

"무슨 생각을 그리 해요? 내려야지."

물론 줄리에타는 안토니오가 무슨 생각을 하는지 잘 알고 있고 안토니오도 줄리에타가 자기 마음을 들여다보고 있다는 사실을 잘 알고 있다. 형제는 없고, 어머니는 얼굴도 기억하지 못하며, 아버지는 늘 바쁜 사람이었던 줄리에타에게는 어쩌면 부모형제에 대한 추억이 있는 안토니오가 부러울 수도 있을 것이다.

미안함과 고마움으로 안토니오는 줄리에타의 손을 꼭 잡고 일어섰다. 줄리에타는 말없이 안토니오를 따라 선실을 나섰다.

* * *

1618년, 마침내 안토니오는 델 로치 상사에서 부지배인으로 승진했다. 그리고 10년 동안에 델 로치 상사도 많은 변화를 겪었다. 사주 루이지 델 로치는 완전히 은퇴해서 별장이 있는 무리노 섬으로 떠났고 상사는 아들 조르지오 델 로치가 뒤를 이어 운영하고 있었다. 본래부터 정계진출이 목표였던 카토 총지배인은 10인위원회의 보좌관이 되면서 베니스 정청으로 자리를 옮겼다.

안토니오의 장인이 된 루셀라니 수석부지배인은 재작년에 은퇴를 했다. 안토니오와 줄리에타는 같이 살자고 간청했지만 루셀라니는 고향으로 돌아가겠다며 남부 이탈리아의 작은 마을 알비로 떠났다.

그렇게 되면서 델 로치 상사는 조르지오 델 로치를 정점으로 총지배인으로 승진한 갈로와 수석부지배인이 된 알베르토가 경영을 주도하게 되었는데, 갈로 총지배인은 주로 대외 업무에 치중하고 실무는 알베르토 수석부지배인이 전담하다시피 하고 있었다. 알베르토 수석부지배인과 동갑인 안토니오는 막 부지배인으로 승진해서 지배인단의 말석을 차지하게 되었다.

그 사이에 대외환경에도 많은 변화가 있었다. 잉글랜드와 오스만투르크제국의 직교역은 머레이가 장담을 한 지 4년 만인 1612년에 열렸고 이어서 네덜란드도 오스만투르크제국과 직교역에 나서면서 베니스는 더이상 지중해무역의 여왕이 못 되었다.

그렇지만 델 로치 상사는 위기를 슬기롭게 헤쳐나갔다. 금융부문에 많은 투자를 했고, 모직물도 스페인의 메리노 종으로 교체함으로써 상대적으로 저급품인 잉글랜드의 모직물과 차별화를 이루면서 피해를 줄일 수 있었던 것이다.

* * *

조르지오 델 로치를 중심으로 둘러앉은 델 로치 상사 지배인단은 모두들 여유 있는 표정이었다. 조르지오가 부친 루이지에게 상사를 물려받은 후로 경영실적이 개선되고 있었던 것이다.

"그러므로 해외교역, 제조업투자, 금융의 비율을 현재의 5 대 3 대 2에서 궁극적으로 3 대 3 대 4로 바꿔가는 것이 바람직합니다. 이 경우 해외교역에서도 동방교역과 북방교역의 비율을 4 대 6 정도로 해서 북방교역에 주력해야 합니다."

작년에 금융 담당 부지배인으로 승진한 바토니 로토는 자신만만한 얼굴로 준비한 보고서를 읽어내려갔다. 오랫동안 앤트워프 증권거래소에 현지 주재원으로 나가 있던 로토는 안토니오보다 두 살 아래여서 델 로치 상사에서는 가장 어린 부지배인이다.

"그동안 동방교역에서 고가품을 주로 취급하면서 잉글랜드나 네덜란드와 차별화를 꾀했기에 그럭저럭 실적을 유지했지만 앞으로는 전망이 어둡습니다. 왕족과 귀족들을 상대하는 시장에는 한계가 있기 때문이지요. 그리고 새로 각광을 받고 있는 커피를 취급하지 못한 것은 아쉬운 대목입니다."

로토는 잠시 상품교역까지 언급하더니 다시 자신의 분야인 금융부문으로 돌아왔다.

"피렌체나 제노바의 경우를 보더라도 앞으로는 금융부문에 중점을 둬야 할 것입니다. 그리고 금융을 강화하더라도 피렌체처럼 유럽 왕실을 상대로 대부를 하거나 제노바처럼 신대륙 개척사업에 투자를 하는 것은 시기상조며 결과가 위태로울 수 있습니다. 앞으로는 자본시장이 더욱 성장할 것입니다. 따라서 환거래를 크게 늘릴 필요가 있습니다. 그런데 다행히 델 로치 상사에는 그 분야에 인재들이 여럿 있습니다."

로토 부지배인이 자부심 가득한 얼굴로 말을 마쳤고, 알베르토 수석부지배인은 환하게 웃으며 만족을 표했다. 인재들은 알베르토 수석부지배인이 직접 선발해서 훈련시킨 사람들이며 로토 부지배인은 그들 중 대표격이다. 조르지오도 만족한지 미소를 지어 보였다.

로토 부지배인의 견해는 지극히 현실적이었다. 갈수록 금융 비중이 커지고 있었다. 그리고 암스테르담과 앤트워프, 런던, 바르셀로나의 증권거래소에서 환거래는 점점 결제수단에서 투기로 옮아가고 있었다. 델 로치 상사는 그러한 변화에 잘 적응하면서 적지 않은 환차익을 올리고 있었다. 알베르토 수석부지배인의 선견지명이라고 해야 할 것이다.

"암스테르담 주재원의 보고에 따르면……."

"됐어. 자세한 것은 서면으로 보고하도록."

간단명료한 것을 좋아하는 알베르토 수석부지배인이 말을 잘랐다.

"그런데 북방교역도 강화해야 한다는 말은 뭔가? 왜 당신이 그쪽에도 관심을 두는 거지?"

지배인단 회의는 알베르토 수석부지배인이 사실상 주재하고 있었다.

"예, 그것은 사실 첼리니 부지배인의 요청으로……."

로토 부지배인이 옆자리의 첼리니 부지배인을 쳐다보며 말하자 첼리니 부지배인은 자기가 말하겠다는 듯 서류를 펼쳐들었다.

안토니오는 내내 입을 다물고 회의를 지켜보고 있었다. 당장은 회의 분위기를 익히는 게 우선이라고 판단했던 것이다.

조르지오 델 로치가 상사 대표가 되면서 지배인단 구성에 적지 않은 변화가 있었다. 전에는 업무를 총괄하는 총지배인과 각각 북방무역과 동방무역, 금융부문을 담당하는 부지배인이 있고 그 중에서 선임자가 수석 부지배인을 맡았는데 지금은 총지배인은 정청이나 길드와 관련된 대외 업무만 맡고 상사 일은 수석부지배인이 총괄하고 있었다.

분야별 부지배인들도 전면 교체되어 동방무역부는 알렉산드리아 상관의 로사리오가, 북방무역부는 런던 상관의 스트로치가, 그리고 자금부는 앤트워프의 로토가 각각 승진했고, 상사 규모가 커지면서 부지배인이 새로 세 명 더 늘어났다. 가내수공업자들을 관리하던 첼리니 대리인은 모직물공장과 델 로치 상사가 상당액을 투자한 유리공장을 관장하는 부지배인으로 승진했고, 베네토 창고를 담당하던 훼렌티노는 베네토 일대의 땅값이 폭등하면서 부동산을 관장하는 부지배인으로 승진하게 된 것이다. 그리고 제일 늦게 부지배인이 된 안토니오는 따로 맡은 분야가 없이 조르지오 델 로치를 보좌하는, 일종의 수습 부지배인 위치에 있었다.

베니스 상사 대부분이 동방무역의 침체를 비롯한 급변하는 환경에 제대로 대처하지 못하고 고전을 면치 못하고 있는 데 비해서 델 로치 상사가 승승장구하고 있는 데는 그럴 만한 이유가 있었다.

첫째는 안토니오와 알베르토 같은 인재를 확보하고 있었기 때문이다. 잉글랜드의 원모금수조치에 대비해서 스페인의 메리노 종을 확보함으로써 수입선을 다변화했고, 고급품으로 품질 차별화를 꾀해서 잉글랜드의 공세를 막아낸 것은 안토니오의 공이다. 그리고 쇠퇴한 한자동맹을 대신해서 러시아와 거래를 텄고, 진작에 금융시장에 진출해서 큰 수익을 올린 것은 알베르토의 공이다.

그러나 델 로치 상사가 여러모로 여건이 좋지 못한 상황에서도 승승장 구할 수 있었던 결정적 이유는 따로 있었다.

17세기 유럽 대륙은 가격혁명(Price Revolution)의 열풍에 휩싸여 있었다. 물가가 폭등하고 땅값이 하늘 높은 줄 모르고 치솟았다. 델 로치 상사는 규모에 비해서 보유토지와 비축재고가 많았기에 가격혁명의 덕을 톡톡 히 보게 되었는데 그 공은 은퇴한 루셀라니 수석부지배인에게 돌려야 할 것이다.

조르지오 델 로치는 상사의 주인답게, 혈기왕성한 젊은 나이임에도 선 불리 나서려 하지 않고 잠자코 듣기만 했다. 그리고 갈로 총지배인은 내 부 경영에는 한발 물러서 있었기에 회의는 알베르토 수석부지배인이 주 도하고 있었다. 지배인단을 구성하고 있는 부지배인들은 안토니오를 제 외하면 전부 알베르토 수석부지배인에게서 일을 배웠던 사람들이다.

그동안 영업실적이 계속 호조를 보이면서 예상보다 늘어난 수익금을 어떻게 효율적으로 운영하느냐가 오늘 지배인단 회의의 안건이다. 따라 서 회의는 처음부터 축제 분위기로 시작했다.

알베르토 수석부지배인은 자신만만한 태도로 좌중을 훑어보았고 모 직물 가공공장과 피아제타 유리공장을 관장하고 있는 첼리니 부지배인 이 그와 눈이 마주치자 발언을 신청하고 나섰다.

"먼저 모직물은 이미 잉글랜드에 의해 잠식되고 있는 소모직물계열 제 품은 줄이고 대신에 레이스 쪽에 치중할 계획입니다. 그리고 염색에서도 잉글랜드가 따라오고 있는 루스 염색이나 톱 염색에서는 손을 떼고 얀 염 색과 피스 염색에 치중해서 차별화를 꾀하겠습니다."

현실적인 면에서 가장 합당한 대책이다. 알베르토 수석부지배인은 고개를 끄덕이며 창고를 담당하고 있는 훼렌티노 부지배인에게 시선을 돌렸고, 훼렌티노 부지배인은 상사가 보유하고 있는 재고현황과 그간 가격 변동에 따른 자산증가를 차분하게 설명해나갔다. 이미 회계부를 통해서 보고된 것들로 특기할 만한 것은 없었다.

이로써 해당 분야 부지배인들은 모두 발언을 마치게 되었고 따로 담당 분야가 없는 안토니오만 남게 되었다.

"앞으로는 변화의 속도와 영역이 더 커질 것으로 예상되는바, 델 로치 상사가 급변하는 환경에서 선도적으로 적응해나갈 수 있게끔 새로운 사업과 새로운 시장 개척에 주력할 생각입니다."

안토니오가 마지막으로 발언을 했다. 특별한 내용은 없었다. 안토니오는 능력과 업적으로 보면 사실 부지배인 승진이 늦은 편이다. 그러다 보니 담당 분야가 없는 부지배인이라는 매우 이례적인 자리에 앉게 된 것이다.

아무리 베니스가 외국인들을 차별하지 않는 곳이라고 해도, 그리고 델 로치 상사가 능력 위주로 부지배인을 발탁한다고 해도 먼 동양에서 온 이방인이 부지배인으로 승진한 것은 예삿일이 아니었다. 루셀라니가 안토니오의 승진과 때를 맞추어서 은퇴를 하고 고향으로 돌아간 데는 행여 불필요한 오해로 안토니오의 앞길을 막는 일이 생길까 우려한 면도 있었다.

"그럼 이만 회의를 마치는 게 좋을 것 같군. 모두들 좋은 의견을 내주었다. 델 로치 상사가 어려운 여건에서도 성장을 이어간 것은 여러분의 노고가 컸기 때문이다."

조르지오가 점잖게 회의 종료를 선언하자 참석자들이 몸을 일으켰다.

"안토니오는 좀 남지."

조르지오가 문으로 향하려던 안토니오를 불렀다. 무슨 용무일까. 여태 조르지오와 일대일로 대면했던 적이 없었기에 안토니오는 조금 긴장이 되었다.

"아까 회의에서 발언했던 것 말인데…… 새로운 사업과 새로운 시장을 개척하겠다고 했는데 구체적인 계획이라도 있는 것인가? 그대는 막연한 것을 가지고 얘기하는 사람이 아니라고 알고 있는데."

그것 때문이었나. 안토니오는 순간적으로 망설임이 일었다. 업무 보고는 계통을 밟아야 한다. 그래서 수석부지배인 알베르토에게 먼저 얘기를 하고, 승인을 받은 후에 구체적인 계획을 세울 생각이었다.

"그게……."

"괜찮으니까 얘기해보게. 따로 담당 분야가 지정돼 있지 않은 당신은 나를 직접 보좌하는 셈이니까."

조르지오가 재촉했다.

"그동안 부지런히 자료를 모았고, 나름대로 결론을 내리고 있습니다."

안토니오는 사실대로 보고하기로 했다. 상대는 델 로치 상사의 주인이다.

"흠, 베니스로 귀환한 지 얼마 되지 않은 것으로 알고 있는데 벌써 그런 계획을 세우고 있단 말이지."

조르지오가 흡족한 표정을 지어 보였다. 억지로 위엄을 부리지 않아도 되는 자리기에 감정을 그대로 드러내고 있었다.

"당장은 상사 실적이 좋지만 언제까지 호경기가 지속된다고 장담할 수는 없어. 언제 어떻게 변할지 모르니까. 그래서 새로운 사업에 진출하고 새로운 시장을 개척할 필요가 있지."

조르지오는 부친으로부터 주인은 말을 아끼고, 하고 싶은 말이 있어도 상대의 입에서 먼저 나오게끔 유도해야 한다는 사실을 배웠는지 회의 때는 과묵함으로 일관했지만 둘이 있을 때는 달랐다.

"그래 새로운 사업은 뭐고, 새로운 시장은 어딘가? 북방무역은 아닐 것 같은데……."

조르지오가 안토니오를 재촉했다.

"그렇습니다. 북방무역은 더 이상 새로울 것이 없습니다. 제가 생각하고 있는 새로운 시장은 신대륙입니다."

"신대륙? 대서양 너머의 신대륙 말인가?"

조르지오가 깜짝 놀랐다. 그것은 전혀 예상치 못했던 대답이었다. 회의실에 침묵이 흘렀다. 조르지오는 탐색하듯 안토니오를 살폈고, 안토니오는 아무런 표정의 변화 없이 그를 지켜보기만 했다.

조르지오 델 로치.

38세의 나이로 부친으로부터 델 로치 상사를 물려받은 젊은 사주는 주위에서 행운아로 불리고 있었다. 대외여건이 어렵고, 경험도 일천한 마당에 상사는 계속해서 수익을 내고 있었기 때문이다.

델 로치 상사가 승승장구를 한 것은 알베르토와 안토니오 같은 인재가 시의적절하게 대처를 한 데다 가격혁명으로 인한 물가폭등의 덕을 톡톡히 봤기 때문이다. 그러니 행운아라는 말에는 비아냥거림이 다분히 포함되어 있었고, 조르지오도 그 사실을 잘 알고 있었다.

— 행운이 아닌 실력임을 보여주겠다.

조르지오는 기회를 엿보고 있었다. 그리고 안토니오에게서 그 기회를 찾으려 하고 있었다.

"그대는 발상이 기발하고 추진력도 강한 사람이라는 사실은 잘 알고 있다. 그렇지만 신대륙이라니…… 너무 현실성이 없는 계획 아닌가? 대서양은 지중해하고는 근본적으로 다른 곳이야."

조르지오는 실망을 감추지 않았다. 너무 허무맹랑한 소리였던 것이다.

조르지오는 부친 루이지 델 로치가 총지배인 카토와 수석부지배인 루셀라니를 교묘하게 대립시키면서 조정하는 것을 보면서 경영수업을 쌓았고 그것이 주인에게 필요한 덕목이라는 사실을 깨우쳤다. 조르지오는 실력에 비해서 제대로 대우를 받지 못하고 있는 안토니오에게 힘을 실어주어서 승승장구하고 있는 알베르토를 견제할 속셈이었다. 부친은 그런 식으로 인사를 행해서 일이 성공하면 담당자와 공동으로 빛을 보았고, 실패하면 모든 책임을 담당자에게 뒤집어씌우면서 자리를 지켰다.

"저도 대서양이 지중해와 다르다는 사실을 잘 알고 있습니다. 또 겨우 2~3노트의 바람밖에 견디지 못하는 지중해 항해용 바르카와 7~8노트의 거센 바람에도 끄떡없이 파도를 헤치고 나가는 대서양 항해용 캐렉이 다른 배라는 사실도 잘 알고 있습니다. 그렇지만 아무런 계획 없이 말씀을 드린 것은 아닙니다. 대서양 항해는 세비야에 주재할 때부터 생각했고, 준비해왔던 일입니다."

안토니오는 결연한 어조로 결코 불가능한 일이 아님을 강조했다.

"그래? 그럼 기대를 걸어볼까? 구체적인 계획을 작성해보도록 해."

조르지오는 큰 기대를 하지 않는다는 표정으로 구두 승인을 했고, 안토니오는 회의실을 나섰다.

너무 성급하게 말을 꺼낸 게 아닐까. 회의실을 나서자 안토니오는 걱정이 되었다. 아직은 넘어야 할 산이 많은, 다분히 희망적인 계획이다. 그런데 사주 조르지오에게 엉겁결에 보고를 했으니 이제부터는 구체적으로 추진을 해야 할 판이다. 어디서부터 손을 대나, 그리고 누구를 먼저 봐야 하나……. 그러나 걱정은 오래가지 않았다. 안토니오 특유의 승부욕이 작용한 것이다.

내일은 미카엘 수사를 만날 예정이다. 미카엘 수사가 안토니오를 꼭 보자는 사람이 있으니 수도원에 들르라는 전갈을 보내왔다. 그런데 누가 나를 보자는 걸까. 안토니오는 궁리해봤지만 떠오르는 사람이 없었다.

* * *

마차는 머지않아 산 클레멘스 수도원에 도착할 것이다. 오늘따라 말발

굽 소리가 경쾌했지만 안토니오의 마음은 가볍지만은 못했다. 외국에 나가 있느라 그동안 미카엘 수사를 찾아보지 못했는데 그 사이에 많이 늙었을 것이다. 베니스로 돌아온 지도 꽤 되는데 이제야, 그것도 연락을 받고 방문하게 된 것이다. 한 5년 전쯤에 명나라에서 소식을 보내온 스테파노 수사님은 무사하실까. 생각이 거기에 미치자 안토니오의 얼굴이 어두워졌다. 소식이 끊겼다는 사실이 가슴을 무겁게 누른 것이다.

미카엘 수사는 수도원 입구까지 나와서 기다리고 있었다. 안토니오는 얼른 마차에서 내렸다.

"줄리에타와 아이들은 잘 지내고?"

미카엘 수사의 얼굴에도 반가움이 가득했다.

"네."

안토니오는 미카엘 수사의 손을 힘껏 잡았다. 따뜻한 정이 전해졌다.

"루셀라니는 건강이 안 좋다고 하던데……."

"다행히 조금 차도가 있다고 합니다."

"다행이군. 젊어서 워낙 바쁘게 돌아다녀서……. 안토니오, 자네도 틈틈이 몸을 챙기게."

"그리 하겠습니다."

안토니오는 줄리에타 말고 자기를 걱정해주는 사람이 있다는 사실이 기뻤다.

미카엘 수사의 방은 별반 달라진 게 없었다. 그에 비하면 안토니오의 주변은 크게 달라진 셈이다. 보잘것없는 외국인에서 베니스를 대표하는 상사의 부지배인이 된 것이다.

"그런데 저를 보자고 하는 사람이 누굽니까?"

안토니오는 진작부터 그게 궁금했다.

"이제 곧 이리로 올 거네."

그때 밖에서 사람들이 인사를 나누는 소리가 들렸는데 간간이 여자 목소리도 섞여 있었다.

"이제 면회가 끝난 모양이군."

"누가 수녀님 면회를 온 모양이군요."

"면회를 온 김에 자네를 만나고 싶다며 내게 요청을 했네."

수녀님 면회를 온 사람이 나를……?

안토니오는 점점 이해가 되지 않았다.

그때 나이가 지긋한 남자가 방으로 들어섰다. 수염을 길게 기른 남자는 한눈에도 학식이 높아 보였다. 이 사람이 누군데 나를……. 안토니오는 남자를 주시했고, 남자도 호기심 가득한 얼굴로 안토니오를 쳐다봤다.

"면회는 잘 하셨습니까, 갈릴레이 교수님?"

갈릴레이? 하면 이 사람이 그 유명한 갈릴레오 갈릴레이 교수란 말인가? 안토니오는 깜짝 놀랐다. 자기를 보자고 한 사람이 갈릴레이 교수일 줄이야.

"전에 말씀드렸던 안토니오 코레아입니다."

미카엘 수사가 갈릴레이에게 안토니오를 소개하더니 차를 끓이겠다며 일어섰다.

"당신 얘기는 미카엘 수사로부터 익히 들었소. 놀라운 경력을 지녔더군. 그리고 또 아주 재미있는 계획도 가지고 있고."

갈릴레이가 안토니오를 찬찬히 살폈다.

갈릴레오 갈릴레이는 피사 대학을 거쳐 1592년부터 베니스 인근의 파두아 대학에서 오랫동안 교수로 지내다 지금은 로마와 피렌체를 비롯해서 이탈리아 전역을 여행하면서 강연과 저술을 하고 있었다. 그러다 18년 동안 생활했던 베니스를 다시 찾은 것이다.

피렌체에 본부인이 있는 갈릴레이는 파두아 대학 시절에 마리나 감바라는 베니스 여인과 동거를 했다. 갈릴레이는 교수직을 마치고 피렌체로 돌아갈 때 마리나 감바와도 헤어졌는데 그녀와의 사이에서 낳은 자식들 중에서 두 딸은 수녀가 되었고 아들은 부친을 따라다니면서 저술을 돕고 있었다. 갈릴레이는 베니스를 찾은 김에 수녀가 된 두 딸을 보려고 수도 원에 들른 길이었다.

"일전에 갈릴레이 교수님께서 수도원에 들르셨을 때 자네가 편지에 적 었던 것을 얘기했었네. 그랬더니 교수님께서 큰 흥미를 보이시더니 자네 를 직접 만나보고 싶다고 하셨네. 마침 오늘 면회를 오신다고 하시길래 자네에게 연락을 한 것이네."

미카엘 수사가 두 사람에게 차를 권하면서 자초지종을 설명했다. 안토 니오는 세비야에 있었을 때 미카엘 수사에게 신대륙에 관심을 가지고 있 음을 전했던 적이 있었다.

대서양을 건너 신대륙으로 가는 것 자체는 그리 어려운 일이 아니다. 콜럼버스가 신대륙을 발견한 지 100년이 넘는 세월이 흘렀다. 그렇지만 대서양 항해는 스페인과 포르투갈을 거쳐 지금은 잉글랜드가 주도하고 있었고 이탈리아에게 대서양은 아직은 낯선 바다다. 잉글랜드 선단은 엄 청난 호송료를 요구했고, 무턱대고 그들 뒤를 따라갔다가 대양 한복판에 서 따돌림을 당하는 수가 있다. 그렇다고 단독 항해를 하려면 항로를 새 로 개척해야 하는데 그것은 아직 요원한 일이었다. 현지에서 실정을 면밀 히 파악한 안토니오는 답답한 심정을 서신에 담아서 미카엘 수사에게 보 냈던 것인데 뜻밖에도 갈릴레이 교수와 연결이 된 것이다.

"안토니오 코레아, 그냥 안토니오라고 불러도 되겠는가?"

"물론입니다."

갈릴레이가 친근감을 표시하며 물었고 안토니오는 큰소리로 대답했 다. 안토니오보다 열세 살 연상인 갈릴레이는 유럽 제일의 학자답게 범접

하기 힘든 기품을 지니고 있었다.

"미카엘 수사 말로는 당신은 사르가소(Sargasso) 바다를 가로지르고 싶다고 했는데 사실인가?"

"그렇습니다. 하지만 필요성만 절감하고 있을 뿐 구체적인 계획은 없습니다."

안토니오는 솔직하게 대답했다.

"필요성이라면 무역에 관해서일 텐데 나는 장사는 모르니 그 문제는 거론하지 않겠네. 어쨌거나 잉글랜드 사람들도 꺼려하는 미지의 사르가소 해에 뛰어들겠다는 생각을 가진 베니스 사람이 있다길래 관심을 보였던 것인데 먼 동양에서 온 젊은이일 줄이야."

갈릴레이가 흥미 가득한 얼굴로 안토니오를 쳐다봤다.

"당신에 대해서는 미카엘 수사로부터 들었네. 놀라운 일이야. 일찍이 베니스의 마르코 폴로라는 모험가가 동양으로 건너가서 활약했었다는 사실은 알고 있지만 동양, 코레아의 젊은 사람이 베니스에 와서 맹활약하고 있을 줄이야. 게다가 사르가소 해를 건널 생각을 하고 있다니."

갈릴레이가 거듭 감탄했다.

사르가소 해는 유럽의 아조레스 제도에서 신대륙의 서인도 제도에 이르는 해역으로 북대서양의 일부를 이루는 바다다. 대서양에는 남미에서 북미로 북상하는 북동무역풍과 북미에서 서쪽으로 부는 편서풍이 수레바퀴처럼 순환하는데 미국 국토만한 면적의 사르가소 해는 그 복판에 자리하고 있다. 조류(潮流)의 영향으로 수면이 다른 바다에 비해서 1미터 이상 높은 데다 수초(水草)만 무성하고 물고기는 별로 살지 않는, 마치 푸른 진흙 위를 항해하는 것 같아서 선원들은 마(魔)의 바다라 부르며 꺼려하고 있지만 정작 바다 자체는 조용한 편이다.

신대륙이 발견된 지 한 세기가 지나면서 유럽에서 신대륙으로, 신대륙에서 유럽으로 항해하는 배들이 줄을 잇고 있었지만 선단은 여전히 콜럼버스가 개척한 항로, 카나리아 제도를 거쳐 아프리카 대륙을 끼고 남하한 후에 북동무역풍을 타고 남대서양을 건너 신대륙으로 가고, 돌아올 때는 북미대륙을 끼고 북상해서 편서풍을 타고 북대서양을 건너 유럽으로 돌아오는 길을 고수하고 있었다. 전적으로 바람에 의존하는 범선이기에 북동무역풍과 편서풍은 안전하고 확실한 항로를 보장하지만 대서양 가장자리를 타고 돌게 되면서 항해 거리가 긴 게 단점이었다.

어떻게 하면 항정을 줄일 수 있을까. 항정을 줄이려면 대서양을 횡단해야 하고 대서양을 횡단하려면 사르가소 해를 지나야 한다. 그런데 사르가소 해를 항해하려는 선원은 아무도 없었다. 미지의 바다는 두려움의 대상이었다. 따라서 안토니오의 계획은 그곳에서 멈춰서 있었다.

"신대륙 무역에 뛰어들 생각인데 버터 항로는 매력이 없다……. 그래서 사르가소 해를 가로지르는 신항로를 개척하려고 하는데 막막하다. 뭐 그런 것 같은데 내가 힘이 될 수 있는 데까지 도와줄 테니 그동안 세웠던 계획을 얘기해보게. 물론 나는 항해사가 아니고 바다에 대해서도 아는 게 별반 없네. 그렇지만 내가 도움을 줄 수 있는 부분이 분명 있을 것이네."

갈릴레이가 도와줄 뜻을 비쳤다. 안토니오는 가슴이 뛰었다. 전혀 예상치 못했던 곳에서 구원의 손길이 뻗어온 것이다.

버터 항로는 신대륙으로 향하는 기존의 항로를 지칭한다. 신대륙으로 가려면 버터가 녹을 때까지 아프리카 대륙을 끼고 남하한 후에 서쪽으로 침로를 정하면 북동무역풍이 신대륙까지 데려다준다고 해서 붙은 이름이다.

"미지의 바다를 항해하려면 경도를 정확하게 측정해야 하고, 경도를 정확하게 측정하려면 정확한 시계가 필요하다는 것은 알고 있겠지?"

안토니오가 아무 말이 없자 갈릴레이가 질문을 던졌다.

"네. 그리고 그 분야에서는 갈릴레이 교수님이 많은 연구를 하셨다는 것도 알고 있습니다."

"그런가? 그렇다면 재작년의 일도 알고 있겠군."

갈릴레이가 미카엘 수사를 쳐다보며 멋쩍은 웃음을 지어 보였고 미카엘 수사도 따라서 미소를 지었다.

재작년(1616)에 갈릴레이는 스페인 국왕 필리페 3세가 주도한 경도 측정기 현상모집에 응모했던 적이 있었다. 그런데 결과는 탈락, 이론적으로는 정교하지만 실현성 여부가 불투명하다는 것이 그 이유였다. 갈릴레이가 제작한 경도측정기의 하루 오차는 12초 정도. 정확한 항해를 위해서는 하루 오차가 0.1초 이내여야 한다. 12초라면 배를 엉뚱한 곳으로 몰고 갈 것이다.

그래서 갈릴레이는 그 오차를 수정할 수 있게끔 3각측량법을 고안했다. 그런데 3각측량법은 육지에서는 그런대로 쓰임새가 있지만 출렁이는 바다 위에서는 정확성을 장담하기 어려웠던 것이다.

정확성을 인정받기 위해서는 3각측량법을 이용해서 실제로 미지의 바다를 안전하게 항해해야 한다. 하지만 자칫 목숨을 잃을지도 모를 위험한 일을 하겠다고 나서는 선원은 없었고, 갈릴레이의 경도측정기는 무용지물이 되고 말았다. 그러던 차에 사르가소 해를 항해하겠다는 젊은이를 만난 것이다.

보이는 것이라고는 수평선뿐인 망망대해에서 길을 잃지 않으려면 자기 위치를 정확하게 알아야 한다. 그런데 위도는 태양이나 북극성의 고도를 측정하면 그런대로 알 수 있지만 경도는 정확한 시계가 있어야 측정이 가능하다. 경도가 15도 바뀔 때마다 태양의 남중 시각이 1시간씩 차이가 나니까 시간을 정확하게 측정할 수 있으면 출항할 때 맞추어놓은 경도를 가지고 역산해서 위치를 측정할 수 있다.

그런데 출렁이는 바다 위에서 물시계와 모래시계는 무용지물이고 막 쓰이기 시작한 태엽시계는 목숨을 걸 만큼 정확하지 못했다. 그리고 갈릴레이의 3각측량법은 정교한 이론만큼 현실이 따라주지 못했다.

　"알고 있습니다. 매우 유용한 장치였다고 생각하고 있습니다."

　안토니오가 조심스럽게 대답했다.

　"유용한지 여부는 이론이 아닌 현실에 바탕을 두고 판단해야 하네. 그런 면에서 아직 유용한 장치라고 할 수 없지. 실제 여부를 확인하려면 결국 미지의 바다로 향하는 수밖에 없는데 한 세기 전이라면 카보트나 콜럼버스 같은 모험가를 찾는 게 크게 힘들지 않았겠지만 지금은 다르네."

　갈릴레이가 안토니오를 지그시 쳐다봤다. 당신에게 그런 용기가 있느냐는 무언의 물음이었다.

　안토니오는 숨이 멎을 것만 같았다. 망망대해에서 길을 잃으면 기다리고 있는 것은 죽음뿐이다. 그런데 갈릴레이의 경도측정기는 아직 불완전하다. 갈릴레이 교수가 최고의 과학자라는 사실은 의심의 여지가 없지만 출렁이는 바다와는 거리가 먼 사람이다. 안토니오는 선뜻 대답하지 못했고 미카엘 수사는 걱정 가득한 얼굴로 안토니오를 쳐다봤다.

　그렇지만 터질 듯 팽팽한 분위기는 오래가지 않았다. 안토니오는 결연한 어조로 확고한 뜻을 밝혔다.

　"사르가소 해를 항해하겠다는 생각에는 변함이 없습니다."

　"역시 듣던 대로 불굴의 의지를 지닌 젊은이로군. 항해의 선구자인 스페인, 포르투갈에서도 찾을 수 없었던 모험가를 먼 동양에서 온 사람에게서 찾게 될 줄이야."

　갈릴레이의 얼굴에 감탄의 빛이 가득했다. 방 안에 잠시 침묵이 흘렀다. 세 사람 모두 나름의 감회에 젖어든 것이다. 안토니오는 미카엘 수사의 복잡한 심사를 충분히 이해한다는 듯, 그리고 너무 염려하지 말라는 듯 그의 손을 힘껏 잡았고 비로소 미카엘 수사의 입가에 미소가 지어졌다.

"메르카토르의 투영도(投影圖)를 아는가?"

"예. 세비야에 있을 때 투영도로 작성된 대서양 해도를 어렵게 구해놓았습니다."

안토니오가 얼른 대답했다.

"다행이군. 그렇다면 지도상의 위도와 경도가 같은 1도 차이가 나도 실제 거리는 다르다는 사실을 잘 알겠군."

갈릴레이는 지체하지 않고 본론에 들어갔다. 베니스에 오래 머물 여건이 못 되기에 이 자리에서 모든 것을 전수해줄 생각이다.

"내 말을 잘 듣게."

갈릴레이는 정색을 했고 안토니오는 긴장해서 경청했다.

둥근 지구를 평면 위에 그리다 보니 지도상으로는 위도와 경도가 동일한 간격으로 표시되지만 실제로는 적도 부근으로 갈수록 위도와 경도의 거리가 벌어지게 된다. 플랜더스의 메르카토르가 새로 투영도를 제작하면서 많이 개선되었지만 여전히 불완전한 면이 많았다. 갈릴레이는 그동안 메르카토르 투영도의 미비점을 보완한 것을 안토니오에게 전수하기로 했다.

"우선 내가 제작한 태엽시계를 주겠네. 하루 오차가 12초에 달하니 이것만 믿고 항해할 수는 없지. 그리고 3각측량법도 바다에서는 무용지물일 테고……. 해서 이것을 보게."

갈릴레이가 펜을 들더니 종이 위에 복잡한 수식을 써내려갔다.

$$Z = r \log \tan(45° + ø / 2)$$

"잉글랜드의 본드라는 사람이 만든 공식인데 복잡해 보이지만 알고 보면 간단한 것이네. r은 지구의 반지름으로 상수(常數)고, ø은 위도, 그로부터 산출되는 Z는 그 지점에서 적도까지의 거리를 나타내네. 그러니까 위도를 정확하게 측정하면 적도로부터 얼마나 떨어져 있는지 알 수 있다는 말이지."

이런 공식이 있었단 말인가. 안토니오는 정신을 집중하며 갈릴레이의 말에 귀를 기울였다. 그런데 tan이 삼각함수의 탄젠트를 나타내는 것은 알겠는데 log는 생소한 부호였다.

"로그(log)는 스코틀랜드 수학자 네피어가 4년 전에 도출해낸 혁명적인 수학개념인데 전체를 설명하려면 어렵지만 굳이 개념을 이해할 것 없이 이걸 보고 사용하면 되네."

갈릴레이가 숫자가 복잡하게 적힌 표를 내밀었다.

"위도를 초 단위로 세분해서 미리 만들어놓은 조견표네. 메르카토르의 투영도를 기반으로 각 위도에 상응하는 경도 간 거리를 산출해놓았지. 그러니 바다에서 일일이 계산할 필요는 없네."

갈릴레이는 태엽시계와 상용로그표, 그리고 적도 거리 조견표를 차례로 안토니오에게 건넸다.

정말 이걸로 경도를 정확하게 파악할 수 있을까. 안토니오는 두근거리는 가슴을 진정시키며 조견표를 살펴보았다. 경도만 정확하게 측정할 수 있다면 망망대해에서도 길을 잃을 염려가 없다. 안토니오는 대양 항해가 경험 많은 항해사가 아닌, 연구실에 틀어박혀 있는 학자들에 의해서 개척되고 있다는 사실이 놀라웠다.

천군만마를 얻었지만 이것으로 문제가 해결된 것은 아니다. 격랑의 바다로 나가면 예상치 못했던 일들이 꼬리를 물고 일어날 것이다. 그리고 그 사실은 안토니오뿐만 아니고 갈릴레이도 잘 알고 있었다.

"대양을 항해하려면 이론만 가지고는 부족할 거네."

갈릴레이가 무거운 표정으로 입을 열었다. 자신에게는 이론을 증명하는 과정이지만 안토니오에게는 목숨을 건 항해가 될 수 있다.

"그러니 내가 가르쳐준 것만 가지고는 부족할 것이네. 바다로 나가면 생각지도 못했던 일들이 수시로 일어날 테니까. 바람의 방향이며 떠돌아다니는 부유물, 날씨, 새 등등을 감안해서 그때그때 필요한 정보를 보충해야 할 거야. 그런데 그 일은 학자인 나나, 상인인 당신이 할 수 있는 일이 아니야. 결국 동물적 감각을 지닌 노련한 항해사를 만날 수 있느냐에 신항로 개척의 성패가 달려 있는 셈이지."

"동물적 감각이라…… 그렇군요."

미카엘 수사가 공감한다는 듯 고개를 끄덕이며 중얼거렸다.

"이 세상에는 이론으로는 설명할 수 없는 일들이 많이 있네. 이 경우라면 앙길라 앙길라(Anguilla Anguilla)가 그에 해당하겠지."

"앙길라 앙길라? 그것이 무엇입니까?"

안토니오가 즉시 질문했다.

"앙길라 앙길라는 뱀장어를 말하네. 평소에는 강에 서식하는 앙길라 앙길라들이 때가 되면 일제히 사르가소 해를 향해 긴 여정에 오르지. 바다로 가는 길이 막혔을 때는 땅 위로 올라와서 기어가기도 하면서. 수조에 갇힌 뱀장어는 미친 듯이 요동친다고 하더군."

갈릴레이가 친절하게 설명해주었다.

"알을 낳기 위해서 사르가소 해까지 가는 것인데 강에서 살던 뱀장어들이 무슨 재주로 그 먼길을 정확하게 찾아가는지는 오로지 타고난 본능이라고밖에 설명할 길이 없네."

"그야말로 동물적 감각이라고밖에 할 말이 없군요. 안토니오, 혹시 마음에 두고 있는 항해사가 있는가?"

미카엘 수사가 조심스럽게 물었다. 안토니오는 선뜻 대답하지 않았지만 마음속으로 생각하고 있는 사람이 있었다. 세비야에 주재할 때 알고 지냈던 바다의 사나이 호세 곤잘레스. 대서양을 제집 드나들 듯 누볐던 노련한 항해사다. 앙길라 앙길라는 어쩌면 호세에게 잘 어울리는 말일 것이다.

"나름대로 생각하고 있는 사람이 있습니다. 교수님, 감사합니다. 큰 도움이 되었습니다."

안토니오는 투지에 불타는 얼굴로 갈릴레이에게 사의를 표했다.

* * *

안토니오의 말을 들은 알베르토 수석부지배인은 뜻밖이라는 표정을 지었다.

"그러니까 일전에 말했던 새로운 시장 개척이라는 게 신대륙과 직접 교역을 하겠다는 것이었단 말인가?"

"그렇습니다."

안토니오는 갈릴레이와의 만남 이후로 신대륙 개척에 확신을 가지게 되었고, 계획서를 작성해서 알베르토 수석부지배인에게 보고했다. 물론 사르가소 해를 횡단하겠다는 계획은 보고서에는 밝히지 않았다. 그런데 금융부문 개선안을 올린 로토 부지배인이나 러시아 진출 계획을 올린 스트로치 부지배인의 경우는 그냥 넘어갔는데 안토니오는 호출을 받은 것이다.

"당신이 기발한 착상을 잘하는 건 나도 알고 있지만 직접 신대륙 교역에 나서겠다는 것은 무리 아닌가? 베니스 상사 중에서 대서양에 배를 띄운 곳은 없네. 지리적으로도 스페인이나 포르투갈, 잉글랜드에 비해서 불리하고."

알베르토 수석부지배인은 이해할 수 없는 표정으로 안토니오를 살폈다.

"그렇기는 하지만 우리가 스페인 해상들을 거치지 않고 직접 신대륙에 유리를 팔 경우 가격을 5배 이상 받을 수 있고 또 신대륙에서 들여오는 당밀은 5분의 1만 지불하면 살 수 있습니다. 언제까지 스페인 해상들에게 끌려다닐 수는 없지 않습니까."

"그걸 누가 모르나. 그렇지만 현실을 무시할 수는 없지 않나. 첫째 우리는 대서양을 항해할 배가 없네. 우리가 동원할 수 있는 배는 지중해용 바르카가 전부 아닌가. 캐러벨이나 캐렉은커녕 갈레온이나 갈레아스도 구하기 힘들어. 베니스 정청에 도움을 요청해봐야 기껏해서 갈레나 갤리오트 정도 빌려줄 거야. 그런 배로는 대서양의 험한 파도를 헤칠 수 없다는 것은 당신도 잘 알고 있잖아."

알베르토 수석부지배인은 해명할 틈을 주지 않고 말을 이었다.

"물론 콘술라도(Consulado, 신대륙 무역상인 길드)에서 임차할 수도 있겠지. 그렇지만 비용이 만만치 않을걸. 거기다 호위비용은 또 어떻고. 어쩌면 달라는 대로 다 줘도 배를 빌려주지 않을지도 몰라. 그들은 우리가 직접 신대륙 교역에 나서는 걸 좋아할 리 없을 테니까."

알베르토 수석부지배인이 일사천리로 불가함을 지적했다. 안토니오는 어쩌면 그도 진작에 신대륙 교역을 계획했던 게 아닌가 하는 생각이 들었다.

"내가 알기로는 몇 해 전에, 아마 덴마크였을 거야. 덴마크 상인들이 세비야의 콘술라도에게 신대륙 항해를 의뢰했던 적이 있었어. 몇 번 협상하다가 포기하고 말았는데 콘술라도에서 호송비로 말도 안 되는 금액을 요구했기 때문이지. 아마도 애초부터 끼워주기 싫었을 거야. 스페인 사람들은 대서양을 자기네 바다라고 생각하고 있어. 하긴 베니스도 지중해를 우리 바다처럼 여기고 있었지만."

대서양을 항해하려면 대서양 항해용인 캐렉이나 캐러벨을 구해야 하는데 그게 쉽지 않은 현실이라는 건 안토니오도 물론 잘 알고 있었다. 그리고 설사 배를 빌린다고 해도 문제가 끝나는 게 아니다.

정확한 해도와 안전한 항로는 콘술라도에서 독점하고 있었다. 그러니 신대륙 교역에 나서려면 리스본이나 세비야에서 출항하는 플로타(Flota, 신대륙 무역선단)를 따라가야 하는데 호송비가 만만치 않았다. 무리해서 단독으로 출항을 하면 채 대서양에 진입하기도 전에 해적들에게 털릴 판이다. 특히 잉글랜드 해적이 악명을 떨쳤는데 신대륙 교역에 후발주자가 끼어드는 것을 마땅치 않게 여기는 잉글랜드 정부는 그들을 벌하기는커녕 도리어 작위를 수여하며 대우하고 있었다. 그렇지만 욕할 일도 못 된다. 바로 한 세기 전에 베니스가 지중해에서 똑같은 일을 벌였던 것이다.

"여러 가지 어려움이 따르리라는 것은 잘 알고 있습니다. 그렇지만 델로치 상사가 자꾸만 금융업에 치중하고, 과도하게 부동산에 투자하는 것도 바람직하지 않습니다."

안토니오가 조심스럽게 자기 의견을 전했다. 가격혁명으로 부동산 가격이 폭등하면서 보유 부동산이 많은 편인 델 로치 상사의 자산은 크게 늘어났다. 그렇지만 장부상의 금액일 뿐이다. 그리고 폭등한 부동산은 폭락할 수도 있다. 위험을 분산시키려면, 그리고 영속적인 성장을 꾀하려면 상사의 본업에 충실해야 할 것이다. 안토니오는 그렇게 생각하고 있었다.

"그 점은 나도 인정해. 그래서 로토가 자꾸 금융업 투자를 늘리자고 하지만 재가를 하지 않고 있지. 당장 이익이 난다고 해서 무역상사가 돈놀이에 너무 치중하는 것은 바람직하지 않으니까."

어쩌면 안토니오의 말이 기분 나쁠 수 있는데도 알베르토 수석부지배인은 전혀 개의치 않았다. 그만큼 매사에 자신이 있었기 때문이다.

"스트로치가 러시아 노브고르트나 스몰렌스크 쪽에 북방상관을 새로 설치하는 게 어떻겠냐고 의견을 올렸는데, 보고서에는 예상 거래량과 수익까지 자세히 적었더군. 나름대로 면밀히 조사를 한 모양인데……. 내 생각으로는 노브고르트나 스몰레스크는 너무 멀어. 대신에 돈 강 유역의 시라니 혹은 타니 정도가 적당할 것 같아."

알베르토 수석부지배인이 다른 얘기를 꺼냈고 안토니오는 잠자코 듣기만 했다.

"그곳에서 러시아 모피와 목재, 그리고 식량을 아조프 해까지 옮긴 후에 흑해와 지중해를 거쳐서 남프랑스나 스페인으로 보내면 기존의 발트 해를 통하는 것보다 유리할 거야. 물론 그러기 위해서는 오스만투르크제국의 허가를 받아야겠지만 지금 분위기라면 크게 어려울 것 같지 않아. 그래서 동방무역부의 로사리오에게 그 일을 맡기려고 하는데 당신 생각은 어때?"

알베르토 수석부지배인은 남의 의견에 귀를 기울이기보다는 자기 생각을 밀어붙이는 사람이다. 더구나 부지배인 중에서 제일 후임인 안토니오에게 의견을 구하는 것은 분명 예외였다. 그만큼 안토니오를 인정하고 있다는 방증일 것이다.

"좋은 계획이라고 생각합니다. 한자동맹이 붕괴된 후로 그쪽을 대신하느라 북방무역부에 일이 너무 몰렸는데 분산시킬 필요가 있을 것입니다."

"역시 빠르군. 바로 봤어. 이 기회에 북방무역부와 동방무역부의 업무 관장을 재조정할 생각이네."

좀처럼 남을 칭찬하는 일이 없는 알베르토 수석부지배인이 안토니오를 향해 활짝 웃음을 지어 보였다. 출세를 하려면 앞에서 끌어주는 상사가 있어야 하지만 뒤에서 밀어주는 부하도 필요하다. 알베르토 수석부지배인은 진작부터 안토니오를 눈여겨보고 있었다.

알베르토 수석부지배인은 야심이 크다. 출세가도를 달리면서 마흔의 나이에 델 로치 상사의 수석부지배인이 되었지만 그는 여전히 만족하지 않고 있었다. 상사 실무에 대해서는 전문지식이 없으면서 오로지 귀족 가문이라는 이유로 총지배인에 오른 카토 전 총지배인과는 다르다는 자부심을 가지고 있었다. 카토 전 총지배인은 델 로치 상사를 떠난 후에 베니스의 최고통치기관인 10인위원회의 보좌관이 되었지만 그와는 출신 성분이 다른 알베르토는 은퇴 후의 목표를 다른 곳에 두고 있었다.

베니스의 무역상사들은 아직까지 상당한 재산을 지닌 자본가만이 투자할 수 있는 폐쇄적인 합자회사 형태를 취하고 있지만 잉글랜드와 네덜란드는 적은 재산을 가진 사람도 얼마든지 자유롭게 투자할 수 있는 주식회사 체제로 전환하고 있었다. 상사의 자본을 늘리고 대규모 투자를 위해서는 피할 수 없는 대세일 것이다.

베니스의 무역상사들도 주식회사로 전환되면 알베르토 자신도 무역상사의 지분을 보유하고 일정 부분 주인 행세를 할 수 있다. 델 로치 상사의 주인이 될 수야 없겠지만 자신을 믿는 소액 투자자들을 규합하고 또 오랜 친분이 있는 유대인 자본을 끌어들이면 얼마든지 무역상사를 설립할 수 있을 것이다.

나도 상사의 주인이 될 수 있다는 생각만으로도 알베르토 수석부지배인은 가슴이 뛰었다. 그런데 그때가 그리 멀지 않은 것 같았다. 변화의 물결이 파도처럼 밀려오고 있었다.

그런데 꿈을 이루기 위해서는 업적을 더 쌓아야 한다. 알베르토 수석부지배인은 그 해결책을 우선 북방무역에서 찾기로 했다. 신대륙 교역은 아직은 시기상조라고 판단한 것이다.

"신대륙 교역을 반대하는 건 아니야. 다만 아직 모르는 게 많을 것이기에 서두르지 말고 신중하게 접근하자는 것이지. 아무튼 그 일은 당신에게 맡기기로 하겠네."

알베르토 수석부지배인이 승인할 뜻을 비쳤다. 안토니오를 자기 편으로 확실하게 끌어들일 필요가 있는 데다 나중에라도 일이 성사되면 자기가 처음부터 관여했음을 확실하게 해둘 필요가 있었던 것이다.

아쉽기는 하지만 그렇다고 수석부지배인이 그렇게 말하는데 그 이상 토를 달기도 힘들다. 하긴 아직은 막막한 게 많다. 시간을 가지고 더 면밀히 조사하는 게 좋을 것이다.

"여기 있었군. 당신 방에 들렀더니 없길래."

안토니오가 수석부지배인실을 나서려는데 문이 열리면서 조르지오가 들어섰다. 그렇다면 알베르토 수석부지배인이 아니고 나에게 용무가 있단 말인가. 안토니오는 고개를 갸우뚱하며 예를 표했고 알베르토 수석부지배인도 뭐야 하는 표정으로 관심을 표했다.

"알베르토와 신대륙 교역에 대해서 상의하고 있는 모양인데, 하면 그동안에 구체적인 계획이 완성된 것인가? 나는 지대한 관심을 가지고 있네."

조르지오가 제멋대로 추측을 하고 입을 열었다.

"신대륙 교역이라니요? 하면 안토니오가 주인님께 그 문제를 보고드렸단 말입니까?"

순간 알베르토 수석부지배인의 얼굴이 험하게 일그러졌다. 델 로치 상사의 업무를 총괄하고 있는 수석부지배인을 배제하고 사주에게 직접 보고를 하는 것은 있을 수 없는 일이다. 더구나 상세한 계획까지 마련하라는 지시까지 받았다니.

"안토니오, 당신 도대체 일을 어떻게 하는 거야! 엄연히 수석부지배인이 있는 마당에!"

알베로트 수석부지배인은 조르지오가 있음에도 언성을 높였다. 무시당했다고 느낀 것이다.

"아, 내가 직접 지시를 내렸네."

조르지오가 언성을 높이는 알베르토 수석부지배인을 만류했다. 38세의 주인과 40세의 실세 수석부지배인, 그리고 유일하게 동갑인 신참 부지배인 사이에서 묘한 기류가 흘렀다. 세 사람은 상하가 분명하지만 서로가 서로를 필요로 하면서 또 동시에 견제의 대상이 되기도 하는 관계를 이루고 있었다.

난처해하는 안토니오와 억지로 분을 참고 있는 알베르토 수석부지배인. 그렇지만 조르지오는 개의치 않고 신대륙 교역에 관심을 보였다.

"어차피 신대륙 교역에 진출하려던 참이었다. 안토니오, 알베르토 수석부지배인도 있는 자리에서 구체적인 계획을 말해보라."

재촉을 하는 조르지오를 보며 알베르토 수석부지배인은 비로소 그가 무엇을 마음에 두고 있는지 깨닫게 되었다. 상사 경영에서는 한발 물러서 있던 부친과 달리 적극적으로 경영에 나서려고 하는 조르지오는 신대륙 교역을 계기로 삼으려 하고 있었고, 안토니오를 앞장세워서 밀어붙이고 있는 중이었다.

합자회사 체제를 유지하고 있는 베니스 상사에서 주인은 책임으로부터 자유롭다. 실적이 나쁘면 지배인을 갈아치우면 된다. 그렇지만 주식회사 체제라면 얘기가 달라진다. 주주들의 의견을 무시할 수 없으며 상사 규모가 커지면 경영 실적은 지배인의 능력에 따라 크게 달라지게 된다. 당연히 전문경영인의 위상이 올라갈 것이고 서로 유능한 경영인을 모시려 할 것이다. 알베르토 수석부지배인이 기회를 기다리고 있듯이 조르지오도 자본가에 의한 상업독점 시대가 가고 있음을 간파하고서 그 후를 대비하고 있었다.

— 그동안 조르지오를 과소평가했군.

알베르토 수석부지배인은 입맛이 썼다. 자신은 안토니오를 뒤를 밀어줄 보좌역으로 여기고 있는데 조르지오는 자기를 견제할 수 있는 상대로 키우려 하고 있었던 것이다. 그렇지만 당장은 주인과 맞서는 것은 무리다. 알베르토 수석부지배인은 그렇게 판단하고 재빨리 태도를 바꿨다.

"방금 나도 안토니오로부터 신대륙 교역에 대해서 들었습니다. 매우 적절한 계획이라고 생각합니다. 그렇지만 경영은 어디까지나 현실에 기반을 두어야 합니다. 아직은 불확실한 면이 너무 많이 있습니다."

알베르토 수석부지배인은 신대륙 교역의 필요성은 찬성하면서 안토니오에게는 무리라는 뜻을 조르지오에게 전했다. 주인의 비위를 거스르지 않으면서 자신을 최대한 부각시키기로 한 것이다.

"지금 보헤미아(체코) 일대에서 벌어지고 있는 충돌이 왠지 심상치 않습니다. 어쩌면 대규모 무력충돌로 이어지지 않을까 예상하고 있습니다. 그렇다면 화약을 비롯해서 군수품을 미리 확보해놓을 필요가 있습니다. 그러려면 지금 상사가 보유하고 있는 자금을 총동원해야 합니다."

알베르토 수석부지배인은 즉석에서 대안을 내놓았다. 그즈음 보헤미아에서는 신교도와 구교도(가톨릭)가 잦은 충돌을 벌이고 있었다. 보헤미아에서의 충돌은 나중에 '30년전쟁'(1618~1648)이라는 종교전쟁의 불씨가 된다. 가벼운 충돌에 불과했지만 국제정세에 정통한 알베르토 수석부지배인은 항차 대규모 전쟁으로 이어질 것으로 예견하고 있었다.

전쟁 물자를 조달하는 군수사업은 규모가 엄청나다. 당연히 수익도 막대하다. 엉겁결에 알베르토 수석부지배인의 구상을 알게 된 안토니오는 감탄을 했다. 과연 알베르토 수석부지배인이었다.

"보헤미아 지방에서 충돌이 잦다는 소식은 나도 들었네. 그런데 정말 전쟁으로 이어질까?"

조르지오가 금세 흥미를 보였다. 그만큼 병참조달은 큰 사업이다.

"그렇습니다. 대규모 충돌은 불가피합니다. 그리고 상사를 경영하려면 냉정한 마음으로 상황을 판단해야 합니다. 신대륙 교역은 누구나 탐낼 만한 시장이지만 당장은 위험부담이 너무 큽니다. 당연한 얘기지만 상사의 일에는 책임이 따르기 마련입니다."

경영에는 책임이 따르기 마련이다. 알베르토 수석부지배인은 직접 경영을 챙기려는 조르지오를 슬그머니 압박했다. 한 번 추켜세웠으면 그다음에는 한 번쯤 겁을 주는 게 효과적이다.

"신규사업에 투자할 수 있는 여유자금이 얼마나 되나?"

조르지오가 금세 반응을 보였다.

"유보분을 빼면 약 20만 두카트 정도 여유가 있습니다. 그렇지만 보헤미아 지방에서 전쟁이 발생하면 그것으로는 병참조달에 나설 수 없습니다."

알베르토 수석부지배인이 투자 우선순위를 분명히 밝혔다. 대화가 두 사람 사이에서 이어지면서 안토니오는 입장이 애매해졌다. 자칫 배를 띄워보지도 못하고 괜히 알베르토 수석부지배인에게 미운털이 박힐 판이 되었다. 안토니오는 새삼 일을 추진하려면 밖에서 부딪히게 되는 난관 못지않게 상사 내에서의 힘겨루기가 중요하다는 사실을 깨닫게 되었다. 그러한 사실은 위로 올라갈수록 더 심해질 것이다.

하지만 이대로 주저앉을 수는 없다. 사르가소 해를 가로지를 계획임을 이 자리에서 밝히고 돌파구를 마련할까. 안토니오가 고심을 하고 있는데 뭔가를 생각하던 조르지오가 마음을 굳혔는지 두 사람에게 차례로 시선을 주고는 천천히 입을 열었다.

"알베르토의 생각은 매우 일리가 있다. 그러니 계속해서 주도면밀하게 관찰하도록."

그럼 신대륙 교역은 수포로 돌아가는가. 그러나 조르지오의 말은 끝이 나지 않았다.

"그렇지만 급변하는 환경에서 새로운 시장을 개척하는 일을 게을리할 수는 없다. 안토니오가 신대륙 교역을 추진해보겠다니 한번 맡겨보는 것도 좋을 것이다. 여유자금이 20만 두카트 정도 된다고 했나? 그럼 우선 5만 두카트를 안토니오에게 배당하게."

조르지오는 군수사업과 신대륙 교역 모두를 포기하지 않을 뜻을 비쳤다. 어쩌면 항차 델 로치 상사를 이끌고 갈 두 사람을 대립시켜서 충성경쟁을 유도할 생각인지도 모른다.

안토니오는 심장이 뛰었다. 마침내 대서양을 건너게 된 것이다. 그렇지만 흥분은 오래가지 않았다. 5만 두카트는 배를 빌리고, 선원을 모집하고, 교역품을 실으려면 터무니없이 부족한 금액이다. 이래가지고는 목숨을 걸고 대서양을 건너는 의미가 퇴색한다.

그렇지만 안토니오는 긍정적으로 생각하기로 했다. 어쨌거나 사주로부터 승인을 받은 것이다.

"구체적인 계획을 마련해서 올리게."

조르지오가 결론을 내버렸다.

"알겠습니다."

안토니오는 날카롭게 쏘아보는 알베르토 수석부지배인의 시선을 의식하며 방을 나섰다.

* * *

억지로 잠을 청할수록 잠은 더 오지 않았다. 안토니오는 침대에서 나와서 거실로 향했다. 달빛은 너무 고요했고 주위는 신기할 정도로 조용했다. 루셀라니가 고향으로 돌아간 후로 왠지 허전한 느낌이 들었는데 기분이 그래서일까 오늘따라 더 텅 빈 것 같았다.

일이 묘하게 꼬였다. 본래는 일단 조르지오와 알베르토 수석부지배인에게 구두 승인을 얻은 후에 세비야로 가서 호세 곤잘레스와 함께 사르가소 해 항해의 가능성에 대해서 구체적으로 따져본 후에 정식으로 사업계획서를 올릴 생각이었다. 그런데 조르지오가 갑자기 나타나는 바람에, 그리고 이 일을 자신의 업적에 연관시키려는 의도 때문에 일이 처음부터 틀어져버린 것이다.

5만 두카트라……. 아무리 궁리를 해도 모자라는 금액이다. 계획대로 하려면 적어도 10만 두카트는 있어야 한다. 그런데 알베르토 수석 부지배인이 견제를 하고 나서면서 그만 5만 두카트로 깎인 것이다. 거기에 지배인단 회의를 정식으로 거치지 않았다. 안토니오의 간청으로 조르지오가 어쩔 수 없이 승인해준 꼴이 되면서 소기의 성과를 거두지 못할 경우 책임은 안토니오 혼자서 뒤집어쓰게 되었다.

어쩌다 조르지오와 알베르토 수석부지배인의 힘겨루기에 말려들었단 말인가. 속상하고 억울했지만 이미 엎질러진 물이다. 그렇다면 정면돌파뿐이다. 안토니오는 하나하나 따져보기로 했다. 당장은 함께 대서양을 건널 사람을 선정해야 하는데 포르타는 진작부터 마음에 두고 있었고 자신의 후임으로 지금 세비야에 주재하고 있는 팔라디오도 따라가겠다고 할 것이다. 그렇다면 함께 갈 사람은 정해진 셈이다.

그다음은 유능한 항해사를 고르는 일이다. 세비야에서 호세 곤잘레스라는 유능한 항해사를 만났지만 그에게 말을 꺼낸 것은 아니다. 물론 성격상 마다할 사람이 아니라는 것은 잘 알지만 배를 구하는 일이며, 나머지 선원들을 모집하는 일은 장담할 수 없다.

문제는 또 있다. 계산대로라면 최소한 10만 두카트는 돼야 수지가 맞을 텐데 확보한 금액은 5만 두카트에 불과했다. 과연 무엇을 싣고 가서, 무엇을 사올 것인가. 여전히 막막할 따름이었다.

아무튼 날이 밝으면 곧 델 로치 상사에 소문이 파다할 것이다. 베니스 전체에 소문이 퍼지는 것도 시간 문제다.

"무슨 일이라도……?"

어느 틈에 일어났는지 줄리에타가 다가왔다.

"별일 아니야. 생각할 게 조금 있어서. 왜 일어났어?"

"어려서부터 중요한 일을 앞두고 잠을 못 이루시는 아버지를 보면서 자랐어요. 무슨 일인가요? 나쁜 일이 아니었으면 좋겠군요."

줄리에타가 안토니오를 찬찬히 살폈다. 안토니오는 감출 일이 아니라고 판단했다. 상사원의 아내로 살아가는 한 피할 수 없는 숙명일 것이다.

"실은…… 먼 곳을 다녀와야 할 것 같아."

"먼 곳이라면……?"

줄리에타는 어딜까 하는 표정으로 안토니오를 살폈다.

"우선은 세비야로 가서…… 그다음에 신대륙으로 가려고 해. 요즘은 대서양을 건너는 게 그리 위험한 일이 아니라는 것은 줄리에타도 잘 알고 있을 거야."

안토니오의 입에서 신대륙이라는 말이 나오자 줄리에타는 긴장을 했다. 안토니오의 말이 틀린 것은 아니지만 그래도 대서양은 베니스 사람들에게는 미지의 바다였다.

"꼭 가야 하나요?"

줄리에타의 목소리가 떨렸다. 안토니오는 잠자코 있었다. 이런 일은 본인보다는 주위 사람이 더 힘들어한다는 사실을 잘 알고 있었다.

"애들이 아버지를 많이 기다릴 텐데……."

줄리에타는 그 말로 가지 말았으면 하는 뜻을 전했다. 기다림에 이골이 난 줄리에타지만 아버지를 기다리는 것과 아이들 아버지를 기다리는 것은 다르다. 그리고 아버지도 대서양을 건너는 모험은 하지 않았다.

"당신이 걱정할 것은 잘 알고 있어."

안토니오는 줄리에타를 안심시킬 요량으로 미소를 지어 보였다. 그렇지만 줄리에타의 굳은 표정은 쉽게 풀리지 않았다.

"왜 그런 위험한 일을 이제 막 부지배인이 된 당신에게 맡긴 것이지요?"

줄리에타가 항의라도 하듯 물었다.

"상사에서 맡긴 것이 아니고 내가 자청을 한 것이야."

안토니오는 모든 것을 사실대로 밝히기로 했다. 자청을 했다는 말에 줄리에타는 깜짝 놀라더니 정색을 했다.

"혹시 아버지와의 약속 때문에 무리하게 일을 벌이는 것이라면 적극 만류하겠어요."

루셀라니는 은퇴하고 고향으로 돌아가면서 델 로치 상사의 앞날을 당부한다는 말을 남겼다. 그리고 그 말은 안토니오의 가슴속 깊은 곳에 깊이 각인이 되었다. 줄리에타의 말대로 그게 걸려서 무리를 하고 있는 걸까. 안토니오는 자문을 해봤다. 아니라고 부정할 수는 없지만 그 이상으로 깊은 곳에서 승부욕이 불타오르고 있는 것이 사실이었다.

"꼭 그런 것은 아니니까 당신은 너무 신경쓰지 말아요. 어디에 있더라도 당신과 두 아이들 생각을 하겠어. 그리고 꼭 무사히 돌아오겠어."

안토니오가 줄리에타를 안심시켰고 줄리에타는 이내 평정을 되찾았다. 안토니오의 마음을 무겁게 하지 않으려는 배려에서일 것이다. 그런 줄리에타를 보며 안토니오는 문득 어린 시절에 아버지가 먼길을 떠나게 되었을 때 아무런 말 없이 묵묵히 원행 채비를 하시던 어머니의 모습이 연상되었다. 동시에 어머니와 안토니오, 여동생 명이를 두고 먼길을 떠나시던 아버지의 마음도 이해가 되었다.

* * *

왜 이렇게 초조한 걸까. 아마도 출발이 매끄럽지 못한 데 따른 불안한 심리 때문일 것이다. 안토니오는 밀려오는 불안감을 떨쳐내려는 듯 호흡을 고르며 창으로 향했다. 밖은 찌는 듯한 더위가 기승을 부리고 있었다. 스페인 세비야의 여름은 몹시 덥다. 지중해 연안이면서도 여름의 열기는 사막 한복판의 이스파한에 뒤지지 않았다.

이곳 세비야로 온 지 한 달. 예전에 2년 동안 주재했던 적이 있기에 낯설지는 않지만 참기 힘든 더위에 지지부진한 진행으로 안토니오는 하루하루 초조한 나날을 보내고 있었다.

호세 곤잘레스와의 일은 순조롭게 진행되었다. 혹시나 거절하면 어쩌나 걱정했는데 바다의 사나이답게 호세는 그 자리에서 흔쾌히 승낙을 했다.

그렇지만 배를 구하는 것은 쉽지 않았다. 베니스 상사에서 직접 신대륙 교역에 나서려 하자 세비야의 선주들은 아무도 배를 빌려주려 하지 않았다. 선원을 구하는 일도 예상 외로 지지부진했다. 게다가 델 로치 상사로부터의 송금도 늦어지고 있었다. 그런 가운데 시간은 어김없이 흘렀고, 안토니오는 점차 초조해졌다.

"2만 페스타를 찾아왔습니다."

팔라디오가 땀을 뻘뻘 흘리며 들어섰다. 호세와 포르타는 배와 선원들을 알아보려고 리스본으로 떠났고 안토니오는 팔라디오와 함께 세비야에서 선적할 물건을 알아보고 있는 중이다. 2만 페스타는 델 로치 상사에서 투자한 5만 두카트의 일부다.

"2만 페스타면 지금 시세로 1만 4천 두카트쯤 되겠군."

"그렇습니다. 나머지 투자액도 빨리 들어와야 하는데……. 5일 후에 무역선이 베니스로 떠나면 다음 가을 정기상선대까지는 베니스로 가는 배편이 없을 테니 그때까지 돈이 다 들어와야 합니다."

팔라디오가 송금이 자꾸 늦어지자 걱정을 했다. 송금이라지만 델 로치 상사에서 직접 돈을 가져오는 것이 아니고 델 로치 상사와 거래를 하는 세비야 상인들에게 받을 금액 중에서 상계를 하는 것인데 무역선이 떠날 때가 다 됐는데도 여전히 정산이 되지 않고 있었다.

"베니스에서 이리로 오는 배편은 언제지?"

"한 달 후에 도착합니다. 그때쯤 해서 신대륙 무역선단도 출항하고요. 그리고 신대륙에서 돌아올 때쯤에 베니스에서 정기상선대가 도착할 겁니다. 제일 바쁜 때이지요."

물론 팔라디오가 설명하지 않아도 전임자인 안토니오는 잘 알고 있었다. 그럼에도 전체 진행을 확인하는 차원에서 물어본 것이다.

안토니오가 대리인을 거쳐 부지배인으로 승진을 하는 동안에 그를 따르는 상사원들도 제법 생겨났다. 알베르토 수석부지배인은 오로지 실적만으로 부하들을 평가하고, 결과에 따라 가차없이 책임을 묻는 데 비해서 안토니오는 웬만하면 감싸주는 편이다. 그러다 보니 루셀라니 전 수석부지배인에게서 일을 배운 사람들 대부분이 안토니오를 따르고 있었다.

산 마르코 창고에 있을 때부터 안토니오와 인연을 맺었던 포르타는 재작년에 대리인으로 승진을 했는데 대서양 항해를 자원하면서 세비야로 따라왔고, 후임자 팔라디오 주재원도 예상대로 안토니오의 뜻에 선뜻 동조하고 나섰다. 대서양 항해는 목숨을 잃을 수도 있는 위험한 업무다. 안토니오는 그럼에도 따라나선 포르타와 팔라디오에게 진심으로 고마워하고 있었다.

"포르타하고 같은 해에 델 로치 상사에 들어왔다고 했지?"

"그렇습니다. 그러니까 제가 부지배인님보다 2년 선배인 셈이지요."

팔라디오가 쑥스러워했다. 안토니오는 세비야 주재원 시절에 정기상선대를 따라온 팔리디오를 크게 도와준 적이 있었다. 팔라디오는 화물을 분실하면서 하마터면 델 로치 상사에서 쫓겨날 판이었는데 안토니오가 적극 나서서 수습을 해주면서 간신히 쫓겨나는 걸 면했던 것이다. 그 후로 팔라디오는 포르타와 더불어 안토니오의 일이라면 발 벗고 나서고 있었다.

"지금도 그때 일을 고맙게 생각하고 있습니다."

팔라디오가 새삼 사의를 표했다.

"새삼 그 얘기는 또 왜. 그런데 포르타는 왜 여태 소식이 없는 거야?"

"쉬운 일은 아니지만 그래도 호세와 함께 갔으니 빈손으로 돌아오지는 않을 겁니다. 그런데…….."

팔라디오가 무슨 말을 하려다 말았다. 물론 안토니오는 그가 무슨 말을 하려는지 충분히 짐작하고 있었다.

이번 항해는 아프리카 대륙을 따라 남하하는 기존 항로를 따라가는 게 아니고 사르가소 해를 횡단해서 신대륙으로 향할 예정이라는 사실을 아는 사람은 아직은 안토니오와 포르타, 팔라디오, 그리고 호세뿐이다. 결국은 알려지게 되겠지만 안토니오는 출항 전까지는 비밀을 유지할 생각이다.

콘술라도와 인디어스 회의(신대륙 업무를 관장하는 관청)의 방해공작은 생각했던 것보다 끈질겼다. 대서양을 자기네 안방으로 치부하고 있는 스페인으로서는 베니스가 끼어드는 것이 못마땅했던 것이다. 그 마당에 그들에게도 생소한 신항로를 개척하겠다고 하면 절대 용납하지 않을 것이다.

과연 배를 띄울 수 있을까. 그래서 사르가소 해를 가로질러서 신대륙에 닿을 수 있을까. 안토니오는 줄리에타와 두 아이들의 얼굴을 떠올리며 문득문득 밀려오는 불안감을 떨쳐냈다.

* * *

남부 스페인 안달루시아 지방의 최대도시 세비야. 신대륙 교역의 본거지로 신대륙으로 향하고, 또 그곳에서 들어온 물자가 집적되는 곳이다.

해가 넘어가자 세비야의 더위도 한풀 꺾였다. 분주하던 항구에 사람들의 발길은 끊겼고 정박된 크고 작은 배들은 콰달키비르 강을 거슬러 올라오는 바람에 한가롭게 출렁였다. 그런데 밤이 깊었음에도 델 로치 상사의 상관에는 불이 꺼지지 않고 있었다.

"많이 기다리셨죠? 쉬지 않고 달려왔는데도 이제야 도착했습니다."

먼지를 뒤집어쓴 포르타가 문을 열고 들어섰다. 그 뒤를 건장한 체구의 사내 둘이 포르타를 따라서 안으로 들어왔다.

"그래, 예상보다 상당히 지체되었구나. 어쨌든 무사히 돌아왔으니까 되었다."

안토니오가 포르타를 반갑게 맞았다. 그리고 같이 온 남자가 누구냐는 눈빛으로 호세를 쳐다봤다.

"로드리고는 제 오랜 동료입니다. 바다에 대해서는 저 이상으로 잘 아는 친구지요. 항해 얘기를 했더니 흔쾌히 합류했습니다."

호세가 동료를 소개했다.

"안토니오 코레아요. 호세의 오랜 동료라니 더 묻지 않겠소."

안토니오가 손을 내밀었다. 호세의 동료라고 했는데 나이는 그보다 한참 위인 것 같았다.

"힘껏 해보겠습니다. 그런데 코레아라면…… 조선에서 온 사람입니까?"

안토니오는 귀를 의심했다. 발음이 조금 이상했지만 로드리고는 분명 '조선'이라고 했다. 코레아가 아니고 조선이라니.

"당신이 조선을 어떻게 알고 있소?"

"오래전에 가본 적이 있습니다. 오래 머물지는 않았지만…… 참으로 아름다운 곳이더군요."

"놀라운 일이군. 내 고국을 다녀온 사람을 만나게 될 줄이야."

안토니오는 감탄을 했다. 유럽으로 와서 처음으로 조선을 아는 사람, 조선에 갔다 왔다는 사람을 만난 것이다.

포르투갈 사람인 로드리고는 오래전에 동양으로 가서 명나라 마카오에 머물면서 장사를 했던 적이 있었다. 그러다 임진왜란이 발발하면서 명나라가 조선에 출병하게 되자 그들을 따라 조선에 가게 되었던 것이다. 당시는 스페인과 포르투갈이 한나라였는데 각각 선교사는 일본을 따라 조선으로, 상인들은 명나라를 따라 조선으로 건너간 것이다.

　"로드리고는 동양뿐만 아니라 신대륙 교역에도 오랫동안 종사했습니다. 대서양은 말할 것도 없고 태평양을 건넌 적이 있지요."

　호세가 거들었다. 그렇다면 기대 이상의 인재와 함께 일하게 된 셈이다. 안토니오는 새삼 호세를 만난 게 큰 행운이라는 생각이 들었다.

　호세 곤잘레스.

　거친 피부와 깊이 파인 주름살로 인해서 나이가 꽤 들어 보이지만 실제로는 안토니오보다 세 살 아래다. 불 같은 성격의 호세는 선주와도 곧잘 충돌을 일으키곤 했지만 심지는 곧은 데다 충성심이 강해서 한번 복종을 하면 절대로 등을 돌리지 않는 남자다. 애초에 안토니오와는 화물 인수문제로 충돌을 빚으면서 알게 되었는데 곧 실력을 인정하게 되었고, 깊이 신뢰하는 사이가 된 것이다.

　"다행히 배를 빌렸는데 신항로를 개척한다고 하자 선주들이 보증금을 요구하고 나섰습니다. 결국 두 배를 주고 배를 빌린 꼴이 되면서 두 척밖에 빌리지 못했습니다."

　일이 그렇게 되었단 말인가. 출항하기 전부터 일이 계속 꼬였는데 앞으로도 예측하지 못했던 문제들이 꼬리를 물고 일어설 것이다.

　"선령은?"

　"둘 다 8년짜리 캐럭인데 임차료를 9천 페스타 요구하니까 보증금까지 합치면 두 척을 빌리는 데 1만 8천 페스타가 들어갑니다."

　"쳇, 시간만 있으면 그 돈 가지고 배를 만들겠다. 하여간 선주란 인간들은 모조리 도둑놈이라니까."

포르타의 말을 들은 호세가 어이가 없다는 표정으로 중얼거렸다. 대서양 항해용으로 개발된 캐렉의 평균 수명은 10년. 그렇다면 상당히 낡은 배일 것이다.

"상태는 어때?"

"자세히 살펴봤는데 그런대로 쓸 만한 것 같습니다. 물론 대서양을 건너려면 손질을 좀 해야겠지만. 돛을 꿰매고 갑판 몇 군데 수리하면, 그리고 대포를 조금 손보면 큰 무리는 없을 것 같습니다."

포르타는 호세를 돌아보며 동의를 구했고, 호세는 말없이 고개를 끄덕였다. 로드리고도 마찬가지였다. 그렇다면 배는 일단 해결된 셈이다. 그렇지만 예정에 없던 보증금이 생기면서 그렇지 않아도 쪼들리는 돈이 더 쪼들리게 되었다.

안토니오는 네 척으로 선단을 꾸릴 계획이었다. 그런데 두 척밖에 구하지 못하게 된 것이다.

"오면서 예상경비를 새로 뽑아봤는데 두 척만 가지고 출항한다고 해도 전체 경비는 별반 줄어들지 않을 것 같습니다. 호세 말로는 사르가소 해를 가로지른다는 게 알려지면 선원들이 동요하게 될 테니 그때를 대비해서 따로 비용을 계산해놓는 게 좋을 거라고 합니다."

일리가 있는 말이다. 그리고 선원들을 다루는 일은 호세에게 맡긴 마당이다. 안토니오는 다른 의견을 내지 않았다.

"두 척만 빌려도 용선금이 3만 6천 페스타에 정비비를 합치면 5만 6천 페스타가 됩니다."

그렇다면 델 로치 상사에서 수령한 자금 중에서 겨우 1만 4천 페스타 정도가 남는다.

"하면 1만 두카트 정도가 남은 셈이군."

"그렇습니다. 1만 두카트를 가지고 뭘 사야 할지 걱정입니다."

포르타가 풀이 죽어서 대답했다. 교역 물품의 총액이 1만 두카트에 불과한데 과연 목숨을 걸고 험한 대서양을 건널 필요가 있을까 하는 의문이 든 것이다.

맥이 빠지기는 안토니오도 마찬가지였다. 그렇지만 여기서 주저앉을 수는 없다. 안토니오는 실망한 기색을 감추며 하나하나 따져보기로 했다.

"둘 다 100톤짜리인가?"

"아닙니다. 하나는 70톤짜리입니다. 그렇지만 배는 그쪽이 더 탄탄합니다."

호세가 대답하고 나섰다. 일단 바다로 나가면 항해는 그가 전권을 행사하게 될 것이다.

"선원들은?"

"나하고 로드리고가 각각 한 척씩 맡기로 하면 사관이 8명, 선원이 60명 정도 필요합니다. 사관들은 내가 잘 아는 자들이고 선원들은 현지에서 모집하면 됩니다. 내 배라면 타겠다는 사람들이 많으니까요."

호세가 자신 있게 답했다. 선주들에게는 평이 나쁘지만 선원들 사이에서는 신과도 같은 존재였다.

"안토니오, 나는 장사를 잘 모릅니다. 아마 예상보다 경비가 많이 들어가면서 맥이 풀린 것 같은데 사르가소 해를 지나는 새로운 항로를 개척하면 항해일지와 항해도를 비싼 값에 팔 수도 있습니다. 그러니 너무 실망하지 마십시오."

돌연 호세가 안토니오를 위로하고 나섰다.

"내가 선뜻 당신을 따라가겠다고 한 이유는 미지의 세계에 도전하는 용기, 두려움을 모르는 열정에 반했기 때문입니다."

호세의 말에서 진심이 전해졌다. 안토니오가 단순히 장사를 위해서 신대륙 교역을 추진하는 게 아닌 것처럼 호세도 돈을 목적으로 배를 맡은 게 아니다. 항해일지나 항해도가 비싼 값에 거래되는 건 사실이지만 그걸 팔자고 목숨을 걸고 미지의 바다에 뛰어드는 항해사는 없다. 두 사람 다 새로운 세계에 대한 호기심과 도전에 끌려서 사르가소 해로 향하려는 것이다. 그런 면에서 안토니오와 호세는 각각 몸을 담고 있는 분야는 다르지만 일맥상통하는 면이 있었다.

칼을 빼든 마당이다. 이 정도 어려움은 일을 추진하다 보면 늘상 있게 마련이다. 잠시 실망했던 안토니오는 곧 마음을 수습하고 일동을 돌아봤다.

"팔라디오, 베니스로 떠나는 배편이 내일 있다고 했지?"

"네."

"그럼 그 편에 델 로치 상사에 연락해서 1만 두카트를 전부 무라노 산 고급 유리제품으로 구입해서 보내달라고 해. 그리고 유리제품이 도착하거든 즉시 리스본으로 보내고 나머지 3만 6천 페스타도 세비야 금융거래소에서 찾아서 리스본으로 송금해. 시간이 없다. 나는 지금 호세, 포르타와 함께 리스본으로 떠나겠다."

안토니오는 출항지를 리스본으로 굳혔다. 세비야에 비해서 생소한 곳이지만 여건이 그러하다면 출항지를 바꾸는 게 마땅할 것이다.

"출항지가 변경되었으니 누가 세비야에 남아서 뒷수습을 해야 할 테니 당신은 이번 항해에서 빠지는 게 좋을 것 같다."

안토니오의 말에 팔라디오는 섭섭한 표정을 지었지만 이의를 제기하지는 않았다. 선택의 여지가 없는 결정이었다.

"알겠습니다. 여기 일은 염려하지 마십시오."

"25일 후에 출항할 예정이다. 그리고 우리가 사르가소 해를 지날 거라는 사실은 당분간 함구하도록 해."

안토니오가 세 사람을 차례로 쳐다보며 당부했다.

*　*　*

지칠 대로 지쳐서 숙소로 돌아온 안토니오는 방으로 들어오자 침대 위에 벌렁 몸을 뉘었다. 아침부터 리스본 항구로 가서 배 수리를 감독하고, 오후에는 포르타와 같이 빵이며 맥주, 대구절임, 과일, 비스킷 등 항해용 식량을 구입하느라 온종일 리스본 거리를 헤매고 다녔던 것이다. 하루이틀도 아니고 열흘째 그렇게 바쁘게 움직였으니 녹초가 되는 게 당연했다.

그래도 안토니오는 상대적으로 나은 편이었다. 인부들과 어울려서 배의 밑창을 때우고, 돛을 꿰매고, 키를 손질하느라 하루종일 항구에서 지내고 있는 로드리고나 선원들을 모집하느라 늦게까지 선창가 선술집을 훑고 있는 호세는 몰골이 말이 아니었다. 정해놓은 날짜는 더 빨리 가게 마련이다. 출항일은 하루하루 다가오는데 배 수리는 생각보다 늦어졌고 선원 모집은 별로 진척이 없었다. 델 로치 상사에서 제때 유리제품을 보냈고, 세비야에서 팔라디오가 차질 없이 뒤처리를 해준 것이 그나마 다행이었다.

"걱정이 됩니까?"

로드리고가 완전히 익은 얼굴을 하고 방 안으로 들어섰다. 날씨도 더운 판에 배 밑창을 때우느라 하루종일 더운 김을 쐬었을 테니 지옥이 따로 없었을 것이다.

"나야 당신에 비하면 편하게 지내는 셈이지요."

안토니오는 괜히 미안한 생각이 들었다.

"호세는 여태 안 돌아왔습니까?"

"그쪽 일도 쉽게 풀리지 않은 모양이기는 하지만……."

안토니오는 매일 술에 절어 돌아오는 호세가 조금은 못마땅했다.

"호세는 염려하지 마십시오. 자기 맡은 일은 반드시 책임지는 친구니까요. 그리고 리스본에는 호세를 따르는 선원들이 많이 있습니다."

로드리고가 웃으며 안토니오를 안심시켰다. 같은 항해사면서도 호세와 로드리고는 성격이 판이하게 달랐다.

서로 바쁘게 지내다 보니 얼굴을 마주치는 일이 드물다. 그렇지만 오늘은 구체적인 항해계획을 짜야 하기 때문에 전부 한자리에 모이기로 했다. 리스본에서 빌린 두 척의 캐렉 중에서 '성 엘모의 불'은 안토니오와 호세가 선장과 항해사로 승선을 하고 '엘도라도'는 포르타와 로드리고가 선장과 항해사를 맡기로 했다. 화주가 선장을 맡는 관례에 따라 안토니오와 포르타가 선장이 되었지만 실제 항해는 호세와 로드리고가 책임을 진다.

"조금 늦었습니다."

호세가 술 냄새를 풍기며 들어섰다.

"출항이 임박했는데 너무 술에 절어 사는 거 아닌가."

안토니오가 주의를 주는데 포르타가 비틀거리며 들어섰다. 힘이 빠졌는지 당장이라도 쓰러질 것 같았다. 경비를 조금이라도 아끼느라 리스본의 온 골목을 다 헤매고 돌아온 길이다.

"너무 그러지 마십시오, 안토니오. 다 일을 위해서 마시는 거니까요. 선원들을 통솔하려면 이런 것도 다 필요합니다. 하여간에 내 일은 걱정하지 말아요. 포르타도 왔으니 그럼 시작할까요?"

호세가 안토니오의 추궁을 넉살 좋게 받아넘기더니 대형 해도를 펼쳐 들었다. 아마 다른 사람이 그런 말을 했다면 호세 성미가 그냥 넘어가지 않았을 것이다. 당신이 바다에 대해서 뭘 아느냐부터 시작해서, 그렇게 일일이 간섭하고 들면 그만두겠다며 대들었을 것이다. 그렇지만 서로를 신뢰하는 사이였기에 안토니오에게는 역정을 내지 않았다. 안토니오도 일단 바다로 나가면 호세에게 전권을 위임할 생각이다.

"실은 그동안에 로드리고와 일차로 계획을 짰습니다."

호세가 펼쳐놓은 대서양 해도에는 줄이 여러 개 그어져 있었다. 안토니오는 호기심 가득한 눈길로 해도를 훑어보았다. 어떤 게 우리 항로일까. 해도를 살피는 것만으로도 안토니오는 가슴이 뛰었다.

"콜럼버스가 신대륙을 발견한 지 130년이 지났습니다. 이제 대서양을 항해하는 것은 그리 어려운 일이 아닙니다."

호세는 갑자기 사람이 달라진 듯 정색을 하고 설명했다.

"예상항로를 말하기 전에 콜럼버스가 개척한 항로를 먼저 설명하겠습니다. 콜럼버스는 모두 네 차례 대서양을 항해했는데 전부 다른 항로를 택했습니다. 그리고 콜럼버스가 개척한 항로들은 여전히 지금도 유용하게 쓰이고 있지요."

호세는 열을 올리기 시작했고 안토니오와 포르타는 진지한 표정으로 집중했다.

"1차 항로부터 살펴보지요. 콜럼버스는 리스본을 출항해서 일단 카나리아 제도에 기착했습니다."

북서아프리카 인근 대서양에 위치한 카나리아 제도는 콜럼버스 시절에는 배가 닿을 수 있는 제일 서쪽의 땅이었다.

"콜럼버스는 카나리아 제도에서 침로를 남쪽으로 틀어서 대서양을 횡단했고, 오랜 항해 끝에 서인도제도의 산 살바도르 섬에 도착했습니다. 카나리아 제도는 북위 30도 서경 15도고, 산 살바도르 섬은 북위 24도 서경 37도니까 상당히 직선으로 항해한 셈이지요. 네 차례의 항해 중에 가장 북쪽 항로에 해당하는데 지금은 별로 쓰이지 않고 있습니다."

"하면 콜럼버스도 사르가소 해를 지나갔다는 말인가?"

안토니오는 정신이 번쩍 들었다. 그런데 왜 호세는 그 사실을 일절 함구하고 있었을까. 어쩌면 내가 상황을 너무 낙관할까봐 염려했기 때문일

지도 모른다. 생각이 거기에 미치자 안토니오는 새삼 호세에게 신뢰가 갔다.

"그렇습니다. 해도를 보면 알 수 있듯이 분명히 사르가소 해를 지나갔지요. 물론 콜럼버스는 사르가소 해가 어떤 바다인지 모르고 진입했겠지만요."

호세가 씩 웃더니 말을 이었다. 그때 콜럼버스를 따라갔던 선원들은 극심한 공포에 빠졌을 것이다. 그리고 그 후로 사르가소 해는 항해사와 선원들에게는 잊혀진 바다가 되었다.

"귀로는 더 북쪽을 택했습니다. 푸에르토리코에서 대서양 한가운데를 가로지르고 아조레스 제도에 도착했지요."

호세가 해도 위에 그려진 선을 가리켰다.

"하면 리스본보다도 북쪽이군."

"그렇습니다. 북위 18도에서 북위 43도까지 가파르게 북상했으니까요."

"어쨌거나 콜럼버스도 사르가소 해를 항해했다니 우리 계획이 크게 무리는 아니겠군."

안토니오는 고무되었다. 130년 전에 콜럼버스가 사르가소 해를 건넜다니 생각만큼 미지의 바다, 죽음의 바다는 아닐 것이다.

"사정이 다릅니다. 그 사람들은 아무것도 모르고 사르가소 해에 뛰어들었지만 지금 그리로 간다고 하면 아무도 따라가려 하지 않을 겁니다."

호세가 웃으며 대답했다. 사정이 그렇지 않다면 벌써 선원들을 다 모집했을 것이다.

"그렇다고 아무 말 하지 않고 그리로 배를 몰았다가는 선상반란이 일어날 수도 있습니다."

로드리고가 보충했다. 방 안에 침묵이 흘렀다. 잡힐 듯하다가도 손에서 빠져나가고, 닿을 듯하다가도 멀어져가는 사르가소 해. 안토니오는 해법을 찾기라도 하려는 듯 해도를 뚫어지게 쳐다봤다.

"너무 낙관해도 안 되지만 그렇다고 크게 실망할 필요도 없습니다. 로드리고와 치밀하게 계획을 세웠으니까요."

호세가 침묵을 깨고 설명을 이어갔다. 어느 틈에 이렇게 철저히 조사를 했단 말인가. 안토니오는 새삼 호세를 만난 행운에 감사했다. 아마도 호세는 콜럼버스의 항로를 철저하게 파악해서 가능성 있는 항로를 찾아낸 모양이었다.

"3차 항해는 카나리아 제도에서 아프리카 대륙을 끼고 남하를 계속해서 바르바스 곶까지 내려와서 침로를 변경, 적도를 따라 남미로 향했습니다. 바로 이 항로가 현재 가장 활발하게 이용되고 있는 항로입니다. 선원들은 버터 항로라고도 하지요."

그 항로는 안토니오도 잘 알고 있는 길이다.

신대륙 무역선단은 리스본을 출발해서 카나리아 해류를 타고 남하해서 아프리카의 곡물해안과 상아해안, 황금해안, 그리고 노예해안을 차례로 들르며 곡물과 노예를 구입한 후에 남적도해류와 무역풍을 타고 남미 브라질로 향한다. 브라질에서 노예들을 내린 무역선단은 사탕수수를 구입한 후에 북상해서 중남미 서인도제도에 들러서 싣고 온 교역물자를 팔고 멕시코 산 은을 구입한다. 그리고 다시 북상해서 북미의 뉴암스테르담(뉴욕)의 네덜란드 회사에 사탕수수를 넘기고 럼주(酒)를 사서 편서풍을 타고 유럽으로 돌아오면 큰 이익이 남는다.

이처럼 유럽과 아프리카, 신대륙을 잇는 삼각무역은 대서양을 한 바퀴 빙 도는 장거리 항해지만 워낙 이익이 많고 또 해풍과 해류를 적절히 이용할 수 있기에 크게 번성하고 있었다.

그런데 그 복판을 차지하고 있는 사르가소 해를 가로지르면 항정을 크게 줄일 수 있을 것이다. 후발주자로서는 놓치기 힘든 기회고 헤어나기 힘든 유혹이었다. 안토니오의 시선은 사르가소 해를 떠나지 않았다.

"마지막 4차 항해는 2차 항해와 비슷합니다."

콜럼버스는 3차 항해 때는 현지에서 반란사건에 연루되면서 죄수의 신분으로 귀환했기에 귀로 항로가 따로 없다.

"카나리아 제도에서 히스파니올라 섬까지 남서항로를 취했습니다. 귀로도 2차 항해 때와 비슷한데 조금 더 남쪽을 취했지요."

이것으로 해도 위에 그어진 선들에 대한 설명이 모두 끝이 났다. 그렇다면 이제 새로운 항로가 그어질 것이다. 안토니오는 펜을 든 호세의 손끝에 집중했다. 포르타도 마찬가지였다.

"이제 우리 예상항로를 말하겠습니다. 잘 보세요. 리스본을 출발해서 마데이라 제도까지는 정기상선대를 따라가겠습니다."

마데이라 제도는 카나리아 제도보다 북쪽, 모로코 부근에 있는 섬이다. 정기상선대를 따라가지 않으면 해적의 기습을 받을 위험이 있다. 그리고 호송비를 내지 않고 정기상선대를 따라가면 먼 바다에서 따돌림을 당하거나, 정기상선대로부터 공격을 당하기도 한다. 그렇지만 마데이라 제도까지는 널리 알려진 항로고 해적의 출몰도 거의 없기에 별문제가 없을 것이다. 안토니오는 고개를 끄덕이며 호세의 계획에 찬동했다.

"정기상선대는 아프리카 대륙을 따라 계속 남하하겠지만 우리는 침로를 이렇게 바꾸겠습니다."

호세가 붉은색으로 해도에 줄을 그었다.

"마데이라 제도는 북위 35도 서경 16도에 해당합니다. 우리의 목적지 아바나(쿠바)는 북위 22도 서경 82.5도니까 이렇게…… 서경 60도와 북회귀선(북위 23.5도)까지 남서쪽으로 침로를 정하겠습니다."

언제 이런 걸 다 준비했단 말인가. 안토니오는 방금 전에 호세를 나무랐던 게 후회되었다. 해도를 쳐다보는 호세의 눈에서 빛이 이는 것 같았다.

"해도에서 보듯이 우리가 정한 항로는 콜럼버스의 2차 항로와 4차 귀환로의 중간에 해당합니다. 대략 서경 30도 부근에서 1차 항로와, 서경 45도 부근에서 4차 귀환로와 교차하면서 서경 60도 부근에서 1차 귀환로와 엇갈리게 되지요."

안토니오는 호세가 새로 그은 선이 어지럽게 그려져 있는 콜럼버스의 항로 사이에서 환한 빛을 발하는 것 같았다. 로드리고는 진작에 상의했는지 아무 말 없이 해도를 지켜보기만 했다.

"우리의 목적지는 서인도제도 아바나지만 이곳 서경 60도 북위 23.5도에서 침로를 변경해서 북회귀선을 따라 서쪽으로 곧장 가서 일단 바하마 제도의 롱 섬에 이를 예정입니다. 서경 75도 북위 22.5도에 위치한 섬이지요. 롱 섬에만 도달하면 그다음은 문제가 아닙니다."

여기서 호세는 말을 마치고 좌중을 훑어보았다.

"문제는 어떻게 정확하게 서경 60도를 측정해서 침로를 변경하느냐는 것인데……."

마침 바람이 불면서 해도가 펄럭였다. 안토니오는 거대한 풍랑에 배가 흔들리는 착각에 빠져들었다.

"그 문제라면 크게 염려할 것 없네. 갈릴레이 교수가 준 경도조견표를 보고 환산하면 되니까."

안토니오가 얼른 나섰다.

"갈릴레이 교수라는 사람이 누군지 나는 모릅니다. 그 경도조견표란 게 바다에는 나가보지도 않고 책상에서 연구한 것일 텐데 내 앞에서 얘기했다면 나는 코웃음을 쳤을 겁니다. 하지만 안토니오, 당신이 굳게 믿고 있으니까 나도 일정 부분은 인정하겠습니다. 그렇지만 출렁이는 바다에 나가면 책상 위에서 연구한 건 무용지물에 불과하다는 걸 알게 될 겁니다."

호세가 정색을 하고 대답했다.

"지도에 줄을 긋는 것은 쉽습니다. 그러나 바다에서는 점 하나만 잘못 찍어도 배가 엉뚱한 곳으로 갑니다. 만약에 서경 60도를 정확하게 측정하지 못하면, 그래서 침로 변경이 늦어지면 항해가 예정보다 길어지면서 식량이나 식수가 부족할 수 있습니다. 잘못하면 선상반란이 일어날 수도 있지요. 아니면 자메이카 해적들의 기습을 받거나 폭풍에 휘말릴 위험도 있습니다. 반대로 침로 변경을 일찍 하면……."

호세는 여기까지 말하고 로드리고를 쳐다봤다. 무슨 까닭인지 로드리고의 얼굴이 잔뜩 굳어져 있었다.

"이게 더 무서운데…… 까딱하다가는 '그곳'으로 가게 될지 모릅니다. 그때는 정말 끝장입니다."

그곳이라니. 대체 어디길래 호세가 저리도 겁을 낸단 말인가. 안토니오가 어디냐는 표정으로 로드리고에게 시선을 돌렸다.

"선원들이 말[馬]의 바다라고 부르는 곳이지요. 절대로 피해야 할 해역입니다."

로드리고가 고개를 설레설레 저었다.

"허용오차는 15분 이내입니다. 그 이하의 오차라면 어떻게 해서든 보정해보겠습니다만 그 이상이면 나도 어쩔 수 없습니다."

안토니오는 새삼 긴장이 되었다. 호세의 입에서 어쩔 수 없다는 말은 처음이었다. 포르타도 잔뜩 굳어 있었다. 항해일지와 항해도가 없는 신항로를 개척하는 일이다. 좌표를 정확하게 측정하지 못하면 망망대해에서 길을 잃고 헤매다 모조리 죽게 될 판이다.

과연 갈릴레이 교수의 경도조견표가 얼마나 정확할까. 호세의 말대로 이론과 실제는 차이가 있을 것이다. 안토니오는 자신도 모르게 침을 꿀꺽 삼켰다.

"안토니오, 출항 전에 분명히 해두겠습니다. 경도조견표와 내 측정치가 다르면 나는 내 측정치를 믿겠습니다."

호세가 출항을 하면 모든 판단은 자신이 할 것임을 천명했다. 안토니오는 고개를 끄덕이며 확인했다. 그것은 안토니오가 일찍이 호세에게 약속했던 것이다.

바닷사람들은 고집이 세다. 그래서 선원들 사이에는 '바다와 사랑은 책에서 배우는 게 아니고 느낌에 의존해야 한다'는 말이 통용되고 있었다. 신뢰가 가지 않으면 처음부터 상대하지 않는 게 좋다. 그렇지만 일단 일을 맡겼으면 끝까지 믿어야 한다. 안토니오는 호세에게 모든 것을 맡기기로 했다.

사르가소 해

드넓은 대서양이 앞에 펼쳐지면서 안토니오는 가슴이 뛰었다. 마침내 항해에 오른 것이다. 호세가 지휘하는 성 엘모의 불은 테주 강을 벗어나 대서양으로 진입했다. 70톤짜리 캐럭인 성 엘모의 불은 선령이 8년이나 됐지만 꼼꼼하게 손을 본 덕에 별 무리 없이 대서양에 진입했고 그 뒤를 따라서 로드리고가 지휘하는 100톤짜리 엘도라도가 바다로 들어섰다. 수평선 부근에서 한껏 돛을 부풀린 채 항해하고 있는 갈레온들은 한 시간 전에 출항한 정기무역선단일 것이다. 당분간은 저들 뒤를 따라가기만 하면 된다.

선미 갑판에 서 있는 안토니오의 눈앞에 대서양의 장대한 광경이 펼쳐졌다. 넘실대는 푸른 물결과 끝없이 이어진 수평선, 그리고 광활한 하늘. 안토니오는 비로소 신대륙 항해에 나섰다는 실감이 들었다.

그렇지만 축복 속에 출항한 것은 아니었다. 델 로치 상사에서 일이 꼬이면서 자금을 충분히 확보하지 못했고, 배를 구하고 선원을 모집하는 것도 매끄럽지 못했다. 어느 정도 예상은 하고 있었지만 세비야 사람들의 방해는 집요했다. 간신히 리스본으로 옮겨서 우여곡절 끝에 출항을 했는데 앞으로 어찌될지는 상당 부분 천운에 맡겨야 할 것이다. 안토니오는 멀어져가는 리스본 항을 보며 꼭 성공하고 돌아올 것을 다짐했다.

그런데 이렇게 작은 배로 대서양을 무사히 건널 수 있을까. 막상 바다로 나서자 새삼 걱정이 되었다. 정박해 있을 때는 몰랐는데 바다로 나오자 성 엘모의 불은 그야말로 일엽편주에 불과했다.

"너무 걱정할 거 없습니다."

호세가 마치 안토니오의 속을 들여다보기라도 한 듯 안심을 시켰다. 지중해 항해를 주도하고 있는 바르카는 500톤 이상이지만 대서양 항해용으로 개발된 캐렉은 100톤 내외에 불과하다. 캐렉은 선수 부분이 넓고 선미로 갈수록 좁아지는 물방울 형태의 배로 시원스럽게 파도를 가르며 전진하는 것보다는 넘실대는 파도를 타고 넘는 데 적합한 구조로 애초부터 험한 바다를 항해하기에 적합하게끔 설계된 배다. 그렇지만 크기가 작고 속도가 느리기에 정기상선단은 그보다 훨씬 큰 500톤 급의 전함 갈레온을 상선으로 개조해서 쓰고 있었다. 갈레온은 선체가 길어서 측면 파도에 약하지만 항로가 상세히 알려졌기에 큰 파도를 피할 수 있었던 것이다.

웬만한 파도에는 끄떡도 없는 캐렉은 바르카나 갈레온에 비하면 대서양 항해에 적합한 것은 사실이지만 크기가 작기에 화물을 싣는데 한계가 있다. 그래서 안토니오는 고가품으로 승부하기로 하고 무라노 산 유리제품을 실은 것이다. 무라노 산 유리제품이라면 충분히 채산을 맞출 수 있을 것이다. 문제는 무사히 신대륙에 당도하느냐 하는 것이다.

'서경 60도라……'

안토니오는 늘 지니고 다니는 경도조견표로 눈길을 돌렸다. 물살을 가르며 힘차게 전진하고 있는 성 엘모의 불에는 모두 5개의 돛이 달려 있다. 추진용은 큰돛과 큰돛 위에 추가로 달린 중간돛, 그리고 방향 조절용 앞돛은 사각형이고 선수의 사장(斜檣)에 매달려 있는 기움돛과 선미의 뒷돛은 역풍에 대비한 삼각돛이다. 사각돛은 추진력이 좋지만 풍향이 67도를 넘으면 힘을 못 쓰는 반면에 세로로 매달린 삼각돛은 55도의 풍향에서도 추진력을 얻을 수 있어 역풍이 불어도 끄떡없이 전진할 수 있다.

"아래돛을 감고 큰돛을 활짝 펴라!"

호세가 지시를 내리자 선원들은 재빨리 돛을 감는 기구에 매달렸고, 곧 끼익끼익하는 소리와 함께 큰돛이 펼쳐졌다. 순풍에 한껏 돛을 부풀린 성 엘모의 불은 빠른 속도로 물살을 가르며 원양으로 향했다. 선원들은 호세의 지시에 따라 일사분란하게 움직였다.

"남남서로 침로 변경! 목표는 마데이라 제도다!"

지시를 내리는 호세의 목소리에 활기가 넘쳐흘렀다. 술에 절어 지내던 육지에서와는 다른 사람 같았다. 성 엘모의 불과 엘도라도는 대서양을 굽어보는 5층의 벨렘탑을 멀리하면서 힘차게 먼 바다로 향했다.

*　*　*

"항로 이상 없고 선원들 모두 정위치입니다."

젊은 사관 디에고가 선장실로 들어서면서 야간 순찰결과를 보고했다.

"수고했다. 돛 보수작업은 어떻게 되었어?"

"앞돛 하단부를 꿰매고 있는데 봉범공 말로는 내일 오전까지 마칠 수 있다고 합니다."

"좋아. 그만 돌아가서 쉬게."

디에고가 돌아가자 호세는 다시 맥주잔을 집어들었다. 선장 안토니오와 항해사 호세가 쓰고 있는 선실은 선미 갑판 아래에 위치하고 있다. 그 옆에 사관실이 있는데 선원들은 따로 방이 없이 그냥 창고나 복도, 심지어 갑판에서 되는대로 돌아가며 잠을 자고 있었다. 육지에서는 경험해본 적이 없는 장면을 볼 때마다 안토니오는 마음이 편치 못했다. 그렇지만 바다에서는 바다의 법을 따라야 할 것이다. 안토니오는 대신에 나중에 수당을 넉넉히 쳐주는 것으로 그들의 노고를 위로할 생각이다.

안토니오는 야식으로 나온 대구절임을 베어 물었지만 도통 입맛이 나질 않았다. 억지로 먹느니 굶기로 하고 안토니오는 방을 나와 선미 갑판으로 올라갔다.

어두운 밤바다.

눈에 들어오는 것은 멀리 보이는 엘도라도의 불빛과 배 아래에서 부서지는 하얀 물보라뿐이다. 출항해서 하루 낮, 하루 밤을 달렸으니 꽤 먼 바다까지 이르렀을 것이다. 안토니오는 문득 망망대해에 홀로 서 있는 느낌이 들었다.

"왜, 밥맛이 없습니까? 이제 겨우 하루 항해했는데."

언제 올라왔는지 호세가 육분의를 들고 하늘의 별을 관찰하고 있었다. 호세가 망루에 신호를 보내자 망루에서 횃불이 흔들렸고, 조금 있다가 저만치 떨어져서 항해하고 있는 엘도라도에서도 횃불을 마주 흔들었다. 사고무친의 낯선 땅에서 지인을 만난 것처럼 반가웠다.

"대서양이 처음이지요?"

호세가 육분의를 내려놓으며 물었다.

"아니, 동양에서 유럽으로 올 때 아프리카 대륙을 끼고 항해했었어. 오래전 얘기지만."

그때는 운명에 내몰려서 먼 땅까지 오게 된 것이고 지금은 주인이 되어 새 길을 개척하는 중이다. 그리고 신분도 천양지차다. 생각이 거기에 미치자 새삼스럽게 감회가 일었다.

"그렇군요. 선에 들었던 기억이 납니다. 내일이면 마데이라 제도에 도착합니다. 거기서부터 본격적인 항해가 시작되지요. 예상치 못했던 어려움이 기다리고 있겠지만 당신의 신념과 투지, 그리고 내 경험으로 극복해나갈 수 있을 겁니다."

호세가 유쾌하게 웃었다. 내가 호세를 믿는 만큼 호세도 나를 신뢰하고 있다는 생각이 들면서 안토니오는 일말의 불안감을 떨쳐낼 수 있었다.

망망대해의 밤바다. 배가 그냥 정지해 있는 게 아닐까 하는 생각이 들 정도로 사위가 고요했다. 그렇지만 성 엘모의 불은 하얗게 물살을 가르며 부지런히 전진하고 있었다.

"롱 섬까지 70일을 예정하고 있지만 항해가 순조로우면 65일이면 도착할 수 있습니다. 식량과 식수는 90일분을 실었으니 별문제 없을 겁니다."

호세가 다시 한 번 육분의를 들고 밤하늘의 별을 관측했다.

"별빛이 오늘따라 환하게 빛을 내는 것 같군요. 저 별들은 내게는 둘도 없는 친구들입니다. 내가 지금 어디에 있는지 빠뜨리지 않고 가르쳐주지요."

호세가 웃음을 지어 보였다.

"나는 그만 내려가서 자겠습니다. 밤바다 바람을 너무 오래 쐬는 것도 좋지 않습니다."

다시 혼자가 된 안토니오는 밤하늘을 올려다보았다. 호세의 친구들은 항해를 축하라도 하는 듯 찬연히 빛을 뿌리고 있었다. 밤하늘을 가로지르고 있는 은하수는 고향에서 보던 것과 조금도 다르지 않았다. 안토니오는 눈에 익은 별들을 찾아보았다.

은하수 서편에서 빛을 발하고 있는 직녀성과 은하적도 위에서 밝은 빛을 뿌리고 있는 견우성이 먼저 눈에 들어왔다. 안토니오는 문득 어머니가 들려주시던 견우와 직녀의 이야기가 떠올랐다.

'아마 난리가 나기 한 해 전이었을 거야.'

그때 여동생 명이가 어머니의 얘기를 듣다가 훌쩍훌쩍 울던 기억이 떠올랐다. 지금은 모든 것이 변했지만 밤하늘의 별들은 여전히 환한 빛을 뿌리고 있었다.

한줄기 유성이 은하수를 가로질러 카시오페아 자리를 지나 페르세우스 자리로 향하고 있었다.

— 페르세우스 자리구나.

메두사의 머리를 잘랐다는 그리스 신화의 영웅 페르세우스를 생각하며, 안토니오는 문득문득 찾아오는 두려움을 떨쳐버렸다.

* * *

대서양의 검푸른 수평선 위로 해가 솟아올랐다. 돛도 알맞게 부풀어 있었다. 순풍이었다.

"항해사님, 마데이라 제도입니다."

망루 위에서 감시를 하고 있는 선원이 손을 흔들며 소리를 질렀다. 감시 선원은 흥분해서 소리를 질렀지만 백스텝을 들고 거리를 재고 있던 호세는 이미 알고 있다는 듯 별반 반응을 보이지 않았다. 조금 있자 일정 거리를 두고 앞서고 있는 정기무역선단 너머로 마데이라 제도가 눈에 들어왔다.

"현 위치 북위 35도 서경 17.5도. 안토니오, 갈릴레이 교수가 준 태엽시계를 여기를 기준으로 맞추십시오."

호세가 안토니오에게 시각을 맞출 것을 이르고는 큰소리로 조타수에게 지시를 내렸다.

"남남서로 변침한다!"

선원들은 오랜만에 보는 육지에 정신이 팔려 있는데도 호세는 전혀 관심을 드러내지 않으며 위치 측정에 바빴다. 호세의 말에 따르면 이제부터 본격적인 항해인 셈이다.

배가 기울더니 선수가 옆으로 돌기 시작했다. 뒤따르던 엘도라도도 하얗게 파도를 가르며 방향을 틀었다.

"여태까지는 눈을 감고도 올 수 있지만 이제부터는 정신을 바짝 차려야 합니다. 나도 처음 가보는 뱃길이니까요."

호세가 안토니오를 돌아보며 씽긋 웃고는 다시 선원들에게 분주하게 지시를 내렸다. 큰돛이 활짝 펼쳐지면서 배는 한층 더 속력을 냈다. 엘도라도도 속도를 높이며 부지런히 따라왔다. 그러면서 성 엘모의 불과 엘도라도는 정기무역선단과는 점점 멀어졌다.

"전원 비상배치! 대포를 장전하라!"

돌연 호세가 전투배치를 명령하자 선원들은 바쁘게 갑판을 오갔다. 얼굴을 확인할 수 있을 만큼 근접한 엘도라도에서도 선원들이 이리저리 바쁘게 뛰고 있었다.

"갑자기 왜 전투배치를?"

안토니오는 이상한 생각이 들었다. 보이는 것이라고는 수평선뿐인데 왜…….

"우리를 기다리고 있는 자들이 있을 겁니다. 그러니 앞으로 반나절 정도는 안심할 수 없어요."

"해적을 말하는 것인가?"

"그렇습니다. 우리가 정기무역선단의 호송을 받지 않고 단독으로 항해할 거란 소문이 이미 리스본에 파다하게 퍼졌습니다. 당연히 해적들의 귀에도 들어갔을 겁니다."

"그렇지만 아무것도 보이지 않잖아?"

안토니오는 얼른 사방을 둘러보았다.

"해적들은 무인도에 숨어 있다가 기습을 감행합니다. 해적선인 갤리오트는 캐렉보다 훨씬 빠르지요. 무장도 많고."

호세가 망원경에서 눈을 떼지 않으며 대답했다. 갤리오트는 속도는 빠르지만 먼 바다까지 나가기에는 적합지 못한 구조다. 그래서 해적들은 군데군데 무인도에 식량과 장비를 비치해놓고서 그곳에서 상선을 기다리고 있다가 약탈을 한다. 항구마다 떠돌아다니는 보물지도며 보물선의 소문은 해적들의 무인도 기지가 입에서 입으로 전해지면서 부풀려진 것들이다.

"경계를 철저히 하도록! 언제 어디서 해적이 나타날지 모른다!"

호세는 망루의 감시병에게 주의를 주고는 선실로 내려갔다. 안토니오는 불안했지만 호세를 믿기로 하고 따라서 선실로 향했다. 이제는 모든 것을 호세에게 의지하는 수밖에 없었다.

* * *

"항해사님, 망루에서 뭔가를 발견했다고 합니다!"

견습사관 디에고가 흥분해서 선장실로 뛰어들어왔다. 정기무역선단과 헤어지고서 다섯 시간 정도 항해를 했을 즈음이었다. 호세는 서둘러 갑판으로 향했고, 그 사이에 조금 긴장이 풀어져 있던 안토니오는 정신이 번쩍 들어 얼른 호세의 뒤를 따랐다.

갑판에 오르니 망루 위에서 감시원이 손가락으로 수평선을 가리켰는데 육안으로는 아무것도 확인이 되지 않았다.

"해적선이 틀림없습니다. 두 시간 후면 따라잡히겠는데…….."

호세가 망원경에서 눈을 떼며 말했다. 그렇다면 두 시간 후에 해적선이 덮칠 거란 말인가. 성 엘모의 불과 엘도라도도 대포를 탑재하고 있지만 해적을 상대할 수는 없을 것이다. 그렇다고 도움을 청할 데도 없는 마당이다. 어떻게 해야 하나. 그렇지만 불안해하는 안토니오와는 달리 호세는 침착함을 잃지 않고 있었다.

"남쪽을 철저히 감시하라! 틀림없이 그쪽에서도 해적선이 나타날 것이니."

호세는 해적들의 수법을 꿰뚫고 있는 것처럼 보였다.

"내가 직접 지휘하겠다. 서쪽으로 변침한다. 삼각돛을 올리고 큰돛은 반까지 내려라. 그리고 대포를 장전하라."

호세는 일사천리로 지시를 내렸고, 선원들은 정신없이 움직였다. 돛을 감는 도구가 돌아가는 소리, 대포를 끄는 소리, 분주히 움직이는 선원들 발자국 소리로 갑판이 일시에 소란스러워졌다. 안토니오는 난간을 꼭 잡고서 상황을 지켜보았다. 침로를 변경하면서 성 엘모의 불과 엘도라도는 예정항로에서 벗어나 서쪽으로 항진을 했다.

"엘도라도에게 거리를 유지하라고 신호를 보내라!"

호세는 선미 갑판에서 사방을 경계하면서 쉬지 않고 지시를 내렸다. 해적이 출몰할 거라고 하자 억센 바닷사람들도 겁을 먹었는지 표정이 잔뜩 굳어 있었다.

"거리를 유지하라!"

성 엘모의 불에 비해서 배 상태가 좋지 않은 엘도라도가 조금씩 처지기 시작하자 호세는 성 엘모의 불의 속도를 늦출 것을 지시했다. 항로를 벗어나면서 남진할 때에 비해서 속도가 많이 떨어졌다. 그래도 이만큼 속도를 내는 것은 역풍에서도 전진하는 삼각돛 때문일 것이다. 안토니오는 터질 듯 부풀어 있는 삼각돛이 고마울 따름이었다.

"배가 보입니다!"

감시원이 소리쳤다. 과연 육안으로도 수평선 부근에서 배 한 척이 관측되었다.

"한 척뿐이잖아……?"

잔뜩 긴장해 있던 선원들은 어이가 없다는 표정이었다. 그렇다면 성 엘모의 불과 엘도라도가 협공을 하면 물리칠 수 있을 것이다.

"북서쪽으로 변침한다! 빨리!"

그러나 호세가 아랑곳하지 않고 변침을 지시했다. 배는 이러다 뒤집히

는 게 아닐까 싶게 크게 기울며 선회를 했고 미처 챙기지 못했던 물건들
이 갑판 위를 마구 나뒹굴었다. 안토니오는 줄을 꼭 잡고 간신히 버텼다.
두 척의 배는 재빨리 방향을 틀었고, 해적선도 따라서 방향을 틀며 본격
적으로 추격이 시작되었다.

"기움돛을 최대로 펼쳐라! 큰돛은 그대로 두고!"

호세는 그 와중에서도 풍향 측정을 빠뜨리지 않았고, 풍향과 풍속에
따라 돛의 종류와 방향을 조절하면서 배를 몰았다.

성 엘모의 불과 엘도라도는 부지런히 파도를 갈랐지만 시간이 흐름에
따라 거리는 점점 가까워지고 있었다. 애초부터 캐럭이 갤리오트를 따돌
리는 것은 무리였다. 풍향과 거리로 봐서 변침을 하지 않고 그대로 남쪽
으로 향하는 게 유리할 것 같은데 왜 서쪽으로……? 하면 호세는 일전을
각오하고 있단 말인가. 궁금했지만 안토니오는 묻지 않기로 했다.

"남쪽에 해적선으로 보이는 배 두 척 출현! 아니 세 척입니다!"

망루에서 감시원이 다급한 목소리로 보고했다. 하면 해적선이 더 있단
말인가. 안토니오는 아연 사색이 되었다. 그렇다면 성 엘모의 불과 엘도
라도만으로는 상대하기 힘들 것이다.

"예상대로군. 저놈은 몰이꾼에 불과해."

그러나 호세는 별반 놀라지 않았다. 쫓아오는 배는 몰이꾼이고 주력은
남쪽에 포진해 있을 거란 사실을 미리 꿰뚫어보고 있었던 것이다. 만약에
변침을 하지 않고 그대로 남쪽으로 향했다면 제발로 해적의 포위망에 빠
져들었을 것이다.

"다시 서쪽으로 변침한다!"

호세가 한결 여유 있는 목소리로 침로 변경을 지시했다. 그의 얼굴에서
긴박한 순간은 지나갔음을 간파할 수 있었다.

"저놈들의 수법과 무인도 기지는 내가 훤히 꿰뚫고 있습니다. 남쪽에

서 기다리고 있던 놈들은 한 시간, 북서쪽에서 따라오고 있는 놈들과는 두 시간의 거리가 있습니다."

"그럼 결국 뒤를 잡힌단 말 아닌가?"

안토니오가 양 방향을 살피며 물었다.

"걱정할 거 없습니다. 그전에 제놈들이 방향을 틀고 돌아갈 테니까요. 나도 처음 가보는 뱃길인데 제놈들이 무슨 재주로 따라오겠습니까. 더구나 갤리오트를 가지고."

호세가 호언을 했다. 그때 숨가쁘게 쫓아오고 있는 해적선에서 검은 연기가 피어올랐다. 대포를 발사한 모양이다. 그러나 하얀 물기둥을 일으키며 포탄이 떨어진 곳은 두 배로부터 한참 떨어진 곳이었다.

"응사할까요?"

견습사관 디에고가 여유를 되찾은 얼굴로 물었다.

"내버려둬. 상대할 필요 없어. 조금 있으면 추격을 중단하고 돌아갈 거야. 그보다는 혹시 파손된 화물이 없는지 살펴보도록 해."

호세는 벌써 해적 따위는 관심이 없는 듯했다.

"저놈들 때문에 예정항로에서 벗어났군요. 위치를 새로 측정해야겠습니다. 어디 경도조견표와 얼마나 차이가 나는지 볼까요?"

항해란 이런 것이다, 라는 걸 말해주는 듯 호세가 통쾌한 웃음을 터뜨렸다. 안토니오는 새삼 바다를 항해하는 것은 이론과는 별개라는 사실을 통감했다.

* * *

리스본을 떠난 지 어언 한 달이 흘렀다. 성 엘모의 불과 엘도라도는 사르가소 해에 들어섰고, 그럭저럭 순항하고 있었다.

바다 위에서 한 달. 검게 그을린 얼굴과 덥수룩한 수염에 안토니오는 스스로도 깜짝 놀라곤 했다.

해류와 해풍이 시계방향으로 순환하는 대서양의 한복판에 해당하는 사르가소 해. 사르가소는 포르투갈 산 포도의 일종인데 강렬한 태양으로 한껏 데워진 공기가 증발하면서 해면의 해조류에 들러붙은 물방울 모양이 포도송이처럼 보인다고 해서 그런 이름이 붙은, 해면이 평균수면보다 높고 물고기들도 별로 없는 바다의 사막이다.

해조류가 무성한 사르가소 해는 배 위에서 보면 배가 시퍼런 물감을 칠해놓은 진흙 위를 항해하는 것 같은 착각에 빠져들 만큼 기분이 나쁜 바다지만 바다 자체는 조용한 편이다.

선원들 중에서 진작부터 호세를 알고 지내던 사람들은 출항 전에 사르가소 해를 가로지른다는 사실을 알고 있었지만 새로 모집한 선원들 중에는 진입하고 나서야 사르가소 해인 걸 알고 질겁하는 사람도 있었다. 그렇지만 워낙 호세의 권위가 절대적이어서 큰 불만은 없었다.

"준비…… 던져!"

호세가 신호를 보내자 선원이 얼른 속도계측용 자를 바다로 던졌다.

"그만!"

호세가 손을 번쩍 들자 선원이 재빨리 풀던 줄을 멈추었다.

"얼마야? 열일곱? 열여덟?"

"열여덟입니다."

"그럼 10노트는 넘겠군. 순풍은 순풍이네."

호세가 터질 듯 부푼 돛을 올려다보며 만족을 표했다. 범선의 속도는 뱃머리에서 나뭇조각이 달린 줄을 바다에 던져서 그 나뭇조각이 선미를 지날 때까지 풀린 줄에 묶인 매듭의 수를 세어 계산한다.

"하루 평균 전진 거리가 70리그(약 330킬로미터) 정도니 상당히 순조로운 항해입니다. 어쩌면 예상보다 일찍 도착할지도 모르겠습니다. 물론 항로가 정확해야겠지만."

예상 거리는 4천 2백 리그(약 2만 킬로미터). 한 달이 지난 지금까지는 항해가 순조로웠다.

"현재 위치가 북위 24도. 경도는 갈릴레이 교수 환산표에 따르면 서경 58도 45분이지만 내가 측정한 바로는 58도 15분입니다."

호세가 엄숙한 표정으로 안토니오를 쳐다봤고 안토니오는 아무 말이 없었다.

"여기에서 침로를 잘 잡아야 정확하게 북위 23.5도 서경 60도에 도달할 수 있습니다. 안토니오, 처음 약속대로 내 방식대로 하겠습니다."

안토니오는 고개를 끄덕이며 동의를 표했다. 벌써 예정항로에서 많이 벗어나 있었다. 그렇다면 호세에게 맡기는 수밖에 없을 것이다. 호세는 항해도의 북위 24도 서경 58도 15분과 북위 23.5도 서경 60도 줄을 힘차게 그었다. 그리고 나침판을 대고 방향을 재기 시작했다.

"알고 있는지 모르겠지만 자침편차를 감안해야 합니다."

나침판이 가리키는 북쪽과 실제의 북쪽, 그리고 지도상의 북쪽은 조금씩 차이가 난다. 자침편차는 나침판의 북쪽인 자북과 진북의 차이인 자편각과, 진북과 지도의 북쪽인 도북과의 차이인 도편각을 합친 것인데 그로 인해서 배는 방위각 1도 차이로 100미터를 전진하면 목적지에서 1.777미터 벗어나게 된다. 그러니까 자침편차를 정확하게 산출해서 그때그때 진로를 수정하지 않으면 배는 엉뚱한 방향으로 나아가게 된다.

안토니오는 호세가 항로를 수정하는 것을 아무 말 없이 지켜보았다. 그러면서 호세를 만난 행운에 다시 한 번 감사했다.

* * *

계절은 가을이지만 내리쪼이는 9월의 태양은 한여름을 방불케 했다.

바다에서 지낸 지 한 달이 넘었다. 보이는 것은 시퍼런 진흙의 바다에 상대하는 것은 소금기 낀 해풍뿐인 생활에 억센 선원들도 점차 지쳐가고 있었다.

다행히 크게 아픈 사람은 없었지만 모두들 식욕을 잃어갔고 신경이 예민해지면서 사소한 일에도 쉽게 흥분하고 있었다. 물고기며 바닷새를 구경하기 힘든 바다다 보니 오로지 멀찌감치 떨어져서 따라오고 있는 엘도라도만이 유일한 벗이고 위안이었다.

안토니오는 갑판으로 올라왔다. 선원들은 갑판 그늘에 되는대로 누워서 쉬고 있었다. 선원들의 고생은 생각했던 것 이상이었다. 먹고 입는 것이 크게 열악하고 부족했고 잠은 아무 데서나 잤다. 그렇지만 정작 그들을 괴롭히는 것은 따로 있었다. 아무도 입을 열지 않고 있지만 모두들 이러다 푸른 진흙의 바다에 갇혀버리고 마는 게 아닐까 불안해하고 있었다.

그럼에도 별다른 탈 없이 항해를 계속하고 있는 것은 호세라는 든든한 항해사가 있고, 출항 전에 안토니오가 보수를 후하게 약속했기 때문일 것이다.

"코레아 님, 나오셨습니까? 사과를 드시죠."

선원이 안토니오에게 사과를 권하고는 다시 일을 시작했다. 선원들은 처음에는 안토니오를 어려워해서 가까이 가기를 꺼렸지만 그동안에 많이 친숙해져서 이제는 스스럼없이 다가오고 있었다.

"고맙다. 힘들지 않나?"

안토니오는 웃으며 사과를 받아들었다. 선원들은 뙤약볕에서 돛줄을 당기고 식량을 나르고 돛을 꿰매며 바쁘게 일했다. 사과를 비롯해서 싱싱한 과일과 채소는 원양항해 중에 걸리기 쉬운 괴혈병을 방지하는 데 효과가 있다. 그래서 성 엘모의 불 갑판에는 선원들이 수시로 꺼내먹을 수 있게끔 갑판에 과일을 담아놓은 큰 통이 놓여 있었다.

사과를 한입 베어문 안토니오는 잰 솜씨로 돛을 꿰매고 있는 봉범공에게 다가갔다.

"헤르난데스, 오늘은 유령선이 안 보이나?"

안토니오가 농담을 건네자 나이가 제법 든 봉범공은 쑥스러운 표정을 지어 보였다.

"코레아 님, 자꾸 그렇게 놀리시면…….."

며칠 전에 망루에서 감시를 서던 헤르난데스가 유령선이 나타났다고 미친 듯이 소리를 지른 바람에 배 안에 소동이 일었던 적이 있다.

— 또 헛것을 본 모양이군.

호세는 대수롭지 않게 넘겼다. 원양항해에서 이런 일은 가끔 있는데 격심한 피로로 인한 선원들의 착각이 대부분이었다.

하지만 헤르난데스는 절대 착각이 아니라며 펄쩍 뛰었고 마지못해서 따라나섰던 호세는 망원경을 집어들었다. 멀리 수평선 부근에 아침해를 등에 업고 이리저리 밀리고 있는 배는 분명히 신기루가 아니었다. 안토니오는 얼른 망원경을 받아들었다.

— 네덜란드 배 같은데 사람은 보이지 않는군요. 구조신호도 없고.

안토니오가 보기에도 그 배는 정상적으로 항해하는 배가 아니었다.

— 표류하고 있는 것 같은데…… 혹시 선상반란이 아닐까?

안토니오가 목소리를 낮추며 물었다.

— 그럴지도 모르지요. 아니면 전염병이 돌면서 전원 몰사를 했던가. 그런데 저 배는 왜 사르가소 해 한복판까지 왔을까요?

호세도 그게 궁금한 모양이었다.

— 생존자는 없는 것 같다. 몹쓸 병이 퍼진 것 같으니까 그냥 지나간다. 우리도 각자 위생에 한층 더 주의하라.

호세는 그렇게 지시를 내리고 선장실로 내려갔다.

— 혹시 생존자가 있을지도 모르잖아.

안토니오는 그냥 지나가는 게 마음에 걸렸다.

— 없을 겁니다. 나도 그냥 지나가는 게 뱃사람의 의리가 아니라는 건 잘 압니다. 그렇지만 지금은 그럴 상황이 아닙니다. 자칫 선원들이 동요할 수 있습니다. 전염병이 퍼졌을 거라고 했지만 행여 선상반란으로 서로 죽고 죽인 끝에 표류선이 되었다면 우리에게는 나쁜 영향을 끼칠 수 있습니다.

호세는 단호했고 안토니오는 충분히 이해가 되었다. 극한 상황에 몰리면 사람은 신경이 예민해지면서 정상적인 판단이 흐려진다. 따라서 괜한 소문이 돌 일은 피하는 게 상책일 것이다.

그토록 억센 바다의 사나이들이지만 유독 소문은 맹신하고 있었다. 선원들은 바다에는 괴물이 출현한다며 두려워했는데 간혹 길이가 사람 키의 몇 배가 넘는 크라켄(대왕오징어)이 긴 촉수를 뻗어 선원을 물 속으로 끌고 들어가는 경우도 있지만 밤에 돌고래 떼가 물 위로 솟는 것을 잘못 봤다든지, 엄청나게 긴 산갈치가 헤엄치는 것을 보고 대왕 뱀이 나타났다고 호들갑을 떠는 경우가 대부분이었다.

그리고 미신에는 귀가 얇아서 항해 중에는 휘파람을 부는 것이 엄격히 금지되었고 위반 시에는 엄격한 벌이 따랐다. 휘파람은 폭풍우를 불러온다고 믿었기 때문이다.

그런 선원들의 속성을 잘 알고 있기에 호세는 선상반란이 아니더라도 유령선이니 괴물 출현이니 하는 소문이 떠돌지 못하도록 미리 선수를 친 것이다.

선장실로 돌아오자 호세가 진지한 표정으로 항해도를 들여다보고 있었다. 과연 저 사람이 술에 절어 지내던 그 사람인가 하는 의심이 들 정도였다.

"안토니오, 항로를 수정해야겠습니다."

호세가 안토니오에게 경도환산표로 산출된 경도를 요구했다.

"환산표로는 59도 20분인데."

"그럼 나와 25분이 차이 나는군요. 솔직히 말해서 생각했던 것보다 근소한 차이입니다. 그 정도라면 길을 잃을 것 같지 않군요."

호세가 만족을 표했다.

"변침한다! 정서(正西)로 뱃머리를 돌려라!"

호세가 큰소리로 침로 변경을 지시했다. 자신의 계측대로 서경 60도를 확정한 것인데 안토니오는 애초의 약속대로 그에 대해서 이의를 달지 않았다.

"이대로 쭉 가면 롱 섬에 도달합니다."

호세가 자신 있게 말했다.

"히스파니올라 섬 부근에는 잉글랜드 해적들이 출몰한다고 하던데 괜찮을까?"

안토니오는 새삼 해적이 걱정되었다.

"그렇기는 하지만 우리 항로에는 나타나지 않을 겁니다."

호세가 장담을 했다. 무엇에 근거하는지는 알 수 없지만 안토니오는 자신만만한 호세를 믿기로 했다.

* * *

출항한 지 어느새 45일이 흘렀다. 그리고 성 엘모의 불과 엘도라도는 무사히 사르가소 해를 벗어나서 카리브 해에 진입했다. 이제 북회귀선을 따라 서쪽으로 가면 북위 23.5도 서경 75도 상에 정확히 놓여 있는 바하마 제도의 롱 섬에 도달할 것이다. 최종확인 지점에서 경도가 25분이나 차이 났는데도 호세는 정확하게 항로를 유지한 것이다.

같은 대서양인데도 어떻게 이렇게 바다가 다를 수 있을까. 카리브 해는 죽음의 바다인 사르가소 해와 달리 생동감이 넘쳐흘렀다.

"저것은!"

안토니오는 날치 떼가 날아오르는 것을 보고 탄성을 질렀다.

"하하, 이곳은 사르가소 해와는 달리 다양한 물고기들이 살고 있습니다. 살아 있는 바다지요."

호세가 유쾌한 웃음을 터뜨렸다.

"쥐가오리 떼가 뛰어오르는 건 더 장관입니다, 안토니오."

사르가소 해를 무사히 빠져나오자 호세도 마음이 놓이는지 말수가 늘어났다.

"롱 섬까지는 순풍이면 15일 이내에 도달할 겁니다. 그렇지만 바다에서는 잠시도 마음을 놓아서는 안 됩니다."

호세가 다시 정색을 했다. 사르가소 해를 무사히 빠져나와서 항로를 정확하게 잡았는데 또 뭐가 걱정이란 말인가. 호세는 잉글랜드 해적은 아니라고 했다. 궁금했지만 안토니오는 묻지 않기로 했다. 어느새 바닷사람들이 금기시하는 것이 몸에 밴 것이다.

"저것은 갈매기가 아닌가? 그렇다면 근처에 육지가 있단 말이로군."

안토니오는 갈매기를 보고 얼굴이 환해졌다. 마치 육지에 발을 디딘 기분이었다.

"그렇군요. 그렇지만 저 부비갈매기는 육지에서 상당히 먼 곳까지 날아가는 놈입니다. 제비갈매기라면 가까운 곳에 육지가 있다고 하겠지만 부비갈매기를 봤다고 그렇게 단언할 수는 없습니다."

갈매기라고 다 같은 갈매기가 아니라는 호세의 말에 안토니오는 머쓱해졌다. 아직은 바다였던 것이다.

* * *

육지가 가까웠다는 생각에 긴장이 풀린 걸까. 여태까지 그럭저럭 잘 적응했던 소금에 절인 고기에서 새삼 역겨운 냄새가 나는 것 같았다. 안토니오는 고기를 도로 내려놓았다.

"왜요, 식욕이 떨어졌습니까? 그동안 잘 견디더니."

호세가 픽 웃더니 보란 듯 소금에 절인 고기를 집어들더니 한 입 베어 물었다. 안토니오는 치즈를 얹은 비스킷에 포도주로 간신히 끼니를 때웠다. 순풍에, 항로를 제대로 잡은 덕에 식량과 식수가 떨어지지 않은 게 큰 다행이었다.

"하긴 두 달 가까이 바다에 떠 있었으니 식욕이 떨어질 만도 하겠군요. 기운을 내십시오. 머지않아 롱 섬에 도착할 겁니다. 이만하면 내가 생각해도 항로를 정확하게 잡은 편입니다."

호세가 너털웃음을 터뜨렸다.

— 왜 아니겠어. 당신은 앙길라 앙길라잖아.

안토니오는 호탕하게 웃는 호세를 보며 그런 생각이 들었다. 사르가소 해를 무사히 빠져나온 성 엘모의 불과 엘도라도는 카리브 해의 푸른 파도를 힘차게 가르며 롱 섬을 향해 나아갔다. 일단 롱 섬에 도착하면 그다음부터는 큰 문제가 없다. 그리고 돌아갈 때는 호송비를 내고 정기상선단을 따라가기로 했으니 신경쓰지 않아도 된다.

이제 내일 아침, 빠르면 오늘 밤이면 육지를 밟게 된다. 더 이상 출렁이는 물 위에서 지내지 않아도 된다는 생각에 안토니오는 가벼운 흥분을 느꼈다.

"항해사님, 좀 나와보십시오."

젊은 사관 디에고가 다급한 얼굴로 선장실로 뛰어들어왔다. 호세는 무슨 일이냐고 묻지 않고 얼른 몸을 일으켰다. 왜 그러는 걸까. 안토니오는 두 사람을 따라 갑판으로 올라갔다.

뭘 가지고 저러는 걸까. 두 사람은 심각한 얼굴로 바다를 살폈는데 안토니오는 아무런 이상을 감지할 수 없었다. 바다는 예전처럼 잔잔했고, 하늘은 맑았다.

"언제부터 이랬나?"

그런데 호세의 얼굴에 여태까지 볼 수 없었던 긴장감이 서려 있었다.

"오래되지 않았습니다."

디에고가 기어들어가는 목소리로 대답했다.

"호세, 도대체 무슨 일이 있다는 건가? 내 눈에는 아무것도 보이지 않는데?"

"파도가 좋지 않아요. 어쩌면……."

호세는 말을 아꼈다.

파도가 왜 안 좋다는 걸까. 안토니오는 영문을 알 길이 없지만 유능한 항해사는 파도의 모양과 높이, 마루와 마루 사이의 거리 등을 보고 어느 쪽에서, 얼마나 먼 곳에서, 어느 정도의 세기로 바람이 불어오는지 추측할 수 있다.

"파도 마루 모양이 날카롭지요? 젊은 파도라는 증거입니다. 그러니까 멀지 않은 곳에서 센 바람이 불고 있다는 뜻이지요."

호세가 상황을 설명하더니 큰소리로 지시를 내렸다.

"모두 침착하라. 내가 직접 배를 몰겠다. 엘도라도에도 신호를 보내라!"

상황을 파악한 선원들이 굳은 표정으로 신속하게 움직였다.

"안토니오, 선장실로 들어가 있어요. 배가 심하게 흔들릴지 모르지만 너무 걱정하지 않아도 됩니다."

호세는 선장실로 내려가라고 했지만 이 상황에서 혼자 선실로 피할 수는 없었다. 안토니오는 마음을 단단히 먹고 갑판에 남기로 하고 돛줄을 힘껏 움켜잡았다.

"뱃머리를 남쪽으로 돌려라! 그리고 긴요하지 않은 물건들은 전부 바다에 던져라!"

호세가 조타를 지시하자 갑판 위의 선원들이 큰소리로 복창을 했다. 선상은 늘 시끄럽다. 그래서 항해사의 지시를 갑판 위의 선원들이 복창을 해야 갑판 아래 조타수가 그 소리를 듣고 방향을 트는데 폭풍이 불 경우는 특별히 두 사람이 복창을 한다. 배는 곧 선회에 들어갔다. 한시바삐 바람의 영향권에서 벗어나야 한다.

안토니오도 바람이 다른 것을 확연히 느낄 수 있었다. 잔잔하던 바다에 물결이 일렁이기 시작하더니 파도 머리가 깨지면서 하얀 거품을 토해냈다.

"상당히 센 바람이 불어올 모양인데…… 어쩐지 항해가 순조롭다고 생각했더니 그예 손님이 오시는군."

호세는 파도에서 눈을 떼지 않으면서 안토니오를 안심시켰다.

"너무 걱정하지 마십시오. 대서양 항해에서 이런 일은 일상이니까요. 언제 어떻게 변할지 모르는 게 바다입니다. 캐렉은 파도에 강한 배입니다. 옆구리만 정통으로 강타당하지 않으면 웬만한 파도에는 끄떡이 없지요."

그렇지만 배는 벌써 심하게 요동치기 시작했다. 안토니오는 돛줄을 꼭잡고 버텼다. 파도는 점점 거칠어졌고 하늘은 한밤중처럼 어두워졌다.

"삼각돛만 남기고 나머지 돛들은 전부 감아라! 서둘러라!"

호세의 목소리가 점점 거칠어졌다. 돛 감는 기구가 요란한 소리를 내고 돌아가면서 큰돛이 말려올라가기 시작했다.

성 엘모의 불과 엘도라도는 이리저리 침로를 변경하며 파도를 피했지만 폭풍에서 빠져나가기는 힘들 것 같았다. 갑판 위에 놓여 있던 물건들이 이리저리 쏠렸고 선원들은 비틀대며 간신히 버티고 있었다.

"아무래도 빠져나갈 수 없을 것 같군요. 그렇다면 폭풍이 물러갈 때까지 버티는 수밖에."

호세가 대책을 변경했다. 안토니오는 우왕좌왕하는 선원들의 얼굴에 가득한 공포의 그림자를 보면서 새삼 바다의 무서움을 실감했다.

"와, 저 파도를 봐! 후라칸(Huracan)이다!"

망루의 선원이 기겁을 했다. 눈을 돌리니 저 멀리서 엄청나게 큰 파도가 밀려오고 있었다. 어떻게 되겠지 하는 심정으로 호세에게 의지하던 안토니오는 산더미 같은 파도를 보고 질겁을 했다. 상상했던 것 이상이었다.

서인도제도 원주민들이 바다의 신이라 부르는 후라칸(허리케인)은 적도 부근에서 생성되는 열대성저기압으로 매년 6월에서 10월 사이에 카리브 해와 멕시코, 미국 남부를 강타하는 엄청난 위력을 지닌 바람이다.

"동요하지 말고 자리를 지켜라!"

호세는 진작에 후라칸인 줄 알고 있었던 것 같았다. 바람은 점점 거세졌고 성 엘모의 불과 엘도라도는 사정없이 흔들렸다.

"악!"

선원의 비명이 들리더니 이내 파도가 갑판 위를 덮쳤다. 파도가 양 손으로 돛줄을 꼭 잡고 간신히 버티는 안토니오의 얼굴을 사정없이 강타했다.

"오른쪽으로! 빨리!"

와중에서도 호세는 당황하지 않고 선원들을 독려했고, 호세의 지시대로 돛이 움직이고 키가 돌면서 성 엘모의 불은 요리조리 방향을 틀었고, 측면파를 용케 피해나갔다.

"꼭 잡아요! 이번에는 더 큰 놈이 몰려오니까!"

호세가 안토니오를 힐끗 돌아보며 소리쳤다. 고개를 돌린 안토니오는 숨이 멎을 것만 같았다. 서서히 밀려오는 파도도 있단 말인가. 그야말로 거대한 파도의 벽이 시야를 가로막고 있었던 것이다.

"앗!"

비명과 함께 배는 솟아올랐고 그대로 곤두서는가 싶더니 갑자기 선수가 아래로 향하면서 밑으로 곤두박질을 쳤다. 이러다 파도 속으로 빨려들어가는 것일까. 그러나 성 엘모의 불은 파도를 헤치고 나왔다. 큰 파도를 타고 넘은 것이다.

"로드리고도 잘하고 있군."

호세가 뒤따라오고 있는 엘도라도를 보며 흡족한 웃음을 지어 보였다. 칠흑의 바다에 보이는 것이라고는 하얀 이빨을 드러내고 달려드는 파도뿐이었다. 두 배는 전복될 듯 위태위태하다가도 다시 균형을 잡았고, 후라칸을 헤치며 항진을 계속했다. 듣던 대로 캐렉은 파도에 강한 배 같았다.

"대체 언제까지 후라칸이 부는 건가?"

안토니오는 다리가 후들거리고 정신이 몽롱해지는 것을 간신히 참고 있었다.

"글쎄요, 일정치 않지만 어떤 것은 한 7~8시간 가기도 합니다."

호세가 천연덕스럽게 대답했다. 당장도 버티기 힘들 판에 7~8시간 동안이라니. 안토니오는 죽을 맛이었다. 그렇지만 정작 가슴을 철렁하게 만든 것은 이어지는 호세의 말이었다.

"안토니오, 미리 말해두는데 상황이 계속 안 좋으면 화물을 바다에 던져야 합니다. 침몰을 막기 위해서는 무게를 줄여야 하거든요."

이미 버릴 만한 것은 다 버린 마당이다. 그렇다면 이제 남은 것은 무라노 산 유리제품뿐이다. 그런데 그걸 버리면……. 안토니오는 온몸에서 기가 빠져나갔지만 그렇다고 반대를 할 상황이 아니었다.

"왼쪽이다! 빨리!"

호세가 다급한 목소리로 지시를 내렸다. 그런데 조타수에게 제대로 전달이 되지 않는지 성 엘모의 불이 제때 선회를 못하면서 커다란 파도가 옆구리를 강타했다.

배가 그 자리에서 빙그르 한 바퀴 도는 것 같았다. 줄을 꼭 잡고 있는데도 그대로 바다로 빨려들어갈 것만 같았다.

선미가 물에 잠겼다…… 고 안토니오가 생각하는 순간에 성 엘모의 불은 후속파를 타고 솟아올랐다. 옆구리를 강타당하고도 용케 전복을 면한 것이다.

"이상 없나?"

호세는 혹시라도 조타수가 정신을 잃고 쓰러졌는지 살폈다. 아직 폭풍 속인데 손발이 맞는 조타수가 없다면 큰일이다.

"괜찮습니다."

다행히 조타수가 큰소리로 대답했다.

"모두 조금만 참아라! 그리 오래갈 것 같지 않으니까!"

호세가 선원들을 격려했다. 수차례 더 물속으로 곤두박질을 쳤지만 성 엘모의 불은 파도를 잘 타고 넘었고, 아까처럼 옆구리를 강타당하는 일은 없었다.

"이번에는 오른쪽이다!"

와중에서도 호세는 의연함을 잃지 않았고, 그를 신뢰하는 선원들은 흔들림 없이 일사분란하게 움직였다. 파도는 계속 성 엘모의 불을 덮쳤고, 그때마다 배는 당장 가라앉을 듯 위태롭게 요동쳤다.

"낡은 배치고는 제법이군."

호세는 여유를 보였다. 그렇지만 상황은 별반 나아지지 않았다. 이러다 정말 7~8시간 계속 바람이 부는 걸까. 안토니오는 제발…… 하는 심정으로 어두운 하늘을 올려다보았다.

"삼각돛을 왼쪽으로! 빨리! 그리고 조타수는 키를 놓치지 마라!"

호세가 다급한 목소리로 지시했다. 시야를 가득 메운 거대한 파도가 성 엘모의 불로 밀려오고 있었다. 그런데 선수의 방향이 좋지 못했다. 빨리 선회하지 못하면 측면파를 맞을 판이고, 그러면 전복을 면하지 못할 것이다. 악마처럼 하얀 입을 벌리고 달려드는 거대한 파도와 필사적으로 선수를 트는 성 엘모의 불. 이번에도 저 악마의 등을 타고 넘을 수 있을까. 그러나 선수가 채 돌아가기 전에 거대한 파도가 성 엘모의 불을 덮쳤다.

"으악!"

배는 얼음에 미끄러지듯 옆으로 밀렸고 중심을 잃은 선원들은 나뒹굴며 비명을 질렀다. 돛줄을 움켜쥐고 있는 안토니오는 균형을 잃지는 않았지만 파도가 강타하면서 몸이 그대로 허공에 떠올랐다. 정신을 놓으면 파도에 휩쓸려갈 것이다. 안토니오는 이를 악물고 버텼다.

"물건을 버려라!"

호세의 고함이 아득히 먼 곳에서 들리는 것 같았다. 더 이상 버틸 힘을 잃은 안토니오는 그대로 주저앉았다.

무풍의 바다

아래층에서 칼립소 풍의 마림바 소리가 은은하게 들려왔고 창문을 통해 카리브 해의 싱그러운 바람이 잔잔하게 불어왔다.

안토니오는 억지로 몸을 일으켰다. 아직도 허리가 아프기는 하지만 언제까지 누워 있을 수만은 없었다.

"허리는 좀 어떻습니까?"

쿵쿵거리는 소리가 나더니 호세가 문을 열고 들어섰다.

"이젠 괜찮아."

안토니오는 당장이라도 밖으로 나갈 듯 기세 좋게 대답했다. 아무리 바다에서의 일은 호세에게 일임했다고 하지만 항해하는 내내 호세에게 끌려다녔던 게 선장이자 선주로서 체면이 말이 아니었던 것이다.

"무리하지 마십시오. 그만하길 다행이니까요."

호세는 안토니오의 마음을 알아챈 듯 히쭉 웃었다.

"배 수리는 그런대로 마무리되었습니다. 식수하고 식량 보충도 순조롭고."

후라칸 속에서 정신을 잃고 쓰러진 게 열흘 전이다. 호세는 용케도 후라칸을 뚫고 롱 섬에 당도했다. 그리고 롱 섬에서 간단한 수리를 마치고 이곳 아바나(쿠바)로 옮긴 게 5일 전이다.

그 무시무시한 후라칸 속에서도 바다로 휩쓸려간 사람은 다행스럽게도 없었다. 크게 다친 사람이 두 명 있지만 나머지는 간단한 타박상에 불과했다.

무사히 육지에 발을 디뎠지만 안토니오는 속이 쓰라렸다. 무라노 유리를 절반이나 바다에 던져버렸던 것이다.

"어쩔 수 없는 일이었습니다."

호세가 허탈해하는 안토니오를 위로했다.

"무사히 신대륙에 발을 디딘 것에 감사해야지. 호세가 아니었다면 모두 물귀신이 되었을 거야."

안토니오는 훌훌 털어버리기로 했다. 그런 안토니오를 보며 호세는 한층 신뢰가 갔다. 선주들 중에는 그때는 살려달라고 애원하고서도 나중에는 왜 화물을 버렸냐며 책임을 묻는 자도 있다.

"당분간은 쉬고 있으세요. 로드리고는 배 수리를 감독하고 있고, 포르타는 식량을 매입하러 갔습니다. 정 갑갑하면 가까운 데 산책을 나가든가."

호세는 그 말을 남기고 방을 나갔다. 아직 몸이 편치 못하지만 마냥 누워 있을 수도 없다. 안토니오는 아바나 거리로 나섰다. 그리고 길을 따라 천천히 걸었다. 번잡한 항구에서는 조금 떨어진 곳이어서 제법 고즈넉한 멋도 느껴지는 길이었다.

기왕에 나선 길이다. 안토니오는 시장 쪽으로 걸음을 돌렸다. 호세는 무리하지 말라고 했지만 안토니오에게는 삶의 생동감이 그 어떤 치료제보다도 효과적이었다. 부지런히 일하는 사람들, 바쁘게 짐을 옮기는 사람들의 모습에서 안토니오는 큰 활력소를 얻고 있었다.

* * *

"한 3만 5천 페스타는 받을 것 같습니다."

아바나 상인들과 상담을 벌이고 돌아온 포르타가 안토니오에게 결과를 보고했다.

"그럼 베니스에서 신고 온 가격의 다섯 배는 받는 셈이군."

안토니오는 일단 만족을 표했다. 델 로치 상사에서는 1만 두카트 상당의 유리제품을 보냈다. 그런데 절반을 바다에 버리는 바람에 아바나에서 팔 물건은 원가로 따지면 5천 두카트, 7천 페스타에 불과했다. 그런데 고생을 한 보람이 있어서 원가의 다섯 배를 받게 된 것이다. 베니스의 최고급 유리제품을 탐내는 스페인 귀족이나 관리들이 많았기에 파는 것은 문제가 없었다.

"이문으로만 보면야 큰 성공이지만 양이 얼마 되지 않는 바람에……."

포르타가 짧은 한숨을 토해냈다. 대서양을 건너느라 지출한 경비를 감안하면 자칫 헛고생이 될 판이다. 이제 남은 문제는 뭘 신고 가느냐는 것인데……. 안토니오는 고심에 잠겼다.

"당밀은 알아봤어?"

"물론입니다. 아바나에 오니 사탕수수가 지천에 널려 있더군요."

포르타가 얼른 대답했다. 이미 시세와 물량도 상세히 알아본 모양이다. 여기서 당밀을 신고 북미로 가서 럼주로 바꾸면 두 배는 남길 테니 그럼 7만 페스타를 수중에 넣게 된다. 그리고 리스본으로 돌아가서 배 보증금 1만 8천 페스타를 돌려받으면 총계 8만 8천 페스타가 된다.

그런데 예정에 없던 배 수리비가 추가되었고 리스본으로 돌아갈 때는 정기상선대를 따라가기로 했으니 호송비를 따로 지불해야 한다. 그럼 이것저것 다 제하고 나면 5만 두카트 투자해서 6만 두카트를 버는 셈이다. 그렇다면 굳이 목숨을 걸고 대서양을 건너올 이유가 없다. 리스본이나 세비야에서 장사를 해도 그만큼은 번다.

그렇다면 고생만 실컷 하고 헛장사를 한 꼴이 된다. 아무리 내색하지 않으려 해도 맥이 풀리면서 안토니오의 얼굴에 실망의 빛이 역력했다.

"배 수리는?"

실망한다고 해결될 일이 아니다. 안토니오는 현실로 돌아왔다.

"순조롭게 진행되고 있습니다."

안토니오가 누워 있는 동안에 포르타가 선주 역할을 대신하고 있었다. 포르타도 실망을 감추지 못하고 있었다. 화물을 반이나 버리게 되리라고는 생각해본 적이 없었다.

"당밀 시세를 더 알아볼까요?"

"아니, 그만하면 됐다. 더 협상할 거 없어. 대신에 전액 구매하지 말고 반은 그냥 페스타로 남겨둬."

안토니오는 잠시 생각하다가 결심한 듯 새로운 지시를 내렸다. 암만 생각해도 이대로 돌아갈 수는 없었다.

"하지만 당밀 이상으로 이익을 보장하는 상품이 없지 않습니까."

포르타가 누워 있더니 이 사람 상업수완이 무뎌진 게 아닌가 하는 표정으로 안토니오를 살폈다.

"빨리 손을 쓰지 않으면 스페인 상단에서 가로챌지도 모릅니다."

포르타가 재촉을 했다. 그렇지만 안토니오는 굳게 다문 입을 열지 않았다. 이 사람이 또 무슨 생각을 하고 있는 걸까. 안토니오는 뭔가를 골똘히 생각할 때는 미간이 좁아지는 습관이 있다. 무슨 생각을 하는지 모르겠지만 상업수완이 무뎌진 것 같지는 않았다.

"비둘기 피야."

안토니오가 한참 만에 입을 열었다.

"예? 비둘기의 피라니요?"

포르타는 영문을 몰라 얼른 되물었다. 그러나 안토니오는 대답 대신에 출항을 지시했다.

"멕시코로 간다! 서둘러 출항 채비를 마치도록!"

갑자기 왜 멕시코를…… 포르타는 멍한 얼굴로 안토니오를 쳐다봤다.

* * *

"아스타 마냐나(Hasta Manyna, 내일 합시다)."

무슨 일을 시킬라치면 이런저런 핑계를 대면서 미루는 항구의 인부들과 배가 들어오면 우르르 몰려가서 선원들을 상대로 호객행위를 하는 웃음을 파는 여인들. 밤낮없이 시끌벅적한 선창가 선술집들, 술에 취해 비틀거리는 선원들과 곳곳에서 언성을 높이는 사람들. 멕시코 베라크루즈 항의 첫인상은 생동감을 넘어 긴박감을 자아내게 했다.

아바나를 떠난 성 엘모의 불과 엘도라도는 스페인의 소도시와 별반 다를 것 없는 신대륙의 항구도시 베라크루즈 항에 입항했고, 안토니오는 예정에 없던 이곳에서 새로운 사업을 구상하고 있었다.

"스페인 상관에 다녀왔습니다."

포르타가 숙소로 들어섰다.

"수고했다. 호송료는 타결봤나?"

"두 척에 5천 페스타로 정했습니다. 그만하면 예상에서 크게 벗어난 건 아닙니다. 일이 아쉽게 되었지만…… 어떻게 하겠습니까. 최선을 다한 결과인데."

포르타의 말이 틀리지 않다. 누구를 탓할 상황이 아니다. 그렇지만 안토니오는 아직 상황이 끝난 게 아니라고 생각하고 있었다. 기회는 분명히 있을 것이다.

"남은 돈은 어떻게 할까요? 보헤미아 쪽이 시끄럽다고 하는데 은으로 바꿔가는 게 어떻겠습니까?"

포르타는 차선으로 은을 택했다. 그다운 선택이었다. 은을 싣고 가면 그나마 손해를 최소로 막을 수 있을 것이다. 그렇지만 안토니오는 이번에도 반응을 보이지 않았다. 그렇다면 은도 아니란 말인가. 포르타는 당혹스러웠다. 은도 아니라면 저 사람은 도대체 뭘 생각하고 있단 말인가.

안토니오는 몸을 일으키더니 천천히 문으로 향했다. 갑자기 어디로 외출을 하려는 걸까. 포르타는 말없이 그의 뒤를 따랐다.

안토니오는 아무 말 없이 시장으로 향했고, 인파를 헤치며 부지런히 발길을 옮겼다. 그리고 포목집 앞에 이르더니 걸음을 멈추었다.

"저것 말인데, 어때? 소문대로 아름답지 않나?"

안토니오가 포목점을 가리켰다.

"예? 뭐 말입니까?"

포르타는 놀라며 포목점을 살폈다. 갑자기 뭐가 아름답단 말인가. 포목점에는 형형색색의 천들이 널려 있었지만 특별히 눈에 들어오는 게 없었다.

"비둘기의 피야!"

안토니오의 입에서 다시 비둘기의 피라는 말이 나왔다. 그제서야 포르타는 안토니오가 무엇을 염두에 두고 있는지 깨달았다. 그리고 왜 멕시코로 가자고 했는지 알게 되었다. 아바나 시장을 거닐면서 포목점에 널린 붉은 천을 본 안토니오는 그 원료의 산지가 멕시코임을 알고 새로운 교역 품목을 정했던 것이다.

"그렇군요. 이제야 부지배인님이 뭘 생각하고 있는지 알겠습니다. 연지벌레라면 충분히 손실을 보전하겠지요. 아니 어쩌면 애초 예상보다 더 큰 이익을 올릴 수도 있을 겁니다."

포르타가 감탄을 했다. 그렇지만 감탄은 오래가지 않았다.

"그렇지만 겨우 7천 페스타를 가지고는 부족합니다. 그리고 실정은 생각만큼 녹록지 않습니다."

연지벌레는 국화과 식물이나 멕시코 산 사포텐 류 식물에 기생하는 멕시코 토종의 작은 벌레다. 연지벌레에서 추출되는 생연지는 붉은색을 내는 색소로 쓰이는데 다른 염료와는 비교도 되지 않을 만큼 강렬한 붉은색을 내서 '비둘기 피'로 불리면서 연지벌레는 최고의 염료와 최상의 그림물감 원료로 대접받고 있었다.

환상의 붉은 빛을 내는 원료인 카민을 추출하기 위해서는 살아 있는 연지벌레의 암컷을 펄펄 끓는 열탕에 집어넣어서 급속히 죽인 후에 말려서 분말을 내야 한다. 그런데 신대륙에는 아직 그런 시설, 그걸 할 줄 아는 기술자가 없다. 그러니 환상의 붉은 빛을 얻기 위해서는 무슨 수를 써서라도 연지벌레를 살려서 유럽으로 가져가야 한다.

하지만 현실로 그게 쉽지가 않다. 따뜻한 곳에서 사는 연지벌레는 북상하면서 기온이 떨어지고, 거친 바닷바람에 하나둘씩 죽기 시작해서 아조레스 제도에 이를 무렵에는 열에 아홉이 죽고 만다. 죽어서 도착한 연지벌레는 상품가치가 없다. 통탄할 노릇이지만 그래도 그것만으로도 3배가 넘는 이익을 남긴다. 그러니 전부를 산 채로 유럽에 가지고 가면 그야말로 엘도라도 ─ 황금의 땅 ─ 를 다녀온 게 될 것이다. 어떻게 하면 연지벌레를 산 채로 유럽으로 가지고 갈 수 있을까. 방법은 둘이다. 하나는 항정을 줄이는 것이고 또 하나는 따뜻한 계절에 항해를 하는 것이다. 그렇지만 편서풍이 강하게 부는 계절은 날씨가 차가워서 안 되고 한여름은 바람이 약해서 항정이 늘어난다. 일주일만 항정을 줄이면 전부를 산 채로 리스본에 가져갈 수 있을 텐데…….

하나둘씩 죽어가는 연지벌레를 보며 상인들은 통탄을 했다.

"연지벌레를 싣고 간다면, 그래서 열에 한 마리 꼴로 산 채로 리스본으로 가져간다면 7천 페스타를 가지고 2만 페스타 이상을 남길 수 있겠지만, 그 정도 이익이라면 당밀을 싣고 뉴암스테르담에 가서 럼술과 바꿔

신고 가는 것과 별반 차이가 없습니다. 괜히 연지벌레가 죽었나 살았나 들여다보면서 가슴을 졸이느니 그냥 은을 싣고 가는 게 어떻겠습니까.”

포르타는 계산이 빠르다. 그리고 늘 현실에 기반을 둔다. 안토니오는 그 점을 높이 평가하고 있지만 그것만으로는 안 된다. 새로운 일을 도모하려면 눈에 보이는 것 너머의 것도 볼 수 있어야 한다.

“그 문제는 나중에 호세와 로드리고가 오거든 함께 상의하도록 하지.”

결국 문제는 연지벌레를 산 채로 가져갈 수 있느냐고, 항정을 어떻게든 줄일 수 있느냐에 달려 있다. 그렇다면 두 항해사의 의견을 들어봐야 할 것이다.

포르타는 안토니오의 굳게 다문 입을 보며 범상치 않은 일이 생길 거란 예감을 떨쳐버릴 수 없었다. 한번 마음을 굳히면 뒤를 돌아보지 않는 남자다. 그렇지만 이번에는 결심만으로 되는 일이 아니다. 도대체 뭘 어떻게 하겠다는 것인가. 포르타는 불쑥 떠오르는 불길한 예감을 애써 억눌렀다.

* * *

베라크루즈로 와서 하루도 거르지 않고 술을 마시던 호세도 오늘은 지쳤는지 멀뚱멀뚱한 얼굴로 숙소로 돌아왔다. 배 수리는 다 마쳤고, 엘도라도에는 이미 당밀이 실렸다. 돌아가는 길은 정기상선단을 따라가는 것이니 크게 걱정할 게 없다. 호세가 태평한 것도 이해가 되었다.

“다 모였군. 이제 돌아갈 때가 된 것 같네.”

안토니오가 포르타, 호세, 로드리고에게 차례로 눈길을 주며 입을 열었다.

“엘도라도는 언제라도 출항할 수 있습니다.”

로드리고가 먼저 대답했다.

“성 엘모의 불도 다르지 않습니다. 화물만 실으면…….”

호세가 포르타에게 눈길을 돌렸다. 그건 당신 소관이라는 뜻이다.

"당밀은 언제라도 구매할 수 있습니다. 그리고 은도 시세가 괜찮은 편입니다. 어떤 것을 구입할까요?"

포르타가 안토니오의 눈치를 살피며 답변했다.

"둘 다 필요 없다."

안토니오는 이미 결심을 굳혔다.

"그게 무슨 말입니까? 그럼 뭘 싣고 갈 생각입니까?"

호세가 의외라는 표정을 지었다.

"생각해둔 것이 있다. 그보다는⋯⋯."

안토니오가 잠시 뜸을 들이고는 말을 이었다.

"호세, 항정이 얼마나 되지?"

"편서풍이 세게 불 때는 60일이면 도착할 수도 있지만 지금은 바람이 약하니까 항정을 70일 정도 잡아야 합니다."

"70일이라⋯⋯ 일주일 정도 줄일 수 없을까?"

안토니오가 알아본바, 연지벌레들은 아무리 날씨가 따뜻해도 바다에서 65일 이상을 버티지 못한다고 했다.

"갑자기 그게 무슨 말입니까? 귀로는 정기선단을 따라가기로 하지 않았습니까?"

호세가 놀라며 물었다. 로드리고도 마찬가지였다.

"물론 그럴 생각이네. 그렇지만 일주일 정도 항정을 줄였으면 좋겠는데."

안토니오가 정색을 하고 묻자 호세도 정색을 하고 답변했다.

"갑자기 왜 그러는지 모르겠지만 그게 그렇게 간단한 게 아닙니다. 왜요? 정기상선단 항로가 북미대륙을 끼고 도니까 나중에 그들과 헤어져서 직선항로를 취하면 항정을 줄일 수 있을 것 같아서 그러는 겁니까?"

"거리가 줄어도 바람이 제때 불어주지 않으면 소용이 없습니다. 바다에서는 직선거리가 별 의미가 없지요."

로드리고가 보충하고 나섰다.

"그렇습니다. 안토니오, 이 계절이라면 도저히 70일 이하로 줄일 수 없습니다."

호세가 못을 박았다. 그래도 안토니오가 반응을 보이지 않자 호세는 몸을 일으키더니 항해도를 가지고 왔다. 그리고 일일이 항로를 짚어가면서 설명했다.

"플로리다 해협을 빠져나와서 북위 42도까지 북상하는데 북상해류를 타고 항해하기 때문에 바람이 약해도 거기까지는 큰 문제가 없지요. 그다음부터는 편서풍이 세게 불어주기 때문에 바람에 맡기기만 하면 힘 안 들이고 리스본에 당도할 수 있습니다. 항해도 상으로는 돌아가는 것처럼 보이지만 바다에서는 제일 빠른 길입니다."

호세는 포르타를 힐끗 쳐다보고 말을 이었다.

"사르가소 해에서 화물을 버린 것 때문에 결과가 만족치 못한 것은 나도 잘 압니다. 그렇지만 폭풍의 바다에서 목숨을 건진 것만으로 만족해야 합니다. 바다는, 그런 곳이니까요."

"그렇습니다, 안토니오. 정기상선단 중에는 커다란 손해를 보고 돌아가는 경우도 제법 됩니다."

로드리고가 거들었다. 신중한 그가 이렇게 나서는 것은 바다의 일은 항해사에게 맡겨달라는 무언의 압박이었다. 안토니오의 심중을 간파하고 있는 포르타는 세 사람의 대화를 들으며 안절부절못하고 있었다.

"항해에 대해서 간섭하려는 것은 아니네. 그런데 북상해류라는 건 뭔가?"

안토니오가 항해도에서 눈을 떼지 않으며 물었다.

"바다의 강이지요."

안토니오가 한 발 물러서자 호세도 표정을 누그러뜨렸다. 선원들이 바다의 강이라고 부르는 멕시코 만류(Gulf Stream)는 플로리다 반도와 바하마 제도 사이의 좁은 해협을 빠져나와서 북미대륙을 따라 상승하는 해류로 남적도해류와 북적도해류가 쿠바 부근에서 만나서, 멕시코 만을 한 바퀴 돌면서 가속이 붙으면서 맹렬한 기세로 분출된다.

"북미대륙을 타고 흐르는 해류가 있단 말인가?"

안토니오는 '바다의 강'에 관심을 보였다.

"그렇습니다. 아주 유용한 해류지요."

"하지만 찾는 게 쉽지 않을 텐데?"

"바다의 강은 눈으로도 여타의 바다와 색이 구별됩니다."

호세가 웃으며 대답했다. 편서풍과 더불어 신대륙에서 유럽으로 가는데 큰 도움이 되는 멕시코 만류는 투명하면서 짙은 청색을 띠는 난류로 북미대륙을 감싸고 도는 누런 빛깔의 한류인 대륙사면수(Slope Water)와 뚜렷하게 구별이 된다.

안토니오는 항해도에 집중했다. 멕시코 만류는 북위 25도 부근의 내소(바하마 제도)에서 북위 41도 부근의 뉴암스테르담까지 북상하면서 북미대륙을 타고 돈다. 항해에 도움이 되지만 너무 돌아가는 것도 사실이다. 그러니 곡선으로 굽어진 항로를 직선으로 가로지를 수만 있다면 항정을 단축시킬 수 있을 것이다.

"바다의 강을 따라가는 것도 좋지만 그대로 대륙을 따라 빙 돌지 말고 이 지점에서 바다의 강을 벗어나서 가로지르면 어떨까? 항정이 제법 단축될 것 같은데?"

항해도를 들여다보고 있던 안토니오가 펜을 들더니 북위 25도 지점에서 35도까지 직선을 힘차게 그었다.

"뭐라구요? 안토니오, 지금……."

호세와 로드리고가 동시에 깜짝 놀랐다. 둘은 서로를 마주보더니 어이가 없다는 듯 너털웃음을 터뜨렸다.

"하하하, 전에 한번 말했던 것 같은데, 거기가 바로 말의 바다라는 곳입니다. 잘못해서 거기로 들어갔다가는 꼼짝달싹 못하고 무풍의 바다에 갇혀버리지요."

무풍의 바다.

바람의 힘으로 항해하는 범선에게는 폭풍보다 더 무서운 게 무풍이다. 폭풍의 바다가 죽음과 가까운 곳이라면 무풍의 바다는 죽음 그 자체다.

적도의 열로 한껏 달아오른 공기는 상승해서 극지방으로 불고, 극지방의 차가운 공기는 밑으로 가라앉아서 적도로 향하면서 적도를 중심으로 남북극으로 바람이 순환하게 된다. 그런데 지구의 자전축이 기운 관계로 북위와 남위 30도 부근에서는 공기가 위로만 상승하고 바람은 별로 불지 않는 고압대가 생긴다. 그중에서 북위 30도 서경 70도 부근의 버뮤다 해역은 바람이 전혀 불지 않는 무풍의 해역이다.

그걸 알 리 없는 안토니오가 항해도에 직선을 긋자 두 항해사는 웃음을 터뜨린 것이다.

"나는 평생을 바다에서 살았습니다. 그동안 폭풍을 뚫고 항해를 했던 적이 한두 번이 아니지요. 또 해적도 숱하게 만났고, 선상반란도 겪었습니다. 그렇지만 바람이 불지 않는 바다에서 배를 몰 수는 없습니다."

호세가 정색을 하고 말했다.

"아무리 유능한 항해사라고 해도 바람이 불지 않으면 꼼짝할 수 없습니다. 무풍의 바다는 몇 달 동안 그야말로 바람 한 점 불지 않는 경우도 있습니다. 그렇게 되면 오도 가도 못하고 모두 죽고 맙니다. 그전에 폭동이 일어나서 서로 죽이던가, 아니면 조각배를 타고 빠져나오다 기진맥진해

무풍의 바다 095

서 죽던가."

로드리고가 거들었다. 그럼 이대로 주저앉아야 하는 건가. 안토니오는 실망스러웠다. 하지만 두 항해사가 입을 모아 반대를 하는데 도리가 없었다. 겪어본 적은 없지만 안토니오도 무풍의 바다가 얼마나 무서운 것인지는 충분히 짐작이 갔다.

신대륙 교역은 처음 예상했던 것에 비해서 너무 초라했다. 이대로 돌아가면 델 로치 상사에서 웃음거리가 될 것이다. 만회하는 길은 연지벌레를 싣고 가는 것뿐이다. 연지벌레를 전부 살려서 리스본에 도착하면 손실만회는 물론 엄청난 수익을 얻을 것이다.

하지만 무슨 수로 연지벌레를 살려서 가지고 간단 말인가. 지금 출항하면 연지벌레들은 바닷바람에 죽고, 편서풍이 세게 불 때까지 기다리면 추운 날씨를 견디지 못하고 죽는다. 그래서 궁여지책으로 바다의 강을 가로질러보려고 했는데 그곳에는 무풍의 바다라는 함정이 도사리고 있었다.

정말 도리가 없는 걸까. 안토니오는 여전히 항해도에서 눈을 떼지 않았고 그런 안토니오를 보면서 포르타는 덜컥 겁이 났다. 호세와 로드리고는 아직 안토니오를 잘 모른다. 그만하면 포기했겠지 하고 있겠지만 안토니오는 절대로 쉽게 물러날 사람이 아니다. 그래도 설마 무풍의 바다로 가겠다는 것은 아니겠지. 포르타는 그렇게 스스로를 위로했다.

* * *

베라크루즈의 중심가인 아르마스 광장(Plaza de Armas)의 인파를 헤치며 안토니오는 부지런히 걸음을 옮겼다. 10월로 접어들었지만 더위는 여전했다.

"도대체 어디로 가는 겁니까?"

말없이 따라오던 호세는 광장을 지나서 좁은 골목길로 접어들자 더 참지 못하고 궁금증을 드러냈다.

"여기는 베라크루즈를 여러 번 왔던 나도 처음 오는 곳인데 도대체 여기에 뭐가 있다고 그러는 겁니까?"

"배를 수리하는 동안에 여기저기 돌아다녔지. 그러면서 이런 사람 저런 사람을 만났는데 그들 중에 재미있는 말을 하는 사람이 있었어."

안토니오가 걸음을 멈추고 골목을 이리저리 살피더니 구석진 곳의 선술집을 확인하고는 성큼성큼 그리로 향했다. 배를 수리하고 짐을 싣는 동안에 안토니오는 따로 할 일이 없었으니 무료했을 테고, 여기저기 돌아다니며 시간을 보냈겠지만 그래도 이런 곳까지 올 줄이야. 호세는 의외라 생각하며 안토니오의 뒤를 따랐다. 이런 데 잘못 갔다가는 봉변을 당하는 수가 있다.

안으로 들어서자 밖에서 보던 것에 비해서는 그렇게 분위기가 살벌하고 천박한 술집은 아니었다.

"그런대로 깨끗한 곳이로군요. 왜 이리로 오자고 했는지 모르겠지만 아무튼 여기까지 왔으니 생굴요리나 먹고 가지요."

호세는 자기가 안내라도 한 듯이 기세를 부리며 자리를 잡았다. 그리고 이곳 명물이라면서 멋대로 생굴요리를 시키고 술을 주문했다.

요리와 술은 금세 나왔고 호세는 연신 술잔을 기울이고 굴을 수염에 묻혀가며 부지런히 먹었지만 안토니오는 요리에는 손도 대지 않고 연신 사방을 기웃거렸다.

"누구를 찾는 모양인데 누굽니까? 그러고 보니 아까 재미있는 말을 하는 사람을 봤다고 했는데."

호세가 물었다.

"그래, 그 사람을 찾는 중이야."

"누가 당신에게 무슨 재미있는 얘기를 했는지 궁금하군요. 혹시 그동안에……."

남국의 아가씨와 밀회라도 했느냐는 표정으로 호세가 킬킬거렸고 안토니오는 대답 대신에 따라 웃었다. 그렇지 않다는 사실은 호세가 더 잘 알 것이다.

"저자다!"

안토니오가 소리쳤다. 마침내 찾은 것이다. 호세가 고개를 돌리니 허름한 옷을 걸친 인디오 노인이 들어오고 있었다.

"저 인디오 노인입니까?"

"그래."

"뜻밖이군요. 여인은 아닐지라도 그럴듯한 물건을 팔겠다는 현지 상인 정도일 것으로 생각하고 있었는데."

항구에는 사기꾼들이 득실거린다. 그래서 어수룩해 보이는 상인에게 접근해서 현지산 특산물이라며 형편없는 물건을 비싼 값에 넘긴다. 호세는 행여 안토니오가 초조한 마음에 사기꾼의 말에 귀가 솔깃했을 것이라 짐작하고 따라나섰던 길이다. 그런데 웬 초라한 인디오 노인이 나타난 것이다. 사기꾼들은 대개 행색이 그럴듯하다.

안토니오가 왜 저 인디오 노인에게 관심을 가지는지 몰라도 호세는 인디오 노인이 어떤 종류의 사람이라는 사실을 잘 알고 있었다. 베라크루즈 지방 민요인 '무지카 베라크루즈나'가 은은히 울리고 있는 선술집을 기웃거리는 인디오 노인은 혹시 안면이 있는 사람이라도 만나면 괜히 아는체하면서 술 한잔 얻어먹으려는, 항구에서 흔히 볼 수 있는 걸인이었다.

안토니오를 발견한 인디오 노인은 환한 얼굴로 다가오다가 옆의 호세를 보고 섬뜩해하며 걸음을 멈추었다.

"오랜만이오. 앉으시오."

안토니오가 반갑게 맞으며 자리를 권하자 인디오 노인은 힐끔힐끔 호세 눈치를 살피며 조심스럽게 자리를 잡았다.

"뭡니까? 그럼 여태 이 인디오 노인을 기다린 겁니까?"

호세는 어이가 없었다.

"날 기억하겠소?"

안토니오는 호세를 무시하고 인디오 노인에게 말을 걸었다.

"물론이오, 친구."

인디오 노인은 험악한 인상의 호세를 신경쓰면서 서툰 스페인 말로 대답했다.

"당신을 기다리고 있었소. 전에 잠깐 들었던 말에 흥미가 있어서."

항구나 선술집을 기웃거리며 잔심부름을 해주고 술을 얻어먹고 사는 인디오 노인은 안토니오를 기억하고 있었다. 전에 한 차례 술을 얻어먹은 적이 있었다. 그런데 그때 내가 무슨 말을 했더라……? 인디오 노인은 생각이 나질 않았다.

"왜 그때 당신이 자랑스럽게 얘기하지 않았소? 말의 바다로 가서 고기를 잡아온 적이 있다고."

안토니오가 그때 일을 거론하고 나섰다.

"뭐요? 안토니오, 지금 말의 바다라고 했습니까?"

안토니오의 입에서 말의 바다라는 말이 나오자 못마땅한 얼굴로 술잔을 기울이고 있던 호세가 화들짝 놀랐다. 그러더니 험악한 인상으로 인디오 노인을 쏘아보았다.

인디오 노인은 겁이 덜컥 났다. 그저 술 한잔 얻어먹을 속셈으로 별생각 없이 꺼냈던 말인데 동양인이 인상이 험악한 스페인 사람을 데리고 와서 별로 기억도 나지 않는 일을 묻고 있었다. 혹시 관헌일까……. 인디오 노인은 사색이 되어 호세를 살폈다.

"안토니오, 이 사람이 말의 바다로 가서 고기를 잡아왔다고 했습니까?"

호세가 추궁하듯 물었다. 그제서야 왜 안토니오가 자기를 이리로 데리고 왔는지 깨달은 것이다.

"하면 아직도 미련을 버리지 못하고 있는 겁니까? 나는 그만하면 마음을 정리한 줄 알고 있었는데. 안토니오 심정은 이해하지만 불가능한 것은 불가능한 것입니다."

호세가 고개를 돌리더니 인디오 노인을 다그쳤다.

"이봐, 당신, 말의 바다가 어디에 있는지나 알고 그런 소리를 하는 거야?"

호세가 윽박지르자 인디오 노인은 보기에도 애처로울 정도로 벌벌 떨었다.

"호세, 너무 그렇게 윽박지르지 마."

안토니오가 호세를 저지하고 부드러운 표정으로 인디오 노인을 달랬다.

"우리는 총독부 관헌도 아니고 당신을 해치려는 사람도 아니오. 다만 말의 바다에 관해서 관심이 있기에 당신에게 물어보고 있는 중이오. 당신은 그때 내게 분명히 말하지 않았소? 말의 바다로 들어가는 길도 알고, 빠져나오는 길도 안다고."

안토니오가 간절한 심정으로 물었다. 그때 인디오 노인은 분명히 그렇게 호언했다.

"죄송합니다……."

인디오 노인은 기어들어가는 목소리로 사죄했다. 고개도 제대로 들지 못하는 인디오 노인을 보며 안토니오는 너무 허탈했다. 실낱같은 희망을 가지고 찾아온 길인데, 결과가 너무 허무했던 것이다.

하긴 냉정하게 생각해보면 처음부터 무리였다. 호세도 두려워하는 말의 바다를 인디오 노인 혼자서 들어갔다 나왔다는 것이 이치에 맞지 않았다. 너무 집착했던 것일까. 안토니오는 비틀거리며 선술집을 나가는 인디오 노인을 보며 평소에는 별로 입에 대지 않는 술잔을 집어들었다. 호세는 안토니오의 마음을 이해하기에 더 이상 추궁하지 않았다.

신대륙 교역의 중심지로 자리매김을 한 베라크루즈에는 많은 사람들이 모여들었고, 술집에는 여러 곳에서 온 선원들로 늘 붐볐다. 그들 중에는 마카오에서 태평양을 가로질러서 여기까지 온 사람들도 있었다. 인도양을 통해서 유럽과 동양을 잇는 바닷길이 열린 지 한 세기. 이제는 마카오와 멕시코를 오가는 정기항로도 생겨서 태평양을 건너온 동양물자들이 베라크루즈에 산더미처럼 쌓여 있었다. 일부는 다시 대서양을 건너 유럽으로 전해질 것이다.

선술집을 나섰을 때 날이 이미 저물어 있었다. 상당히 취한 안토니오는 비틀거리며 거리를 걸었고, 호세는 아무 말 없이 뒤를 따랐다. 이제는 정기상선단을 따라 리스본으로 돌아가는 수밖에 달리 도리가 없다. 신대륙 교역을 직접 시도했다는 의의는 있지만 실제로는 괜한 고생만 하고 헛장사를 한 셈이다.

안토니오는 가슴속에 납덩이를 얹은 것 같은 심정으로 숙소로 향했고, 호세는 아무 말 없이 뒤를 따랐다. 일을 하다 보면 뜻대로 되지 않는 경우도 있는 법이다. 그래도 큰 손실을 보지는 않았고 대형 사고도 없었으니 그나마 다행이다. 안토니오는 그렇게 스스로를 위안했지만 그래도 마음 한구석은 여전히 허전했다.

"이보시오!"

누군가 다급하게 부르며 허겁지겁 달려왔다. 돌아보니 아까 그 인디오 노인이었다.

"기다려보시오!"

무슨 볼일이 남은 걸까. 인디오 노인은 당장이라도 숨이 넘어갈 것 같았다.

"아무래도 이 말은 해주는 게 좋을 것 같아서……."

인디오 노인이 거친 숨을 몰아쉬며 간신히 말을 이었다.

"이전에 말했던 말의 바다에 갔다 왔다는 말은 거짓말입니다. 그렇지만 아주 터무니없는 말은 아닙니다. 아는 사람에게서 들은 말인데…… 그 사람이라면 자세한 것을 알 겁니다."

연신 고개를 조아리며 미안해하는 인디오 노인의 얼굴에서 괜한 말을 하는 게 아니라는 사실이 전해졌다. 호세는 여전히 심드렁했지만 안토니오는 어둠 속에서 한 줄기 빛을 본 기분이 들었다.

* * *

고지대로 오르면서 점점 호흡이 거칠어졌다. 할라파는 베라크루즈에서 그리 멀지 않은 곳이지만 해안의 베라크루즈와 달리 상당한 고지대여서 예상했던 것보다 힘이 들었다. 올메크 족 말을 할 줄 아는 젊은 인디오가 앞장을 섰고, 호세는 잔뜩 찌푸린 얼굴로 안토니오의 뒤를 따르고 있었다. 낯선 풍경이 이어졌지만 그래도 이름 모를 야생화들이 사방에 피어 있어 휑한 느낌은 한결 덜했다.

안토니오는 부지런히 걸음을 옮겼고 젊은 인디오는 걷다 쉬다 걷다 쉬다를 반복하면서 자꾸 뒤처지는 두 사람을 이끌었다.

"정말 마지막입니다."

호세가 짜증 섞인 목소리로 말을 건넸다. 바다에서는 펄펄 나는 호세지만 고지대에서는 영 맥을 못 쓰고 있었다. 호세는 항해와 관련된 일은 그 누구와도 타협하지 않는다. 그럼에도 이 고생을 하며 따라나선 것은 상대가 안토니오이기 때문이었다.

그날 인디오 노인은 말의 바다를 갔다 왔다는 젊은 인디오를 소개했다. 그런데 그도 자기가 직접 갔던 게 아니고 전에 바다에서 만났던 올메크 족으로부터 들은 얘기라고 했다. 청년은 돈을 주면 올메크 족이 사는 곳으로 안내하겠다고 했고, 안토니오는 응했다. 그리고 호세는 옆에서 들은 죄로 따라나선 것이다.

호세는 애초부터 갈릴레이 교수를 별로 믿지 않았다. 책상에 앉아서 연구나 하는 사람이 바다에 대해서 알면 얼마나 안단 말인가. 그럼에도 사르가소 해로 배를 몬 것은 안토니오의 열정에 감복했기 때문이다. 그런데 그 열정이 지나쳐서 이번에는 무풍의 바다로 향하려 하고 있었다.

이러다 저 사람 열정 때문에 여러 사람이 물귀신이 되는 게 아닐까. 생각이 거기에 이르자 호세는 후회가 밀려왔다.

"저……."

호세가 말을 꺼내려는 순간 안토니오가 뒤를 돌아봤다.

"힘들지? 다 온 것 같으니 힘을 내게."

안토니오가 호세를 격려했다.

나보고 힘을 내라고……? 아무리 여기가 바다가 아니고 산이라고 해도 호세에게는 낯선 말이었다.

"……!"

무슨 소리냐며 반박을 하려던 호세는 안토니오와 눈이 마주치는 순간 움찔했다. 저 잔잔한 눈빛은……. 열정은 뜨거운 것이라고 알고 있던 호세는 냉정에 가까운 침착한 눈빛과 마주친 것이다. 그러면서 비로소 무엇이 안토니오를 이리로 끌고 왔는지 깨닫게 되었다. 그것은 열정 너머의 믿음이었다. 반드시 할 수 있다는 믿음. 그보다 강한 추진력은 없을 것이다.

"괜찮습니다. 다 온 것 같은데요."

채 생각을 정리하기도 전에 호세의 입에서 그 말이 나왔다. 호세는 무엇에 끌리기라도 한 듯 성큼성큼 걸음을 옮겼다.

그 사이에 꽤 높이 올라왔는지 크고 작은 봉우리들이 발 아래로 보였다. 올메크 족은 멕시코의 현지인들 중에서도 소수민족으로 도시에서 쫓겨나서 산에서 산다고 들었는데 이렇게 높은 곳에서 사는 줄은 몰랐다.

"저기 보이죠? 저 집입니다."

난생 처음 금화를 손에 넣은 젊은 인디오는 기운이 넘쳐흘렀다. 젊은 인디오는 집이라고 했지만 안토니오가 보기에는 동굴이었다. 아무튼 다 왔다니 다행이다. 안토니오와 호세는 안도의 숨을 내쉬며 올메크 족의 부락으로 향했다.

낯선 사람들, 더구나 백인과 그들에게는 생소한 동양인이 나타나자 올메크 부족들이 경계심을 드러내며 모여들었다. 베라크루즈에서 흔히 보는 현지인들과는 확연하게 차별이 되는 원시인 행색을 하고 있었다.

젊은 인디오는 올메크 족장과 뭔가를 부지런히 얘기했고, 족장이 힐끔힐끔 두 사람을 쳐다보더니 뒤를 돌아보며 누군가를 불렀다. 안토니오는 말의 바다를 갔다 왔다는 게 확인되면 금화 한 닢을 주겠다고 했는데 그 말이 효력을 나타낸 모양이다.

"저 사람입니다. 베라크루즈에서 하역부 일을 할 때 잠깐 같이 일했습니다."

젊은 인디오가 두리번거리며 다가오는 올메크 족 노인을 가리켰다.

"저 사람이란 말이지? 좋아, 확인해보겠다. 통역해라!"

호세가 엄한 표정을 지으며 앞으로 나섰다. 호세의 위압적인 자태에 올메크 족 노인은 주춤했고, 안토니오는 말없이 지켜보았다.

"도대체 무슨 이유로 말의 바다에 갔지? 고기를 잡을 생각이라면 일부러 그곳까지 갈 이유가 없는데."

호세의 말은 젊은 인디오에 의해서 아즈테크 말로 옮겨졌고, 다시 올메크 족장에 의해서 올메크 말로 옮겨지는 이중통역을 거쳤다.

올메크 족 노인은 아무런 표정 없이 대답을 했고, 이중통역을 거쳐 전달된 내용은 거기로 가면 아무도 쫓아오지 않기에 그리고 갔다는 것이었다. 나름 일리가 있는 말이었다. 인디오들이 잡은 고기를 백인들이 무단으로 빼앗는 일은 다반사다. 괜히 반항이라도 할라 치면 더 큰 곤욕을 치르게 된다. 하지만 말의 바다라면 아무도 괴롭히지 않을 것이다.

"좋아, 그러면 말의 바다로 가려면 어떻게 해야 하지?"

호세는 틈을 주지 않고 몰아붙였다. 조금이라도 허튼 구석이 보이면 그냥 넘어가지 않을 기세였다.

올메크 족 노인은 무어라 한참 설명했지만 이중통역을 거쳐서 전달된 내용은 대강의 설명에 불과했다. 호세는 갑갑함을 감수하면서 계속 집요하게 물었고, 길고 지루한 이중통역이 이어진 끝에 만족을 했는지 고개를 끄덕였다.

"그래, 거기가 내소다. 그럼 그다음은?"

일단 거기까지는 무리가 없었는지 호세는 더 추궁하지 않았지만 이번에는 안토니오가 의심이 일었다.

"내소 부근이라면 베라크루즈에서 상당히 멀리 떨어진 곳인데 조각배를 타고 그곳까지 갈 수 있을까?"

"후라칸이 부는 계절만 아니면 카리브 해는 그런대로 순해서 무리가 따르겠지만 아주 불가능한 건 아닙니다."

호세는 그 문제는 더 따지지 않기로 했다. 다시 지루한 이중통역이 계속되었는데 호세는 짜증을 내지 않았고 점점 표정이 진지해졌다.

"그러니까 북쪽으로 이틀을 가고 똑바로 동쪽으로 방향을 틀었단 말이지? 맞았어. 거기가 바로 말의 바다야."

호세가 고개를 끄덕였다. 이것으로 이유와 위치는 해명이 되었다. 그렇다면 이제부터가 본론인 셈이다.

"그런데 거기서 고기를 잡다 보면 갑자기 바람이 끊길 텐데 어떻게 돌

무풍의 바다

아왔지? 한 번 바람이 끊기면 몇 달씩 가는 수도 있는데?"

호세는 허튼 수작 말라는 표정으로 올메크 족 노인을 노려봤지만 올메크 족 노인은 별반 당황하는 기색이 아니었다. 올메크 족 노인은 뭐라 주저리주저리 말을 늘어놓았고, 지루한 이중통역을 거치며 뜻이 전달되었다.

"흐른다고? 배가? 어떻게?"

용케 답답한 상황을 잘 받아들이던 호세가 더 참지 못하고 소리를 버럭 질렀다. 올메크 족 노인의 말을 이해할 수 없었던 것이다.

"거기는 바다의 강에서 한참 벗어난 수역이야. 그런데 배가 해류를 타고 흐른다니. 그리고 선수와 선미가 바뀐다는 건 또 뭐야? 배가 빙글빙글 돈다는 뜻 같은데……."

호세는 의외의 상황에 말문이 막혔는지 질문을 멈추었고, 잠시 침묵이 흘렀다. 안토니오도 갑갑했지만 일단 호세에게 확인은 맡겼으니 끝까지 지켜보기로 했다.

"당신 말대로라면 크게 원을 그리면서 흐르는 해류가 있어서 그걸 타고 말의 바다를 빠져나왔다는 얘기가 되는데……. 좋아, 그렇다 치자, 그럼 망망대해에서 그 해류를 어떻게 찾지? 항해도도 없고 나침판도 없을 텐데."

호세는 마지막 질문을 던졌고, 안토니오는 숨이 멎을 듯한 긴박감을 느끼며 올메크 족 노인의 답변을 기다렸다. 호세의 결심이 이 답변에 달려 있을 것이다.

그런데 한참을 기다린 끝에 돌아온 답변은 너무도 뜻밖이었다.

"……바다를 만져보고 안다? 이거 믿어도 되는 거야?"

호세는 어이가 없다는 얼굴로 안토니오를 쳐다봤다. 또다시 침묵이 흘렀다. 호세는 뭔가를 골똘히 생각했고, 안토니오의 초조감은 극에 달했다. 호세와 분명히 약속을 했다. 호세가 직접 만나보고 안 된다고 하면 그때는 정말 다른 말을 안 하기로.

"사실 말의 바다에 갇혔다가 요행히 살아서 돌아온 선원들도 있습니다."

한참 만에 호세가 천천히 입을 열었다.

"그 사람들 말로는 보름째 꼼짝도 않던 배가 바람 한 점 없는데 서서히 원을 그리면서 돌기 시작하더니 바다의 강까지 밀려왔다고 했습니다."

"하면 저 노인 말이 사실이란 말인가?"

안토니오가 얼른 반응을 보였다. 희망이 보였던 것이다.

"그렇지만 단언할 수는 없습니다. 말의 바다에 갇혀 지내는 동안에 타는 듯한 태양과 극도의 공포로 헛것을 봤을 수도 있으니까요. 아무튼 말의 바다에서 살아돌아온 사람들이 있는 것은 사실이고 저 노인의 말과 상당 부분 일치하는 것도 사실입니다. 다만……."

"다만 무엇이 문제인가?"

안토니오는 조바심이 일었다.

"실제로 그런 해류가 있다고 해도 그걸 어떻게 알아내느냐는 것인데 저 노인은 바다를 만져보고 안다고 했습니다. 말인즉슨 해수의 온도 차이를 손으로 감지한다는 뜻인데…… 흐르는 물은 주위의 바다와 미세하게 온도 차이가 날 수 있습니다. 그렇지만 그걸 만져보고 안다는 게 가능할까요? 태평양 섬 원주민들은 바다에 손을 넣어서 육지에서 반사돼 돌아오는 파도의 세기를 가늠해서 방향을 정하고, 거리를 잰다고 들었습니다만."

바다의 사나이 호세가 고개를 절레절레 저었다.

* * *

성 엘모의 불은 힘차게 파도를 가르며 전진했다. 안토니오는 후미 전망대에서 카리브 해의 파란 바다를 응시했다. 이제는 제법 항해에 익숙해져 있었다.

"항해하기 좋은 날이로군요."

호세가 순찰을 마치고 전망대로 올라왔다. 갈등을 겪던 호세는 끝내 도전을 택하고 말의 바다를 항해하기로 했다. 마침내 안토니오의 열정과 집념이 뜻을 이룬 것이다.

베라크루즈를 출항한 성 엘모의 불과 엘도라도는 내소에 기항을 했고, 여기서 두 배는 헤어졌다. 엘도라도는 예정대로 정기상선단을 따라 리스본으로 귀항하기로 하고 성 엘모의 불은 말의 바다를 가로지르기로 한 것이다. 당연히 성 엘모의 불 화물칸에는 연지벌레들이 가득 실려 있었다.

헤어지던 날, 안토니오의 결심을 들은 포르타와 로드리고는 깜짝 놀랐다. 특히 로드리고는 평소의 그답지 않게 펄쩍 뛰었다.

— 스스로 말의 바다로 뛰어들겠다니, 도대체 제정신입니까? 호세, 당신은 뭐하는 사람이야? 선주가 그런 말을 해도 항해사인 당신이 말렸어야지? 항해사에게는 선원들의 목숨을 책임질 의무가 있다는 걸 잘 알잖아!

포르타도 적극 안토니오를 만류하고 나섰다.

— 연지벌레를 살려서 리스본으로 가지고 가면 30배가 넘는 수익을 올릴 수 있겠지만 무풍의 바다에서 잘못되면…… 죽는 것은 벌레만이 아니지 않습니까? 다시 생각하는 게 좋겠습니다.

— 그렇게 걱정하지 않아도 돼. 빠져나올 방법이 있으니까.

안토니오가 포르타를 안심시켰다.

— 방법이라니요? 바람 한 점도 안 부는 마당에 무슨 방법이 있다는 겁니까? 호세, 당신은 뭐하고 있소? 당신도 말려야지!

포르타가 아무 말 없이 서 있는 호세를 질책했다. 호세는 난감했다. 자기라고 왜 만류를 하지 않았겠는가. 그렇지만 결국 안토니오의 신념에 굴복하고 만 것이다.

— 줄리오와 줄리아가 아버지를 애타게 기다리고 있을 겁니다.

그래도 안토니오가 마음을 돌이키려 하지 않자 포르타는 아이들 이름까지 들먹이고 나섰다. 가족이 떠오르자 순간적으로 안토니오도 마음이 약해졌다. 포르타의 말대로 줄리에타와 아이들은 하루도 거르지 않고 무사귀환을 기도하고 있을 것이다.

그렇지만 화살은 이미 시위를 떠났다. 여기서 망설이면 안 된다. 안토니오는 결심을 분명히 했다.

— 정 그러면 혹시…… 많이 늦어질 경우에 대비해서 가족들에게 전할 말이라도…….

포르타가 비장한 표정으로 입을 열었다.

— 쓸데없는 소리! 내가 먼저 리스본에 도착해서 엘도라도를 기다릴 것이다! 나는 60일이면 충분하다!

안토니오가 호언했다.

— 그럼 나도 성 엘모의 불에 타겠습니다.

— 선주가 배를 비우는 게 말이 되는가! 다른 말 말고 즉시 시장으로 가서 남은 돈으로 전부 연지벌레를 사라. 성 엘모의 불은 연지벌레만 싣고 간다.

안토니오는 단호했다.

그렇게 제발 지금이라도 마음을 바꿨으면 하던 포르타와 헤어진 지 하루가 지났다. 그리고 지금 성 엘모의 불은 미지의 바다, 두려움의 대상인 말의 바다로 향하고 있다.

"무슨 생각을 그렇게 합니까? 왜, 지금이라도 배를 돌릴까요?"

호세가 싱글싱글 웃으며 안토니오를 쳐다봤다. 물론 그럴 일은 없을 거란 사실을 잘 알고 있었다.

"선원들은 어때?"

안토니오와 호세는 말의 바다를 가로지를 것이란 사실을 함구하고 있었다. 사실을 알면 따라나설 선원이 아무도 없을 것이다.

"아직은…… 하지만 머지않아 알게 될 겁니다. 대서양 항해를 여러 차례 해본 선원은 대강의 항로를 알고 있으니까요."

호세의 얼굴에 근심이 가득했다. 안토니오는 일찍이 호세가 이처럼 심각한 표정을 지은 걸 본 적이 없었다. 성 엘모의 불 선원 중에서 몸이 불편한 자, 마음이 모질지 못한 자, 그리고 말썽을 부릴 만한 자들은 엘도라도로 보냈고, 엘도라도의 선원들 중에서 믿을 만한 자들을 받았지만 그래도 무슨 일이 벌어질지 모르는 상황이다.

무풍의 바다에서 빠져나올 수 있는 해류를 신속히 찾아야 할 텐데…… 행여 예상에서 조금만 빗나가도 선상폭동이 일어날 판이다. 그런데 과연 저 올메크 노인은 장담대로 해류를 찾아낼까. 호세는 무표정한 얼굴로 구석에 쭈그려 앉아 있는 올메크 노인을 보며 허탈한 심사를 달랠 길 없었다. 바다에서 자신의 운명을 남의 손에 맡겨보기는 처음이었다.

"너무 걱정하지 말게. 잘될 거니까."

안토니오가 호세를 격려하고 나섰다. 그 또한 호세에게는 생소한 것이었다. 호세는 솔직히 지금도 올메크 노인의 말을 반신반의하고 있었다. 그럼에도 따라나선 것은 안토니오의 신념에 탄복했기 때문이다. 흔들림이 없는 눈빛은 '성공의 요체(要諦)는 신념이다!'를 말해주고 있었다. 최선을 다하면 하늘이 돕는다고 했다. 그리고 죽기를 각오하면 산다고 했다.

'나는 할 수 있다!'

호세는 속으로 그렇게 외치며 항해도로 눈길을 돌렸다.

서경 76도에서 북위 28도와 34도 사이에 펼쳐져 있는 무풍의 바다. 북위 32도까지 북상한 후에 동쪽으로 변침해서 사흘을 항해하면 무풍의 바다에 이른다. 그러면 배는 그 자리에서 꼼짝도 않을 것이고, 선원들이 동요하기 시작할 것이다.

빠져나오는 방법은 하나. 올메크 노인이 말한 빙빙 도는 해류를 타고 북상해서 북위 34도 서경 71도까지 가야 한다. 그러면 편서풍을 타게 되고, 일단 편서풍을 타면 그다음은 문제가 없다. 그렇게 계획대로만 되면 정기선단보다 항정을 7일 정도 줄일 수 있다.

그게 가능할까…… 그런데 저 올메크 노인은 도대체 무슨 생각을 하고 있는 걸까. 무풍의 바다에서 무사히 빠져나오면 금화 세 닢과 타고 갈 작은 돛배를 내주기로 약속을 했지만 죽으면 금화와 돛배가 아무 소용이 없을 거란 사실은 알 텐데 저리 태평한 걸 보면 정말 회전하는 해류가 있는 건가.

호세는 태평한 올메크 노인을 보며 짜릿한 흥분에 휩싸였다. 목숨을 건 승부보다 짜릿한 것은 없을 것이다.

* * *

"동쪽으로 변침한다!"

위치측정을 끝낸 호세가 지시를 내렸고 갑판원이 큰소리로 복창을 했다. 이어서 성 엘모의 불은 힘차게 파도를 가르며 동쪽으로 선수를 돌렸다. 북위 32도 선상의 바다는 바람이 알맞게 불었고 하늘도 맑아서 항해하기 더없이 좋았다.

"주사위는 던져졌습니다. 이대로 이틀 동쪽으로 항해하면 말의 바다입니다. 언제 바람이 그칠지 모르는 곳이지요."

호세가 굳은 표정으로 입을 열었다. 막상 무풍의 바다로 들어간다고 하니 조금은 겁이 나는 모양이었다. 안토니오는 말없이 수평선을 응시하고 있었다.

"이제는 올메크 노인의 말이 맞기를 바라는 수밖에 없습니다. 바다를 항해하면서 이렇게 두려움을 느껴본 것은 처음이군요."

호세가 허탈한 웃음을 터뜨렸다. 안토니오라고 두렵지 않은 것은 아니다. 다만 앞장서는 입장에서 내색하지 않고 있는 것뿐이다.

돈을 위해서 선원들을 위험으로 내몰고 있는 것이 아닌가 하는 생각이 들 때면 등에서 식은땀이 흘러내렸다. 베니스는 대대적인 혁신이 필요하다. 신대륙 교역의 후발주자가 정기선단을 따라다녀서는 희망이 없다. 그렇지만 돈을 위해서 사람의 목숨을 희생시킬 수는 없다. 그리고 세상일이 욕심만 가지고 되는 게 아니다. 치밀한 조사와 빈틈없는 계획, 그리고 과감한 실천이 하나가 되어야 뜻을 이룰 수 있다.

그런데 나는 정말로 최선을 다한 것일까. 그렇다고 믿고 출항한 것인데 막상 무풍의 바다가 가까워지자 겁이 나기 시작한 것이다. 겁이 날 때 억지로 떨쳐버리려고 하면 오히려 더 불안해진다. 두려움은 인간의 본성이다. 그러니 미지의 일에 겁을 먹는 것은 당연하다. 일희일비하지 않으면서 오로지 동물적 생존본능으로 냉철하게 사실을 받아들이고, 매 순간을 극복해나가면 반드시 기회가 올 것이다. 안토니오는 그렇게 스스로를 달래면서 밀려오는 불안을 떨쳐버렸다.

* * *

침로를 변경한 지 3일째 접어들면서 차츰 속도가 떨어지기 시작하던 배가 하루가 더 지나자 거짓말처럼 꼼짝도 않고 멈추었다. 돛은 보기에도 처량할 정도로 축 늘어져 있었다.

"현재 위치 북위 32도, 서경 72도."

위치측정을 끝낸 호세가 안토니오에게 조심스럽게 통보했다. 그렇다면 말의 바다, 무풍의 수역에 제대로 진입한 것이다.

"듣던 대로군. 어떻게 바람이 이렇게……."

안토니오는 예상하고 있었음에도 섬뜩한 기분이 들었다. 바다에는 순풍이든 역풍이든 또 폭풍이든 늘 바람이 불게 마련이다. 그런데 이렇게 미풍조차 없는 바다가 있을 줄이야.

"올메크 노인의 말대로 배를 몰았습니다만 이제부터는 기다리는 것 말고는 달리 할 게 없군요."

호세가 막막한 심정을 전했다. 올메크 노인은 3일 간격으로 회전하는 해류가 밀려오고, 그 해류를 타면 5일 만에 무풍의 바다를 빠져나갈 수 있다고 했다. 그렇다면 무슨 수를 써서라도 3일을 버텨야 한다.

"항해 도중에 이렇게 바람이 멈추는 경우가 있는가?"

"그런 경우가 아주 없는 것은 아니지만 길어야 하루입니다. 바다에는 늘상 바람이 불기 마련이니까요."

그렇다면 하루가 지나면 선원들도 이상한 낌새를 챌 것이다. 계속해서 축 처진 돛을 보면 선원들이 동요하기 시작할 것이다. 터질 듯 팽팽하게 부푼 돛은 선원들에게는 희망 그 자체다.

해질 무렵의 바다와 하늘은 온통 붉은 빛이었다. 바다와 하늘이 하나가 되어 불타오를 것만 같았다. 다른 때 같으면 아름답다는 생각이 들겠지만 지금은 마치 지옥이 입을 쩍 벌리고 기다리는 느낌이었다. 안토니오는 숨을 깊이 들이쉬며 몰려오는 두려움을 떨쳐냈다.

* * *

배가 바다 한복판에서 꼼짝 않고 서 있은 지 이틀이 지났다. 그러면서 배 안의 공기가 심상치 않게 변했다. 사관들은 물론 선원들도 전부 호세를 깊이 신뢰하고 따르는 사람들이지만 이틀째 바람 한 점 불지 않자 동요하기 시작한 것이다.

"아무래도 이상합니다. 혹시 침로를 잘못 잡은 것 아닙니까?"

이등항해사 디에고가 선장실로 들어왔다. 잔뜩 겁먹은 얼굴은 선원들의 분위기를 대변하고 있었다.

"해줄 말이 있다."

호세가 마음을 정하고 디에고를 가까이 불렀다.

"여기는 말의 바다다. 그렇지만 너무 놀라지 마라. 다 빠져나갈 방법이 있으니까."

"예! 말의 바다라고요! 어쩌다……."

설마 하던 디에고가 경악을 했다. 그러더니 의혹의 눈초리로 호세와 안토니오를 번갈아 쳐다봤다. 너무도 태연한 게 이상했던 것이다.

"하면 일부러 말의 바다로 배를 몬 것입니까?"

"그래. 항정을 줄이기 위해서 지름길을 택한 것이니까 그리 알고 선원들이 동요하는 일이 없도록 잘 설득해."

"나야 항해사님을 믿지만 말의 바다라는 사실을 알면 선원들이, 더구나 일부러 말의 바다로 배를 몰았다는 사실을 알면 가만히 있지 않을 겁니다."

디에고는 하얗게 질렸다.

"선원들의 동태가 어떤가?"

안토니오가 물었다. 올 것이 왔구나 하는 심정이었다.

"이틀째 배가 꼼짝도 않고 있으니 끼리끼리 모여서 이상하다며 수군대고 있습니다. 항해사님이 어련히 알아서 항로를 잡았겠냐며 간신히 구슬리고 오는 길입니다."

"행여 말의 바다라는 말이 나오지는 않나?"

호세가 결심을 한 듯이 물었다.

"말을 삼가고 있지만 항해 경험이 많은 선원들은 대강 짐작하고 있는 것 같습니다."

그렇다면 더 이상 모른 체하고 있는 게 능사가 아니다. 안토니오와 호세는 눈빛을 교환했고, 누가 먼저라고 할 것 없이 몸을 일으켰다.

갑판으로 나오자 불안한 표정으로 서성이고 있던 선원들이 일제히 두 사람 주변으로 몰려들었다. 11월로 접어들었지만 아열대의 태양이 내리쪼이는 바다는 여전히 뜨거웠다.

"항해사님, 이게 어떻게 된 영문입니까? 왜 배가 이틀째 꼼짝도 않고 서 있는 겁니까?"

나이가 지긋한 선원이 앞으로 나서며 물었다.

"모두 진정하라! 배가 이틀째 꼼짝도 않고 있으니 걱정이 크겠지만 항해를 하다 보면 바람이 불지 않을 때도 있는 법이다. 그러니 크게 걱정할 것 없다. 곧 바람이 불 것이다."

호세는 일단 말의 바다라는 말은 감추기로 했다. 올메크 노인은 3일 간격으로 회전하는 해류가 밀려온다고 했다. 그렇다면 어떻게 해서든 하루만 더 버티면 여길 빠져나갈 수 있다.

"아무래도 이상합니다. 나도 10년 넘게 대서양을 오갔지만 이틀째 바람이 불지 않는 날은 없었습니다. 이런 경우라면 오로지……."

베라크루즈에서 현지 모집한 선원 고메츠가 이의를 제기하고 나섰다.

"닥쳐! 고메츠, 항해사님께 무슨 무례야!"

갑판장이 엄한 소리로 고메츠를 꾸짖었다. 그렇지만 고메츠는 순순히 물러서지 않았다.

"무례라니, 그럼 갑판장에게 묻겠소. 왜 인디오 노인을 배에 태운 겁니까? 노예로 데리고 가는 것 같지는 않던데."

고메츠가 돌연 올메크 노인을 지목하고 나섰다.

"가끔 조각배를 타고 내려가서 물을 살피던데, 하면 저 사람이 뱃길을 안내라도 하는 겁니까? 이상하지 않습니까? 항해일지를 보여주십시오.

확인해봐야겠습니다."

고메츠가 정색을 하고 대들었다. 평소 같으면 어림도 없는 일이었다. 항해일지를 보여달라는 말에 안토니오는 가슴이 철렁했지만 의외로 호세는 담담했다.

"평소 같으면 여섯 가닥 채찍이 네놈 등짝을 향해 날아갔겠지만 상황이 이러하니 내가 참겠다. 좋다. 디에고, 가서 항해일지를 가져와!"

호세가 기세등등해서 몰아붙이자 인상을 험악하게 쓰던 선원들이 겁을 먹었는지 한 걸음 물러섰다.

그렇지만 디에고가 가지고 온 항해일지를 들여다본 고메츠는 코웃음을 치더니 항해일지를 내동댕이쳤다.

"집어치워! 이건 가짜야! 내가 그 정도도 모를 줄 알아?"

다른 선원들과는 달리 고메츠는 조금도 기가 죽지 않았다.

"에르난데스, 이리 와봐!"

고메츠가 소리치자 조타수 에르난데스가 겁먹은 얼굴로 선원들 틈에서 나왔다.

"너, 사실대로 얘기해봐! 그저께 어떻게 변침을 했는지!"

고메츠가 잡아먹을 듯 험한 인상으로 에르난데스를 다그쳤다. 에르난데스는 고메츠와 호세를 번갈아 쳐다보더니 기어들어가는 목소리로 대답했다.

"동쪽으로 70도……."

"그때 위치는?"

"생각이 나질 않는데……."

에르난데스가 울상이 되어 간신히 대답했다.

"조타수가 위치를 모른다는 게 말이 돼? 북위 32도에서 동쪽으로 70도 변침했잖아! 그리고 그대로 이틀을 항해하면 어디가 되지?"

고메츠는 주위를 둘러보고는 물음에 스스로 큰소리로 답했다.

"바로 말의 바다야! 지금 우리는 말의 바다에 있단 말이야!"

고메츠의 입에서 기어코 말의 바다라는 말이 나왔다. 그러면서 선원들의 얼굴이 일제히 백지장이 되었다. 설마 설마 하던 일이 현실로 드러난 것이다. 말의 바다는 곧 죽음을 뜻한다.

"조용히 해! 좋아, 사실대로 얘기해주겠다."

호세는 더 이상 감추는 게 불가능하다고 판단하고 선원들을 설득하기로 했다. 안토니오는 호세와 선원들의 대립을 지켜보면서 필요하면, 그리고 책임을 질 일이 생기면 주저하지 않고 앞으로 나서기로 했다.

"그래, 우리는 지금 말의 바다에 있다. 그렇지만 너무 걱정할 것 없다. 곧 여기를 빠져나갈 것이다."

호세가 호언을 했지만 동요는 쉽게 가라앉을 기색이 아니었다.

"항해사님, 어떻게 된 겁니까? 왜 말의 바다로 온 겁니까?"

"말의 바다에서 무슨 수로 빠져나갑니까?"

흥분한 선원들이 거칠게 항의하고 나섰다. 사관들이 제지할 수 없는 상황이었다.

"모두 진정하라! 대책이 있다고 했잖아!"

호세가 일갈을 했다. 이럴 때는 세게 몰아붙여야 한다. 밀리면 끝장이다. 여러 차례 선상폭동을 경험했던 호세는 그 사실을 잘 알고 있었다.

안토니오는 호세가 상황을 잘 마무리하기를 간절하게 빌면서 바다로 눈길을 돌렸다. 잔잔하기 이를 데 없는 바다다. 정말 올메크 노인의 장담처럼 해류가 저 속에서 빙글빙글 돌면서 이리로 흘러올까. 안토니오는 약해지려는 마음을 다잡았다. 이제 와서 흔들리면 끝장이다.

"좋소. 그럼 그 대책을 들어봅시다."

그만하면 물러갈 줄 알았는데 고메츠는 끈질기게 물고 늘어졌다. 호세는 속으로 적지 않게 당황이 되었다. 여태 자기에게 이렇게 대드는 선원을 본 적이 없었다. 생각 같아서는 당장 형틀에 묶고 채찍질을 하고 싶지만 40명에 달하는 선원들이 그에게 동조하고 있는 마당이다. 호세는 성정을 간신히 누르며 천천히 입을 열었다.

"여러분의 심정을 충분히 이해한다. 말의 바다가 얼마나 무서운 곳인지는 잘 알고 있을 테니. 그렇지만 다 대책이 있기에 이리로 온 것이니 그리 두려워할 것 없다."

그 순간 안토니오는 뜨끔했다. 익숙하지 않은 상황 때문일까. 호세가 불필요한 말을 한 것이다. 제발 고메츠가 그냥 넘어가주었으면.

그렇지만 안토니오의 바람은 헛되고 말았다. 고메츠는 뭔가 이상하다는 듯 고개를 갸우뚱하더니 디에고에게 질문을 돌렸다.

"디에고, 당신이 말해보시오. 당신도 항해사니 대책이 뭔지 알 것 아니오?"

"그게……."

안토니오가 황급히 끼어들었지만 다급한 심정의 디에고는 미처 제지할 틈을 주지 않았다.

"항정을 줄이기 위해서 말의 바다를 가로지르기로 한 것이니까 그리 알고 너무 걱정할 것 없네."

디에고의 말에 걱정 반, 기대 반의 심정으로 대화를 지켜보고 있던 선원들의 안색이 싹 변했다. 그리고 아무도 입을 열지 않았다. 그예 우려했던 일이 발생한 것이다. 안토니오는 핏기가 가신 호세의 얼굴을 보며 상황이 돌이킬 수 없는 국면으로 치달았음을 직감했다.

"하면 일부러 말의 바다로 배를 몰았다는 말인데……. 항해사는 우리를 전부 죽일 셈이오?"

고메츠도 그것까지는 예상하지 못했는지 부들부들 떨며 간신히 입을 열었다. 선원들은 혹시 저 사람이 미친 게 아닐까 하는 표정으로 호세를 노려보았다.

"모두 분명히 들었지? 항해사는 일부러 배를 말의 바다로 몰았다고 했다. 이제 우리는 전부 죽게 되었다!"

고메츠는 악을 썼고, 선원들은 살기등등한 눈빛으로 호세를 쏘아봤다.

"모두 조용히 해라! 대책이 있다고 했지 않느냐!"

호세가 눈을 부라렸지만 선원들은 더 이상 그를 두려워하지 않았다. 선원들이 천천히 다가왔다. 여차하면 폭력을 휘두를 기세였다. 마침내 선상폭동이 일어난 것이다.

"여러분!"

안토니오가 앞으로 나섰다. 이제 사태를 수습할 사람은 자신밖에 없다고 판단한 것이다.

"여러분의 마음은 충분히 이해한다. 그렇지만 그렇게 두려워하지 않아도 된다. 빠져나갈 방도가 있기에 말의 바다로 들어온 것이고, 곧 우리는 여기를 벗어날 것이다. 불필요한 동요를 막기 위해서 여태까지 여러분에게 말하지 않은 것뿐이다."

안토니오가 앞으로 나서자 선원들은 움찔했다. 여태 선주 겸 선장인 이 동양인은 자기들과는 직접 관련이 없는 사람이었다. 보수도 후한 데다 그 무서운 호세가 고분고분 따르는 것으로 봐서 예사 인물이 아니라고 짐작하고 있는 정도였다. 그런데 전후관계를 취합해보니 바로 이 동양인이 말의 바다로 배를 몬 장본인 같았다.

"그럼 당신이 배를 이리로 몰았단 말이오?"

고메츠가 눈을 뒤집어까면서 덤벼들었다.

"모두 들었지? 바로 이자가 우리를 죽음으로 내몬 장본인이야!"

고메츠가 게거품을 물어대며 악을 썼다. 그리고 해명할 틈도 주지 않고 안토니오를 몰아붙였다.

"그러고 보니 이제야 알겠다. 창고에 왜 연지벌레가 가득 실려 있는지. 멕시코 연지벌레를 산 채로 유럽으로 가지고 가면 큰돈을 번다고 했어. 그래서 항정을 줄여보려고 배를 이리로 몬 거야."

영악한 고메츠는 금세 전후를 파악했다.

"한갓 벌레 때문에 우리를 죽음으로 내몰다니! 당신 눈에는 우리 목숨이 벌레만도 못한 것으로 보여!"

선상반란 주동자는 선장 직권으로 현장에서 처단할 수 있다. 고메츠는 죽기살기로 덤벼들었다.

"지옥에나 가라, 동양인!"

"돈이면 다냐!"

고메츠의 선동은 즉각 효과를 냈다. 선원들은 당장 잡아죽일 기세로 안토니오에게 몰려들었다. 그렇지만 안토니오는 피하지 않았다. 대신에 성큼 고메츠에게 다가갔다. 다가오던 선원들은 안토니오의 돌연한 행동에 움찔하며 걸음을 멈추었고 고메츠는 어쩔 셈이냐는 표정으로 안토니오를 노려봤다.

"억!"

고메츠의 입에서 비명이 터져나왔다. 안토니오의 주먹이 그의 얼굴을 강타한 것이다. 워낙 순식간의 일이어서 고메츠는 미처 피하지 못했다. 선원들은 의외의 상황에 허둥댔고, 호세도 놀랐는지 눈을 휘둥그레 뜨고 안토니오를 쳐다봤다. 안토니오는 주저하지 않고 그들 앞으로 나섰다.

"내가 성 엘모의 불을 이리로 몰고 왔다. 호세는 내 지시를 따랐을 뿐이다. 그러니 모든 책임은 나에게 있다."

위기의 상황임에도 안토니오는 조금도 위축되지 않았고 목소리는 확신에 차 있었다. 스스로 생각해도 신기할 지경이었다.

"배가 꼼짝도 않고 있으니 여러분이 동요하는 것은 당연하다. 그렇지만 이것만은 분명히 말할 수 있다. 우리는 반드시 살아서 돌아갈 것이며, 나는 어떤 경우에도 여러분과 생사를 함께할 것이다."

저 동양인 선주에게 저렇게 사람을 압도하는 힘이 있었던가. 선원들은 비로소 왜 호세가 안토니오에게 순종하는지 이해가 되었다.

"말의 바다가 어떤 곳이라는 사실은 나도 잘 알고 있다. 그렇지만 빠져나갈 방도가 있다."

안토니오는 여기까지 말하고 디에고에게 올메크 노인을 데리고 올 것을 지시했다. 정말 말의 바다에서 무사히 빠져나가는 수가 있단 말인가. 반신반의하며 안토니오를 지켜보던 선원들은 겁에 질려서 그들 앞에 나선 올메크 노인을 보면서 고개를 갸우뚱했다.

"말의 바다는 바람은 불지 않지만 일정한 방향으로 흐르는 해류가 있다. 그 해류를 타면 편서풍이 부는 곳까지 갈 수 있다. 이 올메크 노인이 그 해류를 찾아낼 것이다."

이걸 믿어도 되는 건가. 그런 표정이 선원들의 얼굴에 가득했다. 그렇지만 안토니오의 신념에 찬 말에 압도되었는지 대놓고 반발을 하는 사람은 없었다.

"나는 동양의 먼 곳 코레아라는 나라에서 왔다. 그리고 긴 여행을 하는 동안에 여러분의 선조들이 얼마나 용감했는지 익히 들었다. 아까 나보고 돈에 눈이 어두워서 여러분을 죽음으로 내몰았다고 했는데 절대로 그런 일은 없다. 내가 말의 바다로 향한 것은 여러분의 선조들이 두려움 없이 미지의 바다로 뛰어든 것과 마찬가지 이유에서다. 할 수 있다는 신념, 바로 그것이 있었기 때문이다!"

안토니오는 선원들과 일일이 시선을 맞추었고 확신에 찬 눈빛에 흥분했던 선원들은 조금씩 진정을 되찾아갔다.

"나는 두려움 없이 미지의 바다로 뛰어들어서 신대륙을 발견하고, 신항로를 개척한 여러분의 선조들을 깊이 존경하고 있다. 여러분도 그런 선조들을 자랑스럽게 생각하고 있을 것이다. 여러분에게 약속하겠다. 하루만 있으면 우리를 말의 바다에서 빠져나가게 해줄 해류가 흘러올 것이다. 그러니 하루만 참아달라!"

안토니오는 분명히 약속을 했고 아무도 이의를 제기하지 않았다.

"탕!"

호세가 허공에 대고 총을 발사했다.

"모두 제자리로 돌아가라! 지금까지의 일은 불문에 부치겠다. 하지만 또다시 같은 일을 벌였다가는 절대 용서치 않겠다!"

호세가 호통을 치자 선원들이 슬금슬금 흩어졌다.

"놀랐습니다. 내 통제도 벗어난 선원들을 일거에 제압했군요. 딴은 당신을 꽤 안다고 생각했는데 그렇지도 않은 모양입니다."

호세가 탄복을 했다.

잔뜩 겁을 먹고 안절부절 못하던 올메크 노인은 선원들이 물러가자 그제서야 안도의 숨을 내쉬었다.

"한 고비 넘겼지만 아직 안심할 수 없습니다. 그러나저러나 내일 반드시 해류가 흘러와야 할 텐데……."

호세가 한숨을 내쉬더니 올메크 노인에게 시선을 돌렸다.

"어이, 당신 정말 자신 있는 거지?"

말은 통하지 않아도 의미는 전달되었을 텐데도 올메크 노인은 아무런 반응을 보이지 않았다.

* * *

터질 듯 팽팽한 분위기 속에서 하루가 지났고, 약속했던 시각이 다가오고 있었다. 바람도, 해류도 없었고 성 엘모의 불은 제자리에서 꼼짝 않고 있었다.

선장실에는 안토니오와 호세를 비롯해서 사관 두 사람과 10년째 호세를 따라다니고 있는 갑판장이 자리를 함께하고 있었다.

"정말 올메크 노인의 말대로 해류가 흘러올까요? 그리고 미세한 수온의 차이를 사람이 감지해낼 수 있을까요? 솔직히 불안합니다. 선원들이 다시 동요하고 있습니다."

갑판장이 겁먹은 얼굴로 입을 열었다.

"이제 와서 달리 어쩔 도리가 없지 않은가. 그런데 올메크 노인이 뭐라고 했습니까?"

디에고가 호세를 쳐다보며 궁금증을 드러냈다. 올메크 노인은 방금 전에 쪽배를 타고 바다를 만지고 돌아왔다.

"말이 통하지 않으니 정확한 것은 모르겠지만 긍정도 부정도 아닌, 예의 태평한 얼굴이네."

대답을 하는 호세도 꽤나 답답한 눈치였다.

"항해사님, 오늘이 약속한 날입니다. 배가 움직이지 않으면 무슨 일이 일어날 것 같은 분위기입니다."

갑판장이 잔뜩 겁을 집어먹은 얼굴로 입을 열었다. 선원들은 이미 사관과 갑판장의 통제를 따르지 않고 있었다.

"나도 말의 바다에서 살아서 돌아온 선원들이 있다는 얘기는 들어봤습니다. 그리고 회전하는 해류 얘기도 얼핏 들었던 기억이 납니다. 하지만 죽었다 살아난 사람들 말이라 그리 믿을 게 못 됩니다. 설사 그런 게 있다고 해도 올메크 노인이 제대로 찾아낼까 의심스럽습니다."

이등항해사도 상황을 부정적으로 보고 있었다. 백인들은 인디오를 미개한 족속으로 여기고 있었다. 그런 마당에 인디오 중에서도 소수 인종인 올메크 족은 아예 짐승 취급을 받고 있었다.

안토니오를 쳐다보는 갑판장과 이등항해사의 눈에 원망의 빛이 가득했다. 사태의 일차적인 책임은 안토니오에게 있기 때문이다. 그들은 이제 이차적인 책임이 있는 호세에게도 그리 우호적이 아니었다.

— 이봐, 말은 통하지 않지만 그래도 당신도 이 분위기를 알 것 아냐. 그렇다면 손짓발짓을 동원해서라도 뭐라고 좀 상황을 설명해봐. 그렇게 꿀먹은 벙어리처럼 가만히 있으면 나보고 어떻게 하라고…….

안토니오는 긴박한 상황은 아랑곳하지 않은 채 한쪽 구석에 태평하게 누워 있는 올메크 노인을 보며 버럭 소리라도 지르고 싶었다.

"혹시 바람이 불지도 모르지 않습니까?"

험악한 분위기를 누그러뜨리려는 심사에서 디에고가 별 의미 없는 소리를 입에 담았다.

"자, 모두들 진정해라."

호세가 나섰다.

"표정이라도 시원하게 지어야지 원, 답답해서 살 수가 있나."

호세가 여전히 태평한 올메크 노인을 쏘아보고는 안토니오에게 시선을 돌렸다.

"혹시 길을 잘못 들어섰을 수도 있으니까 올메크 노인을 쪽배에 태우고 부근을 돌아보는 건 어떻겠습니까?"

호세가 안토니오에게 의견을 물었다. 호세로서도 달리 방도가 없었던 것이다. 정말 그렇게 해볼까. 안토니오가 생각을 하는데 선장실 밖이 갑자기 소란스러워졌다. 선원들이 몰려온 것 같았다. 선장실에 모여 있던 사관들은 황급히 밖으로 향했다.

짐작대로 고메츠가 앞장서서 선원들을 선동하고 있었다. 인상을 험악하게 쓰고 다가오고 있는 고메츠의 손에 도끼가 들려 있었다. 구명용 쪽배들을 묶어놓은 줄을 끊을 요량인 것 같았다.

"어떻게 된 거요? 약속한 날짜가 되었는데 왜 배가 여전히 꼼짝도 않고 있습니까?"

고메츠가 숨을 거칠게 내쉬며 안토니오에게 항의했다. 당장이라도 덤벼들 기세였다.

"진정하라! 곧 말의 바다를 빠져나갈 수 있는 해류가 흘러올 것이다!"

안토니오는 고메츠의 성난 눈길을 피하지 않고 성큼 앞으로 나섰다. 그 기세에 다른 선원들은 주춤했지만 고메츠는 전혀 물러서지 않았다.

"나는 더 못 기다리겠소! 그리고 이제 더 이상 당신의 말을 믿지 않겠소!"

고메츠가 몸을 돌리더니 큰소리로 선동을 했다.

"이대로 있다가는 모조리 굶어죽고, 말라죽을 거야. 어쩌면 그전에 돌아버릴지도 모르지. 나는 쪽배를 타고 여기를 빠져나가겠다. 따라올 사람은 따라와! 가만히 앉아서 죽음을 기다릴 수는 없어!"

고메츠가 성큼성큼 쪽배로 향했고 선원들이 슬금슬금 그의 뒤를 따라갔다. 고메츠는 도끼를 번쩍 들더니 4척의 쪽배를 연결해놓은 줄을 내리치려 했다.

"무슨 짓이냐! 당장 멈추지 못해!"

호세가 버럭 호통을 쳤다. 그렇지만 선원들은 더 이상 호세의 말을 듣지 않았다.

"우리를 막으면 당신들을 먼저 해치우겠어!"

고메츠의 눈에 살기가 등등했다. 호세를 노려본 고메츠는 안토니오에게 다가왔다.

"지난번에는 나를 잘도 때렸겠다. 어디 이번에도 주먹을 휘둘러보시지!"

도끼를 든 고메츠가 잡아먹을 듯 설쳐대자 사관들은 겁을 먹고 뒤로 물러섰다. 선원들은 이미 태도를 정했다. 그렇다면 고메츠의 말은 헛된 게 아닐 것이다.

"여기서 개죽음을 당할 수는 없다! 우리를 막으려 했다가는 모조리 죽이고 여기를 떠나겠다!"

이미 선상반란이 일어난 마당이다. 괜히 말리려 들다가는 살육으로 번질 판이다. 위세에 눌린 사관들은 하얗게 질려서 뒷걸음을 쳤다.

결국 이렇게 끝나고 마는 건가. 안토니오는 하늘이 무너져내리는 것만 같았다. 그러면서 여태 살아온 세월들이 주마등처럼 뇌리를 스치고 지나갔다. 해류가 흘러오지 않으면 쪽배를 탄 사람이나 성 엘모의 불에 남은 사람이나 모두 죽게 될 것이다. 설사 해류가 흘러와서 편서풍 해역까지 흘러간다 해도 선원들이 없으면 리스본으로 돌아갈 수 없다. 물론 쪽배를 저어서 대서양을 건널 수는 없다.

세상에는 최선을 다해도 안 되는 일이 있다고 하던데 이런 경우를 말하는 건가. 안토니오는 문득 그런 생각이 들었다.

잡아먹을 듯 안토니오를 노려본 고메츠는 쪽배를 묶은 줄을 끊을 요량으로 도끼를 번쩍 치켜들었다.

"윽!"

그때 언제 나타났는지 올메크 노인이 갑자기 괴성을 지르며 고메츠에게 달려들었다. 창졸간에 기습을 당한 고메츠는 뒤로 벌렁 나자빠졌고 올메크 노인은 씩씩거리며 쪽배를 막아섰다. 쪽배는 올메크 노인이 고향으로 돌아갈 때 타고 갈 수단이다.

"뭐야 이건, 너도 나쁜 놈이야. 네깟 미개인이 뭘 안다고 우릴 사지로 몰아넣었어!"

고메츠가 험악하게 인상을 쓰며 올메크 노인에게 달려들더니 올메크 노인을 번쩍 들어서 그대로 내동댕이쳤다. 올메크 노인은 비명을 지르며 갑판을 떼구르르 굴렀고 선원들이 일제히 그에게 달려들었다.

"그만두지 못해!"

안토니오가 그들을 가로막았다. 자칫 올메크 노인이 그들의 손에 맞아 죽을 판이다.

"저 동양인 선주야말로 우리를 사지로 내몬 장본인이다! 배를 떠나기 전에 끝장을 내겠다!"

고메츠가 안토니오를 가리키며 선동했고 선원들은 살벌한 표정으로 안토니오를 에워쌌다.

"이게 무슨 짓이야! 모두들 제자리로 돌아가!"

갑판장이 나섰지만 소용이 없었다. 이미 호세의 통제도 따르지 않는 그들이 갑판장의 말을 들을 리 없었다.

"피하는 게 상책입니다."

호세가 다가오더니 안토니오를 잡아끌었다. 설득이 무용한 상황이다. 그렇다면 당장의 유혈사태를 막아야 한다.

그러나 한 번 흥분한 선원들은 순순히 물러가지 않았다. 결국은 자기들도 죽게 될 것이란 사실을 알고 있는 선원들은 보복을 하려 들었다.

일촉즉발의 위기. 잠시 사관들과 대치했던 선원들은 살기 가득한 얼굴로 다가왔다.

이제 끝인가. 조선을 떠나 먼 여정 끝에 베니스에 정착했고, 청운의 뜻을 품고 신대륙으로 향했던 것인데 이렇게 바다 한복판에서 생을 마감하게 되는 건가. 정신이 아득해진 안토니오는 온몸에서 힘이 빠져나가면서 중심을 잃고 휘청였다.

"……?"

그런데 휘청거린 사람은 안토니오뿐만이 아니었다. 살기등등해서 다가오던 선원들 모두 순간적으로 멈칫하더니 비틀거렸다. 무슨 일이 생긴 걸까. 선원들은 뭐야 하는 표정으로 서로를 쳐다봤다.

"……배가 움직이는 것 같아."

누가 뒤에서 조심스럽게 말했다. 영문을 몰라서 두리번거리던 선원들은 얼른 돛대로 눈길을 돌렸다. 그렇지만 큰돛은 여전히 축 늘어져 있었다. 다른 돛들도 마찬가지였다. 그럼……?

"배가 움직인다!"

선수의 선원이 흥분해서 소리쳤다. 그의 말대로였다. 성 엘모의 불은 미끄러지듯 앞으로 나아가고 있었다.

"정말 배가 움직이네. 바람이 안 부는데 배가 움직일 줄이야."

눈으로 상황을 확인한 선원들이 환성을 질러댔다. 돛은 여전히 처져 있지만 성 엘모의 불은 미끄러지듯 앞으로 나가고 있었다. 그것도 제법 빠른 속도로.

"선수가 조금씩 도는 것 같아!"

미끄러지듯 흘러가는 성 엘모의 불 선수는 미세하게 왼쪽으로 향하고 있었다. 그렇다면 항해사가 말했던 대로다.

"모두 조용히 해라! 어이, 가서 줄자 가져와! 그리고 디에고, 빨리 백스텝을 가지고 위치를 측정해봐!"

호세가 흥분을 억누르며 지시를 내렸다. 선원들은 언제 선상반란을 일으켰냐는 듯 활기차게 움직였다.

"시속 1리그, 속도와 회전방향이 올메크 노인의 말과 일치합니다."

측정을 끝낸 디에고가 큰소리로 보고했다. 안토니오는 아직 실감이 나질 않았다. 정말 올메크 노인의 말이 사실로 판명이 났고, 이제 무사히 말의 바다를 빠져나와서 리스본으로 돌아갈 수 있게 된 걸까. 아직 꿈길을 헤매는 기분이었다.

"해류가 생각했던 것보다 세군요. 이 상태로면 5일 후면 600리그를 갈

수 있습니다. 그렇게 되면 편서풍 해역에 진입하게 됩니다."

호세가 환한 얼굴로 안토니오에게 측정 결과를 전하더니 선원들에게 돛을 내릴 것을 지시했다. 이런 상황이라면 차라리 돛을 내리는 게 유리할 것이다.

성 엘모의 불은 설원을 미끄러지는 썰매처럼 잔잔한 바다를 흘러갔고 죽었다 살아난 선원들은 서로를 부둥켜안고 기뻐 날뛰었다. 긴장이 일시에 풀린 탓일까. 안토니오는 더 버티지 못하고 주저앉았다.

"모두 들어라! 이제 우리는 말의 바다를 빠져나갈 것이다. 식량과 식수는 충분하다. 해류와 바람이 우리를 무사히, 그리고 편하게 리스본까지 정기항로보다 7일 정도 일찍 데려다줄 것이니 그렇게 알고 마음 편히 지내도록."

호세는 장담했고, 죽었다 살아난 데다 미안한 마음도 들었기에 선원들은 일일이 지시를 하지 않아도 알아서 잘들 움직였다.

"배를 탄 이래 이렇게 놀라기는 처음입니다."

호세가 다가왔다. 정말 혼났는지 며칠 사이에 조금 수척해진 것 같았다.

"솔직히 마지막 순간까지 반신반의했습니다. 그런데 정말 빙글빙글 돌면서 서쪽으로 향하는 해류가 있군요. 모두들 두려워하는 말의 바다이다 보니 누구도 장담하지 못했고, 아무도 믿으려 하지 않았습니다만."

호세의 얼굴에 감탄의 빛이 역력했다. 놀랍기는 안토니오도 마찬가지였다. 말의 바다에서 살아 돌아온 사람들이 있다는 사실에, 그리고 올메크 노인의 얼굴에서 거짓의 빛을 찾아볼 수 없었기에 무풍의 바다로 뛰어든 것이지만 매 순간이 피를 말리는 고통의 연속이었다.

그런데 마침내 사실로 판명이 된 것이다. 그리고 연지벌레를 산 채로 리스본으로 가지고 가는 쾌거를 단행하게 된 것이다.

구불구불 흐르는 멕시코 만류는 가끔 만곡(彎曲)의 입구와 출구가 붙으면서 본류에서 떨어져나가는 해류가 생성된다. 본류에서 떨어져나간 해류는 빙글빙글 돌면서 본류와 반대 방향으로 흐르다 말의 바다를 지나서 다시 본류와 합치게 된다. 성 엘모의 불은 그 회전하는 해류를 타고 바람 한 점 없는 무풍의 바다를 빠져나오게 된 것이다.

카리브 해를 항해하는 뱃사람들 사이에서 신비의 해류로 통했던 서진하는 소용돌이 해류의 정체가 분명하게 밝혀지고, 회전하는 시계추를 의미하는 '링밥(Ring Bob)'이라는 이름을 얻게 된 것은 훨씬 후대인 20세기 들어와서의 일이다. 미국의 우즈홀 해양연구소에 의해서 '링밥'은 직경이 80킬로미터로 시속 5킬로미터 속도로 서진하며 수온은 주변보다 섭씨 2.8도 정도 차다는 사실이 명백히 밝혀진 것이다.

"대단하군요. 미세한 수온의 차이를 감지해서 해류를 찾아내다니. 내 눈으로 보지 않았다면 절대로 믿지 않았을 겁니다."

호세가 거듭 감탄을 했다.

그런데 남들은 죽었다 살아났다고 기뻐하고 있는데 정작 올메크 노인은 울상이었다. 와중에서 혹시 쪽배가 부서지지는 않았는지 열심히 살피고 있는 올메크 노인에게는 그것이 유일한 두려움인 모양이다.

프라하의 봄

1619년 8월 28일, 독일 프랑크푸르트.

마차 한 대가 황급히 달려가고 있었다. 대단한 신분의 사람이라도 탔는지 상당히 고급스럽게 꾸민 마차였다. 말굽 소리도 요란하게 위버마인 다리를 지난 마차는 마안 강 맞은편의 고도(古都) 프랑크푸르트 주교좌 성당으로 향했다.

"안할트 경(卿), 아무래도 틀린 것 아니오? 아직까지 소식이 없으면……"

"전하, 아직은 시간이 있습니다. 예상보다 늦어지고 있지만 그래도 기다릴 수 있을 때까지 기다려봐야 합니다. 결정적인 순간에 사절이 도착하면 더 효과적일 수도 있습니다."

"그야…… 그렇게만 되면 얼마나 좋겠소만."

마차 안에서 대화를 주고받는 두 사람, 휘황찬란한 예복을 입은 채 초조한 표정을 감추지 못하고 있는 젊은 남자와 눈동자를 이리저리 굴리며 뭔가를 생각하고 있는 나이가 지긋한 남자.

전하라고 불린 젊은 남자는 라인란트팔츠(중서부 독일)의 통치자인 프리드리히 5세. 신성로마제국의 신교도들을 이끌고 있는 그는 스코틀랜드 왕을 겸하고 있는 잉글랜드 왕 제임스 1세의 사위기도 하다. 그리고 옆의 나이 지긋한 남자는 프리드리히 5세가 신임하는 재상 크리스찬 폰 안할트. 사석에서는 프리드리히 5세가 '아버지'라고 부르며 의지할 만큼 신뢰가 두터운 사람이다. 야심가인 안할트는 프리드리히 5세를 내세워서 신성로마제국에서 신교도의 세력을 확장하고 있는 중이다.

"작센 공작과 브란덴부르크 공작은 확실히 우리 편에 선 거지요?"

"물론입니다. 미리 와서 전하께서 도착하기를 기다리고 있을 겁니다."

안할트의 호언에도 프리드리히의 표정은 밝지 못했다. 계획대로라면 늦어도 오늘 아침에 프라하에서 사절이 도착했어야 했는데 선출 시간이 다 되었건만 여태 소식이 없었다.

오늘은 신성로마제국의 새 황제를 선출하는 날이다. 신성로마제국 황제는 10세기경부터 유럽의 세속 통치자로 군림하고 있는데 대대로 독일 지역의 왕이 황제로 선출되고 있었다.

그런데 신성로마제국은 강력한 중앙집권국가였던 고대 로마제국과는 다르게 명목만 제국으로 실제로는 왕국의 연합체에 불과해서 제국 내의 크고 작은 공국(公國)과 자유도시들이 자치를 하고 있었다.

오늘 프랑크푸르트 대성당에서는 얼마 전에 죽은 마티아스 황제의 뒤를 이을 새 황제를 선출할 예정이다. 신성로마제국 황제는 선거인단인 7인의 선제후(選帝侯)에 의해서 선출되는데, 선거방법은 단일후보에 대해서 7인의 선제후들이 찬반투표를 해서 과반수를 얻으면 황제로 선출된다. 과반수를 얻지 못하면 새로 후보를 선정해서 동일한 방식으로 황제가 선출될 때까지 투표를 계속한다.

신성로마제국 황제는 오래전부터 가톨릭의 최대후원자인 합스부르크 가문에서 독점하고 있었다. 이번에 단일후보로 추대된 사람은 합스부르크 가문의 페르디난트. 슈타이어마르크(오스트리아와 슬로베니아 일부) 공국의 대공(大公)으로 2년 전부터 보헤미아(체코)의 왕을 겸하고 있는 야심만

만한 사람이다. 페르디난트는 사망한 마티아스 전 황제의 조카로 신교와 구교(가톨릭)의 대립이 점차 첨예해지고 있는 상황에서 가톨릭 세력을 대표하고 있었다.

단일후보로 추대된 페르디난트를 놓고 찬반투표를 하게 될 7인의 선제후는 마인츠, 트리어, 쾰른의 가톨릭 대주교 3인과 신교도인 독일 지방 동부를 통치하고 있는 작센 공작, 북부 독일을 다스리고 있는 브란덴부르크 공작, 그리고 라인란트팔츠를 지배하고 있는 프리드리히 등 3인과 보헤미아의 왕, 그렇게 7인으로 구성되어 있다.

신교와 가톨릭의 대립이 격화되면서 신성로마제국의 황제를 어느 진영에서 차지하느냐가 중요한 일로 부각되었다. 단일후보인 페르디난트가 가톨릭이니 세 사람의 가톨릭 대주교들은 당연히 찬성표를 던질 것이다. 그렇지만 신교인 작센 공작과 브란덴부르크 공작, 그리고 라인란트팔츠의 프리드리히가 반대표를 던지면 찬반이 동수가 되면서 보헤미아 왕이 누구 편에 서느냐에 따라서 가부가 결정될 것이다.

그런데 보헤미아 왕은 바로 페르디난트 자신이다. 그렇다면 오늘 선출 결과는 이미 결정난 것이나 마찬가지다.

페르디난트가 가톨릭에서 내세우고 있는 인물이라면 프리드리히는 신교에서 적극 후원하고 있는 인물로 페르디난트에 못지않은 야심가다. 그런 그가 정적 페르디난트를 위한 축제가 될 게 뻔한 투표장에 대책 없이 참석을 할 리 없었다. 더구나 모사꾼 안할트가 옆에 있는 마당이다. 당연히 모종의 계책을 마련했고, 실행에 옮기고 있는 중이다. 그런데 시간이 다 돼가는데 일이 꼬이고 있었다.

"마티아스 백작을 너무 믿은 게 아니오?"

프리드리히 5세의 얼굴에 짜증이 묻어 있었다.

"전하, 그는 믿어도 좋을 사람입니다."

안할트가 조바심을 내는 프리드리히 5세를 달랬다.

"그런데 왜 여태 아무런 소식이 없소!"

투표장인 프랑크푸르트 대성당에 거의 다 도착했다. 그런데 왜 여태 소식이 없단 말인가. 성격이 신중한 편이 못 되는 프리드리히는 저절로 언성이 높아졌다.

마차는 대성당 앞에 도착했고, 의장병들이 도열해서 선제후며 라인란트팔츠의 통치자를 영접했다. 프리드리히는 못마땅한 표정을 감추지 않은 채 대성당으로 향했다.

뢰머베르크 광장은 축제 분위기였다. 독일 지방의 크고 작은 나라 통치자들이 차례로 도착했고, 화려한 예복의 왕족과 귀부인, 그리고 고위성직자들이 대성당으로 입장했다. 사람들은 새 신성로마제국 황제의 선출을 축하하기 위해서 계속 몰려들었다.

"어서 오십시오. 프리드리히 전하."

행사를 주관하고 있는 대성당 성직자들이 예를 갖추며 프리드리히를 영접했다. 프리드리히는 제국 안에서 강국에 속하는 라인란트팔츠의 통치자며 신흥 강국 잉글랜드 왕의 사위다. 영접에 소홀함이 있어서는 안 될 것이다. 프리드리히는 맞은편에서 자신만만한 미소를 날리고 있는 페르디난트를 애써 외면하며 자리를 잡았다.

"어떻게 된 겁니까?"

먼저 와서 자리를 잡고 있는 브란덴부르크 공작이 소리를 죽이며 물었다.

"곧 투표가 시작될 텐데 왜 여태 아무런 소식이 없는 겁니까?"

브란덴부르크 공작이 따지듯 프리드리히의 대답을 재촉했다. 브란덴부르크 공작은 신교도가 우세한 호엔촐레른 지방 출신이다. 당연히 가톨릭의 수호자를 자처하고 있는 페르디난트가 새 황제가 되는 것을 반대하는 입장이다. 그래서 프리드리히와 모종의 일을 꾸몄다. 그렇지만 그 공작이 실효를 거두기 위해서는 전제조건이 있다. 그런데 투표가 곧 실시될 텐데도 여전히 아무런 소식이 없기에 두 신교도 제후는 안절부절못하고 있었다.

"안할트 경……."

프리드리히가 배석을 하고 있는 안할트를 돌아봤다. 모든 계획은 그의 머리에서 나왔다. 계획대로라면 지금쯤 소식이 당도했고, 대성당은 벌집을 쑤셔놓은 듯 소동이 일 것이다.

"무슨 일이 있는 모양입니다. 그러니 전하, 시간을 끌어주십시오."

안할트도 많이 초조한지 냉철한 그답지 않게 목소리가 떨렸다.

"내가 무슨 수로 시간을 끌란 말이오? 주관은 프랑크푸르트 대성당에서 하는데."

프리드리히가 불만을 토로하는데 작센 공작이 주위를 살피며 다가왔다. 신교도인 그도 프리드리히, 브란덴부르크 공작과 함께 반대표를 던지기로 사전합의를 한 바 있다.

"어떻게 된 겁니까? 왜 여태 소식이 없습니까?"

작센 공작이 불안한 표정으로 물었다. 세 사람이 반대를 해도 소용이 없다. 페르디난트가 황제로 선출되는 것을 막으려면 안할트의 사전공작이 선행되어야 한다. 세 사람의 신교도 제후들은 원망 가득한 눈길로 안할트를 쳐다봤다.

"아무래도 계획대로 될 것 같지 않은데, 그렇다면 무리를 하느니 다음을 기약하는 게 어떻겠습니까?"

작센 공작이 조심스럽게 의견을 꺼냈다.

"다음을 기약하자니요? 하면 페르디난트가 황제가 되는 걸 보고만 있잔 말입니까?"

성질이 급한 프리드리히는 얼굴부터 붉어졌다.

"도리가 없지 않습니까. 우리가 반대를 해봐야 결국 4 대 3으로 선출될 텐데."

브란덴부르크 공작이 김이 빠진 표정으로 작센 공작의 의견에 동조하고 나섰다.

"그렇지만……."

엄연한 현실이지만 젊은 프리드리히는 그래도 선뜻 승복하기 싫었다. 그만큼 정적 페르디난트에 대한 반감이 컸던 것이다. 도대체 일을 어떻게 추진했길래……. 프리드리히는 다시 한 번 원망 가득한 눈길로 안할트를 쳐다봤다.

"그렇다면 차라리."

군은 표정으로 세 사람 뒤에 서 있던 안할트가 결심을 한 듯 천천히 입을 열었다.

"찬성표를 던져서 만장일치로 페르디난트를 황제로 선출하는 게 좋겠습니다."

이게 무슨 소리인가. 프리드리히는 뭔가 잘못 들은 게 아닌가 하는 얼굴로 안할트를 쳐다봤다.

"그게 좋을 것 같습니다. 페르디난트가 황제가 되는 걸 막을 수 없다면 괜히 불필요한 마찰을 빚을 필요 없이 이번에는 그를 황제로 옹립하고 차후를 기약하는 것도 나쁘지 않은 방법입니다."

작센 공작이 찬성하고 나섰다.

"우리 세 사람을 감시하고 있는 눈초리가 벌써부터 느껴집니다. 얻는 것도 없이 괜히 저들에게 꼬투리를 잡히느니 한 발 물러서서 다음을 기약하는 게 좋겠습니다."

브란덴부르크 공작도 거들고 나섰다. 모든 것을 의지하고 있는, 그리고 이번 일을 주도했던 안할트와 뜻을 함께하기로 했던 두 공작이 반대를 하는 마당이다. 프리드리히 5세는 뜻을 접을 수밖에 없었다.

"어쩔 수 없군. 그럼 이번에는 참기로 하고 다음을 기약하기로 하지요."

프리드리히는 참담한 심정으로 몸을 일으켰다. 투표를 할 시간이 된 것이다.

황제 후보인 페르디난트와 세 사람의 가톨릭 대주교, 그리고 그들과는 대립하는 입장의 신교도 제후 3인은 차례로 투표소로 향했다. 이미 황제 가 된 듯 벌써부터 거들먹거리는 페르디난트와 불만 가득한 프리드리히. 두 젊은 제후 사이에서 날카로운 눈빛 교환이 있었다. 득의만만한 페르디 난트와 시선이 마주치는 순간 프리드리히는 심한 모멸감을 느꼈다. 하지 만 이렇게 대놓고 쏘아보는 것도 이번이 마지막이다. 그는 곧 황제로 선 출될 것이고, 그렇게 되면 명목상이나마 주종관계가 된다.

'그냥 반대표를 던질까.'

젊은 혈기의 프리드리히는 문득 그런 생각이 들었다. 다음을 기약한다 고 하지만 페르디난트 역시 젊다. 그렇다면 언제 또 황제를 선출한단 말 인가.

그렇지만 일국의 제후가 감정에 끌려서 대세를 그르쳐서는 안 될 것이 다. 더구나 신교도들의 기대를 한몸에 받고 있는 마당이다. 프리드리히는 끓어오르는 분노를 간신히 참으면서 약속대로 찬성표를 던졌다.

"투표 결과를 발표하겠습니다."

선제후 7인이 모두 투표를 마치자 행사를 주관하는 프랑크푸르트 대 성당의 행정사제가 결과를 발표하기 위해서 단 위로 올라갔다. 대성당을 가득 메운 사람들의 시선이 일제히 그의 손에 들린 서류에 집중되었다. 그렇지만 크게 흥분된 분위기는 아니었다. 이미 결과가 뻔한 마당이다.

"7인의 선제후 모두 찬성표를 던졌습니다. 이것으로 슈타이어마르크의 대공이며 보헤미아의 왕이신 페르디난트 전하께서 신성로마제국의 새 황제로 선출되었습니다.”

행정사제가 투표 결과를 발표하자 프랑크푸르트 대성당에 운집한 사람들이 일제히 환성을 질렀다.

“페르디난트 2세 황제 폐하 만세!”

페르디난트는 만면에 웃음을 가득 머금고 자리에서 일어났다. 그리고 환호하는 군중에게 손을 흔들며 답례를 했다.

당연히 황제로 선출될 거라 알고 있었지만 그래도 만장일치라니. 신교도 제후 세 사람이 순순히 찬성표를 던질 줄은 몰랐다. 하긴 이길 수 없는 싸움이라면 미련을 버리고 물러서는 것도 전략일 것이다. 저들로서는 나름대로 현명한 판단을 한 것이다. 찬성표를 던졌던 세 사람의 가톨릭 대주교들도 만장일치는 기대하지 못했기에 놀라는 표정을 감추지 못했다.

황제로 선출된 페르디난트는 만면에 웃음을 띠며 단 위로 올라갔고, 가톨릭 대주교들이 그의 뒤를 따랐다. 어쩔 수 없이 찬성표를 던진 세 사람의 신교도 제후들은 벌레를 씹은 표정으로 정적의 완승을 지켜봐야 했다. 이제는 군주와 신하 관계가 된 페르디난트 2세와 프리드리히 5세. 두 사람은 작년에 각각 군대를 동원해서 무력충돌을 빚은 적도 있었다.

황제 선출이 끝나자 대성당에 모였던 사람들은 뢰머베르크 광장을 가로질러 시청사로 향했다. 축하연이 그곳에서 열린다.

의장병이 도열한 가운데 새로 신성로마제국 황제로 선출된 페르디난트와 제국에 소속된 각 나라의 왕과 대공들, 교회의 고위성직자들, 외교사절과 귀부인들이 차례로 입장을 했다. 연회장에는 경쾌한 음악이 흐르고 축배의 잔이 넘쳐났지만 프리드리히는 씁쓸한 기분을 감출 길이 없었다.

‘다음은 언제일까……?’

프리드리히는 이제 22세에 불과하니 시간은 많다. 그렇지만 앙숙이며 야심가인 페르디난트가 순순히 자기가 다음 황제로 선출되게 내버려두지 않을 것이다. 화해를 모색하려고 찬성표를 던졌지만 페르디난트는 절대로 자기를 그냥 내버려두지 않을 것이다. 황제의 지위를 이용해서 핍박하려 들 것이다.

너무 맥없이 물러선 게 아닐까. 새삼 후회가 일면서 프리드리히는 문득 군대를 동원해서 무력으로 대항할까 하는 충동을 느꼈다.

그런데 무력충돌은 예상 밖으로 빨리 찾아왔다. 갑자기 요란한 말굽 소리가 들리더니 시청사 밖이 소란스러워졌다. 무슨 일인가 해서 사람들의 시선이 일제히 입구로 향했다.

"폐하!"

근위대장이 황급히 새 황제 페르디난트에게 다가가더니 서신을 건넸다.

"……!"

뜨악한 표정으로 서신을 살펴보던 페르디난트의 얼굴이 처참할 정도로 일그러졌다. 그리고 잡아먹을 듯 프리드리히를 노려보았다. 무슨 일이 벌어진 걸까. 사람들은 긴장해서 하회를 지켜보았다.

"서신을 공표하게!"

치밀어오르는 분노를 참으며 페르디난트가 근위대장에게 서신을 도로 건넸다.

"방금 보헤미아에서 긴급연락이 왔는데 마티아스 전 백작이 이끄는 보헤미아 의회에서 그저께 새로 보헤미아 왕을 선출했다고 합니다. 보헤미아 왕이신 페르디난트 2세 황제 폐하를 대신해서 새로 왕으로 선출된 사람은 라인란트팔츠의 프리드리히 5세 전하라고 합니다."

이럴 수가…… 연회장은 찬물을 끼얹은 듯 일시에 정적에 잠겼고 사람들의 얼굴은 백지장이 되었다. 하면 프리드리히가 보헤미아 의회와 밀통을 하고서 페르디난트의 뒤통수를 쳤단 말인가. 실제로 페르디난트를 왕

위에서 끌어내렸으니 미수에 그친 게 아니다. 소식이 조금만 일찍 당도했다면 신교도 제후 세 사람에 새로 보헤미아 왕이 된 프리드리히가 반대표를 더하면서 찬성과 반대가 3 대 4가 되어 페르디난트는 황제로 선출되지 못했을 것이다.

사람들의 시선이 일제히 프리드리히에게 쏠렸다. 음모가 백일하에 드러난 것이다. 프리드리히는 정신이 아득했다. 상상조차 하지 못했던 최악의 상황에 직면한 것이다. 이럴 줄 알았으면 반대표를 던질걸. 그렇게 되면 페르디난트가 보헤미아의 왕으로 행사하는 표는 무효로 처리되면서 찬반은 3 대 3 동수가 되고, 규정에 따라서 과반을 얻지 못한 페르디난트는 황제가 되지 못한다. 이어서 재투표를 하면 자기가 황제가 될 수 있다.

그런데 무슨 사정이 있는지 몰라도 소식이 늦게 당도하면서 일이 꼬일 대로 꼬이고 만 것이다. 여태 아무런 소식이 없기에 모의는 불발로 끝났는 줄 알고 찬성표를 던진 것인데 최악의 상황을 연출한 것이다. 페르디난트는 적법한 절차를 거쳐서 황제로 선출되었다. 설사 표결 이전에 보헤미아 왕에서 물러났으니 보헤미아 왕으로 행사하는 표는 무효라고 해도 6표를 얻었으니 문제될 게 없다.

분노로 부들부들 떨고 있는 페르디난트와 난감한 표정의 프리드리히. 이제는 군주와 신하의 관계가 되었으니 역모라고 해도 변명할 여지가 없다. 그럼 이 사태를 어떻게 해결해야 하나. 군주와 신하라고 하지만 신성로마제국 황제는 명목에 불과하고 두 사람은 각각 독자세력을 가지고 있다. 그리고 야심만만한 두 젊은 통치자는 각각 가톨릭과 신교를 대표하고 있다. 그렇다면…….

'전쟁밖에 없다!'

연회장에 모인 사람들은 모두 그렇게 생각했다.

　마르틴 루터에 의해서 종교개혁이 단행된 후로 유럽은 기존의 가톨릭과 신교로 나뉘었고, 양 진영은 무력충돌도 불사하고 있었다. 유럽 대륙에 종교전쟁의 열풍이 불기 시작한 것이다.

　가톨릭과 신교의 대립은 신성로마제국의 카를 5세 황제가 주도한 1555년 아우구스부르크 화의(和議)에서 일단락을 지었다. 그렇지만 아우구스부르크 화의는 종교는 제후가 결정하고, 신민들은 그에 무조건 따라야 했기에 진정한 신앙의 자유와는 거리가 있었다. 그나마도 루터 파만 인정되었고 캘빈 파는 제외되었다. 그리고 개종을 하려면 재산을 가톨릭 교회에 반납해야 했다. 처음부터 언젠가는 번질 불씨를 안고 출발한 것이었다.

　그 불씨는 반세기가 지난 1618년 5월 23일, 보헤미아(체코)의 프라하에서 그예 번지고 말았다. 위태롭게 공존해오던 가톨릭과 신교는 기어코 충돌했고, 유럽은 '30년전쟁(1618~1649)'이라는 종교전쟁의 열풍에 휩쓸리게 되었다.

　보헤미아(체코)는 신교 세력이 강했다. 그래서 신성로마제국 황제 루돌프 2세는 제국에 충성을 하는 한 종교의 자유를 허락했고, 보헤미아 사람들은 자유롭게 신교를 믿었다. 그런데 슈타이어마르크의 대공 페르디난트가 보헤미아의 왕으로 선출이 되면서 상황이 달라졌다. 가톨릭의 수호자를 자처하는 페르디난트는 신교도들을 탄압하기 시작했다. 그러자 프라하의 신교도들은 1618년 5월 23일에 페르디난트가 파견한 사절 세 사람을 몰다우 강가의 흐라차니 성에서 창문 밖으로 내던지면서 종교탄압에 저항했다. '30년전쟁'의 시발이 되는 '프라하 창문투척사건'이 그것이다.

　왕의 사절이 위해를 당했는데 그냥 넘어갈 수 없다. 페르디난트는 엄벌을 천명했다. 그러자 신교도들은 신교의 선봉장 프리드리히를 중심으로 뭉쳤고, 양 진영은 무력충돌을 빚었다.

그렇지만 충돌은 크게 번지지 않았고 신성로마제국 황제가 죽으면서 진정국면으로 접어들었다. 양 진영의 중요 관심사는 누가 다음 황제가 되느냐는 것이었다. 페르디난트는 여러 면에서 유리한 위치에 있었다. 그렇지만 호락호락 당할 프리드리히가 아니었다. 그래서 신교도가 우세한 보헤미아 의회와 밀통하고서 왕을 바꿀 음모를 추진했던 것이다.

작년의 충돌은 제국을 이루고 있는 영국(領國)끼리의 마찰이었지만 이번에는 황제를 상대로 한 반역이다. 페르디난트 입장에서는 그냥 넘어갈 수 없었고 이미 칼을 뽑아든 프리드리히도 순순히 당할 리 없었다. 그렇다면 남은 길은 하나. 전쟁뿐이다. 그리고 전쟁은 가톨릭 진영과 신교 진영 전체로 번져갈 것이다.

* * *

스위스 남부의 고풍스런 도시 퓌센.

늦여름 바이에른 알프스의 싱그러운 녹음과 먼 산꼭대기의 흰 눈이 조화를 이루며 평온하면서 아늑한 분위기를 자아냈다.

"결국 그렇게 되었단 말인가."

카파렐리 대리인의 보고를 들은 안토니오는 심각한 표정을 지었다. 사태는 예상했던 것보다 훨씬 빨리, 그리고 격렬하게 진행되고 있었다.

"일이 꼬이면서 상황이 최악으로 치달은 셈입니다. 이제는 전면전밖에 해결책이 없다는 것이 중론입니다."

프랑크푸르트에 남아서 상황을 지켜보다 퓌센에서 합류한 카파렐리 대리인이 현지 분위기를 전했다. 안토니오도 같은 생각이었다. 어쩌다 일이 그렇게 꼬였단 말인가. 페르디난트는 반역자를 결코 용서하지 않을 것이고 다 잡았던 황제 자리를 놓친 프리드리히도 절대로 물러서지 않을 것이다.

프랑크푸르트 메세(견본시)를 참관하고 베니스로 돌아가던 안토니오는 신성로마제국 황제 선출과 관련해서 예기치 못했던 사건이 발생하자 여기 퓌센에 머물면서 하회를 지켜보고 있었다.

"벌써부터 화약 냄새가 진동합니다."

동행한 포르타가 입을 열었다.

"내 생각도 같아."

안토니오가 수긍했다. 작년에 신대륙에서 멕시코 연지벌레를 전량 산 채로 리스본으로 싣고 온 안토니오는 막대한 이익을 남겼다. 그리고 일주일을 기다린 후에 엘도라도를 몰고 리스본으로 돌아온 포르타와 감격의 해후를 했다. 안토니오와 포르타, 호세, 그리고 로드리고는 부둥켜안고서 재회의 눈물을 흘렸다.

신대륙 교역에서 큰 성공을 거두면서 안토니오는 델 로치 상사에서 입지가 크게 강화되었다. 부지배인 서열은 여전히 말석이지만 조르지오 델 로치의 신임이 두터워지면서 발언에 무게가 실렸다. 그러면서 델 로치 상사는 자연스럽게 사주 조르지오와 수석부지배인 알베르토, 그리고 안토니오 세 사람이 이끄는 삼두마차 체제가 되었다.

이전의 델 로치 상사도 루이지 델 로치와 카토 총지배인, 그리고 루셀라니 수석부지배인이 삼두마차 체제를 이루고 있었지만 이번에는 그때와 다른 면이 있었다. 당시는 세 사람이 서로의 영역을 존중하면서 공존했지만 조르지오와 알베르토, 안토니오의 경우는 아직 서로의 영역이 분명치 않았다.

안토니오가 신대륙에서 큰 성공을 거두는 동안에 알베르토 수석부지배인은 보헤미아 지방에서 충돌하고 있는 가톨릭과 신교 양쪽에 군수물자를 대면서 쏠쏠한 이익을 올리고 있었다. 진작부터 양 진영의 대결을 예상하고 있었던 알베르토 수석부지배인은 다른 상사들보다 한 발 앞서서 움직이고 있었다.

안토니오와 그의 오른팔이 된 포르타는 입을 굳게 다문 채 뭔가를 골똘히 생각하고 있었다. 언젠가는 가톨릭과 신교가 정면충돌하리라 내다보고 있었지만 그 시기가 예상보다 일찍 다가온 것이다.

전쟁을 하려면 막대한 돈이 소요된다. 사람을 모으고 무기를 사들여야하며 또 그들을 먹이고 재우고 이동하는 데 드는 비용도 조달해야 한다. 군사물자를 조달하는 상사의 입장에서 보자면 전쟁은 엄청난 이권이 걸린 사업인 셈이다.

군수물자를 제공하고 용병을 알선하며, 나가서 직접 전술을 지도하고, 전술을 조언하기도 하는 전쟁사업은 오래전부터 이탈리아 도시국가들의 주요사업이었다. 레오나르도 다 빈치가 고안했던 비행접시같이 생긴 전차와 성을 공격하는 탑, 일인용 날틀 등도 전쟁사업의 부산물이다. 그리고 밀라노의 비스콘티, 제노바의 스포르자, 베니스의 베레에로 같은 용병대장(Condottiere)들은 전장을 누비며 명성을 떨쳤다. 델 로치 상사는 진작부터 전쟁사업에 뛰어들어서 적지 않은 수익을 올리고 있었다. 알베르토 수석부지배인은 재작년에 오스트리아의 사주를 받은 유스코치의 해적들을 소탕하기 위해서 베니스 정청에서 함대를 출동시켰을 때도 군수를 담당했고, 작년에 보헤미아에서 가톨릭과 신교가 충돌했을 때도 군사물자를 대면서 자신의 능력을 한껏 과시하고 있었다.

양 진영이 전면전을 벌이면 엄청난 군수물자가 소용될 것이다. 군수물자를 조달하는 입장에서는 둘도 없는 기회일 텐데도 안토니오가 심각한 표정을 풀지 못하고 있는 이유는 앞으로의 양상은 이제까지와는 달라질 것이라 예상했기 때문이다. 여태까지의 무력충돌은 일부 지역에서 티격태격하는 국지전 수준이었다. 승패가 따로 없었다. 그러니 상사는 군수물자를 조달하고 돈만 받으면 그만이었다. 그렇지만 전면전, 어쩌면 유럽 전체가 관여하게 될지도 모를 큰 전쟁이 벌어지면 얘기가 달라질 것이다. 어느 한쪽을 확실하게 택해야 하는데 행여 군수물자를 댄 쪽이 패했다가는 비용을 변제받기는커녕 상사가 도산할 판이다. 그러니 신중에 신중을 기해서 상대를 선정해야 할 것이다.

"작년에는 지겹도록 바다 냄새를 맡았는데 올해는 내내 화약 냄새에 시달릴 것 같습니다."

무거운 분위기를 깰 요량으로 포르타가 먼저 입을 열었다.

"이미 프리드리히를 중심으로 신교연합이 결성되었고 페르디난트는 가톨릭동맹을 주도하고 있다고 합니다. 곧 충돌이 벌어질 것 같은데 당분한 거래를 중단하고 정세를 지켜보는 게 어떻겠습니까?"

카파렐리 대리인이 안토니오의 눈치를 살피면서 조심스럽게 의견을 밝혔다.

"아니, 아직은 눈에 띄게 행동할 필요가 없다. 나와 포르타는 베니스로 갈 테니 카파렐리는 다시 프랑크푸르트로 돌아가서 지시를 기다려라."

"알겠습니다."

카파렐리 대리인이 즉시 몸을 일으켰다. 서두르지는 말되, 만반의 준비를 갖추고 대기하라는 뜻이 충분히 전달된 것이다.

카파렐리 대리인이 떠나자 안토니오는 다시 생각에 잠겼다. 이제 전면전은 불가피하다. 네덜란드 독립전쟁이 소강상태로 접어들면서 유럽대륙에는 이렇다 할 전쟁이 없었는데 이제 네덜란드 독립전쟁과는 비교도 되지 않을, 어쩌면 유사 이래 최대 규모의 대전이 벌어질지 모른다. 군수물자를 조달하는 상사 입장에서는 결코 놓칠 수 없는 기회지만 자칫 상사가 파산할 수도 있는 위험한 사업이다. 그러니 신중에 신중을 기해서 승자 편에 서야 한다.

그런데 어느 쪽을 선택하느냐는 것 이상으로 중요한 게 언제 결정을 하느냐는 것이다. 승부가 결정나기 전에 거래처를 분명히 해야지 이미 대세가 기운 다음에 승자를 찾아가봤자 상대해주지 않는다. 페르디난트냐 프리드리히냐. 가톨릭동맹이냐 신교연합이냐. 누구도 가늠하기 힘든 어려운 문제였다.

고심하는 안토니오의 뇌리 속을 두 사람이 차례로 스치고 지나갔다. 먼저 떠오른 사람은 루셀라니 전 수석부지배인. 그라면 지금 상황에서 어떤 판단을 내릴까. 판단을 내리려면 정확한 정보가 있어야 하는데 아무리 델 로치 상사의 정보망이 넓다고 해도 어쩌면 유럽 전체가 가담하게 될 대전의 결과를 예측하지는 못할 것이다. 그럼 일단 지켜본다……? 그러다 군수물자 조달을 다른 상사에 빼앗길지 모른다.

이어서 알베르토 현 수석부지배인의 자신만만한 모습이 떠올랐다. 그는 진작부터 신교와 가톨릭이 충돌을 빚을 것을 내다보고 있었다. 물론 이렇게 크게 번질 줄은 몰랐겠지만. 그는 어떤 결정을 내릴까. 알 수 없지만 다른 사람들보다 몇 발짝 앞서 있는 것은 사실이었다.

베니스로 돌아가면 지배인단회의가 열릴 것이다. 안토니오는 어쩌면 알베르토 수석부지배인과 충돌하게 될지 모른다는 예감이 들었다. 안토니오는 언젠가는 그와의 충돌이 불가피할 거란 사실을 잘 알고 있었다. 조르지오는 두 사람의 권한을 적절히 조절하면서 서로의 경쟁을 유도하고 있었고 상사원들도 두 패로 나뉘어서 각각 안토니오와 알베르토를 따르고 있었다. 그렇다면 이번 사태는 누가 차기 델 로치 상사의 경영을 책임지게 될 것이냐를 결정짓는 계기가 될 수도 있다.

먼 동양에서 온 이방인으로서 엄청난 성공을 거둔 셈이지만 결코 자만해서는 안 된다는 사실을 안토니오는 잘 알고 있었다. 언제라도 경쟁에서 밀리면 가차없이 내쳐지는 게 상사원의 세계다.

"전력으로 봐서 당장은 가톨릭동맹이 우세하지 않을까요?"

포르타가 조심스럽게 입을 열었다.

"속단할 일이 아니야."

안토니오는 여전히 조심스러웠다. 종교개혁 초기에는 교리의 차이에 따른 갈등이어서 어느 정도 승패가 예측되었다. 네 편 내 편이 확실했던 것이다. 그렇지만 지금은 다르다. 종교대립은 표면의 이유고 실제로 각 나라의 제후들은 각자의 이해득실에 따라서 모이고, 흩어질 것이다. 가톨릭동맹이니 신교연합이니 하지만 제후들은 언제라도 등을 돌릴 수 있고, 또 손을 잡을 수 있다. 그러니 누가 누구 편이라고 단정지을 수 없는 상황이다.

* * *

"뻔한 소리 아닌가? 좀 더 구체적이고 실현성 있는 의견을 제시하도록!"

조르지오 델 로치가 짜증을 내자 로토 부지배인은 머쓱해서 뒤로 물러섰다. 대규모 전쟁에 대비해서 화약과 기타 군수품을 서둘러 비축해놓고 상황을 지켜보자는 로토 부지배인의 말은 그야말로 하나마나한 것이었다. 조르지오는 처음에는 회의에서 별로 발언을 하지 않았지만 이제는 적극적으로 회의를 주도하면서 상사 경영의 전면에 나서고 있었다.

조르지오가 좌중을 훑어보며 발언을 촉구했지만 선뜻 나서는 사람이 없었다. 갈로 총지배인과 알베르토 수석부지배인, 금융담당 부지배인과 북방담당 부지배인, 동방담당 부지배인, 그리고 정해진 임무 없이 조르지오로부터 직접 지시를 받는 안토니오에 이르기까지 모두 입을 굳게 다물고 있었다. 그만큼 사안이 중대했던 것이다.

"가톨릭동맹과 신교연합의 전면전은 피할 수 없는 일입니다."

한참 만에 알베르토 수석부지배인이 입을 열었다. 진작부터 이 일을 예견하고 대비했기 때문일까. 오늘따라 말에 무게가 실려 있었다.

"그렇지만 당장 대규모 충돌은 없을 것입니다. 양 진영 다 아직은 전쟁을 수행할 준비가 되어 있지 못하니까요."

알베르토 수석부지배인은 나지막한, 그렇지만 자신감이 넘치는 목소리로 말을 이었다.

"나는 최소한 1년은 있어야 양 진영은 본격적으로 충돌할 거라 보고 있습니다. 그렇지만 우리는 그 안에 가톨릭동맹과 신교연합 중에서 거래처를 분명하게 선택해야 합니다."

국지전 같으면 돈만 받으면 이쪽저쪽 가릴 것 없이 다 거래해도 상관없다. 그렇지만 일국의 흥망이 갈린 전면전이라면 얘기가 달라진다. 지면 돈을 못 받는다.

"본격적으로 싸움이 벌어지기 전에 거래처를 정해야 한다는 데는 동감이네. 그러면 수석부지배인은 어느 쪽을 생각하고 있는가?"

조르지오가 틈을 주지 않고 물었다.

"어려운 문제입니다. 각 제후들은 교리보다는 이해득실에 따라 뭉치고 흩어질 공산이 큽니다. 그러니까 가톨릭을 따른다고 꼭 가톨릭 동맹이 된다는 보장이 없으며 신교로 개종했다고 해서 반드시 신교연합에 서지 않을 것입니다."

알베르토 수석부지배인이 단언했다. 그것은 안토니오도 예견하고 있는 일이다. 그럼 어떻게 해야 하나. 이해득실이라는 것은 교리와 달라서 그때그때 변하기 마련이다.

"머지않아 이쪽저쪽에서 다 사람을 보내서 서로 자기네와 거래하자고 할 텐데 섣불리 손을 잡을 수도, 그렇다고 마냥 미룰 수도 없는 일 아닌가?"

조르지오가 답답함을 드러냈다.

"그렇습니다. 결정은 빠를수록 좋습니다. 어느 쪽이냐 못지않게 언제냐가 중요하니까요."

서두르는 조르지오와는 대조적으로 알베르토 수석부지배인은 여유를 잃지 않았다. 회의는 완전히 그가 주도하고 있었고, 알베르토 수석부지배인은 그런 분위기를 한껏 즐기며 자신의 존재감을 최대한 부각시키고 있었다.

"그렇다고 해도 탄약을 미리 확보하고, 용병대장들과도 사전에 접촉해야 하지 않을까?"

조르지오가 초조한 심정을 감추지 못했다. 다른 상사들도 눈에 불을 켜고 있는 마당이다.

"물론입니다. 하지만 그 문제는 내가 이미 손을 써놓았으니 걱정하지 않아도 됩니다."

알베르토 수석부지배인의 말은 어느 쪽이냐, 그리고 언제냐의 문제는 자신이 결정하겠다는 의미를 담고 있었다.

"좋아. 오늘 회의는 여기서 마치겠다. 각자 맡은 분야의 상세한 정보를 수집하고 작은 변화라도 주저하지 말고 내게 보고하도록."

조르지오는 알베르토 수석부지배인에게 전권을 위임하는 것인지, 보류하겠다는 것인지 애매한 태도를 보이며 회의를 종결지었다. 알베르토 수석부지배인으로서는 아쉬웠지만 그렇다고 그 이상 밀어붙일 수는 없었다.

"……!"

몸을 일으키려던 안토니오는 알베르토 수석부지배인과 눈이 마주치면서 섬뜩함을 느꼈다. 쏘아보는 눈빛은 이번 일에는 둘의 운명도 함께 걸려 있다는 사실을 생생하게 전하고 있었다.

* * *

밤이 깊었지만 안토니오의 서재에서는 여전히 불빛이 새어나오고 있었다. 안토니오는 한 달째 제대로 잠을 이루지 못하고 있었다. 생각에 생각이 꼬리를 물면서 도통 잠이 오지 않았던 것이다.

프랑크푸르트에서 황제 선출이 있은 지 한 달이 지났다. 그동안 모든 수단을 동원해서 정보를 수집했지만 여전히 앞이 깜깜하기만 했다. 정중동. 알베르토 수석부지배인의 말대로 양 진영은 섣불리 병력을 움직이지 않고 있었다. 그 사이에 페르디난트는 정식으로 신성로마제국의 황제로 등극했고 프리드리히는 보헤미아의 왕이 되었다. 양 진영의 수장(首長)들은 제후들을 서로 자기 편으로 끌어들이기 위해서 치열한 외교전을 전개하고 있었다. 물밑 싸움은 이미 시작된 것이다. 양 진영은 머지않아 군수물자 조달과 관련해서 델 로치 상사에 실무진을 보낼 것이다. 그러면 델 로치 상사는 사운을 건 결정을 해야 한다.

어느 쪽과 손을 잡아야 하나. 가톨릭이나 신교나 이해가 복잡하기는 마찬가지다. 안토니오는 유럽에 건너온 지 어느덧 13년이 되었지만 한 치 앞도 내다볼 수 없을 만큼 이번 사태는 복잡하게 꼬여 있었다. 알베르토 수석부지배인은 무슨 생각을 하고 있을까. 자신만만하던데 그럼 이미 결정을 내렸을까. 아니면 마지막 순간까지 신중에 신중을 기할까. 성미가 급한 편인 조르지오는 이번에는 그답지 않게 느긋하게 기다리고 있었다. 안토니오에게는 그것도 신경이 쓰이는 일이었다.

알베르토 수석부지배인은 이번 일에서 큰 성공을 거두고 총지배인이 될 것이다. 하지만 안토니오는 델 로치 상사를 떠나야 할 것이다. 신대륙 교역에서 대성공을 거둔 후로 안토니오는 본인의 의사와 무관하게 알베르토 수석부지배인과 총지배인 자리를 다투는 사람이 되고 말았다.

델 로치 상사를 떠나면 어디로 가야 하나. 줄리에타의 고향인 알비로 내려갈까. 안토니오는 고개를 가로저었다. 언젠가는 그렇게 되겠지만 지금은 아니다. 아직 베니스에서 할 일이 있다. 그리고 자신을 따르는 사람들을 책임져야 한다.

하면 끝까지 의견을 내지 않고 있다가 알베르토 수석부지배인과 같은 쪽에 서면서 일단 자리를 보전할까. 안토니오는 이번에도 고개를 가로저었다. 지금 중요한 것은 델 로치 상사가 살아남느냐 그렇지 못하고 도산하느냐는 것이다. 내가 어찌되느냐는 그다음이다.

그렇다면 한 가지는 분명해졌다. 알베르토 수석부지배인이 어떻게 결정을 내리든 상관없이 내 길을 가는 것이다. 생각이 거기에 미치자 수심 가득했던 안토니오의 눈에서 빛이 일기 시작했다. 개성상인 특유의 투혼이 발동한 것이다.

결심을 굳혔으면 뒤를 돌아볼 필요가 없다. 앞으로 생각은 단순하게, 행동은 결단 있게 밀어붙여야 한다. 안토니오는 숨을 크게 쉰 후에 머릿속을 차근차근 정리하기 시작했다. 결국 이번 사태는 누가 유용한 정보를 빨리 수집하고 정확하게 분석하느냐에 승패가 달려 있을 것이다. 안토니오는 지금까지 수집한 정보들을 냉철하게 분석하기 시작했다.

알려진 바로는 페르디난트나 프리드리히 모두 단독으로 군사를 동원할 자금력은 지니지 못하고 있었다. 그리고 프리드리히는 장인인 잉글랜드의 제임스 1세와 북방의 강자며 신교를 신봉하는 스웨덴에게 큰 기대를 걸고 있는 것 같았다. 물론 둘이 적극적으로 움직여준다면 프리드리히는 천군만마를 얻게 되는 셈이지만 사정이 그리 녹록지 않다. 우선 잉글랜드는 네덜란드 독립전쟁에서 완전히 발을 빼지 못하고 있기에 보헤미아에 파병할 여력이 없다. 그리고 스웨덴은 지금 폴란드와 국경분쟁중이어서 남을 도와줄 처지가 못 되었다.

일단 여기까지 정리되자 엉망으로 엉켰던 실타래가 그런대로 풀릴 기미가 보였다. 안토니오는 추리를 계속했다.

교만한 성격의 프리드리히는 대인관계가 원만한 편이 못 된다. 장인 제임스 1세를 비롯해서 신교 군주들을 그를 별로 신뢰하지 않는다. 그가 확실하게 동원할 수 있는 병력은 직할령인 라인란트팔츠와 브란덴부르크 정도인데 그것으로는 승리를 점치기가 어렵다.

그렇다고 가톨릭도 사정이 마냥 좋지는 못했다. 스페인은 네덜란드 독립전쟁에 발목이 잡혀 있었고, 프랑스는 가톨릭이기는 하지만 합스부르크 왕가와의 반목으로 적극적인 출병을 꺼리고 있었다. 가톨릭동맹은 페르디난트 황제의 동생 바이에른 막시밀리안 공작을 총수로 선출했는데 그는 형 페르디난트와 사이가 좋은 편이 아니어서 얼마나 적극적으로 싸울지도 미지수였다.

이처럼 복잡하게 얽히고설킨 관계를 정확히 파악해서 어떻게 내 편으로 끌어들이느냐가 전쟁의 승부를 가리게 될 것이다. 과연 유럽의 여러 나라들은 어떻게 흩어지고 모이게 될까. 안토니오는 생각할수록 머리가 아팠다.

"안토니오……."

고개를 돌리니 어느 틈에 다가왔는지 줄리에타가 근심스러운 표정으로 지켜보고 있었다.

"언제 깼소? 곧 침실로 돌아가려고 하는데."

줄리에타는 상사 일은 가급적 화제로 삼지 않고 있었다. 그렇지만 안토니오가 계속해서 잠을 이루지 못하자 걱정이 되어서 따라나왔던 것이다.

"무슨 어려운 일이라도……."

줄리에타가 곁으로 다가왔다.

"아니오."

안토니오는 줄리에타를 가볍게 안았다. 굳이 밝히지 않아도 줄리에타는 무슨 일로 이리 고심하고 있는지 잘 알 것이다.

"이럴 때 아버지가 계셨으면 좋겠어요."

줄리에타는 대운하에 비친 달을 쳐다보며 혼잣말 비슷하게 중얼거렸다.

"나도 같은 생각을 하고 있던 중이오."

밤이 깊었다. 제법 한기가 느껴졌다.

"그만 들어갑시다. 그리고 은퇴하거든 우리도 알비로 내려가서 삽시다."

안토니오가 입가에 미소를 지으며 말했다. 한 번도 가본 적이 없는 곳이지만 왠지 낯설지가 않았다. 줄리에타는 아무 말 없이 대운하를 바라보기만 했다.

"아 참, 당신에게 줄 것이 있는데."

그제서야 생각이 난 안토니오는 서재로 갔다 오더니 말려서 포장한 꽃한 송이를 줄리에타에게 내밀었다. 프랑크푸르트 출장에서 돌아올 때 마련했던 것인데 이제야 전해주게 된 것이다.

"에델바이스로군요."

줄리에타가 꽃을 받아들면서 환한 웃음을 지었다.

"알프스의 눈꽃이라고 하던데 왠지 당신의 모습이 떠올라서."

안토니오가 줄리에타의 손을 꼭 잡았다. 돌아갈 수 없는 조선. 그렇지만 뜻을 펼칠 수 있었던 베니스가 있고 은퇴 이후에 돌아갈 먼 남쪽의 알비가 있기에 외롭지 않다. 무엇보다도 사랑하는 사람들이 있다. 안토니오는 더 이상 두렵지 않았다.

* * *

안토니오가 잠을 이루지 못하고 있을 무렵, 물안개가 피어오르는 베니스의 밤거리를 서둘러 걸음을 옮기고 있는 남자가 있었다. 초췌한 표정의 남자는 주변을 두리번거리더니 조심스럽게 불이 켜져 있는 집으로 향했다.

"접니다, 알베르토 님."

오랜 여행을 했는지 남자는 몹시 지쳐 있었다.

"늦었군. 기다리고 있었다."

즉시 문이 열리면서 알베르토 수석부지배인이 모습을 드러냈다. 남자는 알베르토 수석부지배인을 따라 얼른 안으로 들어갔다.

"그래, 상황이 어떻게 돌아가고 있나?"

알베르토 수석부지배인은 자리에 앉기가 바쁘게 프라하에서 막 도착한 정보원을 재촉했다.

"아직 명확하게 결론을 내릴 단계가 아닙니다. 라인란트팔츠에서 잉글랜드로 사람을 보낸 것은 확인되었습니다."

정보원의 말에 알베르토 수석부지배인은 예상했던 일이라는 듯 고개를 끄덕였다.

"그리고 벤은 순순히 자신의 예상이라고 전제하면서 프랑스는 이번에는 출병하지 않을 것 같다고 합니다."

"그래? 벤의 생각이 그러하다면 프랑스는 일단 제쳐놓고 생각해야겠군."

알베르토 수석부지배인이 즉각 반응을 보였다. 그만큼 프라하의 시너고그(유대인 교회)를 주도하고 있는 벤의 정보는 신속했고, 분석은 정확했던 것이다.

"그리고 브란덴부르크 공작은 그리 믿을 만한 사람이 못 된다고 했습니다."

"나도 그를 별로 신뢰하고 있지 않아. 변덕이 심한 사람이지. 하면 전면전의 시기는 언제쯤으로 예상하고 있던가?"

"내년 여름은 돼야 본격적으로 충돌하게 될 것으로 보고 있습니다. 아무래도 준비해야 할 게 많을 테니까요. 아무튼 유대인 자본은 금년 중으로 어느 쪽에 설 것인지를 결정할 거라 했습니다. 그리고……."

정보원이 알베르토 수석부지배인을 쳐다보고는 말을 이었다.

"벤은 수석부지배인님과의 의리를 생각해서 조언을 하는 건데, 델 로치 상사도 금년 안에 태도를 결정하는 게 좋을 거라고 했습니다."

"그야 그렇겠지. 그래서 벤에게 도움을 요청한 것 아닌가. 그런데……."

알베르토 수석부지배인이 고개를 갸우뚱하더니 말을 이었다.

"그렇지만 여름은 너무 늦게 잡은 것 아닌가? 아무리 준비할 게 많다고 해도 그렇지. 나는 봄이 되기 전에 양 진영이 본격적으로 움직일 것이라 보고 있는데."

"새로 보헤미아의 왕으로 선출된 프리드리히가 캘빈 파여서 강경책을 펼칠 거란 의견이 많지만 벤은 루터 파하고 유트라키스트 파는 입장이 달라서 그렇게 쉽게 대군을 움직이지 못할 거라고 했습니다."

정보원은 거기까지 말하고 목이 마른지 물을 요구했다. 벤의 예상이 그러하다면 여름 개전이 맞을 것이다. 유대인들의 정보는 신속과 정확을 겸비하고 있다는 사실을 알베르토 수석부지배인은 잘 알고 있었다.

유럽 전역에 퍼져 살면서 국적은 있되 나라는 없는 사람들. 그들은 강한 유대감으로 뭉쳤고 필요한 정보를 수시로 교환하고 있었다. 당연히 그들은 정확하고 빠른 정보를 독점하고 있었다. 오래전부터 유대인들과 거래해왔던 알베르토 수석부지배인은 유대인들로부터 고급 정보를 얻기로 했다.

프라하의 시너고그를 이끌고 있는 랍비 벤이 그렇게 판단했다면 틀리지 않을 것이다. 하면 신교연합은 예상보다 결집력이 약하다는 뜻인데……. 알베르토 수석부지배인은 생각에 잠겼다.

"그 외에 다른 말은?"

"없습니다. 혹시 시너고그에 전달한 말이 있거든 지금 제게 말로 하십시오. 벤은 어떤 경우에도 문서로 남기는 일은 하지 말라고 했습니다.”

정보원이 벤의 주의사항을 전했다. 문서로 남기지 말라는 것은 그만큼 사태가 심각하다는 뜻일 것이다. 유대인 입장에서는 가톨릭이나 신교나 다 이교다. 종교적인 면에서는 누가 이기건 큰 관심이 없다. 하지만 괜히 꼬투리를 잡혔다가는 엄청난 탄압이 따를 것이다.

방금 벤의 당부는 조심과 동시에 경우에 따라서는 유대인 자본은 델 로치 상사와 다른 쪽에 설 수도 있다는 의미도 포함하고 있었다. 냉혹한 현실이지만 알베르토 수석부지배인은 그들의 입장을 충분히 이해했다.

“수고했다. 모레 이 시각에 다시 들르도록. 벤에게 전할 말은 그때 얘기할 테니.”

정보원을 돌려보낸 알베르토 수석부지배인은 방을 나와서 뜰로 향했다. 여러 군데에서 정보들이 속속 답지하고 있었다. 알베르토 수석부지배인이 유럽 각지를 돌아다니며 활발하게 활동할 때 심혈을 기울여 심어놓았던 정보원들이다. 알베르토 수석부지배인은 델 로치 상사의 공식 정보망과는 별개의 개인 정보망을 운영하면서 최신의 고급 정보를 얻고 있었고, 그 덕분에 델 로치 상사에서 입지를 단단히 굳히고 있었다.

― 그렇다면 잉글랜드는 어떻게 나올 것인가.

그 문제가 제일 중요한 변수로 떠올랐다. 가톨릭동맹은 대충 전열을 정비했다. 그렇다면 신교연합의 전력에 따라서 승자와 패자가 판가름날 것이다. 그리고 잉글랜드의 참전 여부는 신교연합의 전력에 결정적인 변수가 될 것이다.

잉글랜드가 움직일까. 움직인다면 언제, 얼마의 병력을 보낼 것인가. 유럽 정세에 능통하다고 자부하고 있는 알베르토 수석부지배인도 이 문제만큼은 속단을 할 수 없었다. 섬나라 잉글랜드는 대륙과는 다른 면이 많았고 잉글랜드 성공회는 로마 교황청과는 갈라섰지만 교리는 가톨릭에 가깝다.

대금을 그 자리에서 받고 무기를 건네는 소규모 무기상인들은 벌써부터 이쪽저쪽과 거래하고 있었다. 그렇지만 승리를 전제로 하는 대규모 자금 조달은 아직 이루어지지 않고 있었다. 상사들은 양 진영을 저울질하면서 투자의 상대와 규모, 시기를 가늠하고 있었다.

알베르토 수석부지배인은 투지가 끓어올랐다. 일이 어려울수록 더 기운이 나는 그였다. 독립해서 주식회사 형태의 상사를 설립하는 것을 목표로 하고 있는 알베르토 수석부지배인에게 이번 사태는 좋은 기회가 될 수도 있다.

* * *

새 황제 선출이 있은 지 두 달이 흘렀고 계절은 늦가을로 접어들었다. 베니스는 표면적으로는 조용했지만 수면 아래서는 활발한 움직임이 일고 있었다.

닷새 전에 가톨릭동맹에서 보낸 사람이 델 로치 상사에 당도해서 용병 모집을 의뢰했고, 이틀 전에는 신교연합의 대리인이 도착해서 군수품 조달을 제안했다. 전쟁은 이미 시작된 것이다. 델 로치 상사는 이제 분명하게 어느 한쪽을 선택해야 한다.

"찾으셨습니까?"

안토니오는 조르지오의 방으로 들어섰다. 내일 지배인단회의가 있다. 사주의 보좌관격인 안토니오는 그와 관련해서 미리 호출을 받은 것이다.

"앉게. 나도 길드에서 막 돌아온 길이네."

베니스의 상사들 모두 비상이 걸린 마당이다. 연일 상사 길드에서 회의가 열렸다.

"내일 회의에서 가톨릭이냐 신교냐를 결정해야 할 텐데, 그래 생각해봤나?"

조르지오는 자리를 잡자마자 본론을 꺼냈다.

"가톨릭동맹과 손을 잡는 게 좋겠습니다."

이럴 경우 말을 장황하게 늘어놓는 것은 바람직하지 않다. 태도를 분명히 하는 게 좋다. 안토니오는 단언을 했다.

"어? 그렇게 판단을 내렸단 말이지?"

안토니오가 딱 부러지게 가톨릭동맹을 지목하자 조르지오는 놀라는 표정을 지었다. 여태 이렇게 분명하게 발언하는 사람을 보지 못했던 것이다.

"좋아, 이유는 내일 회의에서 듣기로 하지."

조르지오는 군이 이유를 묻지 않았다. 아마도 이번 일을 주도하고 있는 알베르토 수석부지배인도 같은 의견이면 자신이 앞장서서 거래를 추진하고, 둘의 생각이 다르면 안토니오 뒤에 숨을 속셈 같았다. 그렇게 되면 성공의 과실은 사주인 자신이 취하게 되고 실패할 경우의 책임은 둘 중 한 사람에게 미루면 된다.

조르지오는 일선 상사 경험은 일천하면서도 사람을 부리는 재주는 타고난 것 같았다. 종교전쟁의 전운은 델 로치 상사에게는 또 다른 의미로 다가오고 있었다. 조르지오는 사주로서 위치를 굳히는 발판으로, 알베르토 수석부지배인은 독립의 발판으로 삼으려 하고 있었다.

안토니오는 너무 성급하게 대답한 것이 아닌가 하는 후회가 일었다. 그렇지만 후회는 오래가지 않았다. 나름 신중하게 판단해서 내린 결론이다. 향후 변수가 많겠지만 흔들리지 않고 밀어붙일 것이다.

안토니오가 그렇게 결론을 내린 데는 어제 받은 편지가 큰 역할을 했다. 안토니오는 어제 편지를 한 통 받았다. 고대하던 편지가 이제야 배달된 것이다.

오랜 벗 안토니오 코레아 귀하에게.

이스파한에서 처음 대면했던 게 벌써 10년 전의 일이군요. 귀하의 활약상은 여러 곳에서 듣고 있습니다.

잉글랜드의 머레이에게서 온 편지는 그렇게 시작했다. 이스탄불과 이스파한에서 안토니오와 치열한 대결을 펼쳤던 알비온&칼레도니아 상사의 지배인 머레이는 그 사이에 잉글랜드 재무경의 보좌관이 되어서 잉글랜드의 주요 경제현안을 총괄하고 있었다.

귀하의 연락을 받고 크게 반가웠습니다.

머레이의 편지에는 진심이 담겨 있었다.

안토니오는 일전에 머레이에게 편지를 보냈다. 그로부터 도움을 받을 수 있을 거란 생각에서였다. 물론 일방적인 도움 요청은 아니었다. 오는 게 있으면 가는 게 있는 게 거래의 기본이다. 안토니오는 머레이가 필요로 하는 것을 제공하고 내게 필요한 정보를 얻기로 한 것이다.

편지의 내용은 의례적인 인사말 사이사이에 신대륙 항해와 관련된 내용이 담겨 있었다. 안토니오는 '잔잔하던 바다에 갑자기 바람이 불기 시작했는데 다행스럽게도 무사히 지나고 보니 그곳의 위도가 마침 내가 귀하를 이스파한에서 처음 만났던 날과 같았습니다.' 하는 식으로 사르가소해 항해일지를 흘렸던 것이다.

베니스 무역상사들의 정보수집 능력은 대사관을 통한 공식 경로에 못지않다. 그렇지만 베니스 무역상사가 도저히 당해내지 못하는 능력을 지닌 기관이 둘이 있다. 하나는 유럽 전역에 흩어져 살면서 굳게 뭉쳐 있는 유대인들이고, 또 하나는 유럽 열강국들이 심혈을 기울이고 있는 왕실 직속 정보기관이다. 유럽 열강국들은 봉건제의 틀을 벗고 절대왕정으로 탈바꿈하면서 왕권을 튼튼히 할 요량으로 전문 정보기관을 육성하고 있었다.

그들 중에서도 단연 으뜸은 잉글랜드의 첩보기관이다. 안토니오는 잉글랜드 추밀원과 성실청(Star Chamber)의 일원인 재무경의 보좌관으로서 잉글랜드 첩보기관에서 올리는 기밀에 접근할 수 있는 머레이에게 거래를 제안했던 것이다.

그즈음 잉글랜드는 사르가소 해 항해와 관련된 정보에 목말라 하고 있었다. 잉글랜드는 본격적으로 북미 대륙으로 진출하려 했고 종교 탄압을 피해서 신대륙으로 건너가려는 청교도들도 많았다. 메이플라워 호가 신앙의 자유를 찾아서 신대륙으로 향한 것이 그다음 해(1620년)의 일이다.

— 보아도 입을 열지 않는다(Video et tvceo)!

첩보기관의 규율을 지켜야 하기에 직접 거래를 할 수는 없다. 그래서 안토니오는 머레이가 필요로 하는 정보를 슬쩍 흘렸던 것인데 머레이로부터 즉시 답신이 왔다. 그도 안토니오가 뭘 필요로 하고 있는지 잘 알고 있었다.

요즘 정신없이 바쁜 나날을 보내고 있을 오랜 친구로부터 서신을 받고 크게 기뻤습니다. 나 역시 여념이 없을 정도로 바쁜 날들을 보내고 있습니다.

머레이의 답장 또한 그다운 것이었다. 안토니오는 문맥의 속뜻을 헤아리며 편지를 읽어 내려갔다.

10년 전에 레반트 무역에서 귀하에게 한방 맞았지만 나는 호언했던 대로 직교역의 길을 열었습니다. 약속을 지켰기에 나름 자부심을 느끼고 있습니다. 물론 그 과정에서 어려운 일도 많이 겪었지요. 트랜실바니아(루마니아)에서는 현지 군인들에게 화물을 강탈당했는데 하마터면 목숨을 잃을 뻔했지요.

― 트랜실바니아가 출병을 할 것이다!

안토니오는 문맥을 그렇게 해석했다. 신교도인 트랜실바니아의 군주 베들렌 가보르가 프리드리히 편에 서서 참전하기로 한 것이다.

이제는 나도 나이가 들어서 예전처럼 활발하게 돌아다니지 못하고 있습니다. 한참 때는 한 달에 네덜란드를 다섯 차례나 오가기도 했지만.

네덜란드를 한 달에 다섯 차례나 오갔다면…… 아마도 네덜란드가 매달 5만 플로린의 군자금을 신교연합에 지원할 것이란 정보일 것이다. 그것은 앤트워프의 상관에서 올린 보고서에도 적시되어 있는 내용이다.

아무쪼록 귀하의 활약을 기대하겠습니다. 건강하십시오.

머레이의 편지는 그렇게 끝을 맺었다. 가톨릭동맹에 대해서는 한 마디도 언급하지 않았는데 머레이는 신교연합과 관련된 정보로 대가를 충분히 치렀다고 판단한 모양이다.

일견 머레이의 정보는 별로 가치가 없는 것으로 보일 수도 있다. 트랜실바니아의 참전은 대세에 별 영향을 미치지 못할 것이며, 네덜란드의 군자금 지원은 이미 파악된 정보다.

그렇지만 안토니오는 머레이의 편지에서 더없이 소중한 정보를 얻을 수 있었다. 머레이 역시 안토니오라면 충분히 간파할 것이라 판단했을 것이다. 그것은 잉글랜드의 참전여부였다.

떠오르는 강자 잉글랜드는 외견상으로는 신교연합과 가깝지만 안으로 파고들면 가톨릭과 더 통한다. 그러니 잉글랜드가 신교연합으로 참전을 하느냐, 아니면 참전을 않느냐는 대세를 결정지을 중요 변수다. 그리고 누구도 예측하기 힘든 문제였다.

그런데 머레이는 잉글랜드는 이번 종교전쟁에 참전하지 않을 것임을 밝혔다. 머레이는 편지의 서두와 말미의 인사말을 통해서 이번에는 부딪칠 일이 없겠지만 일을 잘 마무리 짓고 다음에 다시 한 번 멋진 승부를 펼치자는 뜻을 전했던 것이다.

잉글랜드가 참전하지 않는다면 사사건건 잉글랜드와 경쟁을 벌이고 있는 프랑스도 굳이 가톨릭동맹에 군사를 보내지 않을 것이다. 그렇다면 양 진영을 대표하는 두 강국이 빠진 상태에서 나머지 엇비슷한 나라들끼리 싸움을 벌일 것이다. 가톨릭동맹은 스페인과 슈타이어마르크, 브란덴부르크, 바이에른 등등이 참전할 것이고 신교연합은 라인란트팔츠와 트랜실바니아, 플랑드르 정도가 전쟁을 주도할 것이다. 그렇다면 어느 쪽이 승산이 있을까. 여전히 예측하기 힘들고 변수도 많다. 그렇지만 안토니오는 마음을 정했다. 잉글랜드가 참전하지 않는다는 사실을 확인한 마당이다. 그렇다면 더 주저할 이유가 없었다.

* * *

알베르토 수석부지배인은 거울에 비친 얼굴을 보며 깜짝 놀랐다. 며칠 사이에 이렇게 수척해질 줄이야. 알베르토 수석부지배인은 상사원이 된 이래 이렇게 고심을 해본 적이 없었다. 궁리에 궁리를 거듭했지만 도무지 결론을 내릴 수 없었던 것이다.

유대인들로부터 속속 정보가 들어오고 있었다. 또 해외상관에서도 계속해서 보고를 올리고 있었다. 그렇지만 여전히 혼란스러울 뿐이었다. 전면전, 나아가 국제전으로 번질 이번 전쟁에는 변수가 너무 많았다.

유대인들의 정보는 신속하고 정확했지만 어딘지 모르게 제한적이어서 전체 흐름을 파악하는 데는 한계가 있었다. 어쩌면 유대인들이 결정적인 정보는 손에 틀어쥐고 있는 것 같았다. 그렇다면 나머지는 독자적으로 해결하는 수밖에 없다.

여러 정황을 검토해보건대 잉글랜드와 프랑스는 직접 출병하지는 않을 것 같았다. 스페인은 가톨릭동맹에 군사를 보내겠지만 네덜란드에 발목이 잡힌 데다 이미 노쇠한 나라여서 승패에 결정적인 변수는 되지 못할 것이다.

그렇다면 나머지 그만그만한 나라들끼리의 싸움이 될 텐데…… 알베르토 수석부지배인은 생각에 잠겼다.

제일 먼저 떠오르는 인물은 바이에른의 막시밀리안 공작. 그의 휘하에는 유럽 최고의 용병대장으로 알려진 틸리 백작이 있다. 병력이 백중지세라면 유능한 지휘관에 따라 승패가 결정될 것이다. 페르디난트 황제와 막시밀리안 공작은 그렇게 의가 좋은 형제가 아니지만 막시밀리안 공작은 결국 가톨릭동맹의 총수를 맡을 것이다.

생각이 거기에 미치자 혼란스럽기만 하던 머릿속이 어느 정도 정리되었다.

* * *

마침내 회의가 소집되었다. 오늘 회의에서 가톨릭동맹이냐 신교연합이냐를 결정지어야 한다. 그리고 그 결정은 델 로치 상사의 흥망을 좌지우지하게 될 것이다. 당연히 참석자 모두 잔뜩 굳어 있었다.

"눈치볼 것 없이 의견을 말해보도록. 어느 쪽으로 결론을 내리건 다른 상사들보다 일찍 결정짓는 게 델 로치 상사의 방침이니까."

조르지오가 갈로 총지배인, 알베르토 수석부지배인과 로사리오, 로토, 스티로치, 훼렌티노, 첼리니, 그리고 안토니오 부지배인에게 차례로 눈길을 주었다. 회의실에는 지배인단 외에도 독일 지역에서 급히 소환된 현지 대리인들이 배석해서 회의를 지켜보고 있었다.

"그동안 심사숙고를 했습니다."

예상대로 알베르토 수석부지배인이 먼저 입을 열었다. 과연 어느 쪽을 택할 것인가. 사람들의 시선이 일제히 그에게 집중되었다.

"신교연합과 손을 잡는 게 좋겠습니다."

알베르토 수석부지배인은 평소의 그답게 짧고 명료하게 결론을 밝혔다.

"이유는?"

확신에 찬 알베르토 수석부지배인의 말에 조르지오는 주춤하더니 힐끗 안토니오를 돌아보았다. 안토니오는 가슴이 철렁했다. 그예 알베르토 수석부지배인이 자신과 다른 결론을 내린 것이다. 그가 유대인 조직과 긴밀하게 연결되어 있다는 사실은 잘 알고 있다. 그럼 유대인들도 그렇게 판단하고 있단 말인가. 그들의 정보는 정확하고 신속하기로 정평이 나 있다.

"여러 정황을 취합해보건대 잉글랜드와 프랑스는 이번 전쟁에 끼어들 것 같지 않습니다."

알베르토 수석부지배인이 자신있게 답변했다. 하면 그도 그렇게 판단했단 말인가. 안토니오는 같은 판단을 했으면서도 다른 결론을 내린 알베르토 수석부지배인의 다음 말에 귀를 기울였다. 이유가 궁금했던 것이다. 조르지오를 비롯해서 회의에 자리를 한 사람들 전부 알베르토 수석부지배인에게 집중했다. 알베르토 수석부지배인은 방금의 결론과 관련해서는 따로 이유를 밝히지 않은 채 계속해서 의견을 펼쳤다.

"스페인은 참전하겠지만 그 규모는 그리 크지 않을 것으로 예상됩니다. 아마도 지금 플랜더스에 파병된 병력 중 일부를 빼돌릴 텐데 그나마도 제때 참전할 수 있을지는 미지수입니다."

"그런 판단의 근거는?"

조르지오가 이유를 물었다. 안토니오도 궁금했다. 자신만만한 것은 좋지만 상사의 명운이 걸린 마당이다. 제멋대로의 추측은 곤란하다.

"플랜더스에서 라인란트팔츠로 이동하려면 노르트라인-베스트팔렌(서부 독일) 지역을 통과해야 하는데 노르트라인-베스트팔렌이 병력 이동을 허가하지 않을 것입니다. 노르트라인-베스트팔렌의 제후는 신교연합과 가까우니까요."

"일리 있는 판단이지만 그것만 가지고는 신교연합의 우세를 점칠 수 없지 않은가?"

카토 총지배인이 모처럼 발언하고 나섰다.

"당신 말대로라면 병력 동원이나 군수지원 능력이 비슷비슷한 나라들끼리의 싸움이 될 터. 그렇다면 어느 쪽이 전투력이 뛰어난 용병을 고용하느냐가 승패를 결정지을 텐데 그런 면에서는 막시밀리안 공작이 지휘할 가톨릭동맹군이 유리하지 않을까?"

카토 총지배인이 자신의 견해를 밝히고 나섰다.

"그렇습니다. 막시밀리안 공작은 결국 가톨릭동맹 편에 설 것이고, 그의 휘하의 틸리 백작이 지휘하는 용병은 유럽 최고의 전투력을 보유하고 있습니다."

알베르토 수석부지배인은 카토 총지배인의 지적을 간단히 수긍했다. 그러면서 벽에 걸려 있는 대형지도로 향했다.

"그럼에도 신교연합의 우세를 점치는 이유는 이것 때문입니다."

알베르토 수석부지배인이 대형지도를 차례로 짚었다.

"이번 싸움은 전장이 두 곳에서 형성될 것으로 예측됩니다. 즉 서부전선과 동부전선으로 나뉘어서 싸움이 전개될 것으로 보고 있습니다."

평소의 당당함을 회복한 알베르토 수석부지배인은 전선이 두 곳으로 나뉠 것임을 자신 있게 예견했다. 사람들의 시선이 일제히 *그*가 지적한 곳으로 향했다.

"서부전선은 라인란트팔츠에서 형성될 것이며, 동부전선은 보헤미아에서 전개될 것입니다."

알베르토 수석부지배인은 마치 싸움을 직접 관전하고 돌아오기라도 한 양 거침없이 설명을 이어갔다. 아무도 반론을 제기하지 않았고, 회의는 알베르토 수석부지배인의 발표장으로 바뀐 분위기였다.

"동부전선은 개전과 동시에 전선이 교착상태에 빠질 것으로 예견됩니다. 이유는 전쟁은 가톨릭동맹인 바이에른이 보헤미아로 쳐들어가면서 시작될 텐데 신교연합인 슐레스비히 - 홀슈타인(북부 독일)과 헤센(중부 독일)이 배후를 위협하는 마당이어서 진격이 쉽지 않을 것입니다. 결국 보헤미아 발트(산림지대)나 에르츠 산맥에서 양쪽 진영이 교착상태에 빠질 것입니다."

알베르토 수석부지배인이 대형지도를 일일이 짚어가며 예견되는 전세를 분석했다.

"그렇지만 슈타이어마르크의 군대가 동쪽에서 보헤미아로 진격하는 수가 있지 않은가?"

조르지오가 물었다. 나름 연구를 많이 한 것 같았다. 그의 지적대로 가톨릭동맹은 신교연합의 본거지인 보헤미아를 양쪽에서 협공해서 싸움을 빨리 끝내려 할 것이다.

"그렇다고 해도 큰 차이가 없을 것입니다. 슈타이어마르크에서 보헤미아로 진격하려면 모라비아 지방을 통과해야 하는데 트란실바니아가 참전을 공언한 마당이어서 마음대로 지나가게 내버려두지 않을 겁니다."

알베르토 수석부지배인은 거침이 없었다.

"그럼 장기전을 예상하고 있는가?"

"그렇습니다. 장기전이 되면 상대적으로 연대의식이 약하고 보급이 원활치 못한 가톨릭동맹이 불리할 것입니다."

알베르토 수석부지배인이 자신이 내린 결론의 근거를 하나씩 밝혔다. 연대의식이 약한 것, 그리고 병참선이 상대적으로 길다는 것은 부정하기 힘든 사실이다. 그렇지만 그것만 가지고 결론을 내리기는 부족하다. 안토니오는 알베르토 수석부지배인의 견해에 미비한 점은 없는지, 판단의 근거에 무리가 있지는 않은지를 유심히 살폈다.

"그러니까 서부전선에서는 노르트라인 – 베스트팔렌이 스페인의 진격을 저지할 것이고, 동부전선에서는 슐레스비히 – 홀슈타인과 트랜실 바니아가 각각 바이에른과 슈타이어마르크의 진격을 저지할 것이란 말이지? 일리가 있는 분석이지만 반드시 그리 되리란 보장은 없지 않은가?"

조르지오는 알베르토 수석부지배인의 견해를 부정하지는 않았지만 그렇다고 섣불리 수용하지도 않았다.

이번 전쟁에서 잉글랜드와 프랑스는 빠질 게 확실하고 스페인과 네덜란드도 체면치레의 출병으로 그칠 공산이 크다. 그렇다면 나머지 나라들의 전력은 백지장 차이다. 그렇다면 작은 변수로도 승패가 뒤바뀔 수 있는, 누구도 장담할 수 없는 복잡한 상황이 전개될 것이다.

어쨌거나 알베르토 수석부지배인과 다른 입장에 서는 것은 위험하다. 그는 자신의 견해를 따르지 않는 사람을 절대로 그냥 두지 않는다. 그렇지만 안토니오는 결심을 바꿀 생각이 추호도 없었다. 일단 마음을 정했으면 밀어붙이는 것이 상책이다.

"노르트라인 – 베스트팔렌과 슐레스비히 – 홀슈타인은 신교연합이지만 내부 사정을 취합해보면 적극적으로 싸우지 않을 것으로 예상됩니다.

적당히 싸우는 척하면서 프리드리히의 눈치를 볼 공산이 큽니다. 그러니까 동부전선은 교착상태에 빠지고 서부전선에서 승부가 판가름날 것으로 보입니다. 그렇게 되면 전장에서 가까운 사보이 공국(公國)은 어쩔 수 없이 싸움에 말려들 것이고, 참전을 한다면 당연히 신교연합에 설 것입니다."

"사보이 공국이 참전을 한다면 신교연합에 서겠지. 그렇다면 만스펠트 용병대가 참전을 할 것이란 말이군."

조르지오가 고개를 끄덕였다. 안토니오는 비로소 왜 알베르토 수석부지배인이 신교연합을 택했는지를 깨닫게 되었다. 그러면서 자책감이 일었다. 고려해야 할 변수 중에서 그만 만스펠트 용병대를 빠뜨렸던 것이다.

영주와 상사, 용병대장은 각각 전쟁의 발주자와 설계자, 그리고 현장감독에 해당한다. 발주자의 재력과 설계자의 능력이 큰 차이가 없다면 승패는 현장감독과 인부들에 의해 좌우될 것이다. 용병대 중에서 만스펠트 백작의 부대는 최고의 전투력을 보유하고 있었다. 작년 프라하 창문투척 사건 때도 출병해서 가톨릭동맹과 대치했던 적이 있는 만스펠트 백작은 전술은 물론 용병들을 모집하고 유지하는 데도 일가견이 있어서 최고의 용병대장이라는 데 이견을 제시하는 사람이 없었다.

왜 만스펠트 백작을 빠뜨렸을까. 안토니오는 후회가 일었다. 사보이 공국은 이번 전쟁에 이렇다 할 이해가 걸려 있지 않기에 고려해야 할 변수에서 놓쳤던 것이다. 그렇지만 자기 앞마당이 싸움터가 되면 가만히 있을 사람은 없을 것이다.

"만스펠트 용병대가 출동을 하면 플랜더스의 스페인 군대쯤은 충분히 물리칠 수 있을 겁니다."

그렇게 되면 신교연합이 서부전선에서 승리를 거두면서 그 여파는 동부전선에도 미치게 될 것이다. 팽팽하게 대치하고 있는 국면에서 만스펠트 백작의 용병대는 단연 돋보이는 존재였다.

알베르토 수석부지배인의 말이 끝나자 사람들은 모두 과연 하는 표정으로 그를 쳐다봤다.

"만스펠트 용병대가 최강의 전력인 것은 사실이지만 잉글랜드나 프랑스 같은 대국이 참전을 하면 얘기가 달라지지 않을까요?"

스티로치 부지배인이 조심스럽게 의견을 밝혔다.

"두 나라는 이번 싸움에 끼어들지 않을 겁니다."

알베르토 수석부지배인이 잘라 말했다. 누구도 판단의 근거를 물으려 하지 않을 만큼 자신만만했다.

"다른 의견은?"

조르지오가 참석한 사람들에게 차례로 눈길을 주며 말했다.

"안토니오 부지배인은 어떻게 생각하는가?"

아무도 발언을 하려 하지 않자 조르지오가 안토니오를 지목하고 나섰다. 안토니오는 당혹스러웠다. 알베르토 수석부지배인과 의견이 갈렸다는 것에도, 또 그런 사실을 잘 알고 있으면서도 냉혹한 눈초리로 발언을 재촉하고 있는 조르지오에게도. 그렇지만 지목을 받은 이상 가만히 있을 수 없다. 그리고 일단 결심을 했으면 흔들리지 말아야 한다.

"알베르토 수석부지배인의 견해는, 그러니까 전선이 두 곳으로 나뉘어서 싸움이 전개될 것이라는 데는 전적으로 동의합니다."

안토니오는 차분하게 입을 열었다. 알베르토 수석부지배인과 대립이 불가피한 마당이다. 그런데 조르지오는 누구 의견을 따를까. 행여 알베르토 수석부지배인의 의견이 채택되면 그다음은 어떻게 해야 하나. 짧은 시간에 많은 생각이 뇌리를 스치고 지나갔다.

"하면 장기전이라는 의견에는?"

조르지오는 극적인 장면을 연출하기라도 하려는 듯 안토니오가 가톨릭동맹으로 결정했음을 잘 알면서도 계속 몰아붙였다.

"그것에도 동의합니다."

왠지 궁지로 몰리는 기분이 들었지만 안토니오는 개의치 않기로 했다. 화살은 시위를 떠났다. 그렇다면 뒤를 돌아볼 필요가 없다.

"그럼 결론은?"

조르지오는 틈을 주지 않고 물었다. 왜 상황을 이렇게 몰고 가는지 이해가 가질 않았지만 조르지오는 내가 중간에서 생각을 바꿀 사람이 아니라는 것은 잘 알고 있을 것이다. 그럼 대답을 주저할 이유가 없다.

"가톨릭동맹과 손을 잡는 게 좋겠습니다."

일순 사람들의 시선이 일제히 안토니오에게 쏠렸다. 얘기가 여기까지 진행된 마당에 이제 와서 다른 의견을 내다니. 사람들은 알베르토 수석부지배인과 안토니오를 번갈아 쳐다봤다. 전쟁은 델 로치 상사에서 이미 시작되고 있었다.

"어떻게 해서 그런 결론을 내렸는지 궁금하군."

알베르토 수석부지배인이 물었다. 애써 감정을 자제하고 있지만 눈빛은 잡아먹을 듯 안토니오를 쏘아보고 있었다. 조르지오는 아무 말 없이 두 사람의 대화를 지켜보았다.

안토니오는 곤혹스러웠다. 솔직히 알베르토 수석부지배인만큼 논리정연한 근거는 없었다. 머레이로부터 정보를 얻었지만 그것은 큰 그림에 국한된 것이고 다양한 변수는 신의 영역일 것이다.

종교전쟁은 궁극적으로는 신교연합이 승리할 것이다. 그것은 강은 뒷물결이 앞물결을 밀어내며 도도히 흐르는 것과도 마찬가지 이치다. 노쇠한 가톨릭은 변화가 필요하다.

그럼에도 안토니오가 가톨릭동맹을 택한 것은 양 진영의 두 지도자, 페르디난트와 프리드리히를 따져봤기 때문이다. 전력이 비슷하다면 단기전에서는 지도자의 능력과 의지가 승패를 결정지을 것이다. 프리드리히는 유약한 몽상가에 불과한 반면에 페르디난트는 매사에 적극적이라는 사실에 안토니오는 판단의 근거를 두고 있었다. 결정적인 순간에는 정교한 논리를 내세우는 쪽보다 배짱으로 밀어붙이는 쪽이 이길 공산이 크다.

"왜 말이 없나? 그럼 내가 설명을 보충하겠다."

알베르토 수석부지배인이 안토니오를 쏘아보고는 말을 이었다.

"바이에른의 막시밀리안 공작은 라인란트팔츠를 물려받기로 약조를 하고 가톨릭동맹의 선봉장을 맡았지. 하지만 야심가 페르디난트가 알짜 영지를 순순히 내줄 것 같은가? 틀림없이 둘 사이에 분란이 일면서 막시밀리안 공작은 일찌감치 전선에서 이탈할 거야."

권위를 도전받았다고 생각했기 때문일까, 알베르토 수석부지배인은 그답지 않게 얼굴을 붉히며 덤벼들었다.

"그에 비해서 사보이 공국은 영토를 지키느냐 빼앗기느냐의 싸움이야. 그렇다면 결과는 뻔한 것 아닌가?"

"자신의 의견을 밝힌 것뿐이니 너무 몰아붙이지 말게."

조르지오가 흥분한 알베르토 수석부지배인을 만류하고 나섰다.

"델 로치 상사의 운명이 걸린 중요한 일입니다."

얼굴이 벌겋게 달아오른 알베르토 수석부지배인은 조르지오의 만류에도 아랑곳하지 않았다.

"그런 마당에 안토니오는 지금 별다른 근거도 제시하지 못하면서 가톨릭동맹과 거래를 하자고 하고 있습니다!"

알베르토 수석부지배인은 잡아먹을 듯 안토니오를 노려보았다. 아예 이 기회에 자기를 바짝 쫓아오고 있는 안토니오를 날려버릴 심사였다.

도대체 결과가 뻔한 마당에 왜 일을 벌였을까. 안토니오에게 우호적인 사람들은 이해할 수 없다는 표정으로 안토니오를 쳐다봤다. 그렇지만 안토니오는 알베르토 수석부지배인의 압박에도, 딱한 표정을 짓는 다른 사람들의 시선에도 흔들리지 않았다. 조르지오가 어떻게 결론을 내릴지 궁금했지만 소신을 바꿀 생각은 여전히 없었다. 알베르토 수석부지배인은 나무 하나하나를 빠뜨리지 않고 관찰했지만 숲은 제대로 살피지 못한 것 같았다. 역사는 객관적 전력은 우세하지만 몸을 사렸던 폼페이우스 대신에 '주사위는 던져졌다!'는 말과 함께 과감하게 루비콘 강을 건너 로마로 진격한 카이사르의 편을 들어주었다.

안토니오가 결정을 번복할 뜻이 보이지 않자 사람들의 시선이 조르지오에게 집중되었다. 그렇다면 사주가 결정을 내려야 할 것이다. 그리고 그 결정은 뻔했다. 어쩌자고 무모한 짓을……. 안토니오와 가까운 사람들은 허탈한 표정으로, 그렇지 않은 사람들은 측은한 얼굴로 안토니오를 쳐다봤다.

"그럼 어느 편과 거래할지를 결정하겠다. 델 로치 상사는……."

조르지오는 좌중을 훑어보고 말을 이었다.

"양쪽 모두와 거래하겠다!"

이게 무슨 소리인가. 회의에 참석한 사람들은 깜짝 놀랐다. 그것은 한 번도 생각해본 적이 없는 경우였다.

"그게 무슨 말씀입니까? 하면 가톨릭동맹과 신교연합 모두와 거래를 하겠다는 말입니까?"

로토 부지배인이 확인하듯 물었다.

"말 그대로다. 가톨릭동맹과 신교연합 양쪽 모두와 계약을 할 것이니 그리 알고 준비하도록."

조르지오는 더 거론할 것 없다는 듯 잘라 말했다. 사람들은 충격에 빠졌고, 회의장은 침묵에 잠겼다.

이것이었구나. 안토니오는 그동안 조금은 이해하기 힘들었던 조르지오의 일련의 행동들이 비로소 확연하게 파악이 되었다. 조르지오는 이번 일을 계기로 확실한 친정체제를 구축하려 하고 있었다.

"위험한 발상입니다. 양쪽 모두와 손을 잡으려 했다가는 양쪽 모두로부터 배척을 당할 수도 있습니다. 혼란의 시기에는 어느 한쪽을 확실하게 선택하는 게 살아남을 확률이 높습니다."

알베르토 수석부지배인이 반론을 제기하고 나섰다. 그가 받은 충격은 안토니오의 그것보다 훨씬 클 것이다.

"그 정도는 나도 알고 있다. 갈로!"

흥분한 알베르토 수석부지배인과는 대조적으로 조르지오는 차분했다.

"그동안 조르지오 델 로치 님의 지시로 은밀히 추진해온 일이 있소!"

조르지오로부터 지목을 받은 갈로 총지배인이 처음으로 입을 열었다. 갈로 총지배인은 가끔 상사에 들르는 정도의 반은퇴 상태로 회의에 참석한 것도 의외였다. 그런데 은밀히 추진하고 있는 일이 있다니. 도대체 그게 뭐란 말인가. 눈치로 봐서 알베르토 수석부지배인도 모르는 일 같았다.

"델 로치 상사에서 출자한 자금과 외부에서 투자받은 자금으로 별도의 상사를 설립할 것이오."

"뭐요? 총지배인님, 그게 무슨 소리입니까? 별도의 상사를 설립한다니요? 그런 일이라면 당연히 수석부지배인인 내 의견을 들어야 하는 것 아닙니까!"

알베르토 수석부지배인이 사색이 되어 갈로 총지배인에게 항의했다. 상사의 대소사를 전부 틀어쥐고 있다고 자부하고 있었다. 그런데 이렇게 중차대한 일을 자기를 빼고 추진하고 있었다니. 알베르토 수석부지배인은 분노가 끓어올랐다. 이런 식이면 앞으로는 상사를 제대로 장악할 수 없다. 실세가 아니라는 사실이 알려지면 상사원들은 자신의 지시를 예전처럼 잘 따르지 않을 것이다.

분노가 극에 달한 알베르토 수석부지배인에 비해서 안토니오는 별반 동요하지 않았다. 진작에 조르지오의 의도를 간파했기 때문이다. 그렇지만 상황은 더 나빠졌다. 이렇게 되면 어느 편이 이번 종교전쟁의 승자가 되건 그 공은 조르지오에게 돌아가고, 투자실패의 책임은 안토니오와 알베르토 수석부지배인 둘 중 한 사람이 전적으로 져야 할 것이다.

"진정들 하시오. 극비를 요하는 사항이라 지배인들에게도 비밀에 부쳤소. 널리 양해해주기 바라겠소."

동요가 일자 조르지오가 해명을 하고 나섰다.

"갈수록 상사 경영이 어려워지고 있는데 자칫 상사를 도산으로 몰고 갈 수도 있는 상황이 발생했소. 그래서 상사의 위험을 분산시키기 위해서 별도의 상사를 설립하기로 했는데 다행히 큰 어려움 없이 자금을 모을 수 있었소. 머지않아 창립총회가 열릴 것이오."

조르지오는 득의만만한 표정으로 좌중을 둘러보았다. 이미 자금을 확보한 마당이다. 그렇다면 거칠 게 없었다.

"델 로치 사는 신교연합과, 새로 설립할 상사는 가톨릭동맹과 거래를 하는 것으로 하겠소. 그러니 그렇게 알고 알베르토와 안토니오는 각자 최선을 다해주도록."

조르지오가 그렇게 결론을 내리며 회의를 종결시켰다. 그렇다면 델 로치 상사는 알베르토 수석부지배인이, 새로 설립될 상사는 안토니오가 책임질 것이다.

이것이었구나. 안토니오는 비로소 그동안 뭔가 석연치 않았던 조르지오의 언행이 뭘 노렸던 것인지를 깨닫게 되었다. 조르지오는 그동안 그저 집안 덕에 사주가 되었을 뿐, 알베르토 수석부지배인이 하자는 대로 끌려다니는 사람으로 인식되고 있었다. 그런 조르지오가 이번 일을 기화로 앞으로 직접 상사를 이끌 것이며 필요하면 언제든지 사람을 내칠 수 있음을 천명한 것이다.

알베르토 수석부지배인의 얼굴이 보기에도 처참할 정도로 일그러졌다. 조르지오로부터 제대로 뒤통수를 맞은 것이다.

당혹스럽기는 안토니오도 마찬가지였다. 알베르토 수석부지배인 만큼은 아니지만 그래도 적지 않은 충격을 받았다. 이렇게 되면 알베르토 수석부지배인과는 아예 적이 될 판이다.

전쟁

1620년 4월, 독일 하이델베르크.

네카르강이 내려다보이는 곳에 자리한 고색창연한 하이델베르크 성은 라인란트팔츠의 선제후며 새로 보헤미아의 왕으로 선출된 프리드리히의 본거지다.

알베르토 수석부지배인은 장엄한 하이델베르크 성을 힐끗 쳐다보고는 다시 군사훈련에 시선을 돌렸다. 먼지를 뒤집어쓴 용병들이 지휘관의 신호에 따라 일제히 함성을 지르며 돌진과 후퇴를 거듭했는데 명성답게 질서정연한 움직임을 보였다.

신교연합 군사들은 네카르 강변에 본영을 설치하고서 출전에 대비해서 강도 높은 훈련을 하고 있었다. 알베르토 수석부지배인은 신교연합과 무기와 군수물자 공급 계약을 체결하고서 신교연합의 서부전선 사령부인 하이델베르크 성으로 옮겨와서 용병들과 함께 지내고 있는 중이다.

델 로치 상사는 신교연합과 계약을 체결했고 새로 설립한 캄파넬라 상사는 가톨릭동맹과 한배를 탔다. 캄파넬라 상사는 조르지오의 결정에 따라 안토니오가 책임을 지고 있었다.

그렇게 델 로치 상사가 둘로 나뉘고, 서로 적이 되어 전장에서 대치하게 된 지 5개월이 지났고, 전선은 알베르토 수석부지배인의 예상대로 각각 보헤미아와 라인란트팔츠에 동부전선과 서부전선이 형성되었지만, 양 진영은 아직까지 이렇다 할 충돌을 빚지 않고 있었다.

네카르 강변에서 훈련 중인 신교연합 병사들은 사보이 공국의 카를로스 에마누엘레 공작이 보낸 만스펠트 백작의 용병대가 주축을 이루고 있었다. 그들은 정예 병사들이어서 서부전선에서는 신교연합의 우세가 점쳐지고 있었다.

"커널(colonel, 대령)이 뵙잡니다."

젊은 장교가 헐떡거리며 알베르토 수석부지배인에게 달려왔다. 커널은 콜루네라스(colunelas, 연대)를 인솔지휘하는 용병대의 핵심 지휘관이다. 용병대장은 왕족이나 귀족이 맡지만 그들은 명목상의 지휘관이고 실제 전투는 콜루네라스와 코호트(cohort, 대대)를 지휘하는 직업 군인들이 담당하고 있었다.

"무슨 일이오?"

알베르토 수석부지배인이 연대지휘소로 들어섰다.

"하이델베르크 성으로 들어가려고 하는데 백작 각하께서 당신도 같이 들어오라고 하셨습니다."

동행을 권유하는 만스펠트 용병대의 연대 지휘관은 역전의 용사답게 패기만만했다.

"하면 출전명령을?"

드디어 출전명령이 떨어진 것인가. 알베르토 수석부지배인은 긴장이 되었다.

"글쎄요. 아무튼 속히 들어오랍니다."

연대 지휘관이 앞장을 섰고 알베르토 수석부지배인은 그의 뒤를 따라 언덕 위에 위치한 하이델베르크 성으로 걸음을 옮겼다.

성으로 들어서자 주둔지와는 전혀 다른 세상이 펼쳐졌다. 하얀 대리석으로 호화롭게 꾸며진 회랑을 지나서 접견실로 들어서자 안할트 경과 만스펠트 백작이 대형지도를 들여다보고 있었다. 성의 주인인 프리드리히는 새 영지 보헤미아로 가서 동부전선을 지휘하고 있었고 서부전선은 그의 심복인 안할트와 만스펠트 백작이 책임지고 있었다.

"머스킷 총이 여태 도착하지 않았다고 하는데 어떻게 된 것인가? 보로미니 연대도 모병을 끝내고 이리로 출발했는데."

만스펠트 백작이 지도에서 눈을 떼더니 알베르토 수석부지배인에게 독촉을 했다.

"보로미니 연대가 벌써 출발했습니까? 예상보다 빨리 모병을 마쳤군요. 머스킷 총은 걱정하지 마십시오. 델 로치 상사는 이미 충분한 양의 머스킷 총을 비축해놓고 있습니다. 그러니 보로미니 연대가 도착할 때쯤이면 용병 전원에게 머스킷 총이 지급될 겁니다."

알베르토 수석부지배인이 자신만만하게 답변했다. 만스펠트 용병대는 3개 콜루네라스로 편성된 테르치오(tercio, 사단) 규모로 전체 병력은 1만 명에 육박하고 있다. 그들 중에서 2개 연대는 이미 하이델베르크로 이동해서 훈련 중이고 나머지 1개 연대도 편성을 완료하고 사보이 공국을 출발했다.

테르치오 규모의 용병대를 지원하는 일은 쉬운 일이 아니다. 소용되는 무기와 탄약, 식량이 어마어마했다. 그래서 만스펠트 백작은 여러 상사와 조달 계약을 체결했고, 델 로치 상사는 그들을 대표하고 있었다. 알베르토 수석부지배인은 사단 군수참모를 맡고 있는 셈이다.

"보급은 염려하지 않아도 됩니다."

알베르토 수석부지배인이 만스펠트 백작과 안할트 경을 거듭 안심시켰다. 아무튼 개전이 멀지 않았다. 서부전선에서는 플랜더스 주둔 스페인 군대와 만스펠트 백작의 용병대가, 동부전선에서는 프리드리히가 지휘하는 보헤미아 군대와 막시밀리안 공작이 인솔하는 바이에른 군대가 격돌하면서 전쟁이 시작될 텐데 반역 징벌의 성격을 띠었기에 가톨릭동맹이 선공에 나설 공산이 크다.

알베르토 수석부지배인은 자신이 있었다. 신교연합은 당대 최고의 전술가인 만스펠트 백작이 지휘하고 있는 데 비해서 가톨릭동맹은 체면치레를 하느라 억지로 출병한 스페인 군대가 선봉을 맡았다. 그렇다면 서부전선의 결과는 뻔할 것이다.

그래서 많은 사람들은 동부전선에서 전쟁의 승패가 결정날 것이라 보고 있었다. 그렇지만 알베르토 수석부지배인의 생각은 달랐다. 도리어 서부전선이 결전의 장소가 될 것이라 예견하고 있었다. 동부전선의 가톨릭동맹은 금년이 지나면 저절로 붕괴될 것이라 본 것이다.

알베르토 수석부지배인은 페르디난트 황제와 막시밀리안 공작의 불화에 그 근거를 두고 있었다. 둘은 형제면서도 사이가 나빴고 서로를 극도로 불신하고 있었다. 막시밀리안 공작은 라인란트팔츠를 넘겨받은 대가로 출병을 한 것인데 알베르토 수석부지배인은 페르디난트 황제는 절대로 순순히 넘겨줄 사람이 아니라고 본 것이다. 결국 둘 사이에 불화가 일면서 가톨릭동맹은 무너질 것이다.

그렇지만 전쟁에는 많은 변수가 따른다. 그러니 섣불리 장담해서는 안 될 것이다. 알베르토 수석부지배인은 자만에 빠지는 일이 없도록 스스로를 경계하고 있었다.

"제때 지급될 거라 장담을 하니 그 문제는 더 따지지 않겠네. 그렇지만 총도 총 나름 아닌가. 이미 지급된 총들 중에는 아퀴버스(arquebus) 총도 상당수 포함되어 있다고 하던데!"

만스펠트 백작이 알베르토 수석부지배인을 몰아붙였다. 유효사거리와 발사속도, 명중률 모두에서 처지는 구형 아퀴버스 총을 가지고 신형 머스킷 총으로 무장한 병력을 상대할 수는 없다.

"델 로치 상사에서 새로 설립한 상사는 가톨릭동맹과 계약을 했다고 하는데 당신들 혹시……?"

안할트 경이 매의 눈을 하고 알베르토 수석부지배인을 쏘아보았다. 양다리를 걸치고 있는 것 아니냐는 추궁이었다.

"절대 그럴 리 없습니다. 지금 델 로치 상사는 신교연합과 생사를 같이하고 있습니다. 그리고 무기 공급에 약간의 차질을 빚은 것은 솔직히 인정하겠습니다. 지금 유럽 대륙에 무기가 동이 났습니다. 상사들마다 전쟁수행 물자를 확보하느라 혈안이 되어 있으니까요."

알베르토 수석부지배인이 의혹을 강하게 부인했다.

"그런 와중에 지금 신형 머스킷 총을 확보한 곳은 델 로치 상사뿐입니다."

"그야 우리도 잘 알고 있네."

알베르토 수석부지배인이 강하게 나오자 만스펠트 백작이 태도를 부드럽게 바꿨다.

"정보에 의하면 스페인 군은 일부지만 수발총(燧發銃, flint lock musket)이나 물레방아총(wheel lock musket)으로 무장을 하고 있다고 하길래……. 아무튼 우리는 델 로치 상사를 전적으로 신뢰하고 있네."

머스킷 중에서도 방아쇠에 부싯돌을 달아서 한 번에 사격이 가능한 수발총이나 연발사격이 가능한 물레방아총은 용병대장들이 탐내는 신형무기다.

"수발총은 발사속도를 획기적으로 줄였다고 하지만 불발이 심하고 물레방아총은 너무 무거워서 실전에서는 별로 쓸모가 없다고 합니다. 그보다는 우리가 확보한 신형 머스킷 총이 전장을 주도하게 될 것입니다."

알베르토 수석부지배인이 호언하고 나섰다. 장기전에서는 병참이 전술보다 더 중요할 수도 있다. 그렇다면 적당히 큰소리를 치는 것도 나쁘지 않을 것이다.

"스페인 군 동향은 어떤가?"

어색한 분위기를 깰 요량인 듯 안할트 경이 함께 온 연대 지휘관에게 시선을 돌렸다. 그는 야심에 비해서 우유부단한 프리드리히를 부추겨서 유럽대륙을 전쟁의 폭풍으로 내몬 장본인이다.

"머지않아 출동할 것으로 보입니다. 이동 경로는 모젤 강을 끼고 우회할 것으로 예상되고 있습니다."

연대 지휘관이 얼른 대답했다.

"노르트라인 – 베스트팔렌이 저들의 진격을 막아주었으면 좋겠는데."

안할트 경이 지도를 들여다보며 제법 심각한 표정을 지어 보였다.

"그리 되면 싸움이 많이 편해지겠지만 스페인 군은 우리 힘만으로도 얼마든지 물리칠 수 있소."

만스펠트 백작이 자신 있게 대답하고는 안할트 경을 쏘아보았다.

"그보다는 동부전선이 문제인데……."

만스펠트 백작은 프리드리히가 영 미덥지 않은 표정이었다.

'동부전선이라……'

만스펠트 백작이 동부전선을 거론하는 순간 알베르토 수석부지배인의 뇌리에 안토니오가 빠르게 스치고 지나갔다. 캄파넬라 상사의 지배인이 된 안토니오는 지금 동부전선에서 가톨릭동맹과 함께 움직이고 있다. 전선은 다르지만 둘은 적이 된 것이다.

이어서 조르지오 델 로치가 떠올랐다. 그는 친정체제를 굳힐 요량으로 교활하게 양다리를 걸치고서 공은 자신에게, 과(過)는 둘 중 한 사람에게 떠맡기려 하고 있었다.

'절대로 지지 않겠다! 기필코 승리해서 대주주로부터 신임을 얻고, 그

를 바탕으로 델 로치 상사를 주식회사로 전환해서 내가 최고경영자를 맡겠다!'

알베르토 수석부지배인은 이를 악물며 그렇게 다짐했다. 본래는 독립해서 소규모 상사를 세우는 것이 목표였다. 그렇지만 알베르토 수석부지배인은 생각을 바꿨다. 조르지오를 내쫓고 델 로치 상사를 통째로 먹기로 한 것이다.

"보급은 염려 마십시오. 최선을 다해서 최고, 최신 무기를 공급하겠습니다."

알베로트 수석부지배인의 눈에서 불이 일었다.

* * *

1620년 4월, 독일 뮌헨.

아자르 강변에 병사들의 함성이 높았다. 가톨릭동맹군은 프라하 진격에 대비해서 총수 막시밀리안 공작의 본거지인 뮌헨의 아자르 강변에 병영을 설치하고서 훈련을 거듭하고 있었다.

안토니오는 몇 시간째 군사참모 반호프와 머리를 맞대고 있었다.

"그럼 바타일론(bataillon, 대대)의 병력이 500명밖에 안 된다는 말이오?"

안토니오가 놀라며 물었다. 가톨릭동맹에 군수물자를 공급하는 주 계약자로서 전선을 시찰 중인 안토니오는 가톨릭동맹 보헤미아 원정대의 군사참모를 맡고 있는 반호프로부터 뜻밖의 말을 들은 것이다.

"그렇습니다. 기존에는 캄파니(kampagnie, 중대) 병력을 150명 수준으로 유지했는데 신형편제에서는 80명으로 줄였으니까요."

"병력이 절반으로 줄면 전투력도 그만큼 줄어들 것 아니오?"

안토니오가 이해가 가질 않는다는 표정으로 물었다.

"대신에 기동성이 강화되고 지휘체계가 줄어들면서 신속한 작전이 가능해집니다. 그렇지만 신형편제를 효율적으로 운용하기 위해서는 성능이 우수한 신형 머스킷 총, 다네가시마가 반드시 필요합니다."

반호프가 안토니오에게 다네가시마를 확보해줄 것을 강력히 요청했다.

'다네가시마······.'

반호프의 입에서 다네가시마라는 말이 나오자 안토니오는 감회에 젖어들었다. 문득 칠천량에서 왜병과 싸웠던 때가 떠오른 것이다. 그때 조선군은 구형 승자총통으로 사거리와 발사속도, 명중률 등 모든 면에서 훨씬 뛰어난 다네가시마 조총으로 무장을 한 왜병을 상대해야 했고 처참한 패전의 결과 안토니오는 포로가 되어 일본으로 끌려가게 되었다.

이어서 다네가시마 조총으로 큰돈을 모은 사카이의 상인 도시오의 탐욕 가득한 눈빛이 떠올랐다. 조총은 포르투갈에서 들어왔는데 일본은 그것을 가지고 더 우수한 다네가시마를 만들어서 유럽으로 역수출했고, 다네가시마는 최고의 조총으로 자리매김을 하고 있었다.

안토니오는 몇 해 전, 세비야 주재원으로 있을 때 도시오의 소식을 들은 적이 있었다. 일본 다이묘의 사신이 태평양을 건너 아카폴카에 상륙해서 멕시코를 횡단한 후에 베라크루즈에서 다시 배를 타고 대서양을 건너 스페인에 도착했던 적이 있었다. 안토니오가 일본 사신 일행에게 자기는 조선사람이라고 소개하자 그들은 크게 놀랐는데 계속해서 혹시 사카이의 도시오를 아느냐고 묻자 사신 일행은 잠시 고개를 갸우뚱하더니 사카이의 도시오라면 이노우에 님이 성을 쓰기 전의 이름인데 당신이 어떻게 이노우에 님을 아느냐며 눈을 휘둥그레 떴다. 그 사이에 도시오는 성을 갖게 되었고, 귀족 행세를 하고 있는 모양이었다.

사신 일행은 일본은 지금 도쿠가와 이에야스의 세상이 되었고, 조선에도 새 왕이 등극해서 두 나라는 통상을 재개했다면서 송상들도 동래를 통해서 일본과 활발하게 교역을 하고 있다는 소식도 전했다. 뜻밖에 고향소식을 들었던 안토니오는 향수에 젖어 며칠 동안 잠을 제대로 이루지 못했던 적이 있었다. 그런데 여기서 다시 다네가시마와 마주치게 된 것이다.

"팔라디오가 확보하고 있는 다네가시마를 전량 우리에게 넘겨주겠다고 했으니 그 일은 걱정하지 않아도 좋을 겁니다."

수행하고 있는 포르타가 안토니오를 안심시켰다. 안토니오를 따라 캄파넬라 상사로 옮긴 포르타는 세비야 주재원인 팔라디오, 그리고 델 로치 상사의 회계를 관장하고 있는 구에르치노와 긴밀히 연락을 하면서 물자 공급과 정보 수집을 적극 돕고 있었다.

포르타의 말대로 다네가시마를 조달하는 일은 크게 염려하지 않아도 좋을 것이다. 안토니오와 포르타의 대화에 반호프는 만족한 표정을 지었다. 용병대장 틸리 백작이 군사참모로 초빙해온 반호프는 전선을 누비며 경력을 쌓은 여타의 용병지휘관들과는 달리 학자풍의 남자였다.

"하면 전체 병력을 6개의 바타일론으로 나눈다는 말이오?"

안토니오가 다시 신형편제에 대해서 물었다.

"그렇습니다. 기존 편제는 3천 명의 병력으로 1개 테르치오를 편성하고, 1개 테르치오는 3개의 콜루네라스로 편제되지요. 하지만 마우리츠가 고안한 신형편제는 6개 바타일론으로 1개 테르치오를 편성합니다. 지휘계통이 줄어드는 만큼 명령이 신속하게 하달되고, 몸집이 줄어든 만큼 기동성이 좋아집니다. 그렇지만 화력의 뒷받침이 없으면 자칫 각개격파를 당할 위험도 내포하고 있지요. 그래서 신형 다네가시마가 반드시 필요한 겁니다."

반호프는 본래 네덜란드 독립전쟁의 영웅인 '나소(Nassau)의 마우리츠' 휘하에서 군사고문으로 일했던 사람이다. 그러다 스페인과 네덜란드가 잠정휴전에 들어가자 틸리 백작의 초청에 응해서 보헤미아로 온 것이다. 당대 최고의 군사전략가 마우리츠를 보좌했던 사람과 손을 잡은 것은 안토니오에게 큰 행운이었다.

그런데 반호프는 마우리츠의 신형편제를 강력하게 주장하고 있었다. 마우리츠가 당대 최고의 전략가인 것은 틀림이 없는 사실이지만 그가 1609년에 새로 고안해낸 신형편제는 아직 실전에서 평가를 받은 적이 없었기에 안토니오는 고심을 하고 있었다.

"불안해하는 거 충분히 이해합니다."

반호프가 안토니오와 포르타 두 사람에게 차례로 시선을 주며 말했다. 반호프의 건의를 받아들이면 가톨릭동맹은 대대규모인 바타일론이 전투의 기본 단위가 된다. 그에 비해서 구편제를 채택할 신교연합은 연대규모인 콜루네라스가 전투의 중심이다. 결국 기동성이 강화된 2개 대대가 적 1개 연대를 상대해야 하는 형국인데 자칫 적전분열이 되면서 패전으로 이어질 수도 있다.

반호프는 신형편제의 전제조건으로 강력한 화력과 우수한 지휘관과 숙달된 부사관, 그리고 훈련이 잘된 용병을 내세웠다. 그들 중 강력한 화력은 안토니오의 소관이지만 나머지는 안토니오의 영역 밖이다. 그러니 안토니오는 불안할 수밖에 없었다.

"용병들의 훈련은 차질 없이 진행되고 있소?"

틸리 백작이 유능한 지휘관임에는 틀림이 없다. 그리고 그를 수행하고 있는 하급 지휘관과 부사관들도 전부 역전의 용사들이다. 그렇지만 현지에서 모병된 용병들은 장담할 수 없다.

"직접 참관하시지요. 그렇지 않아도 틸리 백작이 보자고 했습니다."

반호프가 웃으며 안토니오와 포르타를 군사조련장으로 안내했다.

* * *

"집결지로 트리어를 예상하고 있다…… 충분히 일리가 있는 견해라고 생각합니다."

군사참모 슈나이더가 대형지도에서 트리어를 지목하자 선임연대장이 선뜻 동의하고 나섰다.

"내 생각도 같소."

안할트 경이 고개를 끄덕이며 같은 견해임을 밝혔다. 하이델베르크 성이 올려다보이는 벌판에 자리하고 있는 신교연합 서부전선 사령부에서 열리고 있는 작전회의에는 프리드리히를 대신한 안할트 경과 용병대장 만스펠트 백작, 군수담당 알베르토, 군사참모 슈나이더, 그리고 선임연대장이 자리를 함께하고서 향후 전개될 싸움에 대비하고 있었다.

스피놀라 장군이 인솔하는 플랜더스 주둔 스페인 군 2만 5천 명이 라인란트팔츠로 진격을 개시했다. 전쟁은 이미 시작된 것이다. 군사 참모 슈나이더는 스페인 군은 아르덴 고원과 아이펠 고원 사이로 빠져나와서 모젤 강과 자르 강이 합쳐지는 트리어에서 일차 집결할 것이라 예상하고 있었다.

"백작 생각은 어떻소? 혹시 다른 의견이 있소?"

안할트 경이 내내 말이 없는 만스펠트 백작을 재촉했다. 그러나 만스펠트 백작은 여전히 지도만 응시할 뿐, 선뜻 의견을 제시하지 않았다.

"남쪽으로 우회하면 프랑스 영내를 지나게 되는데 프랑스가 가만히 있을 리 없습니다. 그렇다고 북쪽으로 돌아가면 아이펠 고원과 모젤 강, 그리고 훈스뤼크 산맥이 차례로 진로를 가로막으면서 진격속도가 너무 늦어집니다."

슈나이더가 대형지도를 짚으며 자신의 예상을 부연했다.

"나도 스페인 군이 트리어에 집결할 것이라는 예상에는 동의하네. 그렇지만……"

만스펠트 백작이 처음으로 입을 열었다. 그는 뒤에서 지휘하는 다른 용병대장들과는 달리 전장의 선두를 달렸던 역전의 명장이다.

"군사참모는 우리가 먼저 예상되는 트리어로 진격해서 유리한 지형을 선점하자는 것 같은데, 전술적으로는 충분히 가치가 있는 판단이지만 지금은 그렇게 간단하게만 볼 상황이 아니네."

"그게 무슨 말씀입니까?"

슈나이더가 얼굴이 벌게져서 물었다.

"작전참모는 스페인 통로(Spanish Road)를 고려했는가?"

스페인 통로는 중부 유럽에 점점이 산재해 있는 스페인 합스부르크 왕가에 속한 영지들을 말한다. 구체적으로는 북부 이탈리아의 밀라노 공국과 프랑스 변경의 프랑슈콩테, 그리고 플랜더스를 잇는 길로 스페인은 그 길을 통해서 병력과 물자를 신속하게 이동시키고 있었다. 만스펠트 백작의 지적은 섣불리 트리어로 출동을 했다가 스페인 군대가 스페인 통로를 통해서 무주공산이 된 하이델베르크를 점령할 수도 있다는 뜻이었다.

"그게……."

"스페인이 스페인 통로를 통해서 우리의 배후를 칠 수도 있습니다만 현실적으로 그런 일은 생기지 않을 겁니다."

슈나이더가 허둥대자 알베르토가 대신 나섰다. 사람들의 시선이 일제히 알베르토에게 집중되었다.

"스페인이 그동안 스페인 통로를 효율적으로 운용했던 이유는 인접한 프랑스와 이탈리아의 도시국가들, 그리고 스위스 연방이 묵인을 했기 때문입니다. 왜냐하면 속령과 관련된 일은 기본적으로 스페인의 내정에 속하니까요. 그렇지만 전쟁이라면 얘기가 달라집니다. 프랑스는 스페인의 출병을 절대 용납하지 않을 겁니다."

알베르토가 자신 있게 자신의 견해를 밝혔다.

"하긴 체면치레를 하느라 억지로 출병한 마당에 프랑스와 정면충돌하는 모험을 감행하지는 않겠지."

알베르토의 조리정연한 분석에 만스펠트 백작이 순순히 수긍했다. 궁지에 몰렸던 슈나이더는 살았다는 표정으로 말을 이었다.

"트리어가 불안하면 스페인 군을 클란 강이나 도너스베르크 일대로 유인하는 방책도 있습니다. 문제는 보급인데……."

슈나이더가 알베르토에게 시선을 돌렸다.

"보급 얘기가 나오니까 한마디 하겠습니다."

선임연대장이 언성을 높이며 끼어들었다.

"지금 보급이 말이 아닙니다. 우선 총만 해도 그렇습니다. 다네가시마는커녕 수발총이나 물레방아총은 구경도 하기 힘듭니다. 지급되는 총이란 게 대부분 구형 불심지식 머스킷 총인데 그걸 가지고 어떻게 싸우란 말입니까!"

선임연대장이 언성을 높이며 알베르토를 다그쳤다. 만스펠트 백작도 그에 불만을 가지고 있는지 엄한 얼굴로 알베르토를 노려보았다.

"여태까지 보급이 기대에 미치지 못하고 있는 것은 인정합니다. 그 점에 대해서는 거듭 사과를 드립니다."

알베르토는 고개를 숙이며 사과했다. 영 입맛이 썼다. 세비야 상관이 다네가시마를 전부 캄파넬라 상사로 빼돌리고 있다고 했다. 그렇다면 싸우기도 전에 안토니오에게 한 대 맞은 셈이다.

'가만히 두지 않겠다!'

알베르토는 전쟁이 마무리되는 대로 캄파넬라로 간 상사원들은 물론, 델 로치 상사에 남아서 안토니오를 돕고 있는 상사원들을 모조리 정리하기로 결심했다.

"그렇지만 곧 신형대포가 들어올 것입니다."

알베르토가 자신 있게 말했다. 총에서는 한방 맞았지만 대포라면 얘기가 달라진다. 알베르토는 진작부터 봄바르드(bombard, 대형대포) 외에도 구경은 작지만 사거리가 엄청난 캘버린(calverin)과 개인이 지니고 이동하는 페드레로(pedrero) 등 각종 포를 다량으로 확보해놓고 있었다.

"각 콜루네라스마다 정방형대형으로 3개 포대를 배치할 계획이네."

만스펠트 백작이 알베르토에게 요구사항을 분명하게 밝혔다.

"충분히 가능합니다."

알베르토가 장담을 했다.

"머스킷 총도 약속대로 개전 전에 충분히 공급되어야 하네."

"물론입니다. 다소 지체되고 있지만 애초의 약조는 꼭 지키겠습니다."

알베르토가 호언을 하자 만스펠트 백작이 슈나이더에게 시선을 돌렸다.

"그럼 다시 작전에 대해서 토의하겠다. 꼭 병력을 먼 곳까지 이동시킬 게 아니라 라인 강가에 진을 치고서 상대하는 전술은 고려해본 적이 없는가? 전선이 라인 강에서 형성되면 스페인 군의 병참선은 물경 125마일(200킬로미터)로 늘어나면서 군수에 어려움을 겪게 될 텐데."

만스펠트 백작의 말이 끝나기가 무섭게 안할트 경이 얼굴빛을 달리하며 따졌다.

"그러면 백작은 스페인 군이 라인란트팔츠 영내로 들어오는 것을 보고만 있겠단 말이오?"

"지구전을 펼칠 계획입니다."

흥분한 안할트 경과는 달리 만스펠트 백작은 침착했다.

"시간을 끄는 게 우리에게 유리하다는 사실은 나도 알고 있소. 그렇지만 저들이 라인 강까지 진격하도록 내버려두면 라인란트팔츠 대부분이 스페인 군에게 침범을 당할 것이오."

정치가일 뿐, 전략가는 못 되는 안할트 경은 스페인 군이 라인란트팔츠 깊숙이 진격하는 것 자체가 싫었다.

"국무경 각하, 전쟁은 감정으로 하는 게 아닙니다. 유리한 위치를 먼저 확보하는 것이 승리의 지름길이지요. 현재 스페인 군의 보급능력을 보건대 병참선이 100마일을 넘어서면 작전에 차질을 빚게 될 겁니다."

만스펠트 백작이 차갑게 응대했다.

"저도 만스펠트 백작 각하의 전술에 동의합니다. 시간은 우리 편일 테니까요."

알베르토가 거들고 나섰다. 안할트 경이 프리드리히를 대신하고 있지만 군사작전은 만스펠트 백작 소관이다. 작전을 담당한 만스펠트 백작과 보급을 책임진 알베르토가 한 목소리를 내자 안할트 경은 불편한 표정을 지었지만 더 이상 문제 삼지 않았다.

알베르토는 자신만만했다. 동부전선과 서부전선 모두에서 상황이 유리하게 전개되고 있었다. 막시밀리안 공작은 제대로 싸워보지도 않고 바이에른의 군사들을 전선에서 빼낼 기미였다. 그리고 사촌지간에 모른 체할 수 없어서 억지로 출병한 스페인 군이 악착같이 싸울 리 만무였다. 더구나 최고의 전술가 만스펠트 백작과 손을 잡은 마당이다.

전쟁이 종결되면 안토니오는 상사원의 삶을 접어야 할 것이다. 아마도 베니스를 떠나게 될 것이다. 그리고 조르지오도 델 로치 상사 내에서 영향력이 크게 떨어질 것이다. 잘하면 따로 상사를 설립할 것 없이 델 로치 상사를 통째로 삼킬 수도 있을 것 같았다. 생각이 거기에 미치자 알베르토는 이를 악물었다.

* * *

매캐한 화약냄새와 앞을 제대로 분간하기 힘든 먼지바람이 하루도 그칠 날이 없는 판에 날씨도 점점 더워지자 병사들의 움직임이 눈에 띄게 느려졌다.

"이래가지고서야…… 걱정입니다."

포르타가 한숨을 내쉬었다. 저렇게 억지로 대충대충 움직이고 있는 병사들을 가지고 새로운 전술인 선형대형을 채택했다가는 자멸하기 십상이다. 안토니오가 보기에도 병사들의 사기는 이미 땅에 떨어져 있었다.

"뭣들 하는 거야! 지휘관들이 이 모양이니 병사들이 제대로 움직이지 않잖아!"

반호프가 언성을 높이며 하급 장교들을 닦달했지만 별 성과가 없었다. 그들은 슬슬 눈치를 보며 피할 뿐 아무도 적극적으로 병사들을 지휘하려 하지 않았다.

"큰일입니다. 곧 출정하게 될 텐데 병사들은 물론 하급지휘관들도 사기가 엉망입니다."

반호프가 씩씩거리며 안토니오에게 다가왔다.

"더운 날씨에 훈련을 거듭하다 보면 짜증도 나겠지. 너무 다그치지 말고 적당히 구슬리는 것도 나쁘지 않을 것 같소. 그런데 틸리 백작 각하는 어디 계시오?"

안토니오는 그럴 수도 있다는 표정으로 말을 받았지만 속으로는 반호프 못지않게 걱정하고 있었다. 병사들의 사기는 싸움의 승패를 결정짓는 중요한 요소다. 그렇지만 덩달아 닦달을 하면 결과는 더 나빠질 것이다.

"각하는 요즘 훈련장을 찾지도 않습니다. 이런 군대, 저런 병사들은 나도 처음 봅니다. 사기는 땅에 떨어졌고 군기는 엉망입니다."

반호프가 혀를 찼다. 무거운 침묵이 흘렀다. 안토니오와 포르타, 그리고 반호프 세 사람은 병사들의 사기가 왜 땅에 떨어져 있는지 잘 알고 있었다. 병사들의 사기가 땅에 떨어진 이유는 하급장교들이 열의를 보이지 않았기 때문이고, 하급장교들이 전의를 상실한 이유는 총 사령관 틸리 백작이 소극적인 태도를 보이기 때문이다. 그리고 틸리 백작이 소극적인 태도를 보이는 이유는 용병대의 고용주며 가톨릭 동맹의 총수인 막시밀리안 공작이 싸움을 이어갈 의사가 없는 것 같았기 때문이다. 상황이 그러니 병사들만 다그친다고 해결될 일이 아니었다.

안토니오의 입에서 한숨이 새어나왔다. 페르디난트 황제나 막시밀리안 공작 모두 욕심이 많은 사람들이라는 사실은 알고 있었지만 그래도 대를 위해서 소를 희생하리라 믿었는데 그게 아니었다. 페르디난트 황제는 약속을 지킬 생각이 없었고, 막시밀리안 공작은 절대로 손해보는 일을 하려 하지 않았다.

"제대로 싸워보지도 못하고 전선이 무너지는 것 아닙니까?"

포르타가 조심스럽게 물었다. 현장 분위기로 봐서는 충분히 가능한 추측이었다. 사기가 땅에 떨어진 병사들, 전의를 상실한 장교들, 그리고 훈련장에 얼굴도 비치지 않는 총사령관. 가톨릭동맹이 이렇게 힘도 제대로 써보지 못하고 무너지는 걸까. 가톨릭동맹과 생과 사를 함께하고 있는 안토니오는 속이 타들어갔다.

정보에 의하면 신교연합은 병력동원과 군수조달 모두 원활하게 돌아가고 있었고 병사들의 사기도 높다고 했다. 그렇다면 결과는 불보듯 환할 것이다.

뭔가 돌파구가 없을까. 안토니오는 고심에 잠겼다. 하지만 아무리 궁리를 해도 자신과 반호프 선에서 해결할 수 있는 상황이 아니었다.

"손님이 찾아왔습니다."

전령이 달려오며 보고했다. 손님? 누굴까. 막시밀리안 공작과 틸리 백작은 아닌 것 같은데 그럼 누구란 말인가. 안토니오는 의아해하며 막사로 걸음을 옮겼고 포르타와 반호프가 뒤를 따랐다.

"이거 주인도 없는 막사에서 실례가 많소. 나를 기억하시겠소?"

중년의 남자가 넉살좋게 웃음을 터뜨리며 손을 내밀었다. 세월의 풍파를 겪을 대로 겪은 듯한 강인한 얼굴의 소유자는 전에 한 번 만나서 인사를 나누었던 적이 있는 사람이다. 당시 발렌슈타인은 37세로 안토니오보다 네 살이나 아래인데도 10년은 더 늙어 보였다.

"물론이오, 발렌슈타인."

안토니오가 무표정한 얼굴로 그의 손을 잡았다.

알브레히트 폰 발렌슈타인은 30년전쟁 후반기에 가톨릭동맹의 총수로 맹활약을 했던 인물이다. 그렇지만 전쟁 초기에는 이 진영 저 진영을 기웃거리며 출세의 기회를 잡으려는 떠돌이 모사꾼에 불과했다. 그런 그가, 모두 경원하며 기피하는 인물 발렌슈타인이 느닷없이 안토니오를 찾아온 것이다.

이자가 왜 나를 찾아왔을까. 안토니오는 일단 손님으로 대접을 했지만 긴장은 풀지 않았다. 동석한 포르타와 반호프는 넉살좋게 웃고 있는 불청객을 경계심 가득한 눈길로 쏘아보았다. 그와 관련된 소문을 익히 듣고 있던 터였다.

보헤미아의 하급귀족인 발렌슈타인은 신교 가문에서 태어났지만 애초부터 믿음에는 별 관심이 없는 자였다. 일찍이 점성술에 심취해서 엉터리 점으로 입에 풀칠을 하던 발렌슈타인은 돈 많은 과부와 결혼을 하면서 팔자가 폈다. 그리고 돈이 생기자 정치적 야심이 발동했다. 더구나 유럽을 전쟁의 소용돌이로 내몬 종교전쟁은 그의 꿈을 실현하기에 더없이 좋은 기회였다.

발렌슈타인은 전운이 감돌 무렵에는 신교연합과 가톨릭동맹 가리지 않고 찾아다니며 줄을 댔는데 양 진영이 확정된 후로는 가톨릭동맹에 서서 자금을 대고 있었다. 페르디난트 황제가 슈타이어마르크 공작 시절에 그에게 접근했던 인연을 꽉 부둥켜안은 것인데 돈을 대는 대가로 프라하 총독 자리를 요구했다는 소문도 떠돌고 있었다. 그런 야심가가 느닷없이 안토니오를 찾아온 것이다.

"당신은 이번 전쟁에 참전한 장군들 중에서 누가 제일 유능하다고 생각합니까?"

발렌슈타인이 안토니오에게 물었다. 남의 기분 따위는 아랑곳하지 않는, 소문대로 예의라고는 찾아보기 힘든 사람이었다.

"글쎄요……."

안토니오는 왜 내게 그런 걸 묻느냐는 표정으로 발렌슈타인을 살폈다. 당장은 같은 가톨릭동맹이지만 그는 언제 등을 돌릴지 모르는 상대였다.

"답변하기 껄끄러우면 내가 대신 말하지요. 신교연합의 프리드리히는 아직 세상물정을 모르는 어린애에 불과하고 그를 보좌하고 있는 안할트 경도 마찬가지로 현실감각이 결여된 사람이지요."

발렌슈타인은 계속해서 스페인 군 사령관 스피놀라 장군은 가문의 덕으로 주둔군 사령관이 된 무능한 인물이고, 트랜실바니아의 베들렌 가보르 공작도 시세판단이 어두운 인물이라며 깎아내렸다.

"막시밀리안 공작도 크게 기대할 바가 못 되지요. 욕심만 있다고 세상일이 해결되는 게 아니니까."

발렌슈타인은 상대는 전혀 아랑곳하지 않으면서 제멋대로 떠들어댔다. 아무리 예의가 없는 사람이라고 하지만 너무한 것 같아서 안토니오가 제지하고 나섰다.

"그렇게 전부 무능한 사람들이라면 그럼 당신 주인은 어떻소?"

안토니오가 발렌슈타인의 주인이라고 지칭한 사람은 페르디난트 황제다.

"내 주인은 없소. 내 주인은 오로지 나 자신일 뿐이오."

히죽 웃는 발렌슈타인의 얼굴에서 강한 자존심이 전해졌다. 무례하고 고집불통인 것에 더해서 자존심에서 둘째가라면 서러운 사람 같았다.

"왜, 내가 근거 없이 비난만 하는 것 같소? 하지만 내 말이 틀리지 않다는 사실은 당신도 잘 알 것 아니오?"

발렌슈타인이 이죽거리며 말을 이었다.

"좋소, 그럼 이번에는 칭찬을 해보겠소. 지금 유럽에서 제일 우수한 전술가가 누구라고 생각하시오?"

발렌슈타인은 진지한 표정으로 물었지만 안토니오는 대답하지 않았고 포르타와 반호프도 입을 열지 않았다. 괜히 대답해봐야 성가시게 될 것 같았기 때문이다.

"당신들은 나를 별로 좋아하지 않는 것 같군요. 그럼 내가 말하겠소. 유럽 제일의 전술가라면 당연히 나소의 마우리츠를 꼽아야겠지. 그렇지만 네덜란드는 이번 싸움에 끼지 않았으니까 그는 제외해야겠고……. 그렇다면 신교연합 서부사령관 만스펠트 백작을 제일로 꼽아야 할 것이오."

그것은 안토니오와 반호프도 동의하는 사실이다. 발렌슈타인은 쉬지 않고 입을 놀렸다.

"내가 왜 이번 전쟁에 직접 참전은 하지 않고 자금만 대는지 아시오?"

발렌슈타인이 이번에는 엉뚱한 것을 화제로 삼았다. 돈만 댄 그는 일종의 간접투자를 하고 있는 셈이다. 그러고 보니 야심가인 그가 전쟁과 일정 거리를 두고 있는 것이 선뜻 이해가 가질 않았다.

"나도 틸리 백작처럼 직접 용병을 조직할 수도 있고, 당신처럼 직접 군수지원을 담당할 수도 있소. 그런데 왜 그러지 않았느냐? 그것은 어차피 이번 전쟁의 승패는 전선이 아닌 다른 곳에서 결정될 것이라 봤기 때문이오. 그렇다면 괜히 번거롭게 싸움터를 누빌 필요가 없을 테니."

"마치 앞날을 내다보고 있는 것처럼 얘기를 하고 있군요. 어젯밤에 하늘이라도 올려다보았소?"

안토니오가 비아냥거렸다. 마치 세상 전부를 제 손아귀에 쥐고 노는 것 같은 발렌슈타인의 태도가 거슬렸던 것이다.

"내가 점성술에 심취했다는 말을 들은 것 같은데…… 나는 정확한 정보에 근거해서 판단을 내린 것이오. 나는 안토니오, 당신도 같은 생각을 하고 있다고 믿고 있소."

발렌슈타인이 날카로운 눈매로 안토니오를 노려보았다.

"당신도 막시밀리안 공작이 소극적으로 싸우다 적당한 구실을 붙여서 철수할 거라 보고 있지 않소. 그렇게 되면 나나 당신이나 처량한 신세가 될 것이오."

도대체 이자가……. 안토니오는 은근히 분노가 치밀었다. 페르디난트 황제의 직속으로 알려진 자가 어떻게 가톨릭동맹의 패배를 아무렇지도 않게 말한단 말인가. 포르타와 반호프도 충격을 받았는지 안색이 일시에 변했다.

"그렇지만 크게 걱정할 것 없소. 왜냐하면 가톨릭동맹은 절대로 허무하게 무너지지 않을 테니까. 그 이유가 뭔지 아시오? 가톨릭동맹에는 숨은 인재들이 있기 때문이지요. 바로 나하고 안토니오 코레아 당신 말이오. 하하!"

발렌슈타인이 유쾌한 웃음을 터뜨렸다.

안토니오는 '지금 나랑 농담하자는 거요?'라는 말이 목구멍까지 나왔지만 참았다. 어쨌거나 당장은 공동운명체였다.

"우리 잘해봅시다. 또 들르겠소."

발렌슈타인은 자기 할말만 다하고 휑하니 막사를 나갔다.

"뭐 저런 인간이 다 있습니까? 무례하기 짝이 없군요."

포르타가 상을 찡그렸다.

"소문대로 예의라고는 모르는 사람이로군요. 어쩌다 저런 자와 얽히게 되었는지……."

반호프도 발렌슈타인이 영 못마땅한 모양이었다.

"왜들 그래? 고귀한 사람에게."

안토니오는 따라서 화를 내기도 뭣해서 적당히 말을 돌렸다. '고귀한 사람(Edalherr)'이란 말은 유명한 천문학자며 점성술에도 일가견이 있는 요하네스 케플러가 일찍이 발렌슈타인의 관상을 보며 내린 점괘인데 다분히 비꼬는 투의 말을 정작 발렌슈타인 자신은 자랑스럽게 떠벌리고 있었다.

그런데 뭣 때문에 나를 찾아왔을까. 그리고 숨은 인재 운운하며 멋대로 떠벌리고 갔을까. 안토니오는 쉽게 이해가 되질 않았다. 다만 분명한 것은 발렌슈타인은 자기에게 아무런 이익이 없는 일에는 절대로 나서지 않는 인간이라는 사실이다.

"뜻밖의 일이지만 그자의 말이 전혀 근거가 없는 것은 아니지 않소?"

안토니오가 반호프에게 물었다.

"그런대로 일리가 있는 말입니다. 왜 우리에게 왔는지 모르겠지만 나름대로 정세를 정확하게 분석하고 있군요."

반호프가 동의를 표했다. 포르타도 공감을 하는지 고개를 끄덕였다.

"사실 이 상태라면 이기기 힘듭니다. 도무지 싸울 의지가 없으니 원……."

반호프가 혀를 찼다. 돈을 받고 싸우는 용병들에게 애초부터 애국심을 기대할 수는 없다. 그렇지만 이기겠다는 의지도 없다면 곤란하다. 그렇지만 그들만 나무랄 일도 아니다. 총수 막시밀리안 공작이 적극적으로 싸울 뜻이 없는 판에 실제로 전투에 임하는 하급지휘관과 병사들이 목숨을 내놓고 싸울 이유가 없을 것이다. 다들 뭐 어차피 이번 전쟁의 승패는 서부 전선에서 결정될 텐데 괜히 무리해서 싸울 필요 있을까 하는 생각을 가지고 있는 것 같았다.

보급과 전술에는 아무런 문제가 없다. 안토니오는 약조대로 다녀가시마를 비롯해서 각종 포를 제때 공급했고, 반호프가 전술로 채택한 마우리츠의 선형대형은 군사에는 문외한인 안토니오가 보기에도 효율적이었다.

그렇지만 보급이 원활하고 전술이 우수해도 병사들이 싸울 의지가 없으면 전투에서 승리할 수 없다. 돌파구가 필요한데……. 아무리 궁리를 해도 아무런 생각이 떠오르지 않았다.

그런데 발렌슈타인은 왜 나를 찾아왔을까. 또다시 그 생각이 안토니오의 뇌리를 스치고 지나갔다.

* * *

만스펠트 백작이 눈짓을 보내자 포 지휘관의 손이 높이 올라갔다.

"……준비!"

포 지휘관의 신호에 따라 거리를 두고 정렬해 있는 각종 포들이 일제히 사격준비에 들어갔다.

"발사!"

포 지휘관이 발사명령을 내리자 제일 후미의 대형 캘리버 포들이 굉음과 함께 시커먼 연기를 토해내기 시작했다.

"발사!"

이어서 일정 거리를 두고 앞에 배치되어 있는 봄바르드 포가 불을 뿜어대기 시작했다.

"발사!"

이번에는 제일 전방에 배치된 구경이 작은 페드레로 포 차례다.

"쾅…… 쾅, 쾅!"

순차적으로 발사된 포탄들이 라인 강 대안에 떨어지면서 요란하게 흙먼지가 피어올랐다.

"훌륭하오. 과연 만스펠트 용병대요."

높은 곳에서 관전을 하고 있는 안할트 경이 만족을 표했다.

"대단합니다. 저렇게 화력이 집중되면 당해낼 군대가 없을 겁니다!"

알베르토도 감탄을 금치 못했다. 신형 대포를 공급하고서 처음 실시하는 포사격인데 결과는 기대 이상이었다.

"아직 만족할 수준이 아니오. 탄착간격을 더 줄여야 기대했던 전과를 올릴 수 있소."

만스펠트 백작은 굳은 표정을 풀지 않았다. 포격의 효과를 높이려면 적 병력이 흩어지기 전에 각종 포탄이 동시에 떨어져야 한다. 그러기 위해서는 사정거리별로 거리를 두고 포를 배치하고, 멀리 있는 대구경포부터 정확한 간격을 두고 순차적으로 발사해야 한다.

"첫 훈련인데 이만하면 우수한 결과 아닙니까."

알베르토는 힘들게 구입한 신형포들이 제대로 작동을 하자 신이 났다. 소총에서 한방 맞은 후로 심혈을 기울여 수배한 물건들이다.

"성능이 우수한 대포들을 구하느라 수고 많았네."

만스펠트 백작이 알베르토의 노고를 치하했다. 속으로는 그만하면 만족했던 것이다. 포병 훈련이 끝났으니 이번에는 총병 차례다. 만스펠트 백작이 신호를 보내자 총병지휘관이 깃발을 들고 사선통제소로 올라갔다.

"준비!"

명령이 떨어지자 머스킷 총으로 무장을 한 총병들이 분주하게 움직였다.

"일렬 사격!"

총병지휘관이 깃발을 내리자 앞줄의 총병들이 일제히 사격채비에 들어갔다. 탄환을 헝겊에 싸서 총구로 넣고, 화약을 재고, 부싯돌을 쳐서 점화하는 게 그야말로 한순간이었다.

"탕!"

요란한 총성을 내며 총이 발사되었고, 매캐한 화약냄새가 관전대까지 전해졌다.

"일렬 후퇴! 이열 사격!"

총병지휘관의 명령이 떨어지자 사격을 마친 앞줄의 총병들이 재빨리 뒤로 빠지고, 뒷줄의 총병들이 얼른 앞줄로 나서며 전방을 향해 조준했다. 곧이어 요란한 총성이 울려퍼졌다.

"이열 뒤로! 투창병 앞으로!"

사격을 마친 이열 총병들이 뒤로 빠지자 이번에는 투창병들이 앞으로 나서더니 일제히 적진을 향해 창을 날렸다.

"장창대 전진!"

투창병이 뒤로 빠지자 긴 창을 든 보병들이 오와 열을 맞추며 앞으로 전진하기 시작했다. 그 사이에 사격을 마친 일렬과 이열의 총병들은 재장전을 했고, 칼과 방패로 무장을 한 투창병들이 대오의 측면을 방어하며 전진하는 장창대를 엄호했다. 투창병과 장창대는 총병들이 재장전을 하는 동안에 달려드는 적을 막아야 한다.

"다시 일렬 사격!"

총병지휘관의 구령에 따라 같은 형식으로 발사와 진격이 되풀이되었다. 총탄은 쉬지 않고 적진을 향해 날아들었고, 그 사이에 투창병과 장창대는 상당한 거리를 진격했다.

"대단합니다! 과연 만스펠트 용병대요!"

평소에 인색한 편인 안할트 경도 일사분란한 진격에 칭찬을 아끼지 않았다. 그렇지만 만스펠트 백작은 여전히 신중한 태도를 잃지 않았다. 호랑이는 토끼를 잡을 때도 최선을 다한다고 했다.

"가히 움직이는 철옹성입니다. 그 누구도 대적하지 못할 것입니다."

알베르토가 끼어들었다.

"그렇지만 가톨릭동맹은 신형 수발식 다네가시마로 무장을 했다고 하니 안심할 수 없네."

"수발식 다네가시마는 비오는 날은 말할 것도 없고 날만 조금 흐려도 불발되기 일쑤입니다. 사실 교전에서는 총 자체보다는 숙달된 총병들이 승패를 좌우하는 것 아닙니까."

알베르토가 변명을 했다. 틀린 말이 아닌 데다 이만하면 스페인 군대는 얼마든지 상대할 수 있다는 판단이 섰기에 만스펠트 백작은 더 이상 총문제를 추궁하지 않았다.

'이것들을……'

알베르토는 이를 갈았다. 안토니오와 그의 추종세력에게 뒤통수를 단단히 얻어맞은 것이다. 그렇지만 당하고만 있을 알베르토가 아니다. 알베르토는 이미 모종의 조치를 취해놓고 있었다. 머지않아 그들은 끝장이 날 것이다. 그리고 조르지오도 자리에서 내려올 것이다.

'내가 델 로치 상사의 최고경영자가 된다……'

생각만으로도 알베르토는 흥분이 되었다.

* * *

행군대열이 막 잘츠부르크 시내를 벗어났다. 첨병대는 이미 산길로 접어들었을 것이다. 보헤미아로 진격을 개시한 틸리 백작은 바이세르발트를 우회하기로 했다. 그래서 휘하의 바이에른 군 2만 5천 명은 오스트리아 영내로 발을 들여놓은 것이다.

보급부대를 이끌고 대열의 후미를 따르고 있는 안토니오는 본대가 잘츠부르크 시내를 벗어나자 안도의 숨을 내쉬었다. 시내를 통과하는 내내 긴장을 풀지 못하고 있었다. 다행히 잘츠부르크에서는 큰 사고가 없었지만 여전히 마음을 놓을 수 없다. 당장은 보급이 원활하고 보수가 제때 지급되고 있기에 별 탈이 없지만 그렇지 못하게 되면 용병들은 언제 폭도로 변할지 모른다. 오로지 돈을 보고 싸우는 그들이기에 제때 보수를 지급하지 못하면 지휘관들도 그들을 통제하지 못한다.

과연 이들이 끝까지 용감하게 싸울까. 안토니오는 군기는 엉망이고 사기는 땅에 떨어진 병사들을 보며 자꾸 마음이 약해졌다.

다행히 전비는 당분간은 걱정하지 않아도 좋게 되었다. 가톨릭동맹에 돈을 대겠다는 상인들이 하나둘씩 늘어나면서 자금이 풍족해진 것이다. 캄파넬라 상사는 가톨릭동맹의 후원을 전적으로 책임지기로 했기에 나중에 참여한 상인들은 안토니오를 통해 투자를 하고 있었다. 자금은 풍족해졌지만 그렇다고 마냥 좋아할 일도 아니다. 나중에 자금을 댄 상인들은 캄파넬라 상사의 보증으로 투자한 형태여서 일이 잘못되면 안토니오가 모든 책임을 떠맡아야 할 판이다.

포르타와 말머리를 나란히 하면서 행렬의 뒤를 따르고 있는 안토니오의 입에서 한숨이 새어나왔다. 상황이 유리하게 돌아가지 않고 있었다. 우유부단한 프리드리히보다는 배짱의 페르디난트에게 승부를 걸었던 것인데 배짱이 고집으로 변하면서 전망이 어긋나고 있었다.

그렇지만 낙심은 오래가지 않았다. 불리할수록 불타오르는 안토니오의 투혼이 다시 작동한 것이다. 주변여건이 자꾸 꼬일 때는 정면돌파가 답이다. 괜히 이런저런 잔수를 써봐야 일만 더 꼬일 뿐이다. 정면돌파는 두려움을 벗어던지는 데서부터 시작된다. 그리고 두려움은 스스로 키우는 면이 크다. 안토니오는 그렇게 믿으면서 파도처럼 밀려오는 두려움을 떨쳐버렸다. 기회는 기다리는 자에게 온다고 했다. 그리고 바람처럼 다가와서 연기처럼 사라진다고 했다. 그러니 불쑥 찾아올 단 한 번의 기회를 절대로 놓치지 말아야 한다.

"구에르치노에게서 다른 연락 온 것은 없나?"

안토니오가 포르타에게 물었다.

"아직 없습니다. 아무리 반대입장에 섰다고 해도 이건 너무하는 것 아닙니까! 상도의에 어긋나는 비겁한 짓입니다!"

포르타가 흥분을 감추지 못했다. 캄파넬라 상사는 전쟁이 진행되면서 꾸준히 증자를 해오고 있었다. 군수라는 확실한 사업이 있는 데다 델 로치 상사가 설립을 주도했기에 투자자들을 모으는 것은 어렵지 않았다. 그런데 얼마 전부터 투자가 줄기 시작했다. 투자자들이 캄파넬라 상사에서 등을 돌리면 다른 후원자들도 떨어져나갈 것이다.

갑자기 왜 이런 일이. 안토니오가 의아해하는데 델 로치 상사의 구에르치노가 소식을 보내왔다. 델 로치 상사에서 높은 이자로 자금을 끌어모으면서 베니스의 돈이 전부 그리로 빨려들어간다는 것이다. 자금 사정이 나쁘지 않은 델 로치 상사가 고리로 돈을 쓸 이유가 없다. 오로지 베니스의 돈줄을 말려서 신생 상사로 아직 사내유보금이 넉넉지 못한 캄파넬라 상사를 곤경에 빠뜨리려는 알베르토의 의도일 것이다.

"우리의 목줄을 죄려는 저열한 처사입니다."

포르타가 얼굴이 벌게져서 목소리를 높였다. 어쩔 수 없어서 알베르토와 마주서게 되었지만 이런 식으로 대립하게 될 줄은 몰랐다. 안토니오는 상사원 세계의 비정함에 새삼 몸서리를 쳤다.

"무슨 얘기를 하고 있습니까? 부지런히 따라가지 않으면 낙오합니다."

반호프가 말머리를 돌리며 안토니오에게 다가왔다.

"걱정했는데 말을 타는 솜씨가 상당하군요."

"사실은 죽을 지경이오."

안토니오가 미소로 답했다. 그렇지만 꼭 엄살만은 아니었다. 말을 탈 일이 없는 안토니오에게 장시간 승마는 고역이었다.

"틸리 백작을 만나고 오는 길입니다. 여태까지 진격은 순조로운 편이고요."

반호프는 안토니오가 자금 때문에 고심하는 것을 모르고 있다.

"혹시 보헤미아 군이 매복하고 있지 않을까요?"

막상 출전하자 실전 경험이 없는 안토니오는 잔뜩 긴장이 되었다.

"그렇지는 않을 겁니다. 무리해서 우리와 맞설 이유가 없을 테니까요. 물론 척후대는 보냈겠지만."

반호프가 불안해하는 안토니오를 안심시켰다. 싸움은 황제에게 반기를 든 신하를 징벌하는 성격을 띠고 있다. 황제군인 가톨릭동맹이 원정에 나서고, 신교연합은 방어를 하는 형국인데, 그럴 경우 무승부는 신교연합의 승리로 치부될 것이다.

"보급이 원활해서 정말 다행입니다. 선형대형을 제대로 유지하려면 총포와 탄약의 보급이 제때제때 공급되어야 하니까요."

반호프가 새삼 안토니오에게 감사를 표했다. 그의 말대로 보급에는 아무런 문제가 없었다. 그만큼 안토니오는 최선을 다하고 있었다.

"문제는 병사들 사기인데…… 솔직히 막상 교전이 벌어지면 제자리를 지킬까 걱정입니다."

반호프가 한숨을 내쉬었다.

"단기전으로 승부가 가려질 수도 있지 않습니까?"

포르타가 희망을 담아서 물었다.

"그런 일은 없을 겁니다. 가톨릭동맹은 억지로 싸우고 신교연합은 아쉬울 게 없는 마당이니까요. 적당히 밀고 밀리는 척하면서 세월을 보내려할 겁니다."

반호프가 걱정을 했다. 장기전으로 갈 경우 사실상 가톨릭동맹이 지는 싸움이다. 안토니오와 포르타도 덩달아 안색이 어두워졌다.

* * *

막강한 만스펠트 용병대가 싸울 채비를 마쳤지만 막상 스페인 군이 진격해 들어오자 알베르토는 가슴이 빠르게 뛰었다. 수많은 곳을 누비며 여러 부류의 사람들을 상대해봤지만 그 역시 전투는 처음이었다.

"예상했던 것보다 출정 병력이 많군. 뭐 그렇다고 크게 문제될 것은 없네."

만스펠트 백작이 잔뜩 긴장해 있는 알베르토에게 염려 말라는 듯 미소를 지어 보였다.

"병력이 많으면 장기전에서 병참에 문제가 생기면서 도리어 불리해질 수도 있으니까."

망원경을 접는 만스펠트 백작의 눈에서 전의가 불타올랐다.

"그렇기는 하겠지만 저렇게 대병력을 동원했을 때는 스피놀라 장군이 속전속결을 노릴 텐데 괜찮겠소?"

안할트 경은 겁에 질려서 라인 강 대안의 스페인 군에서 눈을 떼지 못했다. 하이델베르크 성에서 큰소리를 치던 때와는 딴판이었다.

스피놀라 장군이 지휘하는 플랜더스 주둔 스페인 군은 예상보다 빠르게 하이델베르크로 진격해왔고, 만스펠트 용병대도 급히 방어에 나서면서 두 군대는 라인 강을 사이에 두고 대치하게 되었다. 스페인 군의 병력은 2만 5천 명. 만스펠트 용병대를 주축으로 하는 신교연합 병력보다 훨씬 많았다. 그렇지만 만스펠트 백작은 크게 두려워하지 않고 있었다.

"연대 지휘관들에게 선제공격을 할 필요는 없다고 전하라! 포격을 가해오더라도 적이 유효사거리 안으로 접근하기 전까지는 응사할 필요 없다!"

전혀 흔들림 없는 자태로 전령에게 작전 지시를 내리는 만스펠트 백작을 보며 알베르토는 불안했던 마음이 조금 편해졌다. 참으로 신뢰가 가는 지휘관이었다. 성에서는 이런저런 말이 많던 안할트 경도 만스펠트 백작의 위용에 눌렸는지 아무 말 하지 않고 지켜보기만 했다.

만스펠트 백작이 버티고 있는 한 서부전선은 패할 리 없다. 그리고 동부전선에서도 머지않아 승전보를 전해올 것이다. 캄파넬라 상사의 돈줄이 마르면서 가톨릭동맹은 보급에서 차질을 빚게 될 것이기 때문이다.

'조금만 견디면 된다…….'

알베르토는 그렇게 생각하며 문득문득 찾아오는 불안감을 떨쳐냈다. 알베르토는 요즘 나름 어려움을 겪고 있었다. 캄파넬라 상사를 견제하느라 파격적인 고리로 돈을 끌어모으면서 막대한 이자부담을 떠안게 되었던 것이다. 물론 전쟁에서 이기면, 그것도 속전속결로 승부가 나면 얼마든지 변제할 수 있다. 그렇지만 그렇지 못할 경우는…… 알베르토는 그 이상 생각하기 싫었다.

* * *

2만 5천 명에 이르는 가톨릭동맹군은 매복이 염려되었던 바이셰르발트 지대를 무사히 지나서 마침내 몰다우 강가까지 진격을 했다. 병사들은 서둘러 군막을 설치하며 주둔에 들어갔다. 그동안 군기가 엉망이고 사기는 땅에 떨어졌던 병사들은 전선에 이르자 그런대로 신속하게 움직였다. 어차피 돈을 목적으로 싸우는 용병들이다. 이기느냐 지느냐에 따라서 보수가 하늘과 땅의 차이가 난다. 안토니오는 활기를 되찾은 병사들을 보며 안도의 숨을 내쉬었다.

안토니오는 틸리 백작, 반호프와 함께 진영을 돌며 전투태세를 점검했고, 주변지형을 살폈다. 가톨릭동맹군은 정면은 몰다우 강이, 좌편은 지류가 흐르고 있는 곳에 진영을 설치하고서 도하의 기회를 엿보고 있었다.

그에 대해서 신교연합을 지휘하는 마티어스 던 백작은 보헤미아 군은 몰다우 강 너머의 바이서베르크(Weisser Berg, 白山)에, 트랜실바니아 군은 그 오른편에 배치하고서 결전의 순간을 기다리고 있었다. 머지않아 포격전이 벌어지고 도하작전이 개시되면서 포성과 함성이 일대에 진동할 것이다. 안토니오는 퍼뜩 오래전 칠천량에서의 해전이 떠올랐다.

병사들은 각자의 병기를 손질했고, 하급지휘관들은 부지런히 돌아다니면서 병력을 점검하고, 부하들을 독려했다. 머지않아 저들 중 상당수가 목숨을 잃거나 부상을 당하게 될 것이다. 진영을 둘러보는 안토니오는 마음이 아팠다. 그렇지만 감상에 젖을 때가 아니다. 여기는 전장이다. 어쩌면 자신도 그들 사상자에 끼게 될지 모른다. 사실 죽거나 다치는 건 크게 두렵지 않았다. 그보다는 여기까지 진행되었음에도 여전히 불리한 현실을 타개할 대책을 마련하지 못하고 있다는 사실이 더 두려웠다. 이 상태라면 패전은 불 보듯 명확한 일이다. 돌파구가 없을까. 앞이 꽉 막혔을 때는 돌아가는 방법도 있다. 그런데 돌아가는 방법이 뭘까. 하지만 안타깝게도 생각은 늘 거기에서 멈췄다.

"먼저 돌아가 있어. 들를 데가 있다."

안토니오가 수행하는 포르타에게 막사로 돌아갈 것을 일렀다.

"그자에게 가려는 겁니까? 나도 같이 가겠습니다."

포르타가 동행을 요구하고 나섰다. 포르타가 그자라며 비아냥거리는 발렌슈타인은 아무도 알아주지 않는데도 부지런히 쫓아와서 가톨릭동맹과 행동을 함께하고 있었다.

"아니, 혼자 가겠다."

발렌슈타인으로부터 어제 만나자는 전갈이 왔다. 안토니오는 별로 내키지 않았지만 어쨌든 한배를 탄 입장이기에 만나보기로 했는데 포르타는 행여 발렌슈타인이 무슨 술수라도 쓸까봐 따라가겠다고 했던 것이다. 의심이 가는 사람은 상대하지 않는 게 상책이다. 그렇지만 피하기만 하면 되는 일이 없다. 안토니오는 부딪혀보기로 했다. 그가 왜 나를 보자고 했는지 모르지만 그가 나를 상대로 정했을 때는 그럴 만한 이유가 있을 것이다.

발렌슈타인의 막사는 사령부에서 한참 떨어진 곳에 초라한 형태로 서 있었다. 안토니오는 망설임 없이 막사 안으로 들어갔다.

"어서 오시오."

발렌슈타인이 활짝 웃으며 안토니오를 맞았다. 당연히 올 줄 알았다는 투였다. 발렌슈타인은 언제나 새까만 바탕에 빨간 줄무늬가 있는 옷을 입고 다녔는데 강렬한 인상과 신비한 느낌을 주기 위한 연출 같았다.

그런데 누굴까. 뻔뻔함과 음흉함의 화신과도 같은 발렌슈타인의 옆에 그 못지않게 음울한 인상을 가진 남자가 안토니오를 훑어보고 있었다.

"어때? 그동안 생각 좀 해봤소?"

느닷없는 질문에 안토니오는 당황했다. 뭘 생각했단 말인가. 아무리 생각해도 그와 뭘 약조했는지 기억이 나질 않았다.

"무슨 말인지 모르겠소."

안토니오는 솔직하게 상대하기로 했다. 이런 자를 상대로 할 때는 간단명료하게 입장을 밝히는 것이 최선이다. 괜히 복선을 깔고, 넘겨짚으려 했다가는 도리어 크게 당한다.

"곧 전투가 벌어질 텐데, 그리고 서부전선에서도 스페인 군이 라인 강까지 진격했다고 하던데……."

발렌슈타인은 여기까지 말하고 안토니오의 눈치를 살폈다. 안토니오는 그의 옆에 있는 남자가 자꾸 신경이 쓰였다. 발렌슈타인은 돈이 되지 않는 일은 절대로 하지 않는 사람이다. 그런데 왜 정체불명의 남자를 데려다놓고 다 아는 얘기를 하고 있는 걸까. 여차하면 넘어가는 수가 있다. 안토니오는 그의 말 한마디 한마디에 신경을 집중시켰다.

안토니오에게 발렌슈타인은 계륵(鷄肋)과도 같은 존재인 셈이다. 선뜻 손을 잡기에는 위험한, 그렇다고 지푸라기라도 잡고 싶은 심정에서 모른 체하기에는 아까운 그런 자였다.

"아무리 당신이 보급에 충실하고 군사참모가 새로운 전술을 채택해도 전황이 불리한 것은 사실 아니오. 서부전선도 마찬가지고. 오합지졸이라고도 할 수 있는 스페인 군이 용맹스러운 만스펠트 용병대를 이기지 못할 것이오."

도대체 무슨 속셈일까. 아무튼 마냥 참을성을 가지고 듣고 있는 게 능사만이 아닐 것이다.

"당신 말이 틀리지 않소. 그래서 걱정이 태산이지요. 그런데 발렌슈타인 당신은 어떻소?"

안토니오는 그렇게 비아냥거리는 투로 남의 일 대하듯 할 입장이 못 됨을 주지시켰다.

"얘기하지 않았소? 우리는 한배를 탄 몸이라고."

발렌슈타인은 안토니오의 기분 따위는 아랑곳하지 않는다는 듯 키득거렸다.

"여유가 있는 걸로 봐서 상황을 타개할 묘책이라도 있는 모양이군요."

안토니오는 진심 반, 비아냥 반의 어투로 답하고는 의문의 남자에게 눈길을 돌렸다. 자꾸 신경이 쓰였던 것이다.

"저 사람은 누굽니까? 아무래도 우리 일과 관련이 있는 사람 같은데."

"오, 물론이지요. 우리 세 사람은 각자의 이해득실이 얽히고설키면서 한배를 탄 사이지요. 뭐, 보기에 따라서는 다른 배를 탔지만 서로를 응원하는 사이라고 해도 무방하겠지만."

발렌슈타인은 소개 대신에 엉뚱한 얘기를 늘어놓더니 갑자기 정색을 했다. 그러자 소문대로 눈에서 무서운 빛이 뿜어져나왔다.

"전세가 불리하다고 하지만 전쟁이라는 것이 꼭 대포를 쏘고 병사들이 진격하면서 승부가 나는 것은 아니지요."

딱히 틀린 말은 아니다. 전쟁의 승패는 복합적인 요인에 의해서 결정 난다. 안토니오가 담당하고 있는 보급도 그중 하나다. 아무튼 발렌슈타인의 말은 이번 전쟁은 작전도 보급도 아닌 곳에서 승부가 결정될 것이란 뜻 같았다.

그 다른 곳이 무엇일까. 안토니오는 궁리를 했지만 선뜻 떠오르는 것이 없었다. 짐작건대 발렌슈타인은 복잡하게 얽힌 국제정세를 말하는 것 같았다. 아무튼 빨리 간파해야 차후 발렌슈타인을 상대하는 데 유리할 것이다.

"문제는 서부전선이오. 그런데 만스펠트 백작이 버티고 있는 한 서부전선은 기대할 수 없소."

발렌슈타인이 심각한 표정으로 말을 꺼냈다.

"하면 당신은 만스펠트 백작을 전선에서 이탈시킬 복안이라도 가지고 있소?"

안토니오는 발렌슈타인의 의도를 그렇게 파악했다.

"역시 날카롭군. 그렇소. 만스펠트 용병대가 빠지면 서부전선은 가톨릭동맹이 결정적으로 유리할 것이오. 그리고 그렇게 되면 여기 동부전선도 충분히 싸워볼 만하지요."

"그런데 무슨 수로 만스펠트 용병대를 전선에서 이탈시키겠다는 것이오?"

"만스펠트 백작의 주인이 누구요?"

만스펠트 백작의 주인? 용병대의 고용주라면 사보이공국의 카를로스 에마누엘레 대공(大公)이다.

"에마누엘레 대공 아니오?"

대답을 하면서 안토니오는 머릿속으로 그를 둘러싼 역학관계를 계산해보았다. 미카엘 수사에게서 배운 유럽의 정세와 머레이로부터 들은 정보가 전부 동원되었음은 물론이다.

"그렇소. 그런데 에마누엘레 대공은 이탈리아 내의 반프랑스 세력의 선봉장이기도 하지요."

프랑스? 프랑스라……. 발렌슈타인의 입에서 프랑스라는 말이 나오자 안토니오는 아연 긴장이 되었다. 프랑스는 이번 전쟁에서 빠지면서 안토니오의 고려 대상에서도 빠졌다. 그런데 발렌슈타인은 무슨 수로 프랑스를 이번 전쟁에 끌어들이겠다는 걸까. 아무튼 프랑스가 개입을 한다면 국면을 단숨에 바꿀 수 있을 것이다.

안토니오가 발렌슈타인의 속셈을 헤아리고 있는 사이에 발렌슈타인은 여태 아무 말이 없던 남자와 프랑스 말로 뭔가를 주고받았다.

하면 이자는 프랑스 사람인가? 그럼 프랑스가 싸움에 끼어들기로 했단 말인가? 그런데 사보이공국은 왜……?

프랑스는 가톨릭동맹의 강국이면서 이번 싸움에는 국외자의 입장을 취하고 있고 사보이공국은 신교연합에 서서 만스펠트 용병대를 출정시켰다. 그런데 그들이 무슨 관계란 말인가. 안토니오는 알고 있는 지식과 획득한 정보를 총동원해서 둘의 관계를 추론해보았다.

이탈리아와 프랑스가 경계를 이루고 있는 사보이공국은 그때그때 국제정세에 따라 프랑스의 지배를 받기도 하고 이탈리아 편에 서기도 하는 알프스 산기슭의 작은 나라다. 사보이공국은 얼마 전까지 프랑스의 지배를 받고 있었는데 카를로스 에마누엘레가 대공으로 즉위하면서 강력한 반프랑스 정책을 펼치고 있었다.

그럼 에마누엘레 대공을 저지하기 위해서 프랑스가 참전을 할 거란 말인가. 매우 바람직한 전개지만 안토니오는 고개를 가로저었다. 이해득실이 복잡하게 얽힌 국제정세를 그렇게 자기 좋을 대로 해석했다가는 낭패를 보게 될 것이다.

"행여 프랑스가 가톨릭동맹에 군사를 보낼지 모른다는 기대는 하지 않는 게 좋을 것이오."

발렌슈타인이 안토니오의 속을 들여다보기라도 한 듯 잘라 말했다. 그리고 대동한 사람에게 눈길을 돌렸다.

"소개하겠소. 이 사람은 프랑스에서 온 트랑블레 수사요."

수사? 날카로운 눈매로 안토니오를 쏘아보고 있는 트랑블레 수사는 언뜻 보기에는 성직자로 보이지 않았다. 그런데 트랑블레 수사라면……?

"혹시 조제프 드 트랑블레 수사십니까?"

안토니오가 프랑스 말로 물었다.

"나를 알고 있군요. 나도 당신에 대해서 소상히 알고 있소."

트랑블레 수사가 무표정한 얼굴로 손을 내밀었다. 이 사람이 조제프 드 트랑블레 수사란 말인가. 안토니오는 비로소 상대의 정체를 확실하게 파악했다. 그에 대해서는 일찍이 미카엘 수사로부터 들은 바 있었다. 프란체스코 파인 캐푸친 수도회 소속의 조제프 드 트랑블레 수사는 프랑스 국왕 루이 13세 직속의 정보기관을 이끌고 있는 인물로 프랑스의 최고급 기밀을 다루는 자라고 했다.

그런 사람이 왜 나를……. 안토니오는 긴장이 되었다. 천하의 모사꾼과 프랑스 첩보기관을 대표하는 인물을 상대하게 된 것이다. 기회는 불쑥 찾아온다고 하는데 위기를 동반하는 경우가 다반사다. 하면 기회일까 위기일까. 알 수 없지만 조금이라도 틈을 보였다가는 그들의 수에 말려들 것이다.

그런데 두 사람은 무슨 일을 추진하고 있는 걸까. 프랑스 첩보기관이 뜬구름 잡는 일은 하지 않을 것이고 발렌슈타인은 손해볼 일은 절대로 시작하지 않는 사람이다. 그런데 내게 무슨 일이…… 정보를 총동원해봤지만 떠오르는 게 없었다.

"무슨 일로 나를……."

안토니오가 경계심을 늦추지 않고 물었다.

"지금 신교연합은 프리드리히와 에마뉴엘레 대공이 이끌고 있는데 두 사람은 신교라고 해도 파가 서로 다르지요."

그런데 발렌슈타인은 엉뚱한 말을 꺼냈다. 그리고 보니 프리드리히는 캘빈 파고 에마뉴엘레 대공은 루터 파다. 루터 파는 가톨릭과 일정 부분에서 합의를 하고 공존을 모색했지만 캘빈 파는 가톨릭과 철저하게 대립하고 있었다.

하면 그 사이를 파고들자는 말인가. 안토니오는 발렌슈타인의 뜻을 헤아려보았다.

"안으로 파고들면 신교연합의 단결력이 약할 수도 있다는 말이로군요."

"바로 보았소. 사보이공국은 지금은 신교연합의 선봉대로 나서고 있지만 얼마 전까지는 프랑스에 속해 있었지요."

발렌슈타인이 고개를 끄덕였다. 트랑블레 수사는 계속해서 무표정한 얼굴로 대화를 지켜보기만 했다.

사보이공국 에마뉴엘레 대공은 반프랑스 정책을 강력하게 펼치고 있다. 그러니 그의 휘하에 있는 만스펠트 용병대가 신교연합에 참전한 것은 당연하다. 그런데 무슨 문제가……. 그렇지만 에마뉴엘레 대공과 프리드리히는 같은 신교라고 해도 종파가 다르면서 이해도 상치하는 부분이 있다는 면을 간과한 것은 불찰이었다.

그런데 프랑스 첩보기관이 왜 이 일에 끼어들었을까. 안토니오는 관련되는 일들을 차례대로 떠올려보았다. 만스펠트 용병대, 에마뉴엘레 대공, 사보이공국, 프랑스, 그리고 프리드리히……. 그러자 불현듯 한 가지 사실이 떠올랐다.

"프랑스는 사보이공국이 라인란트팔츠를 점령할까봐 경계하고 있군요."

안토니오는 즉각 그렇게 추론을 내렸다.

"역시 기대를 저버리지 않는군. 바로 보았소. 협상을 성공으로 이끄는 첫 번째 비결은 말이 통하는 상대를 찾는 것이라고 했는데, 그렇다면 나는 첫 단추는 제대로 꿴 셈이로군."

발렌슈타인이 활짝 웃으며 안토니오를 추켜세웠다. 에마뉘엘레 대공은 전투를 구실로 라인란트팔츠까지 진격하려 들 것이고, 프랑스는 사보이공국이 접경지대를 점령하는 것을 바라지 않을 것이라고 안토니오는 예측했던 것이다.

"만스펠트 용병대가 승리하는 것을 바라지 않는다는 면에서는 우리와 프랑스의 이해가 일치하는 셈이지요. 그래서 내가 트랑블레 수사와 접촉을 했소."

발렌슈타인이 왜 트랑블레 수사와 동행했는지를 밝혔다. 열을 올리는 발렌슈타인과는 달리 트랑블레 수사는 여전히 무표정한 얼굴이었다.

"당신 견해가 틀리지 않다고 해도 무슨 수로 만스펠트 용병대를 철수시킨단 말이오?"

안토니오는 잠시 틈을 두고 물었다. 어둠 속에서 한 줄기 빛을 본 기분이었다. 그렇지만 이럴수록 침착해야 한다. 섣불리 행동하면 안 된다. 상대는 발렌슈타인이다. 용병이 '전쟁의 개들'이라면 발렌슈타인은 '전쟁의 사기꾼'이라고 불리는 인물이다.

"에마뉘엘레 대공은 아직 지지기반이 단단하지 못하오. 사보이공국에는 여전히 프랑스와 가까운 고관들이 여러 명 있지요. 그들을 움직이면 제 발등에 불이 떨어진 에마뉘엘레 대공은 만스펠트 용병대를 불러들일 것이오."

발렌슈타인이 계획을 단숨에 말했다. 과연…… 안토니오는 권모술수의 화신이라는 발렌슈타인의 별명이 괜한 것이 아님을 실감했다.

"하지만 그들이 당신 뜻대로 움직여주겠소?"

충분히 가능한 공작이지만 그래도 철저하게 검증해야 한다.

"에마뉘엘레는 대공이 되는 과정에서 적을 많이 만들었지요. 그 과정을 소상히 안다면 내 말을 의심하지 않을 것이오."

발렌슈타인이 자신만만하게 대답했고 트랑블레 수사는 고개를 끄덕이며 동조했다. 프랑스 첩보기관에서 확인한 사실이라면 믿어도 좋을 것이다.

"하면 내게 원하는 것은?"

안토니오가 단도직입적으로 물었다.

"그들을 움직이려면 공작금이 필요하오. 그걸 지원해주시오."

발렌슈타인이 분명한 어조로 요구조건을 밝혔다.

"친프랑스 인사들이 에마뉘엘레 대공을 압박하면 프랑스는 군대를 국경으로 출동시켜서 우리를 돕겠다고 했소."

발렌슈타인은 트랑블레 수사에게 시선을 돌렸고, 트랑블레 수사는 고개를 끄덕이며 확인했다.

안토니오는 숨이 막힐 것 같았다. 일생일대의 중대사를 결심해야 할 순간이었다. 발렌슈타인과 손을 잡는다면 보유하고 있는 자금의 거의 전부를 이 일에 투자해야 할 것이다. 그렇지 않아도 돈줄이 마르고 있는 판이다. 행여 일을 그르치게 되면 헤어나올 수 없는 나락으로 빠져들게 될 것이다.

그럼 거절을 하면…… 그때도 몰락을 면치 못할 것이다. 아직 힘이 남아 있을 때 과감하게 바다로 뛰어들어서 육지를 향해 헤엄을 칠 것인가. 아니면 가라앉는 배에 남아서 언제 올지 모르는 구조대를 기다릴 것인가.

안토니오는 기회는 적극적으로 행동하는 쪽에 있다고 믿고 있었다. 하지만 문제는 상대가 발렌슈타인이라는 사실이다. 그가 음모의 화신이라는 사실은 세상 사람이 다 알고 있다. 그리고 함께 온 남자가 정말 트랑블레 수사라는 보장도 없다. 오로지 발렌슈타인 말뿐이다.

막사에 침묵이 흘렀다. 안토니오는 이대로 시간이 멈춰선 것이 아닌가 하는 착각조차 들었다.

"나를 믿어주시오!"

돌연 발렌슈타인이 안토니오의 손을 힘껏 잡았다.

"……!"

안토니오는 흠칫했다. 발렌슈타인이 여태와는 전혀 다른 사람이 되어 자기를 쳐다보고 있었다. 그 간절한 눈빛은 권모술수의 화신과는 거리가 먼 것이었다.

— 나를 믿어달라!

그 말을 듣는 순간 커다란 감회가 밀려왔다. 여기까지 오는 동안에 안토니오 자신이 여러 차례 그 말을 했었다. 그런데 입장이 바뀌어 지금은 듣는 입장이 된 것이다. 고비 때마다 자신을 도와주었던 사람이 안토니오의 뇌리를 차례로 스치고 지나갔다. 이어서 간절한 심정으로 벼랑 끝에 서 있던 자신의 모습이 떠올랐다.

간절함.

당시 자신이 가지고 있던 것은 그게 전부였다. 그것은 투지의 근원이었고 상대의 신뢰를 끌어냈던 힘이었다. 그럼 발렌슈타인에게는…… 안토니오는 애써 의연한 자세로 자신을 쳐다보고 있는 발렌슈타인의 눈에서 어렵지 않게 간절함을 읽을 수 있었다.

"좋소."

안토니오가 짧게 대답하자 발렌슈타인의 얼굴이 환하게 펴졌다. 트랑블레 수사도 밝은 표정으로 고개를 끄덕였다.

"고맙소. 반드시 일을 성사시키겠소."

"구체적인 계획은 당신에게 일임하겠소."

어쨌거나 상대의 뒤통수를 치는 일이다. 안토니오는 마음 한구석이 무거웠다.

"물론이오. 내가 다 알아서 하겠소."

발렌슈타인이 씩 웃으며 말을 이었다.

"왠지 모략의 냄새가 나는 것 같아서 마음이 쓰이는 모양인데 뭐 모략이라고 해도 상관없소. 하지만 이 마당에 당신이 모략을 피해가려고 해도 모략이 당신을 피해가지 않을 것이오. 알베르토는 진작에 당신의 목줄을 조이고 있지 않소?"

다시 본연의 모습으로 돌아간 듯 발렌슈타인이 예의 음흉한 표정으로 회합의 결론을 내렸다.

겨울왕

    난데없는 여인들의 웃음소리에 안토니오는 놀라서 막사 밖을 살펴보았다. 전쟁터에 웬 여인들이란 말인가. 어리둥절하던 안토니오는 용병들 사이로 웃음을 지으며 지나가는 여인들을 보고 곧 상황을 파악했다. 종군 위안부들이 바타일론마다 4명씩 배정되었다는 사실이 떠오른 것이다.

    안토니오는 위험한 전쟁터에 여인들을 데리고 가는 것에 대해서 강력하게 반대했다. 그렇지만 그것이 도리어 민폐를 줄이는 방도라는 반호프의 말에 어쩔 수 없이 동의했던 것이다. 어쨌든 전쟁은 비참하고 비정한 것이다. 빨리 끝내는 것만이 비극을 최소로 줄이는 길이다. 드디어 싸움이 시작되었다. 어제는 제법 격렬한 포격전이 벌어졌는데 신교연합군이 발사한 포탄이 가톨릭동맹 본영에 떨어지면서 일대가 아수라장이 된 적이 있었다. 머지않아 병력이 강을 건너면 본격적인 싸움이 시작될 것이다.

    안토니오는 전선 시찰에 나섰다. 가톨릭동맹군은 몰다우 강과 지류 베론카 강이 마주치는 곳에 포진하고 있고, 보헤미아 군과 트랜실바니아 군으로 구성된 신교동맹은 강 너머에 진을 치고 있는데 도하작전이 펼쳐지면 유유히 흐르고 있는 저 몰다우 강은 피로 물들게 될 것이다.

"여기 있었군요."

반호프가 달려왔다. 전투를 앞두고 눈코 뜰 새 없이 바쁜 사람이어서 안토니오는 혼자 시찰에 나섰던 것이다.

"틸리 백작을 만나고 오는 길입니다. 내일 오전에 몰다우 강을 건너기로 했습니다. 트랜실바니아 군사들이 보헤미아 군사들과 합류하는 것을 막기 위해서 병력을 나누어서 일부는 베론카 강을 건너기로 했지요."

반호프가 도하작전에 대해서 설명했다.

"대규모 병력이 강을 건너려면 어려움이 많이 따를 텐데 준비는 차질 없이 진행되고 있겠지요?"

저항이 치열하면서 사상자가 많이 나올 것이다.

"물론입니다. 그런데……."

무슨 말을 하려는지 반호프가 안토니오의 눈치를 살폈다.

"용병들의 보수를 앞당겨 지급할 수 없습니까? 싸움을 앞두고 사기를 진작시킬 필요가 있는데."

충분히 수긍할 수 있는 요구였다.

"오늘 중으로 지급하도록 하겠소."

안토니오는 즉각 수용했다.

"강을 건너는 것은 별문제 없을 겁니다. 보헤미아 군은 강변에서 물러나서 진을 치고 있습니다. 전형적인 수비대형이지요. 본대가 도하하기 전에 별동대가 먼저 베론카 강을 건너서 몰다우 강 상류 쪽으로 진격하면서 양동(陽動)작전을 펼칠 예정입니다."

"그러면 강을 건너는 동안에는 큰 싸움이 없겠군요."

몰다우 강이 붉은색으로 물드는 일이 없을 거란 사실에 안토니오는 일단 안도가 되었다.

"그렇겠지요. 하지만 보헤미아 군이 전진수비를 하는 게 전술적으로는 더 유리합니다."

최고의 전술가 마우리츠로부터 인정을 받은 사람답게 반호프는 전술에 밝았고 매사에 성실했다.

"신교연합은 장기전을 계획하고 있으니 초전에서 결판을 내려 하지 않고 우리를 깊숙한 곳까지 끌어들이려 할 겁니다. 우리가 진격을 하면 바이서베르크까지 후퇴할 것으로 보입니다."

반호프가 자신 있게 자신의 견해를 밝혔다. 안토니오는 반호프에게 아직 발렌슈타인을 지원하기로 했다는 말을 하지 않고 있었다. 반호프가 평소에 그를 못마땅하게 여기고 있었기 때문이다. 지원 때문에 베니스로 간 포르타에게도 마찬가지였다. 그렇지만 언제까지 감출 수는 없다. 안토니오는 적당한 기회를 봐서 얘기하기로 했다.

반호프의 말대로 신교연합은 승부를 서두를 이유가 없다. 반호프가 결전의 장소로 꼽은 바이서베르크는 프라하에서 멀지 않은 곳이다. 그곳까지 진격하려면 군수물자가 예정보다 더 늘어날 것이다.

"강을 건넌 김에 바이서베르크까지 밀고 들어갈 수는 없겠소?"

안토니오는 자금이 걱정되었다.

"예? 뜻밖이군요. 당신이 작전에 관여하다니."

반호프가 놀란 표정을 지었다. 그의 말대로 안토니오는 작전에 관해서는 반호프에게 모든 것을 일임하고 있었다.

"빨리 끝내고 싶은 심정은 이해가 갑니다만 굉장히 위험한 생각입니다. 작전대로라면 별동대 1만 명은 일단 트랜실바니아 군에게 발목이 잡히게 될 텐데 그런 상황에서 우리 본대만 적진 깊숙이 진격했다가는 두 부대는 상호지원이 불가능하게 됩니다. 주공과 양동부대는 어떤 경우에도 24시간 이내에 도달할 수 있는 거리를 유지해야 합니다."

그런가. 그렇다면 더 주장할 수 없을 것이다. 안토니오는 짧은 한숨을 내뱉었다. 발렌슈타인에게 떼어준 자금이 너무 컸던 것이다.

"그 이상 접근은 위험합니다. 저격병이 있을지 모르니까요."

강가로 향하는 안토니오를 반호프가 저지했다. 안토니오는 걸음을 멈추고 강변을 살폈다. 폭풍전야의 고요라는 게 이런 걸까. 정중동 속에서 일촉즉발의 긴장감이 절로 전해졌다.

"무슨 일이 있습니까? 작전에서 조급함은 절대로 피해야 할 금물입니다."

반호프가 안토니오의 얼굴을 살폈다. 그러면서 아까 했던 말을 되풀이했다.

"오늘 중으로 보수를 지급하는 게 좋을 겁니다. 용병들은 지금 극도로 예민해 있으니까요."

"알겠소. 오늘 중으로 지급을 마치겠소."

안토니오가 순순히 동의했다. 자금 사정은 갈수록 나빠지고 있었다. 투자자들이 다 빠져나가면서 캄파넬라 상사는 전쟁자금 조달에 큰 어려움을 겪고 있었다. 포르타가 급히 베니스로 달려갔지만 큰 효과는 기대하기 힘들 것이다. 그런 마당에 발렌슈타인에게 50만 두카트를 떼어주었으니 자금 압박에 시달리는 것은 당연했다.

싸움이 본격적으로 벌어지면 돈이 더 들어갈 텐데 가지고 있는 자금으로는 한 달 이상 버티기 힘들 것 같았다. 그전에 승부를 결정지을 수 있을까. 안토니오는 마지막까지 희망을 버리지 않기로 했다.

"발렌슈타인이 요즘 도통 보이질 않던데 작전회의에는 참석했습니까?"

"아니요, 틸리 백작도 그를 못 봤다고 하더군요. 사실 그런 인간은 없는 게 더 좋습니다."

안토니오의 심정을 알 길이 없는 반호프가 태평스럽게 대답했다. 그는 어디서 무얼 하고 있을까. 약조대로 프랑스 첩보기구와 함께 사보이공국에서 공작을 펼치고 있을까. 아니면…… 그 이상은 생각하기도 싫었다.

안토니오의 답답한 심정 따위는 아랑곳없이 몰다우 강은 도도히 흘러 갔고, 강변은 초여름의 신록으로 물들어 있었다.

그런데 이 상황에서 왜 이런 생각이 드는 걸까. 퍼뜩 좋은 시절이 오면 줄리에타와 아이들을 데리고 이곳을 다시 찾고 싶다는 생각이 스치고 지나갔다.

* * *

드디어 도하가 시작되었다.

전열, 중군, 예비대로 편제된 바이에른 군은 사선대형을 유지하면서 우측부터 줄줄이 우로 돌면서 몰다우 강을 건넜다. 사선대형은 적의 포격을 분산시키는 효과가 크지만 우측에 배치된 부대와 좌측에 선 부대 간의 행군속도 차이가 크게 나면서 열을 유지하는 게 쉽지 않다. 그렇지만 반호프가 부지런히 조련시킨 덕에 바이에른 군은 사선대형을 허물지 않은 채 진격에 들어갔다.

앞선 부대가 강에 접근하자 대안의 보헤미아 군에서 대포를 쏘아댔다. 그러나 포대가 강에서 떨어진 곳에 배치되었기에 포탄은 엉뚱한 곳에 떨어졌고, 도하부대에게 큰 위협이 되지는 않았다. 반호프의 예상대로 신교 연합은 도하를 적극 저지할 생각이 없는 것 같았다.

"그렇게 일선에 나설 필요는 없습니다."

반호프가 선두를 따라나선 안토니오를 만류하고 나섰다.

"제대로 조준도 하지 않고 발사하고 있으니 별로 위험하지 않을 것이오. 예상대로 도하하는 문제가 없겠소."

"별동대도 베론카 강을 무사히 건넜다고 합니다. 트랜실바니아 군도 악착같이 싸울 생각은 없는 것 같습니다."

"하면 이대로 바이서베르크까지 진격을 하면……."

안토니오의 입에서 그 말이 또 나왔다.

"서전이 순조롭지만 그렇다고 아직 싸움에서 이긴 것이 아닙니다."

반호프가 정색을 하고 지적했다.

"사선대형은 화력을 집중할 수 있고, 방어도 용이하지만 측면이 약하다는 약점이 있습니다. 매복에 취약하다는 말이지요. 그래서 진격에 신중을 기해야 합니다. 행여 무리해서 진격했다가 보헤미아 군이 방향을 틀어서 본대와 별동대를 차단하고 나서면 큰일입니다."

반호프가 다시는 그런 말을 하지 말라는 듯 엄한 표정으로 주의를 주었다.

도하는 무사히 끝이 났다. 엉뚱한 곳에 떨어지던 포탄과 간간이 들려오던 총성은 도하가 시작되자 그쳤고, 동부전선의 가톨릭동맹군은 이렇다 할 저항 없이 몰다우 강을 건넜다.

본격적으로 싸움이 시작되었다. 그럼 이제 보급은 어떻게 되는 건가. 아무리 길게 잡아도 한 달 이상은 버티지 못할 것이다. 그 사이에 서부전선에서 결판이 나야 할 텐데…… 안토니오는 발렌슈타인의 간절했던 눈빛을 떠올리며 불쑥불쑥 찾아오는 불안감을 떨쳐냈다.

무사히 강을 건넌 병사들은 서둘러 야영에 들어갔다. 프라하는 먼 곳이다. 그곳까지 진격하려면 체력을 비축해야 한다.

* * *

여기저기서 총성이 요란하게 울렸고, 고함이 사방에서 터져나왔다. 횃불이 어지럽게 춤을 추면서 병사들은 당황해서 우왕좌왕했다. 예상을 뒤엎고 보헤미아 군이 야습을 감행한 것이다.

"병력이 얼마나 되는가?"

틸리 백작이 물었다. 작전회의를 하던 중에 야습을 받은 것이다.

거울 왕

"아직 확실한 것은 파악되지 않았습니다만 총공세는 아닌 것 같습니다."

대대 지휘관이 보고했다.

"그렇다면 저들의 의도는?"

틸리 백작이 반호프에게 시선을 돌렸다.

"우리의 진격 속도를 저지하려는 의도로 대규모 야습은 없을 것으로 파악됩니다."

"규모가 확실하게 파악되지 않은 마당에 너무 낙관적인 견해 아닌가?"

"트랜실바니아 군이 보헤미아 군과 합류했다는 정보는 아직 없습니다. 그렇다면 본격적인 반격이라고 보기 어렵습니다."

반호프가 침착하게 대응했다. 틸리 백작의 참모들과 대대 지휘관들은 대부분 반호프의 견해에 동조하는 분위기였다. 안토니오는 반호프의 예상이 빗나가지 않으리라 믿으며 아무 말 없이 대책회의를 지켜보았다.

"그렇다면 보헤미아 군이 트랜실바니아 군과 합류하기 전에 아예 프라하까지 밀고 들어가면 어떻겠습니까. 강을 무사히 건너면서 용병들의 사기도 고양되었는데."

대대 지휘관 중에서 평소에도 강경책을 주장하던 사람이 안토니오의 마음을 대변이라도 하듯 기동전을 주장하고 나섰다. 그의 말대로 지금 용병들은 사기가 올라 있었다. 보수를 지급받은 데다 초전에서 승리를 거둔 마당이다.

"초전에서 작은 승리를 거두었다고 들뜨면 안 된다. 프라하는 멀다. 그리고 싸움은 이제부터 시작이다!"

틸리 백작이 분위기를 진정시켰다.

"그렇습니다. 싸움은 이제부터입니다."

반호프가 틸리 백작의 신중론에 동조했다. 총소리, 포소리가 간간이 들렸지만 확전될 기미는 없는 것 같았다.

"피해는?"

틸리 백작이 교전 현장을 살피고 돌아온 참모에게 물었다.

"부상을 당한 자가 몇 명 있지만 큰 피해는 없습니다."

그렇다면 더 이상 당황할 일도, 또 지나치게 고무될 일도 아니다. 지금 반격할 것인가. 아니면 날이 밝을 때까지 기다릴 것인가. 그것을 결정할 차례다.

"날이 밝은 후에 반격에 나서는 것이 좋겠습니다."

반호프가 의견을 제시했다. 포성과 총성을 감안하건대 적의 병력은 적어도 1개 바타일론 규모는 되는 것 같았다. 그렇다면 아직 지형에 익숙하지 못한 상태에서 무리해서 야전을 감행할 필요는 없는 것이다. 그리고 그만한 병력이라면 퇴각하더라도 추격해서 꼬리를 잡을 수 있을 것이다.

"좋아, 날이 밝는 대로 반격에 나선다."

틸리 백작이 결론을 내렸다. 일을 도모하려면 서두르지도 말고, 미루지도 말아야 한다고 했다. 그런 면에서 신중하면서 일면 과감한 틸리 백작과 한편이 된 것은 다행이었다. 안토니오는 그렇게 생각하며 자기 막사로 향했다. 개전의 첫 밤은 그렇게 지나갔다.

* * *

날이 밝고 반나절이 지났건만 교전이 벌어졌다는 보고는 들어오지 않았다. 여태 적을 발견하지 못한 것이다.

"하면 밤새 흔적도 없이 퇴각했단 말인가?"

틸리 백작이 고개를 갸우뚱했다. 아무리 기습전이라고 해도 의외였다. 아무래도 적은 지형을 정확하게 숙지하고서, 밤에는 반격을 자제했다가 날이 밝는 대로 반격에 나설 것까지 정확하게 간파한 것 같았다.

"뜻밖의 상황이로군. 치고 빠지는 시간이 너무 정교하지 않은가."

틸리 백작이 반호프에게 고개를 돌렸다.

"그렇습니다. 어쩌면 마티어스 던 백작이나 베들렌 가보르 말고 다른 사람이 군을 지휘하고 있는지도 모르겠습니다. 우물대다 별동대가 고립될까봐 걱정입니다."

반호프가 심각한 표정으로 대답했다.

"병사들의 사기는?"

"다행히 병사들의 사기는 높은 편입니다. 별다른 피해가 없었으니까요. 아무래도 어제의 야습은 우리의 발을 묶어서 장기전으로 몰고 갈 속셈인 것 같습니다."

반호프가 새로운 견해를 내놓았다. 틸리 백작이 고개를 끄덕였다. 일리가 있는 분석이었다. 바이서베르크는 천혜의 요새로 평가받고 있다. 신교연합은 그곳에 진을 치고서 장기전을 시도하려는 것 같았다.

"진격속도가 늦어지면 그만큼 보급이 늘어나야 할 텐데……."

틸리 백작이 고개를 돌려 뒤를 따르고 있는 안토니오에게 눈길을 주었다. 안토니오는 가슴이 철렁했다. 그렇지 않아도 그 문제로 고심을 하고 있던 차였다.

"보급은 문제가 없소? 보고받기로는 탄약은 이번 달 분량밖에 없다던데."

"염려하지 마십시오. 군사물자는 원활하게 공급되고 있습니다."

안토니오가 얼른 대답했다. 아직까지는 아무런 표가 나지 않고 있었다.

"그렇다면 다행이지만, 어쩌면 예정보다 싸움이 길어질지 모르니 그점을 미리 염두에 두고 있는 게 좋을 거요."

틸리 백작이 당부를 하고는 앞으로 나섰다.

"그렇지 않아도 그 문제를 논의하려던 참이오."

반호프가 주위를 힐끔 돌아보았다. 두 사람 주변에는 아무도 없었다.

"솔직히 말해주십시오. 자금 조달에 문제가 있는 것 아닙니까?"

반호프가 정색을 하고 물었다.

"그렇지 않아도 얘기를 하려 하고 있었소. 확보하고 있는 자금만으로는 한 달을 넘기기 힘든 게 사실이오. 지금 포르타가 베니스에서 투자자를 추가로 모집하고 있는 중인데 예정보다 싸움이 길어지면 어려움이 따를 것이오."

안토니오가 솔직하게 털어놓았다.

"나도 대강 짐작하고 있었습니다. 큰일이로군요. 신교연합은 장기전으로 끌고 가려 하고 있는데."

반호프의 표정이 흐려졌다.

"그래도 조금 이상합니다. 한 달이라니요? 내가 알기로는 적어도 두 달은 지탱할 수 있을 것 같았는데."

"실은……"

안토니오는 발렌슈타인에게 50만 두카트를 떼어주었다는 사실을 밝혔다.

"그런 일이 있었군요. 내가 알았다면 적극 만류했을 텐데. 그는 도통 믿음이 가지 않는 사람입니다. 그렇지만 서부전선에서 정말 사보이공국이 이탈한다면 여기서도 전세를 뒤집을 수 있을 겁니다. 그의 말대로 될지는 미지수지만."

펄쩍 뛸 줄 알았는데 의외로 반호프는 침착했다. 전쟁터를 전전하면서 전투의 승부는 꼭 전선에서 결정나는 게 아니라는 사실을 터득했기 때문일 것이다.

"그래서 말인데 바이서베르크를 우회해서 곧바로 프라하로 진격하면 어떻겠소?"

안토니오가 진작부터 마음에 품고 있는 생각을 밝혔다. 어떻게 해서든 단기전으로 끝내고 싶었던 것이다.

"안토니오 마음은 충분히 이해를 하지만 자칫 스스로 포위망 속으로 뛰어드는 꼴이 될 수도 있습니다. 대격전이 벌어지면서 사상자도 많이 날 겁니다. 틸리 백작도 반대할 겁니다."

반호프가 고개를 가로저었다. 라인란트팔츠를 양도받기로 한 약조가 이미 물 건너간 마당이다. 그러니 틸리 백작의 용병대가 사력을 다해서 싸울 이유가 없었다.

"아무튼 일단 틸리 백작에게 말해보겠습니다. 그러나저러나 자금이 고갈되고 있다는 말은 철저히 비밀에 부쳐야 합니다. 행여 용병들이 낌새를 챘다가는 사기가 급격히 떨어질 테니까요."

반호프가 주의를 주었다.

"물론이오."

대답하는 안토니오의 머릿속에는 발렌슈타인과 포르타로 꽉 차 있었다. 과연 발렌슈타인이 약조를 지킬 것인가. 그리고 포르타가 새로 투자자를 끌어들였을까. 이제는 믿음을 가지고 기다리는 수밖에 없다.

이어서 알베르토가 떠올랐다. 그는 지금 서부전선에서 승승장구하고 있다. 이대로 싸움이 종결되면 그는 델 로치 상사를 차지하게 될 것이고 안토니오 자신은 베니스를 떠나야 할 것이다. 상사 일로 그와 여러 차례 충돌했지만 이렇게 사생결단을 내게 될 줄은 몰랐다. 그래도 여기까지 오는 동안에 서로 돕고 도움을 받던 사이였는데.

씁쓸했지만 그렇다고 마음을 약하게 먹으면 안 될 것이다. 안타깝지만 화살은 시위를 떠났다. 그렇다면 생각을 단순하게 가져야 한다. 기왕에 벌어진 싸움이라면 최선을 다해서 이겨야 한다.

* * *

만스펠트 용병대의 막강한 화력에 스페인 군은 제대로 싸워보지도 않고 퇴각을 했다. 연전연승이었다. 용병들은 사기충천해서 전선에 임했고, 장교들은 행여 공을 세울 기회를 놓칠세라 서로 앞장서려 했다. 서부전선은 이미 승패가 결정난 것과 다를 바 없었다.

"추격 중지! 너무 깊이 들어갈 필요 없다!"

만스펠트 백작이 망원경을 접으면서 전령에게 지시를 내렸다. 전황이 너무 순조롭게 풀려서 도리어 진격속도를 늦춰야 할 판이다. 뒤따르고 있는 보급대와 보조를 맞추어야 한다.

"내친 김에 끝까지 추격해서 아예 결판을 내는 게 어떻겠습니까?"

알베르토는 농담을 던질 만큼 여유를 찾고 있었다. 전투가 시작된 지 한 달. 스페인 군은 예상했던 것보다 훨씬 약체였다.

"쓸데없는 소리! 설사 안할트 경의 입에서 그런 말이 나와도 당신이 만류를 해야지!"

만스펠트 백작이 근엄한 얼굴로 알베르토를 꾸짖었다. 물론 그도 알베르토가 진심으로 그런 말을 한 게 아니라는 사실은 잘 알고 있었다.

"물론 그래야겠지요. 그렇지만 하루라도 빨리 전쟁을 끝내고 싶은 게 솔직한 마음입니다."

"그야 나도 마찬가지네. 어차피 전쟁은 비참한 것이니까. 그것은 전쟁을 업으로 하는 용병에게도 마찬가지네."

"그렇겠지요. 그런데 백작 각하의 솔직한 견해는 어떻습니까? 아무렴 동부전선보다야 먼저 싸움을 끝내야 하지 않겠습니까?"

꿈을 실현할 때가 무르익었다는 생각이 들면서 알베르토는 부쩍 조급해하고 있었다.

"당연한 말이지. 아무렴 동부전선보다야."

겨울 왕

229

만스펠트 백작이 명장의 자부심을 드러냈다.

"하면 언제쯤……?"

"포탄의 낙하 빈도가 점점 떨어지고 있네. 그렇지만 보급에 문제가 있다는 정보는 없네. 그건 스피놀라 장군이 적당히 싸우는 척하면서 퇴각할 테니 자기 체면치레를 해달라는 메시지를 우리에게 보낸 것이지."

그런 것이었다. 알베르토는 싸움은 상사 일과는 다른 것이란 사실을 새삼 실감했다.

"싸울 의사가 없는 상대에게 총공세를 펼쳐서 패장으로 만드는 것은 바람직하지 않네. 어쨌든 스페인은 강국이야. 그들과 원수질 필요는 없지."

돈을 받고 싸워주는 용병에게 어제의 적이 오늘은 동지인 경우는 다반사다. 생각 같아서는 속전속결로 끝내고 싶었지만 만스펠트 백작이 그렇게 말하는데 더 재촉할 수 없었다. 알베르토는 아쉬움을 접기로 했다. 그래도 만스펠트 백작이 호언을 한 대로 동부전선보다는 먼저 결판을 낼 것이고 그것으로 안토니오와 캄파넬라 상사는 끝장이다.

그런데 그 사나이가 순순히 주저앉을까. 알베르토는 문득 의문이 들었다. 상사원이 되어서 이곳저곳을 돌아다니면서 여러 사람을 상대해봤지만 두려움을 느꼈던 상대는 그가 처음이었다.

본영으로 돌아오자 단위부대 지휘관들이 집결해서 만스펠트 백작을 기다리고 있었다.

"부상자는?"

"소수인데 대부분 경상입니다."

참모가 답변했다.

"아직 제대로 된 전투를 치르지도 않았습니다."

만스펠트 백작을 따라다니며 전선을 누볐던 지휘관들에게 이번 싸움은 싸움도 아니었다.

"좋아. 그렇지만 싸움은 상대가 항복할 때까지 끝난 게 아니다. 그러니 군기가 해이해지는 일이 없도록 병사들을 잘 통제하도록."

만스펠트 백작은 역전의 용장답게 절대적으로 유리한 전황임에도 긴장을 풀지 않고 있었다.

"실제 발포를 해보니 신형포들의 성능이 어떻습니까?"

알베르토가 말을 꺼냈다. 이쯤에서 슬쩍 공치사를 할 필요가 있다.

"기대 이상이오. 그렇지 않아도 당신에게 고맙다는 말을 하려고 했소."

작전을 담당한 참모가 지휘관들을 대표해서 알베르토에게 감사의 말을 전했다.

"여기서 하루 숙영을 하고 내일 진격을 재기하겠다. 그러니 차질이 없게끔 만전을 기하도록!"

만스펠트 백작이 작전회의를 일찍 종결시켰다. 따로 지시를 내릴 것도 없는 상황이었다.

참모와 지휘관들은 본영 막사를 나섰고 알베르토도 그들의 뒤를 따랐다. 그런데 무슨 전갈이 있는지 연락병이 급히 본영 막사로 들어갔다. 차림으로 봐서 에마뉴엘레 대공이 보낸 전령 같았다.

'……!'

왜 이런 기분이 드는 걸까. 불쑥 불길한 예감이 알베르토를 스치고 지나갔다.

* * *

"솔직히 얘기해주게! 자금이 달리고 있는 건가?"

안토니오가 막사로 들어서자 틸리 백작이 정색을 하고 물었다.

"……!"

안토니오는 당혹스러웠다. 언제 얘기를 꺼낼까 기회를 엿보고 있던 중인데 틸리 백작이 먼저 문제를 제기하고 나선 것이다.

"그동안 일부러 모른 체하고 있었지만 아무래도 확실히 해야 할 것 같군. 싸움터를 전전하면서 잔뼈가 굵은 몸이네. 뭔가 이상하다는 것을 눈치 채지 못할 리 없지 않은가?"

틸리 백작이 안토니오를 압박했다.

"자금줄이 막힌 것은 사실입니다. 하지만 백방으로 투자처를 찾고 있으니 곧 호전될 겁니다. 행여 용병들의 사기가 떨어질까봐 미리 말씀을 드리지 못했습니다."

안토니오가 진심으로 사죄했다. 포르타로부터는 여태 연락이 없다. 그렇다면 더 이상의 기대는 접어야 할 것이다.

"하면 이번 달은 넘길 수 있는 건가? 화약 보급이 원활치 못하다는 보고가 올라오고 있어서 하는 말인데."

"일단 이번 달은 넘기겠지만 추가 투자가 이뤄지지 않으면 그다음부터는…… 어려움이 따를 겁니다."

이렇게 된 마당에 솔직히 대하는 게 상책이다.

"그래서 자꾸 추격전을 펼치자고 했군. 그렇지만 싸움은 상대가 응해주어야 가능한 법, 저쪽에서 지구전으로 나오면 도리가 없네."

틸리 백작의 얼굴에 근심이 가득했다. 사기가 땅에 떨어진 병사들을 독려해서 불리한 전세를 뒤집었던 적은 있지만 보급이 끊긴 군대로 싸움에서 이겨본 적은 없었다.

"하면 달을 넘기면 탄약에 이어서 식량지원도 끊길 것 아닌가. 그리고 용병들의 보수도."

"그전에 상황이 호전될 것입니다."

입장이 어렵지만 안토니오는 발렌슈타인 얘기는 꺼내지 않았다.

"용병들에게 보수를 제때 지급하지 못하면 그때는 끝이네. 용병들이 떠나고 나면 아무리 우수한 전술가가 작전을 짜고, 숙련된 지휘관이 전장을 지휘한다고 해도 싸움에서 절대로 이길 수 없네."

틸리 백작이 단언했다.

"보아하니 반호프도 알고 있는 것 같은데, 분명히 말하지만 나는 용병대장이지 폭도대 두목이 아니네."

보수가 제때 지급되지 않으면 용병들은 폭도로 돌변하는 수가 있다. 틸리 백작은 그런 일이 발생하기 전에 철군하겠다는 뜻을 분명히 했다. 안토니오는 아무 말을 하지 않았다. 틸리 백작의 입장이 충분히 이해되었다.

"용병대가 돌아가면 당신 입장이 얼마나 어려워지는지 잘 알고 있네. 그러니 이렇게 하세."

잠시 침묵이 흐른 후에 틸리 백작이 차분한 어조로 입을 열었다. 여태껏 성실하게 계약을 이행했던 안토니오를 돕고 싶었던 것이다.

"바이에른까지 돌아가는 데 소요되는 최소한의 경비와 용병들에게 약속한 보수를 제외한 자금을 전부 투입하면 바이서베르크까지 진격할 수 있을 것이네. 그곳에서 보헤미아 군과 대치하고 있다가 상황이 호전되면 그대로 프라하로 진격하고, 만약에 그때까지도 자금사정이 풀리지 않으면…… 그때는 나도 어쩔 수 없네."

틸리 백작이 그렇게 결론을 내렸다. 안토니오의 입장에서는 고마운 결정이었다. 그런데 경비와 보수를 제하고 나면 얼마나 버틸 수 있을까. 한보름……? 아무리 희망적으로 생각해도 그 이상은 힘들 것 같았다.

그렇다면 보름 동안 피를 말리며 지내야 할 것이다. 그런데 무슨 까닭일까. 의외로 마음이 차분하게 가라앉았다. 목을 맨 사람은 숨이 넘어가는 순간에 황홀경을 경험한다고 하는데 어쩌면 승부세계의 짜릿함이 이런 것일지 모른다. 최선을 다했기에 두려움은 없다. 안토니오는 그렇게 자위하며 마지막 순간까지 희망의 끈을 놓지 않기로 했다.

* * *

알베르토의 안색이 일시에 백지장으로 변했다. 호출을 받고 달려온 길인데 만스펠트 백작의 입에서 청천벽력과도 같은 말이 나왔던 것이다.

"그게 무슨 말입니까? 철수를 하다니요?"

알베르토는 혹시 뭘 잘못 들은 게 아닌가 하는 생각이 들었다.

"방금 들은 그대로네. 용병대를 철수시키겠네."

"아직 싸움이 끝나지 않았는데 왜 느닷없이 철수를 하겠다는 겁니까?"

알베르토가 거칠게 항의했다. 싸움은 일방적이지만 스페인 군이 항복한 것은 아니다. 그렇다면 철수하는 쪽이 패자가 된다.

"에마뉴엘레 대공으로부터 긴급 연락이 왔네. 용병대를 급히 사보이공국으로 돌리라고."

만스펠트 백작이 편치 않은 표정으로 철수 이유를 설명했다.

"이유를 알고 싶습니다."

알베르토가 큰소리로 항의했다.

"프랑스 군대가 국경으로 집결하고 있다고 하네."

프랑스가 왜 갑자기……. 불길한 예감은 빗나가는 법이 없다고 하더니 혹시 나도 모르는 곳에서 무슨 공작이 진행되고 있었단 말인가. 그럼 누가……? 안토니오의 얼굴이 떠오르는 순간 알베르토는 가슴이 철렁 내려앉았다. 무슨 수를 어떻게 썼는지 몰라도 이 상황에서 전세를 일거에 뒤엎을 사람은 그밖에 없었던 것이다.

"용병대는 철군할 것이니 계약과 관련된 일은 프리드리히 전하를 상대하게."

만스펠트 백작이 엄한 표정으로 용병대는 델 로치 상사와 직접 계약의 상대자가 아님을 분명히 했다.

"아무리 그래도…… 조금만 버티면 스페인 군이 퇴각할 겁니다. 그때까지만 철수를 미뤄주십시오."

알베르토는 체면을 불구하고 만스펠트 백작에게 매달렸다.

"이미 결정된 일이네. 나도 사정을 안 한 게 아니네. 기왕에 출전을 했으면 승전을 거두고 돌아가고 싶은 게 용병대장의 솔직한 심정이지만 에마뉴엘레 대공의 뜻이 완고하네."

만스펠트 백작이 괴로운 표정을 지었다.

"그럼 총공세를 펼치면 어떻겠습니까? 지금 상황이라면 한 번의 싸움으로 전세를 결정지을 수 있을 것 같습니다만."

만스펠트 용병대가 철수하는 것을 막는 건 불가능하게 되었다. 알베르토는 흥분을 가라앉히고 현실적인 대안을 찾기로 했다.

"물론 나도 그런 생각을 안 해본 건 아니네. 그렇지만 매우 위험한 발상이네. 당신 말대로 기습은 성공할 수 있을지 몰라. 스페인 군은 우리가 총공세를 취하리라고는 예상치 않고 있을 테니까. 그런데 스페인 군이 서둘러 퇴각을 하면서 프랑슈콩테 쪽으로 이동을 하면 어떻게 될까? 지금 상황에서는 그럴 공산이 크네."

만스펠트 백작이 고개를 가로저었다. 프랑슈콩테는 이른바 스페인 통로에 해당하는 지역이다. 당연히 스페인 군은 그쪽으로 퇴각할 것이다. 그러면 프랑스는 국경지역이 싸움터가 되는 것을 가만히 보고 있지 않을 것이다.

"에마뉴엘레 대공은 어떤 일이 있어도 프랑스와 충돌하는 일은 없어야 한다고 엄명을 내렸네. 그리고 우리 용병대는 에마뉴엘레 대공의 지시를 따르게 되어 있고."

알베르토는 더 이상 할 말이 없었다. 만스펠트 용병대의 공식 고용주는 사보이공국의 카를로스 에마뉴엘레 대공이다. 델 로치 상사는 어디까지나 라인란트팔츠와 계약을 맺고서 싸움에 뛰어든 것이다.

알베르토는 하늘이 무너지는 것만 같았다. 이대로 길게 잡아 한 달만 밀어붙이면 그 사이에 동부전선이 무너지면서 싸움은 신교연합의 승리로 돌아갈 판이다. 안토니오는 더 이상 전쟁을 지속할 여력이 없다. 그런데 만스펠트 용병대가 전선에서 이탈하겠다니. 그렇게 되면 동부전선의 가톨릭동맹이 총공세로 나오면서 전세가 역전될 판이다. 숱한 고비를 넘기며 여기까지 왔는데 어쩌다 이런 일이. 마지막 고비를 넘지 못하는 걸까. 그럼 나는 어떻게 되는 건가. 투자자들은 일제히 등을 돌릴 것이다. 그리고 그동안 차입했던 자금을 변제하지 못하면서 델 로치 상사는 파산하게 될 것이다.

"너무 걱정하지 말게. 내 재량으로 취해놓을 수 있는 조치는 해놓고서 떠날 테니까."

만스펠트 백작이 안쓰러운 표정으로 알베르토를 위로했다. 만스펠트 백작은 철수하는 본대를 엄호한다는 명목으로 1개 연대 병력을 현지에 잔류시킬 것임을 밝혔지만 공황에 빠진 알베르토의 귀에는 아무 것도 들리지 않았다.

왜 이런 사태가 발생했을까. 누가 이렇게 정확하게 신교연합의 아킬레스건을 노리고 들어왔을까. 생각할수록 초점이 한 사람에게 모아졌다.

하지만 아직 절망은 이르다. 1개 연대 병력이 잔류하면 서부전선은 그런대로 당분간은 버틸 수 있다. 동부전선의 가톨릭동맹이 그 사이에 싸움을 끝내지 못하면 다시 기회가 올지 모른다. 동부전선의 가톨릭동맹군이 기껏해야 보름 남짓한 시간에 프라하를 점령하는 것은 쉽지 않을 것이다. 생각이 거기에 미치자 알베르토는 이를 악물었다. 싸움은 아직 끝난 게 아니었다.

만스펠트 용병대는 서둘러 철수에 들어갔다. 용병에게는 나라도, 민족도, 이념도, 신앙도 중요하지 않다. 오로지 보수를 지급하는 고용주의 뜻을 따를 뿐이다.

— 안개를 먹고 싸울 수는 없다!

만스펠트 백작은 유명한 말을 남기고 전장을 떠났다. 천하의 명장도 보급이 끊긴 군대를 가지고 싸움에서 이길 수는 없는 법이다.

그렇게 전선에서 이탈한 신교연합의 맹장 만스펠트 백작은 6년 후인 1626년 4월에 다시 전선에 뛰어들게 된다. 그래서 그 사이에 가톨릭동맹의 총수가 된 발렌슈타인과 일전을 벌이고, 패전하면서 당시 베니스공화국의 식민지였던 달마티아(크로아티아)로 쫓겨가서 그곳에서 쓸쓸한 최후를 맞는다.

* * *

해가 기울었는데도 한낮의 무더위가 계속되고 있었다. 교전이 이어지면서 부상자들이 속출했고 신음이 사방에서 들렸다. 전쟁은 예상했던 것보다 훨씬 비참하고 비정했다.

틸리 백작과 회견을 한 지 20일이 지났다. 그 사이에 두 차례 대규모 접전이 벌어졌다. 프라하가 멀지 않다. 당연히 신교연합은 격렬하게 저항했고, 바이에른 군은 적지 않은 피해를 입고 있었다.

안토니오는 어두운 표정으로 사령부로 향했다. 마지막 결전을 앞두고 병력을 보충하고 군수물자를 확보해야 한다. 그런데 추가투자는 바라기 힘들었고, 자금은 바닥을 드러내고 있었다. 군수물자 보급이 눈에 띄게 줄어들면서 병사들 사이에서 동요가 일고 있다는 사실을 잘 알고 있었다.

틸리 백작과 약속한 날이 이제 겨우 10일 남았다. 그런데도 전황은 전혀 호전되지 않고 있었다. 보헤미아 군은 예상 이상으로 악착같이 방어하고 있었다. 회의에서 지휘관들의 반발이 심할 것이다. 이제 믿을 것은 발렌슈타인밖에 없는데 그로부터는 여전히 감감 무소식이었다.

안토니오가 사령부로 들어서자 시선이 일제히 그에게 집중되었다. 무거운 공기가 전장의 상황을 대변하고 있었다.

"싸움이 점점 격렬해지고 있는데 화약이며 총포 공급이 기대에 미치지 못하고 있소. 용병 보충도 마찬가지고. 어떻게 된 것이오?"

전선에서 막 돌아온 대대 지휘관이 얼굴이 벌게져서 안토니오에게 항의했다.

"탄약은 바닥을 드러내려 하고 있고 식량도 겨우 바이에른으로 돌아갈 정도만 가지고 있소. 이래가지고 무슨 수로 용병들에게 싸움을 독려할 수 있겠소?"

팔뚝에 붕대를 칭칭 감은 지휘관이 맞장구를 치고 나섰다. 일선 병사들의 입장을 대변하는 듯 불만 가득한 눈길로 안토니오를 쏘아보았다. 탄약이 바닥을 드러내고 소실된 총포 교체가 원활치 않은 마당에 신교연합의 신형포는 위력을 발하고 있었다. 보헤미아 군은 바이서베르크 고지를 선점하고서 쉬지 않고 포격을 가했고, 피해가 속출하면서 틸리 용병대는 사기가 많이 떨어져 있었다.

"행여 바이서베르크를 우회해서 곧장 프라하로 진격하자는 말을 꺼내는 자가 있다면 내가 가만히 놔두지 않겠소. 전술의 기초도 모르는 자 때문에 부대가 포위될 수는 없으니까."

용병대의 선봉을 맡고 있는 지휘관이 언성을 높였다. 성격이 괄괄해서 걸핏하면 틸리 백작에게도 대드는 그는 안토니오를 쏘아보고는 말을 이었다.

"뒷전에서 이러쿵저러쿵 괜한 소리를 해대는 인간들 때문에 병사들이 피를 흘리며 쓰러지고 있소. 언제까지 그런 자들의 전쟁 놀음에 병사들의 아까운 목숨을 희생시킬 수는 없소! 아무리 돈을 받고 싸우는 용병이라고 하지만 우리는 소모품이 아니오!"

"무슨 말을 그렇게 하시오! 병사들을 소모품이라고 여기는 사람은 아무도 없소!"

반호프가 맞받아쳤다.

"당신도 그래! 전술가랍시고 지도나 들여다보면서 만사를 해결하려는 당신이 전선의 병사들 고충을 알기나 해!"

선봉대 지휘관이 언성을 높이더니 틸리 백작에게 시선을 돌렸다.

"각하, 지금 병사들 사이에서 전쟁수행자금이 바닥났다는 소문이 돌고 있습니다. 곧 보급도 끊길 것이라며 뒤숭숭한 분위기입니다. 빨리 대책을 마련하지 못하면 병사들은 인근 마을로 달려가서 약탈할지도 모릅니다. 아시지 않습니까? 이렇게 되면 지휘관도 그들을 통제하지 못하는 걸."

곧 여기저기서 웅성거림이 일었다. 그는 일선 지휘관들이 모두 차마 입에 올리지 못하고 있던 말을 대변하고 있었다.

틸리 백작은 여전히 입을 굳게 다물고 있었다. 10일 이내에 고지를 선점하고서 농성전에 들어간 적을 격퇴시키는 건 사실상 불가능하다. 더구나 보급이 달리는 마당이다. 그렇다면 깨끗이 패전을 인정하고 상황이 더 나빠지기 전에 철수를 하는 게 그나마 피해를 줄이는 길이다. 그렇지만 약속은 약속이다. 그리고 이런 식으로, 별로 강하지도 않은 적을 상대로 제대로 싸워보지도 않고 철군하는 것도 용병대장의 자존심이 허락하지 않는 일이다.

"당신, 얘기해보시오! 도대체 어떻게 할 거요!"

틸리 백작이 입을 굳게 다물고 있자 지휘관들이 안토니오를 압박하고 나섰다. 전투가 아니고 군수가 문제인 만큼 이 상황을 타개할 위치에 있는 사람은 안토니오다.

"안토니오……."

무슨 말이라도 해야 하지 않겠냐는 듯 반호프도 안토니오를 재촉하고 나섰다. 무슨 말을 어떻게 해야 하나. 안토니오는 머릿속이 하얗게 변했다. 아무런 생각이 떠오르지 않았다. 그래도 결정을 내려야 한다. 안토니오는 마음을 비우고 냉정하게 상황을 돌아보기로 했다. 그러자 용병들이 약탈을 감행할지 모른다는 말이 제일 먼저 떠올랐다. 양민들이 피해를 보는 일은 막아야 한다. 그리고 용병들의 희생도 줄여야 한다.

하지만 여기서 철수를 하면 모든 게 끝장이다. 그럼 약속대로 열흘을 더 기다려달라고 할까. 마음은 간절했지만 안토니오의 입에서 쉽게 그 말이 나오지 않았다. 틸리 백작의 침묵은 그 열흘은 용병이 폭도로 변하지 않고 전장을 떠날 수 있는 최소한의 여유를 암시하고 있는 것 같았다.

그런 일이 생기면 안 된다. 생각이 거기에 이르자 안토니오는 더 이상 고심하지 않았다.

여기까지인가. 만감이 교차했다. 참으로 먼 여정을 거쳐 여기까지 왔는데……. 제일 먼저 줄리에타와 아이들이 떠올랐다. 이어서 그동안 도와주었던 사람들, 인연을 맺었던 사람들, 그리고 발렌슈타인의 간절한 눈빛이 뇌리를 스치고 지나갔다. 그렇지만 후회는 없었다. 매 순간 최선을 다했다는 자부심을 잃지 않았던 것이다.

"보급이 원활치 못했던 점에 대해서 미안하게 생각하고 있습니다. 차후의 일정에 대해서는 백작 각하에게 일임하겠습니다."

안토니오는 천천히, 그렇지만 분명한 어조로 생각을 밝혔다. 사령부 군막에 침묵이 흘렀다. 이렇게 되면 철군은 기정사실이다. 그리고 그것은 이유야 어쨌건 틸리 용병대의 패배를 의미한다.

"프라하가 목전이지만 싸움을 지속할 수 없는 상황이다. 철수한다!"

틸리 백작이 괴로운 표정으로 철수를 결정했다.

"어려운 여건에서도 잘 싸워준 제장과 용병들에게 깊은 감사를 보낸다. 지휘관들은 병사들이 동요하지 않도록 잘 통제하라. 신교연합이 추격하지는 않을 것 같지만, 그래도 모르니 일부 병력을 잔류시키겠다. 그와 관련해서는 군사참모의 지시를 받도록."

틸리 백작이 회의를 종결지었다. 목소리를 높이던 일선 지휘관들도 막상 철수를 한다고 하니 침통한 표정으로 입을 굳게 다물고 있었다.

"그럼 철군 순서를 정하고 잔류부대를 선정하겠습니다. 철수는 보급대를 선두로⋯⋯."

반호프가 철수계획을 전하고 있는데 급하게 문이 열리면서 부관이 들어섰다. 부관은 틸리 백작에게 뭔가 귓속말을 전했다.

"⋯⋯!"

순간 틸리 백작의 안색이 변했다.

"들어오라고 해!"

틸리 백작이 지시를 내리자 전령으로 보이는 자가 사령부 군막으로 들어섰다. 도대체 무슨 소식이 전해진 걸까. 사람들은 일제히 틸리 백작과 전령에게 주목했다.

"무슨 소리인가? 만스펠트 용병대가 전선을 떠났다니?"

"그렇습니다. 공작 각하께서 속히 용병대장에게 전하라고 하셨습니다."

전령은 막시밀리안 공작이 보낸 사람 같았다. 그런데 만스펠트 용병대가 서부전선에서 철수를 했다니. 그게 무슨 소린가. 사람들은 어리둥절해서 서로를 쳐다봤다.

"이상하지 않나? 왜 갑자기 만스펠트 용병대가 철수를? 확인된 정보인가?"

틸리 백작이 전령을 다그쳤다.

"라인란트팔츠에서 온 사람들 입에서 나온 말이라고 합니다. 그 이상은 확인이 되지 않고 있습니다."

하면 직접 정보원을 파견해서 적정을 살핀 것은 아니란 말이다.

"공작 각하의 견해는?"

"일단 속히 백작 각하에게 정보를 전하라고만 하셨습니다."

그렇다면 막시밀리안 공작도 반신반의하고 있다는 말이다. 또 이후의 일은 틸리 백작에게 일임한다는 의미일 것이다. 정보가 사실이라면 천재일우의 기회를 잡은 셈이다. 그렇다면 총공세를 취해서 일거에 전세를 뒤엎을 수도 있다.

"이상하지 않습니까? 왜 갑자기 만스펠트 용병대가 철수를 한단 말입니까? 스페인 군은 전의를 상실한 지 오래인데."

포병대장이 의문을 제기했다. 다른 지휘관들도 마찬가지일 것이다. 아무리 생각해봐도 만스펠트 용병대가 철수할 이유를 찾을 수 없었다.

"거짓 정보일 가능성이 큽니다. 어쩌면 보헤미아 군에서 퍼뜨린 역정보일지도 모릅니다. 그러니 서둘러 총공세를 펼쳤다가는 전멸을 할 수도 있습니다."

"그렇습니다. 정보의 진위여부를 먼저 파악한 후에 차후 계획을 논의하는 것이 옳습니다."

지휘관들은 일제히 정보의 신빙성에 의문을 표했다.

"당신, 정말 바이에른에서 온 것 맞아?"

팔뚝에 붕대를 칭칭 감은 별동대 지휘관이 큰소리로 전령을 다그쳤다.

"그게 무슨 소리요? 바이에른에서 왔냐니? 하면 막시밀리안 공작 각하를 의심하고 있는 겁니까?"

전령이 맞받아쳤다. 전령이라고 하지만 막시밀리안 공작을 측근에서 보좌하는 사람이다. 전선을 누비는 연락병과는 다른 신분이다.

"공작 각하가 없는 말을 꾸민다는 말이 아니고, 혹시 누군가 사주해서 허위정보를 입수했을 수도 있다는 말이오."

별동대 지휘관이 한발 물러서더니 대신에 안토니오를 쏘아보았다. 전장에는 이런저런 거짓 정보가 많이 떠돌아다닌다. 그는 행여 철군을 반대하는 안토니오가 막시밀리안 공작에게 거짓 정보를 흘렸을지 모른다고 의심한 것이다. 회의에 참석한 지휘관들은 그럴 수도 있다는 표정으로 안토니오를 쳐다봤고, 틸리 백작은 입을 굳게 다문 채 안토니오의 해명을 재촉하고 있었다.

안토니오는 반호프에게 시선을 돌렸다.

'발렌슈타인!'

그 역시 그렇게 믿고 있는 것 같았다. 그렇지만 안토니오는 신중하기로 했다. 발렌슈타인은 용병들로부터 사기꾼 취급을 받고 있는 사람이다. 그와 손을 잡고 일을 꾸몄다고 말하면 오히려 역효과가 날 수도 있다. 그러니 소문에 불과한 정보로는 곤란하다. 보다 구체적인 증거가 필요하다.

"정보의 진위에 대해서 확신이 서질 않는 것 같은데 그렇다면 시간을 두고 확인하는 게 좋겠습니다."

안토니오는 일단 보다 상세한 정보가 당도할 때까지 시간을 끌기로 했다.

"확인하다니? 무슨 수로? 바이에른에서 후속 정보가 당도할 때까지 마냥 기다릴 수는 없소!"

"철군도 작전이오. 어쩌면 진격보다 더 어려울 수도 있소. 당연한 얘기지만 진퇴는 시기가 중요하오! 때를 놓쳐서는 안 될 것이오!"

지휘관들이 이구동성으로 정보를 무시하고 계획대로 철군할 것을 주장했다. 전장에서 잔뼈가 굵은 그들은 승전을 목전에 둔 군대가 아무런 이유 없이 갑자기 철수를 했다는 말을 믿기 힘들었던 것이다.

"예정대로 지금 철수할 것이냐, 아니면 상세한 정보가 확인될 때까지 철수를 미룰 것인가를 이 자리에서 결정하겠다."

막시밀리안 공작으로부터 전권을 위임받은 틸리 백작이 상황을 정리하고 나섰다. 틸리 백작은 안토니오에게 시선을 돌렸다. 해명할 것이 있으면 지금 이 자리에서 하라는 뜻이다. 달리 도리가 없다. 안토니오는 발렌슈타인과의 일을 밝히기로 했다.

　"실은……."

　"역정보도 허위정보도 아닙니다! 둘도 없는 기회입니다!"

　안토니오가 주춤거리자 반호프가 먼저 나섰다.

　"안토니오는 진작에 발렌슈타인과 손을 잡고서 프랑스를 움직였습니다. 그래서 제 발등에 불이 떨어진 사보이공국에서 만스펠트 용병대를 불러들인 것입니다."

　"무슨 소리인가? 그게 사실인가?"

　틸리 백작이 깜짝 놀라며 안토니오에게 확인을 요구했다.

　"그렇습니다."

　이렇게 된 마당에 더 감출 필요가 없었다.

　"발렌슈타인이라니? 하면 그 사기꾼을 말하는 것이오?"

　포병대장이 언성을 높였다. 다른 지휘관들도 술렁이기 시작했다.

　"그럼 그 사기꾼 말에 우리 목숨을 걸라는 말이오!"

　선봉대 지휘관은 당장이라도 안토니오에게 달려들 기세였다.

　"조용히 해!"

　틸리 백작이 일갈을 했다.

　"아직 사실 여부는 확인이 되지 않았지만 정말로 프랑스가 사보이공국을 압박했다면 만스펠트 용병대가 서둘러 철수할 수밖에 없을 것이다."

　틸리 백작은 우선 인과관계는 존재함을 인정했다.

　"그렇지만 정보를 확인하려면 시간이 상당히 걸립니다. 이미 철수가 통보된 마당인데 이제 와서 철수를 연기하면 병사들이 동요할 겁니다. 어쩌면 탈주자가 속출하면서 약탈이 자행될지 모릅니다."

"그렇습니다. 때를 놓치면 보헤미아 군에게 추격을 허용하게 될 겁니다."

지휘관들은 일제히 예정대로 즉시 철수를 주장하고 나섰다. 발렌슈타인의 공작이라는 사실에 고개를 돌려버린 것이다.

"정보를 믿고 총공세를 펼치더라도 문제가 있습니다. 식량과 탄약이 한참 모자랍니다. 사흘, 어쩌면 그전에 전량 소모될지 모릅니다."

그동안 신중론을 펼쳤던 우측 공격대 지휘관도 철수에 찬동하고 나섰다.

"보유하고 있는 탄약을 전량 쏟아부으면 일주일은 공세를 펼칠 수 있습니다."

반호프가 반론을 제기하고 나섰다.

"그러다 정보가 허위로 판명되어 철수하게 되면 어떻게 하려고? 전술가인 당신이 철수도 작전이라는 사실을 모를 리 없을 터, 탄약도 없이 철수를 하다가 보헤미아 군이 추격해오면 뭘로 싸우겠소?"

별동대 지휘관이 잡아먹을 듯 반호프를 노려보았다. 틀린 말이 아니다. 혹시라도 그런 일이 벌어졌다가는 용병대는 괘멸되면서 패잔병들은 폭도가 되어 마을을 약탈할 것이다. 패배한 용병대는 다시 기회를 잡을 수 있지만 폭도가 된 용병대는 재기불능이다. 틸리 백작은 괴로운 표정으로 입을 굳게 다물고 있었다. 안토니오는 그것을 일방적으로 결정을 내리지 않겠다는, 자신에 대한 최소한의 배려라고 판단했다. 그렇다면 스스로 입장을 정리해야 할 때가 온 것이다.

"안토니오……."

반호프가 안타까운 심정으로 안토니오를 불렀다. 이대로 물러서는 게 너무 억울했던 것이다.

결정을 해야 한다. 발렌슈타인의 계책은 충분히 일리가 있고, 그 간절했던 눈빛은 결코 거짓이 아니었다. 그렇지만 너무 늦었다. 일에는 때가 있는 법이다. 정보가 열흘만 일찍 당도했으면 상황이 달라졌을 텐데…….
안토니오의 입에서 짧은 한숨이 새어나왔다.

그렇지만 용병들이 폭도로 돌변하고, 양민들이 피해를 보는 일은 막아
야 한다. 그것은 안토니오의 양심과 정의에 배치되는 일이다. 마음을 굳
힌 안토니오는 틸리 백작을 똑바로 쳐다보며 분명한 어조로 말을 했다.

"상황을 종합해보건대 더 이상 전쟁을 지속하는 것은…….."

"지배인님!"

그때 문이 벌컥 열리며 포르타가 들어섰다. 밤새 달려온 듯 포르타는
먼지를 뽀얗게 뒤집어쓰고 있었다.

"무슨 일인가? 당신은 베니스에서 자금을 모집하고 있는 줄 알고 있는
데."

틸리 백작이 물었다. 사람들의 시선이 일제히 포르타에게 쏠렸다.

"간신히 도착을 했군요. 행여 늦을까봐 밤새 달려왔습니다."

포르타가 숨을 헐떡이며 안토니오에게 다가왔다.

"자금을 구했습니다!"

포르타가 모두 들으라는 듯 큰소리로 말했다.

"자금을 구했다고? 뜻밖이군. 대세가 신교연합으로 기운 마당에 가톨
릭동맹에게 투자하겠다는 사람이 있다니."

틸리 백작이 의외라는 표정을 지었다.

"누가 돈을 대겠다고 하는가?"

안토니오도 반신반의했다. 이제 와서 투자하겠다는 사람이 나오리라
고는 생각하지 않았던 것이다.

"투자를 원하는 사람들이 줄을 섰습니다."

포르타가 신이 나서 떠들었다. 투자자가 줄을 서다니. 행여 꾸며낸 말
이 아닐까 해서 지휘관들은 포르타에게 의혹의 눈초리를 보냈다.

"그렇습니다. 하도 많아서 선별해야 할 지경입니다. 그런데 이상합니다. 대부분 유대인 자본이거든요. 그동안 그렇게 쫓아다니면서 애걸을 해도 쳐다보지도 않던 사람들이 갑자기 태도가 돌변해서 제발 투자하게 해달라고 내게 간청을 하고 있습니다."

포르타는 회의장을 훑어보고 말을 이었다.

"급한 대로 우선 병사들에게 지급할 보수로 20만 두카트를 가지고 왔습니다. 식량과 탄약은 곧 도착할 겁니다."

포르타의 입에서 유대인 자본이라는 말이 나오자 회의장의 분위기가 일변했다. 누구보다도 정보에 빠른 그들이다. 그렇다면 조금 전의 정보는 사실일 것이다. 용병들에게 보수를 지급할 수 있게 되었고 곧 식량과 탄약도 충분히 공급받을 것이다. 그렇다면 용맹을 자랑하는 틸리 용병대가 맥없이 물러날 이유가 없다.

"만스펠트 용병대가 철수하면 서부전선은 가톨릭동맹의 승리로 돌아갈 것이다."

틸리 백작이 조금은 흥분한 어조로 입을 열었다. 싸움에 임하는 장수치고 승리를 바라지 않는 사람은 없다. 그런데 승리가 목전에 당도한 마당이다.

"보급만 충분하다면 보헤미아 군쯤은 얼마든지 몰아낼 수 있습니다."

"그렇습니다. 바이서베르크를 일거에 탈환하고 내친 김에 프라하로 진격하는 것도 가능합니다."

지휘관들이 방금 전과는 백팔십도 달라진 태도로 총공세를 주장하고 나섰다.

"당신을 믿지 못했던 건 아니오. 다만 발렌슈타인이 워낙 신빙성이 없는 사람이어서……."

안토니오를 윽박질렀던 지휘관이 사과를 했다.

"군수품이 도착하는 대로 바이서베르크로 진격한다!"
틸리 백작이 결론을 내렸다.

1618년부터 1648년까지 싸움이 지속된 '30년전쟁'은 잉글랜드를 제외한 유럽의 모든 나라들이 참가한 종교전쟁이다. 그렇지만 말 그대로 30년 동안 내내 싸운 것은 아니고 중간중간에 휴전을 했는데 그때그때 참전국을 기준으로 보헤미아 전쟁, 스웨덴 전쟁, 그리고 프랑스 전쟁으로 나눈다.

유럽의 정세를 재편하게 되는 30년전쟁은 최종적으로 신교연합의 승리로 끝이 나지만, 초전에 해당하는 보헤미아 전쟁은 가톨릭동맹이 승리한다. 신교연합의 주력이었던 만스펠트 용병대가 철수를 하면서 라인란트팔츠는 1620년 9월에 스페인 군에게 점령을 당하고 서부전선은 가톨릭동맹의 승리로 끝이 난다.

그리고 동부전선도 용기백배한 가톨릭동맹군이 맹공세를 펼치면서 신교연합은 1620년 11월 8일에 바이서베르크 전투에서 대패를 한다. 패장이 된 프리드리히는 새로 차지한 보헤미아는 물론 본거지인 라인란트팔츠마저 빼앗기고 알몸으로 처가인 잉글랜드로 쫓겨가는 신세가 된다.

겨울왕(Winterkönig).

겨우 한 해(1620년) 겨울만 보헤미아 왕 노릇을 하고 쫓겨난 프리드리히를 후세의 사가들은 그렇게 불렀다.

조선소 인수

"……야훼는 나의 목자시니, 아쉬울 것이 없어라, 푸른 풀밭에 누워 놀게 하시고 물가로 이끌어 쉬게 하시니……."

사제의 추도가 이어졌고 장례식에 참석한 사람들은 모두 경건한 마음으로 고인의 명복을 빌었다.

델 로치 캄파넬라 상사 부지배인 구에르치노가 죽었다. 그는 이제 곧 땅에 묻힐 것이다. 안토니오는 슬픔에 젖은 채 구에르치노에게 마지막 작별을 고했다. 구에르치노는 오래전에 안토니오가 처음으로 델 로치 상사로 왔을 때 직속상사였던 사람이다. 그리고 늘 안토니오를 친절하게 대해주었으며 이후로 '안토니오의 사람'이 되어 궂은일을 마다하지 않았다. 그런 그가 심장병으로 세상을 떠난 것이다. 사인은 그동안의 격무와 무관할 수 없었기에 안토니오는 슬픔이 한층 더했다.

"우리의 친구 구에르치노는 이제 주님 곁으로 갔지만 그의 이름은 영원히 우리의 가슴속에 남아 있을 것입니다. 성부와 성자와 성령의 이름으로……."

"아멘!"

성호를 그은 안토니오는 슬픔을 억누르며 남편에게 작별을 고하고 있는 미망인에게 다가갔다.

"뭐라 위로의 말씀을 드려야 할지 모르겠습니다. 제 불찰이 큽니다."

안토니오는 진심을 담아 위로의 마음을 전했다.

"아니에요, 총지배인님. 그이는 늘 총지배인님을 만난 것을 큰 행운이라고 말했어요."

경황 중에도 의연함을 잃지 않는 미망인의 자태에 생전의 쾌활했던 구에르치노의 모습이 겹치면서 안토니오는 코끝이 찡했다. 목숨이 붙어 있는 날까지 상사원으로 성실하게 일했던 구에르치노. 육신은 비록 이곳 무라노 섬에 묻혔지만 마음은 늘 우리와 함께하면서 고인이 생전에 모든 것을 바쳐 일했던 델 로치 캄파넬라 상사를 지켜주리라 믿으며 안토니오는 무거운 마음으로 선착장으로 향했다.

1627년. 어느덧 안토니오도 50을 바라보는 나이가 되었다. 깊게 파인 주름살과 반백이 된 머리. 그것은 먼 여행 끝에 혈혈단신으로 낯선 베니스에 도착해서 베니스를 대표하는 델 로치 캄파넬라 상사의 총지배인이 되기까지의 멀고 험했던 여정을 말해주는 상징이기도 했다.

세월이 흐르면서 많은 것이 바뀌었다. 이방인에서 베니스의 명사가 되는 동안에 주위에서 힘이 되어주었던 사람들이 하나둘씩 곁을 떠나갔다. 은인이며 장인인 루셀라니, 음양으로 많은 도움을 주었던 미카엘 수사는 이미 이 세상 사람이 아니었다.

'스테파노 수사님은 어떻게 되었을까.'

문득 자신을 서양과 만나게 해주었던, 그리고 믿음의 세계로 이끌어주었던 스테파노 수사가 떠올랐다. 스테파노 수사는 평생의 신념인 동양 선교를 위해서 노구를 이끌고 다시 동양으로 떠났는데 아마 진작에 세상을 떠났을 것이다.

배가 항구에 닿자 대기하고 있던 마차가 다가왔다. 델 로치 캄파넬라 상사 총지배인의 전용마차다. 마차에 오르자 긴장이 풀리면서 쌓였던 피로가 한꺼번에 몰려왔다. 안토니오는 편하게 몸을 뉘었다. 구에르치노 일이 아니더라도 근자들어 몸이 자꾸 피로했고, 가끔 현기증도 났던 것이다.

줄리에타가 기다리고 있을 것이다. 그렇지 않아도 안토니오의 건강을 염려하고 있는 줄리에타에게 힘들어하는 모습을 보일 수는 없다. 집에 당도할 때까지 쉬면 조금 나아지겠지. 안토니오는 그렇게 스스로를 위로하며 눈을 감았다.

* * *

1627년의 유럽대륙은 여전히 종교전쟁의 물결에 휩쓸려 있었다.

1620년의 바이서베르크 전투에서 가톨릭동맹이 신교연합을 격파하고 프라하를 점령하면서 끝이 날 것 같았던 전쟁은 덴마크의 크리스티안 4세가 신교연합에 가담하면서 새로운 국면을 맞고 있었다.

덴마크가 참전을 하면서 전세가 한때 신교연합으로 기울었지만 작년(1626)에 루테른 전투에서 가톨릭동맹의 총사령관이 된 발렌슈타인이 덴마크 군을 격파하면서 전세는 다시 일진일퇴의 국면으로 돌아섰다. 발렌슈타인은 만스펠트 용병대에 이어서 덴마크 군까지 격파하면서 이제는 그 누구도 넘볼 수 없는 지위를 구축하고 있었다.

각각 신교와 가톨릭을 대표하는 양대 강국인 잉글랜드와 프랑스는 여전히 '30년전쟁'에서는 한 걸음 물러서 있었다. 그렇지만 '30년전쟁'과는 별개로 두 나라는 싸움을 벌이고 있었다.

새로 프랑스 국왕이 된 루이 13세는 리슐리외 추기경의 권고를 적극 수용해서 강력한 왕권을 구축해나갔는데 위그노(프랑스 신교도)들이 종교의 자유를 보장한 낭트칙령을 준수할 것을 요구하며 중앙정부에 반기를 든 사건이 발생했다. 위그노들은 해안도시 라로셸을 점령하고서 농성에 들어갔고, 리슐리외 추기경은 즉각 진압군을 출동시켰다. 위그노들의 반란은 강력한 왕정을 목표로 하는 루이 13세에게는 절대로 용납할 수 없는 행위였다.

그런데 쉽게 진압될 줄 알았던 농성은 장기전으로 돌입했다. 잉글랜드가 위그노를 지원하고 나섰던 것이다. 리슐리외 추기경은 함대를 동원해서 라로셸을 해상봉쇄했지만 잉글랜드 함대에게 해전에서 패하면서 봉쇄는 무위로 돌아갔고, 농성은 장기전에 돌입하게 된 것이다.

이런저런 이유로 '30년전쟁'에는 직접 가담하지 않았던 두 강국은 결국 종교문제로 충돌하게 되었고, 참전이 가시화되면서 '30년전쟁'은 확대일로로 치닫고 있었다.

구석의 섬나라에서 강국으로 성장한 잉글랜드는 국왕이 제임스 1세에서 찰스 1세로 교체되었다. 찰스 1세는 왕권신수설(王權神授說)을 내세웠던 부왕 제임스 1세 못지않게 강력한 왕권을 주장하면서 의회와 번번이 충돌했는데 즉위 다음 해인 1628년에 권리청원(權利請願)에 서명하면서 양쪽은 타협을 하게 되었고, 내정을 다진 잉글랜드는 대륙을 향해 거침없는 행보를 전개하고 있었다.

그렇게 유럽이 종교전쟁의 소용돌이에 휘말려 있을 무렵에 유럽에서 멀리 떨어진 조선도 전란에 휩쓸려 있었다. 청나라 군대가 침입해오면서 인조가 강화도로 피신을 하는 정묘호란이 발발한 것이다. 4년 전(1623)에 광해군을 몰아내고 정권을 잡은 서인들은 광해군의 명청 등거리 외교를 버리고 친명정책을 고수하다 화를 자초한 것이다.

1627년(인조 5년)에 조선에는 또 하나 특기할 만한 일이 발생했다. 일본으로 향하던 네덜란드 선박 우베르케르크 호의 선원 얀스 벨테브레와 디레크 하이베르츠, 얀 피에테르츠 세 사람이 식수를 얻으려고 동래에 상륙했다가 관헌에게 체포되어 한양으로 압송된 것이다.

이들 중에서 두 사람은 호란의 와중에서 목숨을 잃었고, 박연으로 개명한 벨테브레는 조선 여인을 아내로 맞아 1남 1녀를 낳고 조선에서 새로운 삶을 찾으며 안토니오와는 반대 운명의 길을 걷게 되었다.

벨테브레 이전에도 조선의 땅을 밟았던 서양인들도 있었다. 선조 15년 (1582)에 이름이 마리이(馬里伊)라고만 알려진 서양인이 조선에 표류해왔다가 명나라로 압송된 적이 있었고, 임진왜란 때는 일본군을 따라 조선에 온 선교사와 명나라와 한편이 되어 참전을 했던 포르투갈 선원들도 있었다. 그렇지만 안토니오가 베니스에서 활약할 무렵에도 조선은 유럽 사람들에게는 여전히 은둔의 나라였다.

그런 은둔의 나라가 유럽에 비교적 소상하게 알려진 것은 1668년에 암스테르담에서 '하멜표류기'가 출간되면서부터였다. 네덜란드 선원 하멜은 효종 14년(1653)에 제주도에 표류했는데 16년 동안 조선에 머무르다 천신만고 끝에 네덜란드로 돌아가서 '하멜표류기'를 저술한 것이다.

그동안에 델 로치 상사도 큰 변화가 있었다. 기존의 합자회사 델 로치 상사 외에 새로 주식회사 캄파넬라 상사를 설립하고서 각각 알베르토와 안토니오를 내세워서 신교연합과 가톨릭동맹에 투자를 했던 조르지오 델 로치는 애초의 구상과는 달리 경영권을 잃는 참변을 겪게 되었다. 어느 쪽이 이기든 상사가 도산하는 경우를 막겠다는 생각에서 양다리를 걸쳤던 것인데 시대가 그의 편이 아니었던 것이다.

격변의 시대에는 중간에서 어정쩡한 태도를 취하는 것보다 어느 한쪽을 확실하게 택하는 쪽이 살아남을 확률이 높다. 그리고 경제 규모가 커지면서 한 가문이 상사를 좌지우지하던 시대도 지나갔다. 합자 회사의 시대가 가고 주식회사 시대가 열린 것이다. 투자자들은 정확한 예측과 과감한 결정으로 큰 수익을 올린 안토니오를 신임했고, 델 로치 상사와 캄파넬라 상사는 합병이 되었다. 소유와 경영이 분리되면서 안토니오는 델 로치 캄파넬라 상사의 총지배인이 되었고 조르지오 델 로치는 경영 일선에서 물러나게 된 것이다. 그리고 알베르토는 쓸쓸히 베니스를 떠났다.

* * *

집으로 돌아와서도 안토니오는 마음이 무거웠다. 지금도 '안토니오'라고 부르며 구에르치노가 달려올 것만 같았던 것이다. 늘 웃음을 잃지 않았던 구에르치노, 심장이 나쁘다는 것을 알고 있었지만 그래도 이렇게 갑자기 죽을 줄은 몰랐다.

"많이 피곤해 보여요. 구에르치노 일은 참으로 유감이에요. 아직 한참 일할 나이였는데."

진작부터 걱정 가득한 얼굴로 안토니오를 살피고 있던 줄리에타가 조심스럽게 말을 걸어왔다.

"좋은 사람이었는데…… 내 책임이 커."

"너무 자책하지 마세요. 구에르치노도 당신이 그러는 걸 바라지 않을 거예요."

줄리에타의 위로에 진심이 담겨 있었다. 그녀의 말이 옳다. 안토니오는 불필요한 자책은 떨어버리기로 했다. 평소에는 차분하다가도 어떤 때는 섬뜩하리만큼 강인한 면을 보이는 줄리에타에게도 세월은 어쩔 수 없는 것이어서 눈가에 잔주름이 늘고 있었다.

"그런데 줄리아는 왜 여태 돌아오지 않았소?"

"일찍 돌아오라고 했는데 오늘도 늦는군요. 그래도 줄리아에게 너무 이래라저래라 하지 마세요. 그애도 이제는 무엇이 옳고 그른지를 판단할 수 있는 나이가 되었으니까요."

제 엄마를 꼭 닮아서 전혀 동양인 티가 나지 않는 줄리아는 이제 17세의 처녀로 성장해 있었다. 미모에 성격도 활발해서 줄리아는 베니스 상류

층 사교계에서 남자들의 관심을 독차지하고 있었다.

베니스에 온 지 25년의 세월이 흘렀다. 그러면서 이제는 베니스 사람이 다 되었다고 믿고 있었는데 그래도 마음 깊은 곳에 자리 잡고 있는 관습과 생각은 어쩔 수 없는 모양이었다. 안토니오는 다 큰 처녀가 남자들과 스스럼없이 어울려 다니는 게 여전히 자연스럽게 받아들여지지 않고 있었다.

안토니오가 고향을 떠날 때의 나이인 19세가 된 아들 줄리오는 요새 집에 없다. 얼마 전부터 베니스 근교 파두아 대학에 들어갔는데 기숙사 생활을 하면서 집을 떠난 것이다. 안토니오는 줄리오가 상사원의 길을 가겠다고 하면 어떻게 할까 고심을 했는데 여동생 줄리아와는 달리 동양인 티가 나는 줄리오는 뜻밖으로 역사를 공부하고 싶다고 했다. 안토니오와 줄리에타는 아들의 뜻을 존중하기로 했다. 망설이던 안토니오와 달리 줄리에타는 선뜻 동의했는데 누구보다도 상사원의 애환을 잘 알고 있기 때문일 것이다.

"안색이 좋지 않아요. 혹시 아픈 데라도?"

"구에르치노 일 때문에 그런 것이니 걱정할 것 없소."

안토니오는 그렇게 얼버무렸지만 근자들어 몸이 이상한 것은 사실이다. 자꾸 숨이 가빠지면서 쉬 피로가 느껴졌다. 떨어져 산 날이 많다고 하지만 20년을 같이 산 줄리에타가 모를 리 없을 것이다.

"역정을 낼까봐 삼가고 있었는데 아무래도 몸에 이상이 있는 것 같아요."

줄리에타는 그냥 넘어갈 기세가 아니었다. 안토니오는 얼마 전부터 마음먹고 있었던 계획을 줄리에타에게 털어놓기로 했다.

"앞으로 각별히 신경쓰겠소. 일도 중요하지만 건강과 가정은 더 소중한 것이니까. 진작부터 생각하고 있던 것인데 상사가 자리 잡는 대로 은퇴할 생각이오. 그래서 우리 알비로 갑시다."

안토니오의 입에서 은퇴와 알비라는 말이 나오자 줄리에타의 눈이 휘둥그레졌다. 간절하게 바라는 바였지만 안토니오의 기분을 살피느라 차마 입 밖으로 내지 못하고 있던 차였다.

"정말인가요? 그렇지만 당신이 델 로치 캄파넬라 상사를 놔두고 알비에서 마음 편히 지낼 수 있을지 걱정이군요."

줄리에타는 반가우면서도 걱정이 되었다.

"오래전부터 생각하고 있었소. 당신의 고향은 내게도 고향인 셈이니까."

장인 루셀라니의 장례식 때 한 번 가본 적이 있는 이탈리아 남쪽 끝의 작은 마을 알비는 베니스와는 비교할 수 없는 촌구석이지만 송도를 연상시킬 만큼 포근하고 아늑했다. 그래서 안토니오는 조선으로 돌아갈 수 없다면 그곳에서 여생을 보내는 것도 나쁘지 않을 것이라 생각하고 있었다.

"하지만 당장은 안 되오. 여기에서 마무리 지어야 할 일이 남아 있으니까."

"알고 있어요. 아무튼 무리하지 마세요."

줄리에타는 환해져서 방을 나갔다. 저렇게 좋아하는 것을……. 안토니오는 조금 더 빨리 말해주지 않았던 게 미안했다.

밤이 깊었다. 안토니오는 옷을 챙겨 입고 정원으로 향했다. 정원 가득히 환한 달빛이 쏟아져내렸다. 줄리에타에게 말을 꺼냈으니 이제부터는 서둘러야 한다. 은퇴하기 전에 후계자를 선정해야 할 텐데 그전에 상사의 기반을 다져놓을 필요가 있다. 합병을 거쳐 주식회사 체제로 전환하면서 델 로치 캄파넬라 상사는 베니스 제일의 무역상사로 발돋움을 했지만 전망이 밝은 것만은 아니었다. 변화의 물결이 내외에서 밀려오고 있었다. 제대로 대처하지 못하면 상사는 커다란 위기를 맞게 될 것이다.

지중해교역은 쇠퇴일로를 걷고 있었다. 그리고 유리제품도 독점적 지위를 잃은 지 오래여서 고급제품은 피렌체, 보급품은 플랜더스의 업자들에게 시장을 빼앗기고 있었다. 변화에 대처하지 못하면 도태는 불 보듯 환했다. 안토니오는 사양길로 접어든 유리산업에서 손을 떼기로 했다. 그런데 새로운 투자처를 찾는 게 쉽지 않았다. 어쨌거나 마지막 일이 될 것이다. 안토니오는 서두르지 않기로 했다.

후계자를 선정하는 일은 별문제가 없을 것 같았다. 안토니오는 진작부터 포르타를 점찍고 있었다. 8세 연하의 포르타는 산 마르코 창고서기 시절부터 줄곧 봐왔는데 세상을 보는 안목이 뛰어난 데다 추진력을 겸비하고 있어서 상사를 이끌 재목으로 부족함이 없었다. 성격이 다소 급하고 참을성이 없는 게 흠이어서 신중한 구에르치노에게 보좌를 당부할 생각이었는데 갑자기 죽는 바람에 차질을 빚게 되었지만 그래도 기틀만 확실하게 다져놓으면 큰 문제는 없을 것이다.

문제는 새 투자처를 찾는 일이다. 서두를 일은 아니지만 그렇다고 마냥 끌 일도 아니다. 이미 피아제타 유리공장에서 손을 떼기로 한 마당이다.

조바심은 금물인데 근자들어 몸이 예전 같지 않았다. 안토니오는 천천히 걸음을 옮기며 문득문득 찾아오는 불안과 초조를 떨쳐버렸다.

* * *

조르지오 델 로치는 상을 잔뜩 찌푸린 채 방을 서성거렸다. 만사가 못마땅했다. 상사는 바쁘게 돌아갔지만 경영 일선에서 물러선 사람을 찾아오는 상사원은 아무도 없었다. 잊혀진다는 것은 서러운 일이다. 그리고 울화는 마음의 병을 부른다. 조르지오 델 로치는 분노와 좌절의 나날을 보내면서 마음의 병이 점점 깊어졌다.

'괘씸한 자들…… 하지만 곧 후회하게 될 것이다!'

재기의 날을 꿈꾸고 있는 조르지오 델 로치의 눈에서 시퍼런 광채가 일었다. 경영권을 되찾게 되면 그때는 피의 보복이 있을 것이다. 조르지오 델 로치는 이를 갈았다.

　델 로치 캄파넬라 상사는 이전 델 로치 상사 건물을 그대로 쓰고 있는데 대운하에 인접한 고풍스러운 분위기의 이층 건물은 조르지오 델 로치의 유일한 재산으로 델 로치 캄파넬라 상사에서 주주권리를 행사할 수 있는 지분이기도 하다. 그나마 분산투자 덕분에 건진 것이다. 그렇지만 주식회사 체제로 전환하면서 조르지오 델 로치는 소주주로 전락했고, 경영권도 박탈당한 채 7년째 유폐와 다를 바 없는 생활을 하고 있었다.

　'이대로 주저앉을 수 없다!'

　조르지오 델 로치는 경영권을 되찾기 위해서 모종의 일을 꾸미고 있었다. 그리고 이제 때가 되었다.

　"찾으셨습니까?"

　문이 스르르 열리면서 스트로치 부지배인이 조심스럽게 들어섰다. 조르지오 델 로치와 눈이 마주치자 스트로치 부지배인은 황망한 듯 얼른 고개를 숙였다.

　"어떻게 된 건가? 왜 아무런 보고가 없어?"

　조르지오 델 로치가 스트로치 부지배인을 다그쳤다.

　"알아보고 있는 중입니다."

　스트로치 부지배인이 기어들어가는 목소리로 대답했다.

　"지시한 게 언제인데 여전히 같은 대답인가! 알아보고 있기는 한 거야!"

　조르지오 델 로치가 역정을 냈다.

　델 로치 캄파넬라 상사에는 명목상 대표인 조르지오와 실제로 경영을 책임지고 있는 총지배인 안토니오 외에 5명의 부지배인이 있다. 애초에는 조르지오의 직계로 분류되는 스트로치와 첼리니 부지배인, 그리고 안토니오의 사람으로 통하는 팔라디오와 구에르치노 외에 대주주들이 감사격으로 파견한 파베네 수석부지배인과 토마소 부지배인 등 6인이었지만 구에르치노가 죽으면서 지금은 총 7인이 지배인단을 구성하고 있었다.

팔라디오와 구에르치노는 말할 것도 없고 대주주들이 파견한 두 부지배인은 안토니오를 적극 신임했다. 조르지오의 사람들도 안토니오의 지시를 거역하지 못했기에 상사 내에서 안토니오의 지위는 확고했고, 아무도 지시에 이의를 달지 못하고 있었다. 그렇지만 이대로 끝낼 수는 없다. 조르지오 델 로치는 유리공장에서 철수하는 것을 계기로 반격에 나서기로 했다.

"내가 지시를 내렸을 때는 다 대책이 있기 때문인데 왜 미적거리는 거야? 이제 와서 안토니오에게 줄을 댄다고 해서 받아줄 것 같아? 곧 포르타가 들어오고, 당신과 첼리니는 상사를 떠나게 될 거야."

조르지오 델 로치가 스트로치 부지배인에게 겁을 주었다.

"알베르토가 어떤 꼴로 상사를 떠났는지 잘 알지? 안토니오는 무서운 사람이야. 그를 상대할 수 있는 사람은 상사의 주인인 나밖에 없어."

"잘 알고 있습니다. 미적대는 게 아니고 상세히 조사를 하느라 보고가 지체되고 있는 것뿐입니다. 아무래도 인쇄는 처음이라서요."

스트로치 부지배인이 얼굴이 벌게져서 대답했다. 그의 말이 틀리지 않았다. 상사원들도 자신과 첼리니 부지배인을 대하는 게 달랐다. 벌써부터 물러갈 사람 취급을 하고 있었다.

"일에는 때가 있는 법이야. 모든 조건을 갖추고 시작하려다가는 때를 놓치는 수가 있어. 그러니 적절한 선에서 일을 벌여놓고 수습을 하다 보면 일을 도모하게 되는 거지."

조르지오 델 로치가 윽박질렀다. 그는 인쇄업에 진출하는 것으로 돌파구를 마련할 생각을 갖고 있었다. 출판물 수요가 급증하면서 인쇄업이 각광을 받고 있었다.

"그것도 잘 알고 있습니다. 곧 구체적인 방안을 올리겠습니다."

스트로치가 쩔쩔매며 대답했다. 문제는 자금이다. 그런데 지배인단회의에서 투자를 승인할지 미지수였다.

"구에르치노 후임으로 누가 거론되고 있는가?"

부지배인 선임은 주주총회에서 정하지만 대주주들은 안토니오를 전폭 신임하고 있다. 그러니 안토니오가 지목한 자가 부지배인이 될 것이다.

"글쎄요, 그와 관련해서 총지배인은 아직 공식으로 의사를 밝히지 않았지만 아무래도 포르타가 유력하지 않겠습니까?"

스트로치가 기어들어가는 목소리로 대답했다. 조르지오 델 로치는 상을 찡그렸다. 예상 못했던 바는 아니지만 그래도 심기가 거슬렸던 것이다. 그렇게 되면 자기와 스트로치, 첼리니가 찬성을 한다고 해도 안토니오와 팔라디오, 포르타가 반대를 하면 3 대 5가 되어 투자 승인 건은 부결될 것이다. 대주주들이 파견한 두 부지배인은 모든 것을 안토니오에게 일임하고 있었다.

"좋아, 밀어붙여! 투자승인은 신경쓰지 말고!"

"아무리 사업전망이 밝다고 해도 자금 없이 일을 추진할 수는 없습니다."

스트로치가 난색을 표했다.

"자금은 신경쓸 것 없어! 내가 마련할 테니까."

조르지오 델 로치가 호언을 했다. 부동산 가격이 폭등을 하면서 조르지오 델 로치 소유의 상사 건물도 값이 많이 올랐다. 자산재평가를 하면 당연히 조르지오 델 로치의 지분이 늘어날 것이고 그만큼 발언권도 세질 것이다. 그래도 대주주들이 반대를 하면…….

잠시 주춤했던 조르지오 델 로치는 안토니오의 얼굴이 떠오르자 분노가 치밀어올랐다. 멀리 동양에서 온 이방인에게 상사를 빼앗길 수는 없다.

조르지오 델 로치는 이를 악물었다. 지배인단회의에서 끝까지 반대하면 지분을 빼서 독자적으로 추진할 각오였다.

* * *

부지런히 장부를 뒤적이는 팔라디오 부지배인의 이마에 땀이 송글송글 맺혀 있었다. 구에르치노의 업무를 인수하는 중인데 양이 엄청났던 것이다.

"빠뜨리지 않고 전부 살피려면 시일이 제법 걸릴 것 같은데 아무튼 최대한 빨리 끝내겠습니다."

"서두르지 않아도 괜찮아. 구에르치노가 하던 일이니 문제는 없을 거야."

안토니오가 지레 겁을 먹고 있는 팔라디오 부지배인을 안심시켰다.

"피아제타 유리공장 말인데, 우리 지분을 인수하겠다는 곳이 제법 됩니다. 유리가 사양길로 접어들었다고 하지만 그래도 아직은 어느 정도 수익을 보장해주니까요."

팔라디오 부지배인은 유리에서 손을 떼는 게 못내 아쉬운 모양이었다.

"좋은 조건으로 넘기려면 아직은 수익을 낼 수 있을 때 넘겨야 해. 그래야 인수한 곳도 투자금을 회수할 수 있을 테니."

세월이 많이 흘렀지만 안토니오는 여전히 '거래에서 제일 먼저 고려해야 하는 것은 상대방의 이익'이라는 송상훈(松商訓)을 잊지 않고 있었다. 내 이익만 챙기는 상인은 오래가지 못한다. 나와 거래를 하면 이익을 본다는 확신을 상대의 가슴에 심어주는 사람이 진정한 대상(大商)이다.

"그런데 회수한 자금을 어떻게 하실 생각입니까? 마땅한 투자처를 생각해놓았습니까?"

앉아서 장부를 정리하는 회계업무일보다는 거래처를 찾아다니면서 영업을 하는 게 적성에 맞는 팔라디오 부지배인이 새 사업에 큰 관심을 보였다.

"여러 가지를 고려 중이네."

"구에르치노의 서류를 보니 국영조선소 불하를 염두에 두고 있는 것 같던데, 사실입니까?"

팔라디오 부지배인이 왜 자기에게는 아무런 언질을 주지 않았냐며 섭섭한 표정을 지었다.

"정청에서 불하할 거란 소문이 돌기에 검토하라고 지시했던 것뿐이야. 어쨌든 그 일도 팔라디오가 맡도록 해. 그리고 아직은 검토 단계에 불과하니까 구에르치노가 그랬던 것처럼 조용히 처리하도록."

"그 일이라면 염려 마십시오."

팔라디오 부지배인의 얼굴이 환해졌다. 자신에게 어울리는 일을 맡은 것이다.

"구에르치노 후임 말인데…… 포르타를 생각하고 있다."

"좋겠지요. 반대하는 사람이 없을 겁니다. 사실 그동안 포르타에게 빚을 지고 있던 기분이었는데 이제야 마음이 가벼워지는군요."

팔라디오 부지배인이 즉각 찬성하고 나섰다. 3년 전 부지배인 자리가 비면서 포르타와 팔라디오가 물망에 올랐을 때 안토니오는 팔라디오를 택했고 포르타는 선선히 물러섰다. 아직은 현장에서 더 뛸 필요가 있다고 판단했던 것이고 포르타는 그런 안토니오의 마음을 십분 이해했던 것이다.

"포르타의 귀국이 늦어지고 있군. 무슨 일이 생긴 건 아닌가?"

"글쎄요. 현지에서는 아무런 연락이 없었습니다."

포르타도 자기가 이번에 베니스로 돌아가면 부지배인으로 승진할 거란 사실을 짐작하고 있을 것이다. 그런데 왜 아무런 기별 없이 귀환이 지연되고 있을까. 매사에 빈틈이 없는 사람이어서 안토니오는 큰 걱정을 하지는 않지만 그래도 빨리 왔으면 하는 바람이었다. 진작부터 조선소 인수를 마음에 두고 있었던 안토니오는 협상은 포르타에게, 자금관리는 구에르치노에게 맡길 생각이었다. 그런데 구에르치노가 갑자기 죽으면서 그 일을 팔라디오에게 맡기게 된 것이다.

팔라디오가 돌아가자 안토니오는 조선소를 인수하는 문제를 생각해 보았다. 피아제타 유리공장에서 투자분을 회수하는 것이나 정청으로부터 베니스 만에 위치한 국영조선소를 인수받는 일은 큰 문제가 없을 것 같았다. 그렇지만 막대한 자금을 들여서 대형 조선소를 인수해놓고서 건조물량을 수주받지 못하면 타격이 클 것이다.

문제는 건조물량을 지속적으로 확보할 수 있느냐는 것인데…… 지중해 시대가 가고 대서양 시대가 도래하면서 지중해 항해용인 갈레선은 각광을 잃어갔고, 조선소의 일감은 날이 갈수록 줄어들고 있었다. 정청에서 조선소를 불하하겠다고 나선 것도 그런 이유 때문이다.

— 모든 것을 포르타에게 맡기고 은퇴할까.

그런 생각도 들었다. 그렇지만 마음 편히 은퇴하기에는 아직 델 로치 캄파넬라 상사의 미래가 불투명했다. 규모는 괄목성장했지만 급변하는 환경에서 살아남을 수 있을지는 미지수였다.

"혼자 있었군. 마침 잘됐네. 상의할 게 있는데."

조르지오 델 로치가 총지배인실로 들어섰다. 무슨 얘기를 꺼내려는지 얼굴에 웃음이 가득했다.

"무슨 일입니까? 델 로치 님."

안토니오는 예우를 소홀히 하지 않았다. 주식회사로 바뀌면서 소액 주주에 불과했고, 경영권도 상실했지만, 그래도 델 로치 상사의 주인이었고 은인인 스테파노 수사의 사촌동생이다.

"유리공장에서 철수하기로 했다고 하던데 그래 대체 투자처는 찾았소?"

조르지오가 안토니오의 눈치를 살피며 물었다.

— 이 사람이 경영에 복귀하려고 하는구나.

안토니오는 직감적으로 조르지오의 속내를 눈치챘다. 조르지오는 예전에 비해서 풀이 많이 죽었지만 그래도 명문가 출신답게 도도한 태도는 여전했다.

"그렇습니다. 그런데 아직 구체적인 시기는 정하지 않았습니다."

안토니오는 구체적인 언급을 피하면서 조르지오의 의도를 살피기로 했다.

"내 생각인데 빠를수록 좋을 것 같소."

빠른 것을 좋아하다 델 로치 상사를 들어먹고, 경영권마저 박탈당했건만 조르지오는 벌써 그런 사실을 잊은 모양이었다.

"자금을 회수하는 것은 어렵지 않습니다. 우리 지분을 인수하겠다는 곳이 있으니까요. 그리고 피아제타 공장에 적립해놓았던 유보금도 상당액이 되고. 그렇지만 마땅한 대체 투자처를 찾는 게 쉽지가 않습니다."

안토니오는 원론에 가까운 대답을 하며 조르지오가 먼저 속마음을 드러내기를 기다렸다. 예우 차원에서도 조르지오의 제안을 일언지하로 거절할 수는 없다. 그렇다면 섣불리 얘기를 꺼내지 못하도록 부정적인 분위기로 몰고 가는 게 좋을 것이다.

"당연히 그렇겠지. 그래서 말인데…… 스트로치 말로는 앞으로 출판업이 유망할 것 같다고 하던데. 내 생각에도 인쇄소에 투자를 하면 좋을 것 같고……."

조르지오는 안토니오의 의도를 눈치라도 챈 듯 거두절미하고 정곡을 찌르고 나섰다. 인쇄소에 투자하겠다는 것은 경영 일선에 복귀하겠다는 의미도 포함되어 있었다.

"인쇄소라…… 출판물 수요가 늘고 있기는 하지요."

안토니오는 난감했다. 벌써 거기까지 움직였단 말인가. 안토니오는 조르지오가 경영 일선에 복귀하는 것을 반대하고 있었다. 조르지오의 능력은 부친 루이지 델 로치를 절대로 넘지 못하고 있었다. 그런데 환경이 급변했다. 지중해 시대는 갔고, 무역상사들은 주식회사로 바뀌면서 전문경영인들이 상사를 맡고 있었다. 그래서 안토니오는 조르지오를 책임으로부터 자유로운 자리에 앉혀두고서 창업자의 후손으로 예우해줄 생각이었다. 그런데 조르지오는 그것에 만족할 수 없는 모양이었다.

"그리고 구에르치노 후임 말인데…… 당신은 누구를 생각하고 있소?"

조르지오는 인사에도 개입할 생각인 모양이었다.

"포르타를 염두에 두고 있습니다."

안토니오가 결연한 어조로 대답했다. 예우는 하겠지만 인사에 개입하는 것은 용납지 않겠다는 뜻을 분명히 한 것이다.

"포르타라…… 좋겠지. 그럼 포르타가 돌아오는 대로 지배인단회의를 열도록 합시다. 그 자리에서 인쇄소 투자도 논의하면 좋을 것 같은데."

조르지오는 포르타를 선임하는 데 반대하지 않을 테니 당신도 인쇄소 투자 건을 내게 맡겨달라는 투로 말을 맺고는 방을 나갔다.

안토니오는 착잡했다. 일을 수습하고 은퇴를 하려는 참인데 신경써야 할 일이 하나 더 늘어난 것이다. 그런데 인쇄소라…… 사실 안토니오도 인쇄업에 진출하는 것을 고려해본 적이 있었다. 그렇지만 확신이 서지 않기에 생각을 접었던 것인데 느닷없이 조르지오가 인쇄업을 들고 나선 것이다. 안토니오는 냉정하게 인쇄소 투자를 다시 생각해보기로 했다.

금속활자가 실용화되면서 책을 비롯한 각종 인쇄물의 수요가 급증하고 있는 것은 사실이다. 조르지오가 눈독을 들이는 것은 일리가 있었다. 그렇지만 간과해서는 안 될 사실이 있다. 지금 인쇄물은 비스듬한 형태로 멋을 한껏 부린 이탈리아 활자체와 간결하면서도 강렬한 네덜란드의 고딕 활자체가 경쟁을 벌이고 있는데 머지않아 둘 중 하나가 전체 인쇄물을 장악하게 될 것이다. 안토니오는 이탈리아 활자체가 이기리라 장담하지 못했기에 발을 뺐던 것이다.

그런데 조르지오는 어디까지 알아봤고, 얼마나 확신을 가지고 있길래 인쇄업으로 진출하겠다는 것일까. 스트로치를 내세워서 일을 추진하고 있는 것 같은데 안토니오가 보기에 스트로치는 포르타는 물론, 팔라디오 에게도 한참 미치지 못하는 자였다.

그럼 조선소는……? 그쪽도 예측할 수 없기는 마찬가지였다. 수주는 캐렉 선 위주로 진행되는 판에 베니스의 조선소는 여전히 갈레 선만 건조 하고 있었다. 캐렉 선을 지을 기술이 부족했던 것이다. 그런 마당에 덜컥 조선소를 인수하는 것은 장래가 불투명한 인쇄업에 뛰어드는 것과 다를 바 없었다.

인쇄소냐 조선소냐. 전혀 바라는 바가 아니었지만 어쩌면 이 일로 조 르지오와 정면으로 충돌하게 될지도 모른다는 예감이 스치고 지나갔다.

* * *

포르타는 건강했고, 여전히 자신만만한 얼굴이었다.

"1년 만인가? 잘 왔네."

안토니오는 활짝 웃으며 베니스로 돌아온 포르타를 반갑게 맞아주었다.

"정확하게 1년 3개월 만입니다. 다시 뵙게 되어 기쁩니다. 그런데 구에 르치노를 생각하니 가슴이 아프군요."

포르타가 뒤늦은 애도를 표했다.

"그래, 좋은 친구였는데. 그런데 예정보다 늦은 것 아닌가?"

안토니오가 포르타를 살피며 물었다. 이유 없이 늦게 돌아올 그가 아 니었다.

"사실은 어딜 좀 들렀다 오느라 조금 늦었습니다. 곧장 달려왔으면 구 에르치노의 장례식에 참석할 수 있었을 텐데……."

"도대체 어딜 들렀다 오는 건데?"

안토니오는 직감적으로 포르타가 무슨 일을 꾸미고 있다는 사실을 감지했다.

"툴롱입니다."

포르타는 안토니오를 빤히 쳐다봤다. 이만하면 감이 오지 않느냐는 투였다. 툴롱은 지중해에 연한 프랑스의 군항(軍港)이다. 그렇다면…….

"라로셀 때문인가?"

"하하하, 역시 총지배인님이군요. 그렇습니다. 아무래도 미리 손을 써 놓는 게 좋을 것 같아서."

포르타가 호쾌하게 웃었다.

프랑스 라로셀은 포르타가 주재했던 보르도 인근의 소도시인데 얼마 전에 그곳 앞바다에서 프랑스와 잉글랜드 해군이 격렬한 해전을 벌였다. 위그노를 지원하는 잉글랜드를 저지하기 위해서 프랑스 해군이 출동했던 것인데 결과는 프랑스의 참패였다. 프랑스가 대륙의 강국일지언정 바다의 왕자는 잉글랜드였던 것이다.

역시 포르타였다. 벌써 거기까지 내다보고 있었단 말인가. 안토니오는 새삼 포르타를 후계자로 선정하기를 잘했다는 생각이 들었다. 그 일은 안토니오도 은밀히 알아보고 있던 중이었다.

"하지만 프랑스가 움직인다는 보장이 없지 않은가?"

안토니오는 그동안 정말로 알고 싶었던 사실을 입에 담았다. 자기와 같은 생각을 하고 있는 포르타의 의견을 듣고 싶었던 것이다.

"프랑스의 리슐리외 추기경은 절대로 그대로 물러설 사람이 아닙니다. 반드시 설욕에 나설 것입니다."

포르타가 단언을 했다. 즉 프랑스는 대대적으로 전함 건조에 나설 것이란 뜻이다.

"하지만 외국에 발주할 것이란 보장은 없지 않은가?"

"그래서 툴롱에 들렀다 온 겁니다. 설욕을 하려면 대형 전함이 여러 척 필요한데 프랑스의 건조 능력은 그에 미치지 못합니다. 당연히 부족한 부분을 외국에서 사와야 할 텐데 전쟁의 상대방인 잉글랜드는 안 될 테고 그다음은 스페인과 네덜란드인데 둘은 각각 잉글랜드의 도움으로 종교 전쟁과 독립전쟁을 치르는 중입니다."

여기까지 단숨에 말한 포르타는 흥분이 되는지 물을 찾았다. 전부 일리가 있는 말이다. 해군 전력으로 보면 잉글랜드가 제일 앞이고 그다음이 스페인과 네덜란드다. 그런데 그들이 전부 아니라면 그다음은……

"그다음은 베니스와 제노바라고 봐야 합니다. 그렇다면 빨리 국영 조선소를 인수해서 프랑스로부터의 대량 수주에 대비해야 합니다."

포르타는 안토니오가 마음에 담고 있었던 계책을 일거에 설파해나갔다. 가히 안토니오의 복심(腹心)이라는 별칭에 손색이 없었다.

"툴롱에서는 누구를 만났는데?"

천군만마를 얻은 기분이지만 안토니오는 신중하게 대하기로 했다. 그만큼 중대사고, 변수가 많은 일이다.

"전체 분위기를 살폈을 뿐, 특별히 누구를 만나지는 않았습니다. 하지만 프랑스 해군의 결의는 피부로 느껴졌습니다. 머지않아 대대적인 반격이 있을 겁니다."

툴롱은 프랑스 함대의 모항이다. 포르타는 프랑스 해군의 동향을 살피기 위해 그곳에 들렀던 것이다. 프랑스의 전함 건조 능력이 크게 떨어진다는 사실은 굳이 더 확인할 필요가 없었다.

"리슐리외 추기경의 성품에 대해서는 총지배인님도 잘 알지 않습니까? 절대로 지고 못 사는 사람입니다. 그런 판에 지금 잉글랜드는 자꾸 프랑스를 자극하고 있습니다. 얼마 전에는 '바다의 제왕'이 라로셀 앞바다까지 진출해서 시위를 벌이고 돌아갔습니다."

'바다의 제왕'은 잉글랜드가 최근에 건조한 최신형 전함으로 배수량이 1천 톤이나 되는 대형 캐렉 선이다.

"프랑스가 보복전에 나설 것이라고 해도 갈레 선을 택할까? 잉글랜드 해군은 대형 캐렉 선도 보유하고 있는 판에."

"사실 그게 제일 큰 문제입니다. 솔직히 하루아침에 캐렉 건조기술을 익힐 수는 없고……. 하지만 갈레 선도 나름대로 장점이 있지 않겠습니까? 어떻게 해서든 프랑스를 설득해봐야지요."

포르타는 그런 일이라면 당신의 장기잖아 하는 눈빛으로 안토니오를 쳐다봤다.

"사실은 조선소를 인수할 자금이 부족하다. 여의치 않으면 외부에서 투자를 끌어들여야 해."

안토니오는 포르타에게는 모든 것을 밝히기로 했다.

"그게 무슨 말씀입니까? 자금은 충분한 걸로 알고 있습니다."

포르타가 깜짝 놀랐다.

"어쩌면 회수금의 일부를 인쇄업에 투자하게 될지도 모른다."

안토니오는 조르지오와의 일을 간략하게 설명했다. 안토니오는 회수금의 일부를 떼어줄 생각을 하고 있었다. 행여 지분을 빼서 독립하겠다는 것만은 막고 싶었던 것이다.

"그런 일이 있었군요. 하긴 총지배인님 입장에서는 매정하게 거절하기 힘들었을 겁니다."

안토니오가 사적으로는 정이 많은 사람이라는 사실을 잘 아는 포르타는 난감한 표정을 지으면서도 고개를 끄덕였다.

"어쨌거나 조선소는 인수하겠다."

"당연히 그래야겠지요. 그것만이 델 로치 캄파넬라 상사가 살아남는 길일 테니까요."

"그렇다면 문제는 예상보다 줄어든 자금과 프랑스 해군으로부터 수주를 받는 일, 그리고 빠른 시일 내에 조선소를 재정비하는 일인데…… 외부에서 투자를 받는 일은 팔라디오에게 맡길 생각이다."

그렇게 되면 프랑스로부터 전함 건조를 수주받는 일과 건조능력을 늘리는 일이 남는다.

"욕심으로는 '바다의 제왕'보다 더 우수한 전함을 보유하고 싶겠지요. 하지만 현실적으로 불가능한 일 아닙니까."

포르타의 말대로다. '바다의 제왕'에는 18파운드짜리 대형 함포가 장착되어 있다. 지난번 라로셀 해전에서 프랑스 함선들은 18파운드 함포에 맥을 못 추고 퇴각을 했다. 그런데 18파운드 대형 함포를 제작할 수 있는 나라는 잉글랜드뿐이다.

"대양에서의 해전이라면 대형 함포가 결정적이겠지만 좁은 해협에서의 싸움이라면 기동성에서 뛰어난 갈레 선도 그런대로 쓸모가 있을 거야."

"바로 보셨습니다. 함포가 아무리 커도 해안포를 당해낼 수는 없지요. 25파운드짜리 해안포가 지원을 하면 갈레 선도 대형 전함을 상대할 수 있을 겁니다. 기동성을 이용해서 치고 빠지는 전술을 구사할 수 있을 테니까요."

포르타를 상대할 때는 긴 설명이 필요 없다.

"그래도 '바다의 제왕'을 상대하려면 최소한 10파운드 대포는 장착해야 할 텐데."

"그 정도는 되어야 프랑스 해군 당국자들을 설득할 수 있을 겁니다."

"하면 어떻게 프랑스 당국을 설득하느냐는 것과 어떻게 갈레 선에 10파운드 대포를 장착하느냐는 것이 남은 과제가 되겠군."

"그렇습니다. 하지만 아쉽게도 지금 베니스 조선소 기술로는 5파운드 대포 이상은 무리입니다.”

현실적인 벽에 부딪히자 자신만만하던 포르타의 얼굴이 어두워졌다. 안토니오는 생각에 잠겼다. 둘 중 하나도 쉽지 않을 것 같았다. 거기에 조르지오가 추진하려는 인쇄소도 신경이 쓰였다. 인쇄업이 유망하다는 데는 이견이 없지만 이탈리아 활자체가 주류를 이룰 것이라고 장담할 일이 아니었다. 잘못했다가는 양쪽에서 쫓기게 된다. 그렇게 되면 델 로치 캄파넬라 상사는 자칫 도산하게 될지도 모른다.

“제가 상황을 너무 낙관적으로 본 것 같습니다.”

안토니오가 신중한 태도를 취하자 포르타가 조심스럽게 입을 열었다.

“아니, 프랑스에서 전선을 대량 발주할 것이라는 예측은 아주 유용한 것이다. 넘어야 할 난관이 있지만 당장은 그것만으로도 큰 도움이 된다.”

안토니오가 포르타를 격려했다.

“그렇습니다. 우리가 언제 조건을 다 갖추고서 시작했던 적이 있습니까. 가능성이 보이면 두려움 없이 밀어붙이면서 여기까지 오지 않았습니까.”

포르타의 얼굴이 환해졌다.

“그런데 방금 지적했던 두 가지 문제 외에도 고려해야 할 게 하나 더 있네. 자금이 그리 넉넉하지 못하다는 사실이네.”

“인쇄소 때문이로군요.”

“그래. 조르지오 님은 인쇄소에 투자하는 것으로 재기의 발판을 마련하려는 것 같아.”

“재기의 발판이라면 경영 일선으로 복귀하겠다는 겁니까? 대주주들이 반대할 겁니다.”

“그래서 더 밀어붙이는 것 같아. 반대를 하면 지분을 빼겠다고 할지도 모르지.”

그렇게 되면 델 로치 가문은 델 로치 캄파넬라 상사에서 완전히 떨어져나가게 된다. 안토니오는 왠지 주인의 등에 칼을 꽂는 기분이 들었다.

"인쇄업이 나름 유망하다는 사실은 인정합니다. 하지만 델 로치 캄파넬라 상사의 앞날을 걸기에는 여러모로 부족합니다."

포르타 역시 부정적이었다. 안토니오는 난감했다. 외부에서 자금을 끌어들여도 모자랄 판에 회수금 일부를 떼어서 다른 데 투자를 해야 할 판이다. 프랑스 당국의 요구를 맞추려면 신형 갈레 선을 건조해야 하고, 그러기 위해서는 대규모 자금이 투입되어야 한다. 그런데 상황은 반대로 가고 있었다.

"하면 증자를 할 생각입니까? 아니면 자금을 빌리는 쪽으로?"

"어느 쪽도 지금 상태로는 전망이 밝지 못하네."

안토니오가 고개를 가로저었다.

"다시 툴롱에 가서 상세한 정보를 수집해올까요?"

포르타는 몸이 달았다. 델 로치 캄파넬라 상사가 일어서느냐 주저앉느냐가 여기에 달려 있다. 어떻게 해서든 투자자를 끌어들이고 자본가를 설득해야 한다.

"서두를 것 없다. 부지배인으로 선임이 되었으니 모레 지배인단회의에 참석한 후에 떠나도록."

"그렇게 하겠습니다. 그럼 부지배인으로 승진한 기념으로도 꼭 이번 일을 성사시키겠습니다."

포르타가 강한 의욕을 보였다. 그런 포르타를 보며 안토니오는 마음 든든했다. 새삼 믿고 맡길 수 있겠다는 생각이 든 것이다.

혼자 남자 문득 칠천량에서의 해전이 떠올랐다. 요란했던 총성과 작렬했던 포탄, 여기저기서 들려오던 아우성과 비명. 그리고 연기 속에서 모습을 드러낸 왜병들. 그렇게 포로의 삶이 시작되었고 우여곡절 끝에 베니스로 오게 되어 델 로치 캄파넬라 상사의 총지배인이 되었다. 그리고 해전과 관련이 있는 일을 마지막 사업으로 선택하려 하고 있다. 안토니오는 거역할 수 없는 운명과도 같은 힘을 느끼며 최후의 순간까지 최선을 다할 것을 다짐했다.

* * *

"저를 부지배인으로 선임해주신 주주 여러분들에게 감사의 말씀을 드립니다. 그리고 추천해주신 조르지오 델 로치 님, 안토니오 코레아 님, 그리고 선임 부지배인님들께도 감사의 말씀을 드립니다. 델 로치 캄파넬라 상사의 번영을 위해서 최선을 다하겠습니다."

포르타는 지배인단회의에서 소감을 밝혔다. 평소의 그답게 당당함을 잃지 않았지만 그래도 흥분을 감추기 힘들었는지 목소리가 조금 떨렸다. 포르타가 부지배인이 된 것에 대해서 불만을 표하는 사람은 없었다. 그만큼 안토니오의 권위는 절대적이었다.

포르타가 인사말에서 언급한 것처럼 오늘 회의에는 조르지오가 참석을 했다. 경영 일선에서 물러난 후로 공식행사에 일절 모습을 드러내지 않던 그가 지배인단회의에 참석한 것은 예삿일이 아니다. 그런 이유로 회의장에는 긴장된 분위기가 흘렀다.

회의는 조르지오와 안토니오를 위시해서 파베제 수석부지배인과 토마소 부지배인, 스트로치 부지배인, 첼리니 부지배인, 팔라디오 부지배인과 새로 선임된 포르타가 자리를 했다. 이들 중에서 파베제와 토마소는 주주총회에서 선임된 사람들이고 스트로치와 첼리니는 안토니오가 델 로치 상사에 입사하기 전부터 일했던 사람들로 조르지오에게 동정적이다. 반면에 팔라디오와 포르타는 안토니오의 사람들로 꼽히고 있었다.

"주변정세는 하루가 다르게 변하고 있고 경영여건은 날이 갈수록 어려워지고 있습니다. 베니스의 자존심이었던 유리제품도 이제는 다른 곳과

경쟁을 벌여야 하는데 운송비와 인건비를 감안하면 비교 열세에 놓이는 경우도 적지 않습니다."

안토니오가 운을 떼었다. 침통한 분위기였다.

"그래서 고심 끝에 피아제타 공장에서 손을 떼기로 했습니다. 피렌체와 플랜더스의 업자들과 무리한 경쟁을 지속하느니 새로운 사업을 찾기로 했습니다."

아무도 이견을 제시하는 사람이 없었다. 이미 기정사실로 굳어진 것을 확인하는 자리였다. 공식안건은 유리공장에 투자했던 자금을 회수하는 것과 포르타를 새로 부지배인으로 선임한 것. 둘 다 별다른 이견 없이 종결되었다.

그렇지만 사람들은 그게 전부가 아니라는 사실을 잘 알고 있었다. 얼마 전부터 조르지오가 경영에 복귀하려 한다는 말이 떠돌고 있었다. 그런데 안토니오 총지배인이 찬성을 할까. 알 수 없지만 아무튼 안토니오가 대주주들로부터 절대적으로 신임을 받고 있는 만큼 안토니오가 반대를 하면 복귀는 힘들 것이다. 팔라디오와 포르타 외에 대주주들이 선임한 부지배인 두 사람은 전적으로 안토니오를 따르고 있었다.

"그러면 피아제타 공장에서 회수한 자금을 어디에 투자할 것인지를 정해야 할 것 같군. 의견들을 얘기해보시오."

조르지오가 마치 최고경영자로 복귀라도 한 듯 발언하고 나섰다.

"향후 출판물의 수요가 크게 늘어날 것으로 예상되는바, 인쇄업에 진출하는 게 좋을 것으로 사료됩니다."

그러자 기다렸다는 듯이 스트로치 부지배인이 답을 하고 나섰다. 사람들의 시선이 일제히 안토니오에게 쏠렸다. 안토니오가 그 문제는 나중에 따로 논의하는 것이 좋겠다고 하면 그것으로 회의는 종결될 것이다. 조르지오는 다시는 공식석상에 모습을 드러내지 못할 것이고 스트로치 부지

274

배인은 다른 부지배인들은 물론 휘하의 상사원들로부터도 따돌림을 받게 될 것이다. 그런 사실을 잘 알고 있기에 스트로치 부지배인은 잔뜩 긴장해 있었다.

"구체적인 계획이 있거든 말해보시오."

그런데 안토니오가 스트로치에게 발언 기회를 주었다. 하면 조르지오와 사전에 얘기가 되었던 것일까. 사람들은 어쩌면 조르지오에 대한 예우일지 모른다고 생각했다.

"그러니까……."

막상 일을 벌이려니 겁이 나는지 스트로치가 더듬거렸다. 어쩔 수 없이 조르지오의 뜻을 따랐지만 안토니오를 적으로 돌리는 일만은 피하고 싶었던 것이다.

"인쇄물 수요가 증가하고 있다는 사실은 나도 알고 있소. 그렇지만 새로운 투자처를 개발하는 일은 신중을 기해야 할 것이오. 스트로치 부지배인은 투자 규모를 어느 정도 예상하고 있소?"

회계전문가인 파베제 수석부지배인이 투자 규모를 물었다.

"그러니까 일단 베니스에서 어느 정도 규모가 있는 인쇄소 다섯 군데를 선정해서 분산투자를 할 계획입니다. 총투자규모는 실사를 마친 후에 결정하겠습니다."

스트로치가 어물거렸다. 이쪽저쪽 눈치를 보느라 죽을 맛이었다.

"말 그대로 새로운 투자처 물색은 델 로치 캄파넬라 상사의 앞날을 결정하는 중요한 일입니다. 총투자금액도 산정하지 않은 채 그렇게 두루뭉술하게 넘어가면 곤란합니다."

포르타가 나섰다. 승진한 부지배인은 첫 회의에서는 발언을 자제하는 게 상례지만 더 이상 듣고만 있을 수 없었던 것이다.

"하면 포르타는 마땅한 투자처를 염두에 두고 있다는 말인가?"

파베제 수석부지배인이 흥미를 보였다. 대책 없이 말을 꺼낼 사람이 아니라는 사실을 잘 알고 있었다.

"그러니까……."

"오늘 회의는 포르타를 부지배인으로 선임하는 것과 피아제타 공장에서의 철수를 결정하는 것으로 끝을 맺겠습니다. 새로운 투자처를 발굴하는 일은 내가 일단 대주주들을 만나고 난 후에 다시 회의를 소집하겠으니 그리 알고 구체적인 계획을 마련해주십시오."

안토니오가 포르타를 막고 회의를 종결시켰다.

"왜 그럽니까? 시간이 마냥 있는 게 아닙니다. 스트로치 얘기를 들어보니까 인쇄소 투자라는 게 별거 아닌 것 같던데 한 10만 두카트쯤 떼어주고 시작해도 되지 않겠습니까. 조선소 일이 진행되면 투자를 하겠다는 사람이 나설 겁니다. 대주주들을 설득해서 기채동의를 받아도 되고."

총지배인실로 따라온 포르타가 이해할 수 없다는 표정을 지었다.

"조선소 인수는 지배인단회의에 올리기에는 아직 일러."

안토니오가 고개를 가로저었다.

"꾸물대다 기회를 놓치는 수가 있습니다!"

포르타가 강하게 항의했다. 경영에 대해서 전권을 행사하고 있고, 대주주들로부터 전폭적인 신임을 받고 있는 마당이다. 그런데 왜 평소의 안토니오답지 않게 망설인단 말인가. 꾸물대다 기회를 놓치는 수가 있다.

물론 안토니오가 그걸 모를 리 없다. 그렇지만 조르지오가 끼어든 마당이다. 일이 그렇게 간단하지 않게 된 것이다. 조르지오의 성품을 누구보다 잘 아는 안토니오다. 반대를 하면 그는 지분을 빼서 독립하겠다고 할 것이다. 그렇게 되면 일이 복잡하게 꼬일 것이다. 어쨌거나 그는 델 로치 가문의 상속자다. 그런 그가 상사를 떠나는 것은 간단한 일이 아니다. 상사 길드와 정청에는 델 로치 가문과 오랜 인연을 맺고 있는 사람들이

276

여럿 있다. 그들을 적으로 돌리면 조선소 인수는 힘들어질 것이다.

"당장은 너무 막연해. 프랑스가 잉글랜드와 대규모 해전을 벌일 것이란 것도, 베니스에게 전함을 발주할 것이란 것도, 또 빠른 시일 내에 건조능력을 확보하겠다는 것도 전부 희망사항에 불과해."

주주들과 상사 길드, 그리고 정청 관리들이 이견을 제시하지 못하도록 설득하려면 막연한 기대 가지고는 부족하다. 보다 확실한 정보가 필요하다.

"좋습니다. 그럼 프랑스로 가서 책임자를 만나서, 보증을 받아오겠습니다."

포르타는 당장이라도 떠나려는 듯 몸을 일으켰다.

* * *

그렇게 안토니오가 포르타를 상대로 계획을 논의하고 있을 무렵에 조르지오도 스트로치와 함께 대책을 숙의하고 있었다.

"델 로치 님, 왜 가만히 계신 겁니까? 안토니오는 본론도 꺼내기 전에 서둘러 회의를 마쳤습니다."

스트로치가 항의를 했다. 비장한 각오로 일을 벌인 마당이다. 그런데 조르지오가 의외로 소극적으로 나섰던 것이다.

"답답하군. 당신 도대체 일을 어떻게 추진할 셈이야?"

조르지오가 도리어 역정을 냈다.

"예? 그야 베니스 인쇄소 중에서 그런대로 규모를 갖춘 다섯 군데를 선정해서 2만 두카트씩 투자를 할 계획입니다."

"됐어. 그래서 일단 물러서기로 한 거야. 알아보라고 했더니 겨우 그 정도였나? 앞으로는 내가 직접 나설 테니까 업자들을 내게 데리고 와."

조르지오가 혀를 끌끌 찼다. 10만 두카트에 성이 찰 그가 아니었다.

'인쇄업을 통해서 명예를 회복하고 상사도 도로 찾겠다!'

조르지오는 이를 갈았다.

그런데 안토니오는 무슨 생각을 하고 있는 걸까. 짐작건대 그도 새 투자처를 선정해놓은 것 같은데 그게 뭘까. 알 수 없지만 포르타와 관련이 있는 것 같았다. 하면 알베르토에 이어서 이번에는 내가 안토니오와……. 조르지오는 얼굴이 벌게졌다. 잘못했다가는 가문 대대로 이어오는 상사를 이방인, 그것도 먼 동쪽에서 맨몸으로 베니스에 당도한 동양인에게 빼앗기게 될지 모른다는 생각이 든 것이다.

* * *

"웬일로 이렇게 갑자기 찾아왔소?"

베니스의 부호며 델 로치 캄파넬라 상사의 대주주인 구스토디가 하인의 부축을 받으며 응접실로 들어섰다.

"급히 상의드릴 게 있어서 찾아왔습니다."

안토니오는 일어서며 대주주에게 예의를 표했다. 대주주들을 대표하고 있는 구스토디는 안토니오를 전폭 신뢰하고 있었다.

"무슨 일이기에? 유리공장에서 철수할 거란 얘기는 들었소."

구스토디가 자리를 잡으며 물었다. 베니스를 사실상 통치하는 '10인위원회'의 전임 위원이기도 한 그는 델 로치 상사와 캄파넬라 상사가 합병했을 때 적극 지원했고, 안토니오에게 총지배인 자리를 맡겼던 인물이다. 구스토디는 안토니오에게 델 로치 캄파넬라 상사의 경영을 일임했지만 안토니오는 중요한 결정을 내릴 때는 사전에 구스토디와 상의를 하고 있었다.

"그렇습니다. 유리는 이제 경쟁력을 상실했습니다. 수익률이 계속 떨어지고 있습니다. 그래서 투자금을 회수해서 새로운 사업을 시작하려고 합니다.”

“그야 당신이 어련히 알아서 추진하겠소만, 그래 마음에 둔 사업이 있
소?”

“조선소를 인수할 생각입니다.”

“이번에 정청에서 매각하기로 한 국영조선소 말이군.”

구스토디가 고개를 끄덕였다.

“그렇습니다.”

“정청에서는 향후 조선업의 전망이 불투명하다고 판단해서 매각하려
는 것인데 그걸 사겠다면 따로 계획이 있겠군.”

“그렇습니다.”

“좋아. 당신이 그렇게 판단했다면 나도 찬성이다.”

안토니오는 간략하게 대답했고, 구스토디는 주저함이 없이 동의했다.
델 로치 캄파넬라 상사는 물론 베니스 전체에서도 제일 영향력이 큰 사람
이다. 그런 그가 뒤에 있기에 안토니오는 델 로치 캄파넬라 상사를 확실
하게 장악할 수 있었고, 소신껏 상사를 이끌고 있었다.

“그런데 나와 상의할 일이 또 있는 것 같은데?”

구스토디가 어렵지 않게 안토니오의 속마음을 읽었다. 산전수전을 다
겪으며 여기까지 온 사람이다.

“그렇습니다. 델 로치 님이 경영에 복귀하려 하고 있습니다.”

아무래도 그 문제를 구스토디와 상의해야 할 것 같았다. 구스토디는
잠시 생각하더니 천천히 입을 열었다.

“나는 조르지오를 별로 탐탐하지 않게 생각하고 있지만 그래도 델 로
치 가문의 상속자인데 본인이 나서겠다면 마냥 구석방에 처박아놓을 수
는 없겠지. 그런데 뭘 어떻게 하겠다고 하던가?”

“인쇄업에 진출하려 하고 있습니다. 인쇄업이 유망할 테니 회수금 중

에서 한 10만 두카트쯤 떼어서 투자하는 것도 어떻겠냐는 의견도 있지만 델 로치 님은 그 정도로 만족할 사람이 아닙니다."

조르지오는 직접 인쇄소를 세울 생각이라고 안토니오는 추측하고 있었다. 루이지 델 로치는 매사를 조심스럽게 접근했던 데 비해서 조르지오는 부친과는 달리 서두르는 편이다. 틀림없이 인쇄물 수요가 급증할 것에 대비해서 인쇄소를 크게 짓고, 대량 인쇄설비를 갖추려 할 것이다. 그렇다면 10만 두카트 가지고는 어림도 없을 것이다.

"하면 나보고 조르지오를 설득해달라는 말인가?"

구스토디가 탐색하듯 안토니오를 살폈다. 안토니오는 딱히 대답할 말이 떠오르지 않았다. 구스토디가 적극 나서서 조르지오를 제지하면 모를까, 내 쪽에서 먼저 조르지오를 만류해달라고 부탁하기는 조금 껄끄러웠던 것이다. 왠지 주군을 배신하는 장수 같은 느낌을 지워버릴 수 없었다.

"더 말하지 않아도 당신이 무슨 생각을 하고 있는지 잘 알겠네. 델 로치 캄파넬라 상사의 대주주로 상사가 어떻게 돌아가는지를 알 권리가 있지만 최종결정은, 그리고 그에 따른 책임은 최고경영자인 총지배인에게 있다는 사실에는 변함이 없네. 그러니 내 대답은 여태껏 그러했듯이 그 문제도 안토니오, 당신이 알아서 결정하게."

구스토디가 단호하게 결말을 지었다.

호화롭게 꾸며진 구스토디의 저택을 나오면서 안토니오는 마음속이 복잡했다. 조선소와 인쇄소를 같이 운영하는 것은 사실상 불가능하다. 결국 하나를 포기해야 할 텐데 조선소 쪽에 마음이 끌리는 것은 사실이지만 솔직히 그쪽도 장담할 처지가 못 됐다. 오히려 고딕 활자체와 경쟁을 벌이고 있는 이탈리아 활자체가 대형 캐럭을 상대로 수주전을 펼쳐야 하는 갈레 선보다는 당장은 유리한 입장이다. 포르타는 이미 프랑스로 떠났고 조르지오도 상사에 모습을 보이지 않고 있다. 아마 직접 나선 모양이다.

안토니오는 포르타에게 총지배인 자리를 물려주고 조르지오에게는 지금처럼 경영에서 손을 뗀 채 명목상 대표자리를 보장해주고 은퇴할 생각이다. 그런데 그게 마음대로 될 것 같지가 않았다. 내게 기회를 주었던 은인의 아들과 나를 충실히 도와주었던 사람. 그런데 상황은 둘 중 한 사람을 냉정하게 내칠 것을 강요하고 있었다.

"……!"

마차에 오르려던 안토니오는 주춤했다. 정신이 아득해지면서 다리가 휘청거렸던 것이다. 전에도 이런 증세를 느꼈던 적이 있지만 이렇게 심한 적은 처음이다. 몸에 이상이 있는 걸까. 간신히 중심을 잡은 안토니오는 숨을 크게 들이쉬고 조심스럽게 마차에 올랐다.

네 장의 카드

프랑스 지중해 연안 코트 다쥐르 지방의 군항도시 툴롱.

파롱 산은 가을 빛으로 물들었고 산 아래로 내려다보이는 툴롱 항에는 프랑스 해군 전함들이 부지런히 들락거리고 있었다.

포르타는 벌써 두 시간째 파롱 산 기슭의 블랑제 제독의 관저 앞에서 면담요청이 수락되기를 기다리고 있었다. 그동안 줄곧 군사령부로 찾아가서 면담을 요청했지만 번번이 거절을 당했다. 그래서 오늘은 아예 관사로 찾아온 것이다.

"따라오십시오."

집사가 다가오더니 제독이 만나겠다고 했음을 전했다. 끈질기게 물고 늘어진 보람이 있었다.

"하지만 제독님은 곧 외출하셔야 하니 짧게 끝내야 합니다."

집사가 주의를 주었다.

"알겠습니다."

포르타는 큰소리로 대답하고 제독의 서재로 향했다. 막상 만난다고 하니 새삼 긴장이 되었다. 프랑스 해군에서 최고의 작전통으로 통하는 블랑제 제독을 어떻게 설득할 것인가. 근자들어 프랑스는 이탈리아와 불편한 관계를 유지하고 있었다. 루이 13세가 강한 프랑스를 표방하면서 국경을 맞대고 있는 나라들과의 충돌이 그치지 않고 있었던 것이다. 블랑제 제독이 베니스의 상사원을 만나기 꺼리는 데는 그런 이유도 포함되어 있을 것이다.

곧 외출할 거라는 집사의 말과는 달리 블랑제 제독은 편안한 옷차림으로 서재에서 책을 읽고 있었다.

"당신 정말 끈질긴 사람이군. 그래, 베니스 상사원이 나를 만나자고 하는 이유가 무엇인가?"

블랑제 제독이 얼굴을 찡그리며 물었다.

"귀찮게 했다면 사과드리겠습니다. 제독님께서 말씀하신 대로 저는 상인입니다. 그래서 상담을 드리기 위해서 면담을 요청했습니다."

포르타가 차분한 어조로 응대했다. 막상 블랑제 제독을 대하자 더 이상 떨리지 않았다.

"군인인 내게 무슨 상담을 하겠다는 건가? 무슨 용건인지 몰라도 그런 일이라면 회계관을 찾아가야 할 것이네."

블랑제 제독은 엄한 표정을 풀지 않았다.

"회계관을 상대할 일이 아닙니다, 제독님."

포르타가 정색을 하고 한 걸음 다가서자 블랑제 제독도 표정을 고치더니 앉을 것을 권했다. 뭔지 몰라도 적당히 쫓아보낼 상대는 아니라는 판단이 선 것이다.

"하면 무슨 일로 나를 보자고 한 것인가?"

블랑제 제독이 형형한 눈빛으로 포르타를 쏘아보았다. 허튼소리를 하면 절대로 용납하지 않겠다는 경고의 뜻이 담겨 있었다. 기싸움에서 밀리면 안 된다. 포르타도 눈에 힘을 담고 블랑제 제독을 똑바로 응시했다.

"프랑스는 라로셸 해전에서 잉글랜드에게 참패를 당했습니다. 그 이유는……."

"지금 무슨 소리를 하는 거야!"

블랑제 제독이 버럭 언성을 높였다. 그러자 옆방에 있던 부관이 뛰어들어왔다. 부관은 당장이라도 포르타를 끌고 나갈 기세였다.

"고정하십시오, 제독님. 라로셀의 참패는 가슴 아픈 일이지만 그렇다고 감출 일도, 화를 낸다고 해결될 일도 아닙니다. 어떻게 해서든 설욕해야 하지 않겠습니까?"

포르타는 다급하게 말을 꺼냈고, 부관은 블랑제 제독의 눈치를 살폈다.

"설욕이라고? 그래서 베니스에서 갈레 선단을 이끌고 와서 잉글랜드 해군을 쳐부숴주기라도 하겠다는 건가?"

블랑제 제독은 어이가 없다는 표정을 지었지만 부관에게 끌어내라고 하지는 않았다.

"당신이 해전에 대해서 얼마나 알고 그런 말을 하는지 모르겠지만 '바다의 제왕'을 직접 목격하면 쓸데없는 소리 못할 거야. 보아하니 화약이나 대포를 팔려고 온 것 같은데 그런 거라면 확보하고 있는 게 충분하니까 그만 돌아가."

라로셀 해전에서 패전의 쓰라림을 맛봤던 블랑제 제독은 그때의 일이 떠오르는지 얼굴이 벌겋게 상기되었다. 정치와는 거리가 있는 순수한 군인 같았다. 그렇다면 상대하기 더 편할 것이다.

"화약이나 대포를 팔려고 온 것이 아닙니다. '바다의 제왕'을 상대할 수 있는 전함과 관련해서 상의를 드리려고 찾아온 것입니다."

포르타가 본론을 꺼냈다. 일을 도모하려면 우선 전함의 소비자인 해군을 움직여야 한다. 그리고 해군을 움직이려면 함대사령관의 마음을 사야 한다. 그래서 포르타는 툴롱으로 달려왔고, 블랑제 제독을 상대하고 있는 중이다.

"전함이라니? 하면 프랑스 해군에게 갈레온 선을 팔겠다는 건가? 갈레온 선으로 '바다의 제왕'을 상대하라는 건가?"

블랑제 제독은 어이가 없다는 표정을 지었고 지켜보고 있던 부관은 피식 웃음을 터뜨렸다. 갈레온은 전함용으로 개조한 대형 갈레 선이다.

"보아하니 어디서 '바다의 제왕'에 대해서 들은 모양인데 그렇다면 배수량이 무려 1천 톤에 달하고 18파운드짜리 대포가 좌우로 102문이나 장착되어 있다는 사실도 알겠군."

블랑제 제독의 얼굴에 공포의 빛이 서렸다. 프랑스 함선들이 바다에 떠 있는 요새에게 속절없이 당했던 광경이 떠오른 것이다.

"물론입니다. 라로셸 해전에 대해서는 나름대로 상세히 조사를 했습니다."

평정을 찾은 포르타는 침착하게 대답했고 블랑제 제독의 얼굴에는 의혹의 그림자가 스치고 지나갔다. 그러면 베니스에서 그동안에 캐렉을 건조하는 기술을 익혔단 말인가. 잉글랜드와 네덜란드, 그리고 스페인 외에는 캐렉을 건조하지 못하는 걸로 알고 있었는데.

하면 '바다의 제왕'을 상대할 수 있는 신형 갈레온을 제작했단 말인가? 블랑제 제독이 부관을 쳐다봤고, 부관도 금시초문이라는 듯 고개를 가로저었다.

"대체 어떤 배를 가지고 있기에 '바다의 제왕'을 상대할 자신이 있다는 것인가?"

블랑제 제독이 처음으로 관심을 보였다.

험한 바다, 먼 항해를 목표로 제작된 캐렉은 안정성에 중점을 두었기에 갈레온에 비해서 상대적으로 기동성이 떨어진다. '바다의 제왕'이라고 약점이 없는 것은 아니다.

"대양에서의 해전이라면 갈레온이 캐렉을 상대하기 힘들지만 좁은 해협에서의 싸움이라면, 그래서 해안포의 지원을 받을 수 있다면 기동성이 뛰어난 갈레온이 유리한 면도 있습니다."

포르타의 말이 틀리지 않다. 대서양 시대의 총아인 캐렉은 오로지 바람의 힘으로 항해를 한다. 그러니 기동성에서는 돛과 더불어 노도 쓰는 갈레온에게 뒤처지는 게 당연하다.

"잉글랜드야 말할 것도 없고 네덜란드나 스페인도 프랑스에게 전함을 팔지 않을 겁니다. 그렇다면 지금 프랑스에게 신형 전함을 인도할 수 있는 곳은 베니스뿐입니다."

"하면 배의 구조와 크기, 성능에 대해서 구체적으로 말해보라."

블랑제 제독이 정색을 하고 물었다. 포르타가 여태까지 했던 말 중에서 사실이 아닌 것이 없었다. 상대할 가치가 있는 자라는 판단이 선 것이다.

"기동성은 유지하면서도 최대한 크게 건조해서 대형 함포를 장착할 계획인데 구체적인 사양은 조선소를 인수한 후에 결정하려고 합니다."

"뭐라고! 그럼 아직 조선소도 없단 말인가! 이런 자를 상대하고 있는 내가 한심하군!"

블랑제 제독이 버럭 소리를 질렀다. 노련한 상인 같으면 먼저 발주를 받은 후에 조선소를 인수해도 된다는 걸 알겠지만 평생을 바다에서 살면서 군인의 길을 걸었던 블랑제 제독의 눈에는 포르타가 사기꾼으로 보였던 것이다.

잠시 실수를 했지만 큰일은 아니다. 그 문제는 굳이 이 자리에서 해명하지 않아도 나중에 제독의 참모들이 알아듣도록 얘기해줄 것이다. 어쨌든 프랑스 해군이 라로셀 해전에서의 패배를 설욕하려는 의지가 확고함은 확인되었다. 그것만으로도 상당한 수확을 올린 셈이다. 포르타는 잡아먹을 듯 노려보는 블랑제 제독에게 가볍게 고개를 숙이고는 방을 나섰다.

"어떻습니까? 예전의 인쇄물에 비해서 확연히 선명하지 않습니까? 이 정도 품질을 유지하면서 하루 100장을 찍어낼 수 있습니다."

인쇄업자가 방금 인쇄한 성경책을 조르지오에게 보였다.

"인쇄기 1대가 그렇다는 얘기야, 아니면 인쇄소 전체가 그렇다는 얘기야?"

"그야 물론 인쇄소 전체가 그렇다는 말입니다. 인쇄기는 총 3대가 있습니다."

"겨우 그 정도인가? 하면 인쇄할 물량은 충분하고?"

"그렇습니다. 하루종일 인쇄기에 매달려도 다 찍지 못하고 있습니다. 그래서 이렇게 델 로치 님을 찾아온 것입니다."

인쇄업자가 수요는 걱정하지 말라고 했다.

"지금 모자라는 것은 자금이지 인쇄물량이 아닙니다."

스트로치가 옆에서 거들었다.

독일 마인츠의 인쇄업자 구텐베르크가 금속활자를 고안해낸 후로 인쇄술은 커다란 발전을 이룩했고, 인쇄물은 비약적으로 늘어나고 있었다. 평민들도 글을 읽게 되면서 프랑스 파리와 리옹, 이탈리아의 베니스와 로마, 볼로냐, 네덜란드의 앤트워프 등지에 대규모 인쇄소가 들어섰는데 1575년에는 네덜란드 라이덴 대학에 출판학 강좌까지 설치되면서 인쇄는 시대의 총아로 자리매김을 하고 있었다. 조르지오는 나름대로 시대의 흐름은 정확하게 읽은 셈이다.

"그래서 필요한 자금이 얼마며, 이익을 얼마나 남길 수 있다는 말인가?"

조르지오가 강한 호기심을 보였다. 상사의 대표지만 직접 상담을 벌이기는 처음이었다. 인쇄업자는 돈을 빌리기 위해서 조르지오를 찾아온 것인데 조르지오는 그에 만족하지 않고 아예 인쇄소를 직접, 그것도 크게 차릴 생각이었다.

"우선 5만 두카트 정도면 밀린 일들을 처리할 수 있습니다. 1년 후에 두 배로 갚겠습니다."

인쇄업자가 자신만만한 태도로 대답했다.

"5만 두카트를 가지고 뭘 어떻게 하려고?"

"누름판이 더 필요합니다. 그리고 주물틀도 새로 마련해야 합니다. 계속 찍다 보니 활자들이 빨리 손상되고 있거든요."

"일감이 그렇게 많은가?"

"물론입니다. 욕심 같아서는 인쇄소를 크게 확장하고 싶지만 자금을 마련할 길이 막막해서 엄두를 못 내고 있는 중입니다."

인쇄업자가 하소연을 했다. 그러더니 갑자기 정색을 했다.

"이건 인쇄업자들 사이에서는 공공연한 비밀인데…… 머지않아 교황청에서 성서를 대량으로 발주할 거라고 합니다. 양도 양이지만 교황청 성서를 찍는 것은 인쇄업자로서는 더할 나위 없는 영광이지요. 최고의 인쇄업자로 공인을 받는 셈이니까요."

대량 발주와 교황청이라는 말에 조르지오는 구미가 확 당겼다. 그렇지만 냉정할 필요가 있다. 상담은 처음이지만 그래도 상사의 대표를 지낸 사람이 그 정도를 모를 리 없다.

"내가 듣기로는 앤트워프의 인쇄업자들이 인쇄시설을 대폭 늘릴 예정이라고 하던데, 하면 경쟁이 치열해지지 않을까?"

"그런 말은 저도 들었습니다. 그렇지만 염려할 필요 없습니다. 그들은 투박한 고딕 활자체를 쓰고 있기에 유려한 예술미를 지닌 이탈리아 활자체와 상대가 되지 못합니다."

인쇄업자는 자신만만했다. 그의 말대로 필기체와 흡사한 형태를 하고 있는 이탈리아 활자체는 딱딱한 고딕 활자체에 비해서 한결 우아함이 더했다.

"알았으니 그만 돌아가보게. 투자 문제는 조금 더 생각해보겠으니."

조르지오는 인쇄업자를 돌려보내고 생각에 잠겼다. 유리공장 회수금은 총 70만 두카트에 이를 것이다. 그런데 최신 설비를 갖춘 대형 인쇄소를 세우려면 40만 두카트는 있어야 할 것 같았다.

"첼리니는 뭘하나? 인쇄기를 알아보라고 했는데."

"알아보고 있는 중입니다. 그런데 델 로치 님, 정말로 인쇄소를 새로 차릴 생각입니까?"

스트로치는 조금 겁이 났다. 그렇다면 안토니오와 정면대결이 불가피할 것이다.

"그럼 내가 겨우 10만 두카트를 가지고 만족할 것 같은가?"

조르지오가 당연하다는 투로 대답했다.

"안토니오가 어떻게 생각할지 걱정입니다."

"그게 무슨 소리야! 델 로치 캄파넬라 상사의 대표는 나야! 그리고 델 로치 상사는 우리 가문에서 세운 것이고!"

조르지오가 버럭 소리를 질렀다.

"이 일은 안토니오하고 얘기가 된 거니까 괜한 걱정을 할 필요 없어!"

조르지오가 소극적인 자세를 보이는 스트로치를 나무랐다.

"그런데 요즘 포르타가 보이지 않는다. 어디 갔는지 알고 있나?"

"알아보겠습니다."

스트로치가 기어들어가는 목소리로 대답했다.

스트로치에게는 큰소리를 쳤지만 사실 조르지오도 안토니오가 마음에 걸렸다. 그는 10만 두카트 정도는 떼어주겠지만 40만 두카트라면 단호히 거절할 것이다. 둘이 충돌하면 대주주들이 개입하게 될 텐데 왠지 그들이 자기 손을 들어줄 것 같지 않았다.

안토니오가 끝까지 반대를 하면 어떻게 한다…… 보유지분을 전량 매각하고 델 로치 캄파넬라 상사와 결별을 할까. 쉽지 않은 일이다. 어쨌거나 델 로치 캄파넬라 상사의 뿌리는 델 로치 가문이다.

* * *

"포르타는 어디 간 겁니까?"

보고를 마친 팔라디오가 포르타의 행방을 물었다. 벌써 두 달째 행방이 묘연했던 것이다.

"그렇지 않아도 얘기하려던 참이네."

안토니오가 팔라디오에게 가까이 올 것을 일렀다. 조선소 인수를 관장하고 있는 팔라디오도 알 필요가 있다고 판단한 것이다.

"포르타를 툴롱으로 보냈네. 프랑스 해군이 전함을 대폭 보강할 거라 예상하고 있는데 그와 관련해서 현지 분위기를 파악할 필요가 있으니까."

안토니오는 팔라디오에게 미리 밝히지 못한 점을 미안해하면서 자초지종을 이야기했다.

"그런 일이 있었군요. 그런 일은 비밀을 유지하는 게 관건이니 그리 미안해하지 않아도 됩니다."

팔라디오가 도리어 안토니오를 위로했다.

"프랑스로부터 전함을 발주받으면 더 바랄 나위 없겠습니다. 하면 인수를 서둘러야 할 텐데……. 저쪽 일은 마무리된 겁니까?"

저쪽 일은 당연히 조르지오의 인쇄소 사업이다.

"아직은, 조만간 담판을 지을 생각이야."

자금만 마련되면 조선소를 인수하는 일은 큰 어려움이 없을 것 같았다. 처음에는 여러 곳에서 인수를 원했지만 하나둘씩 떨어져나가서 지금은 이렇다 할 경쟁상대가 없는 마당이다.

문제는 자금이다. 70만 두카트를 전부 투자해도 모자랄 판인데 조르지오는 10만 두카트로 만족할 사람이 아니었다.

"그런데 프랑스에서 우리에게 발주를 할까요? 아직 정식으로 조선소를 인수하지도 않은 데다 캐렉을 건조한 실적도 없는데?"

"어렵지만 일이 성사되게끔 노력해야지. 어쨌거나 프랑스와 접촉하고 있다는 사실은 비밀이니까 새어나가는 일이 절대로 없도록."

"물론입니다. 벌써부터 흥분이 되는군요. 그동안 불가능해 보이는 일을 성사시키는 걸 여러 번 봤습니다. 이번에도 꼭 뜻을 이룰 겁니다."

팔라디오가 안토니오를 격려했다.

"델 로치 캄파넬라 상사의 명운이 걸린 일이니 반드시 그렇게 되어야겠지. 조선소 실사를 맡길 테니 빠뜨리지 말고 철저히 살피도록."

"잘 알겠습니다. 그 일이라면 염려 놓으십시오."

팔라디오가 쾌활하게 대답했다. 꼼꼼한 사람이니 그 문제는 더 신경쓰지 않아도 될 것이다. 포르타가 앞에서 끌고, 팔라디오가 뒤에서 받쳐주면 델 로치 캄파넬라 상사는 큰 어려움 없이 굴러갈 것이다. 그렇게 생각하니 답답했던 심사가 조금 풀렸다.

계획대로 프랑스로부터 갈레온 전함을 대량 수주받으면 금액이 수백만 두카트에 달할 것이다. 델 로치 캄파넬라 상사는 당분간은 어려움을 겪지 않아도 될 테니 포르타와 팔라디오에게 뒤를 맡기고 마음 편히 은퇴할 수 있다.

'조르지오는 얼마나 떼어달라고 할까?'

첫 번째 관문은 조르지오다.

"요사이 스트로치가 뭘 하고 다니는지 아는 바 있나? 내게는 아무런 보고를 하지 않던데."

"그렇지 않아도 그 문제를 얘기하려고 했습니다."

팔라디오가 정색을 했다.

"아무래도 델 로치 님은 기존 인쇄소에 투자하는 대신에 새로 대규모 인쇄소를 차리려 하는 것 같습니다."

"구체적인 증거라도 있는 것인가?"

안토니오는 나름 짐작하고 있었지만 신중하게 행동하기로 했다.

"첼리니 부지배인이 누름판이며 주물틀 등을 알아보러 다니고 있다고 합니다. 그런데 단순히 고장난 것을 교체하는 수준이 아닌 것 같습니다."

팔라디오가 어두운 표정으로 보고했다. 안토니오가 뭘 고심하고 있는지 잘 알고 있었다.

조르지오와의 정면충돌은 불가피한 것일까. 피하고 싶지만 정녕 피할 수 없는 상황에 몰리면……. 그와 관련해서 안토니오는 마음속으로 일정 선을 정해놓고 있었다. 델 로치 가문의 상속자보다는 델 로치 캄파넬라 상사와 그에 속한 상사원, 가족들이 우선이다. 마음 아픈 일이지만 조르지오가 그 선을 넘으면 가차없이 내치기로 마음을 굳히고 있었다.

그러기 위해서는 대주주들이 절대적인 신뢰를 해야 하는데 그것은 조선업에 성공적으로 진출하느냐 여부에 달려 있을 것이다.

'포르타가 잘해주어야 할 텐데.'

포르타가 빈손으로 돌아오면 강하게 밀어붙이기 힘들다. 안토니오는 제발 그런 일이 없기를 바라며 몸을 일으켰다.

"……!"

그 순간 정신이 아득해지면서 안토니오는 도로 자리에 앉았다.

* * *

이리 뒤척 저리 뒤척 하며 도통 잠을 이루지 못하던 포르타는 아예 잠을 포기하고 자리에서 일어섰다. 아무리 마음을 편안히 가지려고 해도 자꾸 초조해졌다. 블랑제 제독으로부터 연락이 올 때가 되었는데 영 감감무 소식이었다.

'답답한 인간이군. 조선소 인수는 전함 수주 후에 해도 되는데. 그런데 그 사실을 조언해줄 참모가 없단 말인가. 군인들을 상대하는 것은 답답한 일이군.'

포르타가 혀를 끌끌 찼다. 그렇다면 파리로 가서 프랑스 정부 수뇌부를 직접 상대해볼까. 그러나 포르타는 머리를 가로저었다. 역시 해군을, 그 중에서도 블랑제 제독을 설득하는 게 제일 급선무였다.

하면 베니스로 돌아가서 조선소 인수를 서두를까. 포르타는 다시 고개를 가로저었다. 그것도 별로 바람직한 방도가 아니었다. 블랑제 제독을 만나서 구제적인 방안을 얘기한 마당이다. 그렇다면 그와 관련된 정보가 이미 퍼졌을 것이고, 다른 곳에서 서둘러 손을 쓸 것이다. 그러니 그들이 블랑제 제독에게 접근하기 전에 마무리를 짓는 게 좋다.

그런데 안토니오는 평소 그답지 않게 왜 이렇게 일을 더디게 처리하는 걸까. 조르지오와의 관계가 아직 해결되지 못한 듯한데, 그래도 조선소 인수에 진척이 있어야 블랑제 제독을 상대하기 수월하다.

생각에 생각이 꼬리를 물면서 짜증이 더해졌다. 보름째 허송세월을 하고 있었다. 우물쭈물하다 프랑스 해군에서 다른 곳에 발주를 하면 만사가 수포로 돌아간다.

"……!"

포르타가 골머리를 앓고 있는데 노크 소리가 들렸다. 이 야밤에 누가 찾아왔을까. 때가 때인 만치 포르타는 경계심이 일었다.

조심스레 문을 열자 뜻밖에 블랑제 제독의 집사가 서 있었다.

"나를 기억하겠습니까?"

"물론이오. 그런데 무슨 일로……?"

"제독님이 보자고 합니다. 지금 즉시 출발해야 합니다."

블랑제 제독이 왜 갑자기? 어쨌거나 밤, 그것도 부관이 아니고 집사를 보낸 걸로 봐서 남의 눈을 꺼리는 것 같았다. 포르타는 즉시 집사를 따라 나섰다.

마차는 짐작대로 사령부가 아닌 블랑제 제독의 사택으로 향했다. 포르타는 서재로 안내되었고, 두근거리는 가슴을 진정시키며 안으로 들어섰다.

그런데 누굴까. 블랑제 제독의 옆에 낯선 사람이 있었다. 사령부 회계관일까. 그렇지 않은 것 같았다. 낯선 남자는 포르타를 잡아먹을 듯 쏘아보았다.

"파리에서 온 재상부 보좌관이네."

블랑제 제독이 낯선 남자를 소개했다.

"……!"

재상부 보좌관이란 말에 포르타는 정신이 번쩍 들었다. 하면 프랑스 국정을 좌지우지하는 리슐리외 추기경의 측근이란 말이다. 그렇다면 그사이에 리슐리외 추기경에게까지 보고가 올라갔단 말인가. 포르타는 가슴이 쿵쿵 뛰었다. 추천장만 받아도 성공이라고 여겼는데 국정의 최고 실력자 리슐리외 추기경이 보좌관을 직접 툴롱으로 급파할 줄이야. 커다란 행운이 분명했지만 왠지 불길한 예감도 떨쳐버리기 힘들었다.

"당신에 대해서는 제독으로부터 상세히 들었다. 그러니 본론으로 들어가겠다. 프랑스에 전함을 팔고 싶다고?"

보좌관이 포르타를 날카롭게 쏘아보며 물었다.

"그렇습니다."

신경전에서 지고 들어가면 안 된다. 포르타도 보좌관을 마주 쏘아보았다.

"우리가 전함을 필요로 할 것이란 사실에 대해서는 부인하지 않겠다. 나름 당신들의 정보수집력과 분석력에 감탄했다."

보좌관이 감정을 드러내지 않고 말했다.

"그런데 우리가 필요로 하는 전함은 캐럭인데 베니스는 갈레온밖에 건조하지 못하지 않는가? 더구나 당신들은 아직 조선소도 가지고 있지 않다면서?"

"조선소 인수는 행정절차만 남은 상태며 갈레온은 나름대로 장점을 가지고 있습니다."

포르타는 당당하게 상대하기로 했다. 그걸 확인하려고 파리에서 툴롱까지 오지는 않았을 것이다. 그렇다면 뭔가 우리에게서 얻고자 하는 게 있을 것이다. 거래를 성사시키려면 상대가 필요로 하는 것을 가지고 있어야 한다고 안토니오로부터 배웠던 터였다. 그런데 그게 뭘까. 포르타는 속으로 헤아려보았다.

"하면 우리보고 갈레온을 사라고 하는 이유는?"

보좌관이 집요하게 따지고 들었다.

"잉글랜드와의 해전은 전장의 특성상 기동성에서 앞서는 갈레온이 충분히 캐럭을 상대할 수 있다고 봅니다."

보좌관은 해군 당국으로부터 해전에 관해서 상세한 설명을 들었을 것이다. 그렇다면 따로 길게 얘기할 필요가 없다. 포르타는 요점만 말하기로 했다.

"제독의 견해는 어떻소?"

보좌관이 블랑제 제독에게 고개를 돌렸다.

"비록 '바다의 제왕'에 18파운드짜리 함포가 장착되어 있다고 하지만 해안포의 지원을 받으면 화력의 열세는 어느 정도 만회할 수 있습니다."

"그러니까 우월한 기동성으로 화력의 불리를 상쇄할 수 있다는 말이로군."

보좌관이 고개를 끄덕이더니 다시 포르타를 상대했다.

"제독이 인정을 했으니 당신들의 판단은 나름대로 일리가 있다고 인정하겠다. 그렇지만 당신들은 프랑스를 너무 과소평가한 것 아닌가? 잉글랜드와 해전에서 일대일로 붙으면 반드시 진다는 가정을 전제로 하고 있지 않은가?"

보좌관이 포르타를 쏘아보았고, 포르타는 '사실이지 않느냐'는 표정으로 맞받아쳤다. 그렇지만 거래 상대방의 기분을 거슬러서 좋은 게 없다.

"물론 프랑스는 앞으로 잉글랜드와 대양 패권을 다투게 되겠지만 당장 급한 것은 라로셸입니다. 해안봉쇄를 제대로 하지 못하면 위그노들의 난동을 제압하기 힘들 것입니다. 그리고……."

포르타는 잉글랜드의 대형 캐럭을 대적할 수 있는 배를 만들 수 있는 나라는 스페인과 네덜란드뿐인데 그들이 프랑스에 배를 팔지 않을 것이란 사실은 말하지 않았다. 굳이 입밖으로 내지 않아도 보좌관과 블랑제 제독이 잘 알고 있을 것이다.

"베니스의 상사원과 프랑스 국정에 대해서 논의하고 싶은 생각은 없다! 다만 내 얘기는…… 아무리 갈레온이 기동성이 뛰어나다고 해도 '바다의 제왕'과 대적하려면 어느 정도 크기와 무장을 갖추어야 할 텐데, 제독 의견은 어떻소?"

포르타가 세게 나가자 보좌관이 한 발 물러섰다.

"잉글랜드 해군을 상대로 해안봉쇄를 하려면 최소한 배수량 300톤에 10파운드 함포를 갖춘 배가 있어야 합니다. 당연히 기동성에서는 캐럭을 압도해야 하며 수적으로도 우세해야 합니다."

블랑제 제독이 해전 전문가로서 가감 없는 의견을 전했다. 포르타는 내심 흥분을 감출 길이 없었다. 모든 게 유리하게 진행되고 있었다. 프랑스 당국은 몸이 달아 있었고 해군은 안토니오의 복안에 긍정적이었다. 그럼 발주를 하는 걸까. 포르타의 손에 땀이 쥐어졌다.

"해군에서는 델 로치 캄파넬라 상사에서 제시한 전술을 긍정적으로 보고 있군. 그렇다면 전술에 대해서는 더 이상 왈가왈부하지 않겠다."

보좌관이 고개를 끄덕이고는 다시 포르타를 상대했다.

"델 로치 캄파넬라 상사는 아직 베니스 정청으로부터 정식으로 조선소를 인수하지 못했다. 그 점은 어떻게 할 텐가?"

"조선소 인수에 관해서는 정청과 이미 협의가 끝났으며 대금도 확보되었습니다. 정식으로 인수를 하기 전에 찾아온 것은 시일을 단축할 필요가 있기 때문입니다."

포르타가 자신 있게 대답했다.

"좋다. 그렇다면 그 문제는 일단 접어두겠다. 그런데 방금 해군에서 제시한 요구조건을 맞출 수 있는가?"

"물론입니다. 대형 갈레온은 물론 소형 갤리오트도 시급히 건조해서 해안봉쇄에 차질이 없도록 하겠습니다."

포르타는 바다밖에 모르는 제독보다는 중앙행정부의 고관을 상대하는 게 한결 수월함을 절감했다.

"그렇다면 델 로치 캄파넬라 상사에게 우선 갈레온 10척을 발주하겠다. 나머지 물량은 델 로치 캄파넬라 상사가 조선소를 인수한 후에 정식으로 계약을 체결하면서 추가 발주하겠다."

보좌관이 무표정한 얼굴로 델 로치 상사에 갈레온 10척을 발주했다. 포르타는 하마터면 소리를 지를 뻔했다. 마침내 프랑스로부터 갈레온을 수주한 것이다. 이렇게 쉽게 일이 풀릴 줄이야. 포르타는 바람처럼 나타난 행운에 감사를 했다.

"감사합니다. 그럼 당장 베니스로 돌아가서, 최대한 빠른 시일 안에 돌아오겠습니다."

포르타는 벌떡 일어서서 보좌관과 블랑제 제독에게 사의를 표하고 방을 나섰다. 빨리 이 기쁜 소식을 안토니오에게 전해야 한다.

"정말 베니스의 갈레온으로 잉글랜드의 캐럭을 대적할 수 있는 것이오?"

포르타가 방을 나가자 보좌관이 블랑제 제독에게 이미 끝난 얘기를 다시 꺼냈다.

"말 그대로입니다. 해전은 몰라도 해안봉쇄라면 해볼 만합니다."

블랑제 제독은 별로 마땅치 않은 표정으로 대답을 했고 보좌관은 씩 웃더니 서고문에 대고 소리를 질렀다.

"잉게마르! 이젠 됐으니 나오게."

그러자 서고문이 열리면서 유달리 콧날이 우뚝하고 깊이 파인 눈을 가진 남자가 서재로 들어섰다.

"갑갑해서 혼났습니다."

잉게마르는 기지개를 켜면서 서툰 프랑스 말로 투덜거렸다.

"당신들 하는 일이 다 그렇게 숨어서 엿듣는 거 아닌가? 그런데 언제? 이만하면 '여왕 폐하의 신하'들의 귀에 들어가겠지?"

보좌관이 의미심장한 미소를 지으며 말했다.

"이왕 소식을 전할 거면 좀 더 확실하게 하는 게 좋지 않을까요. 그러니까 델 로치 캄파넬라 상사의 총지배인을 툴롱으로 불러서 군항을 시찰토록 하는 것도 괜찮은 방법입니다."

"그렇군. 그럼 제독에게 부탁해도 되겠소?"

보좌관이 음험한 표정으로 블랑제 제독에게 당부하고는 자리에서 일어섰다.

'기분 나쁜 자들 같으니라고…….'

두 사람이 서재를 나가자 블랑제 제독은 상을 찡그렸다. 어쩌다 저런 모사꾼들과 손을 잡게 되었단 말인가. 영 마음에 들지 않지만 리슐리외 추기경의 지시니 거절할 수도 없다. 블랑제 제독은 누구보다 정세를 날카롭게 내다보고 과감하게 행동한 델 로치 캄파넬라 상사의 총지배인에게 미안한 생각이 들었다. 선견지명에 탄복해서 파리에 품의를 올렸던 것인데 이런 일이 생기게 될 줄이야. 그는 큰 곤경에 빠지게 될 것이다.

* * *

처음에는 밖으로 나돌아다니는 일에 익숙하지 못했던 조르지오지만 발등에 불이 떨어졌기 때문일까, 요사이는 정신없이 분주한 나날을 보내고 있었다.

"이만하면 볼 만한 데는 다 본 셈입니다."

오히려 안내하는 스트로치가 지친 표정이었다. 조르지오와 스트로치, 그리고 첼리니 세 사람은 오늘도 하루 종일 베니스 시내는 물론 인근의 인쇄소를 돌아다니는 중이다. 스트로치의 말대로 둘러볼 만한 인쇄소는 다 본 셈이다.

"알았어. 그만 돌아가기로 하지. 그런대로 마음을 정했으니까 조만간 안토니오에게 말하겠네."

조르지오가 자신만만한 얼굴로 대답했다. 이만하면 인쇄업에 대해서 일가견을 가지게 되었다고 자부하고 있었다.

"그럼 투자는 얼마나……?"

첼리니가 조심스럽게 물었다.

"욕심대로 할 수는 없지만 최소한 50만 두카트는 돼야겠지."

조르지오의 입에서 50만 두카트라는 말이 거침없이 나오자 두 사람은 깜짝 놀랐다. 예상을 훨씬 뛰어넘는 금액이다. 조르지오가 소규모 인쇄소로 만족할 사람이 아니라는 건 잘 알고 있었지만 그래도 50만 두카트라면……. 베니스는 말할 것도 없고 앤트워프나 파리에 가도 그렇게 큰 인쇄소를 찾아보기 힘들 것이다.

"50만 두카트면 너무 큰 규모 아닙니까?"

스트로치가 겁먹은 얼굴로 말했다. 안토니오가 반대할 것은 불 보듯 환한 일이다. 그리고 그의 눈밖에 나는 것은 너무 위험한 일이다.

"델 로치 캄파넬라 상사의 앞날을 건 사업이야. 그러니 50만 두카트는 시작에 불과해."

잔뜩 긴장한 두 사람과는 대조적으로 조르지오는 태연자약했다. 조르지오도 처음부터 대대적으로 인쇄소에 투자할 생각은 없었다.

우선은 인쇄업자들에게 적은 자본을 대면서 전망을 살피다가 확신이 서면 본격적으로 그쪽으로 진출할 생각이었다. 그런데 안토니오가 조선소 인수에 모든 것을 쏟아부을 기세를 보이자 위기를 느끼고 서두르기 시작한 것이다.

조르지오가 경영에 복귀할 뜻을 비치면서 델 로치 캄파넬라 상사 부지배인들은 둘로 나뉘어 서로 반목하고 있었다. 조르지오냐 안토니오냐. 상황이 이렇게 흐른다면 결과에 따라 둘 중 한 사람은 델 로치 캄파넬라 상사를 떠나게 될 것이다.

그런데 안토니오는 무슨 생각을 하고 있는 걸까. 조르지오가 보기에 조선업은 전망이 그리 밝지 못했다. 조선소 인수는 자칫 커다란 재앙을 초래할 수도 있다. 그럼에도 안토니오가 저렇게 매달리는 것을 보면 필시 뭐가 있기 때문일 것이다.

그게 뭘까. 그리고 포르타는 어디에서 뭘 하고 있단 말인가. 보이지 않은 지 꽤 되었지만 아무도 그의 행선지를 아는 사람이 없다. 아무튼 안토니오로부터 밀명을 받았을 것이고, 조선소와 관련이 있는 일을 하고 있을 것이다. 뭔지 알 수 없지만 포르타가 일을 도모하기 전에 선수를 치고 들어가는 게 좋을 것이다.

이런저런 생각을 하는 사이에 델 로치 캄파넬라 상사에 다다랐다. 조르지오는 이참에 담판을 짓기로 했다.

"안토니오에게 들를 테니 언제라도 일을 착수할 수 있게끔 만전을 기하도록."

"어쩔 셈입니까? 안토니오가 순순히 응하지 않을 텐데요."

스트로치가 불안한 표정으로 물었다.

"그 일은 내가 알아서 할 테니까 실무를 꼼꼼히 챙겨!"

조르지오는 못마땅한 표정으로 지시를 내리고는 안토니오의 방으로 향했다. 총지배인실로 들어서자 안토니오는 팔라디오와 함께 심각한 표정으로 뭔가를 상의하고 있었다.

"마침 방에 있었군. 상의할 게 있네."

조르지오가 정색을 하고 자리를 잡자 팔라디오가 자리를 비켰다. 방에는 두 사람만 남았다.

"무슨 일입니까, 델 로치 님."

안토니오는 델 로치 가문의 상속자에게 변함없이 예우를 했다.

"인쇄소 투자와 관련해서 세부적인 계획을 세웠네."

조르지오는 거침없이 본론을 꺼냈다. 그리고 안토니오가 채 답변을 하기 전에 말을 이었다.

"투자계획을 승인받으려 하니 지배인단회의를 열어주게."

"그렇지 않아도 지배인단회의를 열 생각입니다. 조선소 인수건도 구체적인 계획이 마련되었으니까요."

"잘됐군. 하면 언제쯤 열 생각인가?"

조르지오가 재촉하고 나섰다.

"포르타가 돌아온 후에 열려고 합니다."

"그게 무슨 소리인가? 신임 부지배인 한 사람이 없다고 해서 지배인단회의를 연기시키겠다는 것은 말이 안 되네!"

조르지오가 항의하고 나섰다.

"포르타는 지금 조선소와 관련해서 중요한 일을 하고 있습니다. 그러니 그가 돌아온 후에 구체적인 계획을 세우고서 열 생각입니다."

조르지오는 얼굴을 붉히며 안토니오를 몰아붙였지만 안토니오는 침착함을 잃지 않았다.

"포르타는 어디로 갔는가? 대체 무슨 일을 벌이고 있기에 그가 돌아올 때까지 지배인단회의를 연기해야 한단 말인가?"

조르지오는 거칠게 항의했다. 그러면서 속으로는 몹시 궁금했다. 짐작건대 건조할 물량을 수주받으러 갔을 텐데 은밀히 알아본바, 배를 새로 건조하겠다는 곳은 어디에도 없었다.

"포르타가 어디로 갔는지는 나도 모릅니다. 아무튼 포르타가 돌아올 때까지 지배인단회의를 미루겠습니다."

안토니오가 분명하게 당장은 열지 않겠다는 뜻을 밝혔다.

"지배인단회의는 부지배인이면 누구나 개최를 요구할 수 있는데 상사 대표인 내가 요청하는데 못 열겠다니! 당장 개최를 통지하게!"

조르지오가 잡아먹을 듯 안토니오를 노려보았다. 전권을 장악한 총지배인이라고 하지만 안토니오는 피고용자에 불과하고 자신은 상사의 대표다.

"그럴 수 없습니다. 포르타가 돌아올 때까지 기다리겠습니다. 이것은 구스토디하고도 상의한 일입니다."

안토니오가 대주주 구스토디를 거명하고 나서자 조르지오는 몸을 벌떡 일으키며 고성을 질러댔다.

"당신은 지금 대주주를 믿고 상사를 마음대로 움직이려 하는데 델 로치 캄파넬라 상사의 뿌리는 델 로치 가문이며, 나는 델 로치 가문의 상속자임을 잊지 말라!"

"고정하십시오! 아무튼 지배인단회의는 포르타가 돌아온 다음에 열겠습니다."

예우는 해주지만 일과 관련해서는 단호하게 나가야 한다. 안토니오는 물러서지 않았다.

"좋아, 그럼 지배인단회의는 일단 연기하겠다. 하지만 포르타가 만족할 만한 성과를 내놓지 못하면 그때는 그에 상응하는 책임을 져야 할 것이다!"

조르지오는 그 말을 남기고 방을 나갔다. 안토니오는 착잡했다. 조르지오와의 정면대결은 아무래도 피할 수 없을 것 같았다.

그런데 포르타는 왜 여태 돌아오지 않는 걸까. 툴롱에서 일이 진척되지 않는 것인가. 프랑스로부터 전함을 수주받지 못하면 조선소는 앞날이 어둡다. 가시적인 것만 보고 따지만 오히려 인쇄소 쪽이 전망이 밝은 편이다.

포르타가 일을 성사시켰을까. 그렇지 못하면 조르지오를 반대할 명분을 잃게 된다. 안토니오는 새삼 직접 툴롱으로 가지 않은 게 후회가 되었다.

* * *

넉 달 만에 돌아온 포르타는 환한 표정으로 총지배인실로 들어섰다.

"이제 돌아왔습니다. 걱정 많이 했죠?"

"그래, 건강한 모습을 보니 이제야 안심이 되는군. 줄곧 툴롱에 있었나?"

하루하루 애간장을 태우며 지냈지만 안토니오는 내색을 않고 포르타를 반겼다. 열정과 과감성, 그리고 꼼꼼함. 그런 이유로 안토니오는 포르타를 후계자로 점찍어놓고 있었다.

"그렇습니다. 좋은 소식입니다. 프랑스 재상부 고관을 만났는데 그로부터 전함 발주를 약속받았습니다."

포르타가 상기된 얼굴로 그동안의 일을 보고했다. 그렇다면 기대 이상의 성과를 올린 셈이다. 얼마든지 대주주들을 설득할 수 있다. 안토니오는 가슴이 뛰었다. 그렇지만 덩달아 흥분해서는 안 된다. 포르타에게 아직 모자라는 면이 있다면 신중함이다. 안토니오는 마음을 가라앉히며 차분히 따져보기로 했다.

"재상부 보좌관이면 리슐리외 추기경의 심복일 테니 프랑스 정부의 뜻이 분명하다고 봐도 되겠군. 그런데 그는 우리가 아직 정식으로 조선소를 인수하지 않았다는 사실도 알고 있나?"

"그렇습니다. 해군에서는 부정적인 견해를 보였지만 재상부 고관은 보는 안목이 다르더군요. 다만 발주서에 정식으로 서명하는 것은 조선소를 완전히 인수한 후에 하겠다고 했습니다."

인수 전에 미리 수주를 받는 것이나, 그럴 경우 구두로 발주를 하는 것이나 통상 있는 일이다. 포르타는 자신만만했고 안토니오는 고개를 끄덕이며 동의했다.

"그런데 프랑스 해군에서 갈레온을 선뜻 받아들이던가?"

"총지배인님 예상이 적중했습니다. 해안포 지원을 받을 수 있다면 기동성에서 앞서는 갈레온도 쓸모가 있을 거라 했더니 수긍하더군요."

안토니오는 자신의 예상이 적중하자 가슴을 쓸어내렸다. 그렇다면 큰 고비를 넘긴 셈이다.

"다만 300톤에 10파운드 함포를 장착해야 한다고 했습니다. 그래서 세비야로 사람을 보냈습니다. 그곳에 주재했을 때 알고 지냈던 조선 기술자들이 여럿 있거든요."

"잘했다. 그렇지 않아도 나도 도움을 받을 수 있는 사람을 불렀다."

"하면 이제 문제는 거의 해결된 셈이로군요. 팔라디오는 잘하고 있습니까?"

포르타는 남의 일에 관심을 보이는 여유를 부렸다.

"조선소 인수는 큰 문제가 없을 것 같아. 정청에서 허가가 났고, 상사 길드도 동의했으니까."

"그럼 이제 지배인단회의에서 승인을 받는 일만 남았군요."

"그렇기는 한데……."

안토니오의 표정이 어두워졌다.

"델 로치 님 때문입니까?"

눈치 빠른 포르타가 금세 알아챘다.

"그래. 10만 두카트로는 만족할 것 같지 않아."

"대대적으로 투자를 할 모양이군요."

포르타가 따라서 한숨을 내쉬었다.

"총지배인님이 무슨 생각을 하고 있는지 잘 압니다. 그렇지만 냉정해야 합니다. 천재일우의 기회입니다. 절대로 놓쳐서는 안 됩니다."

포르타가 결연한 태도로 말했다.

"해군의 초대로 함대를 시찰하고 돌아온 길입니다. 그만큼 프랑스는 지금 몸이 달아 있습니다. 기회가 왔을 때 꽉 움켜쥐어야 합니다."

포르타는 몸이 달아 있었다. 기회는 바람처럼 왔다가 연기처럼 사라진다고 했다. 그러니 왔을 때 꽉 잡아야 한다.

툴롱 항 시찰을……? 그렇지만 서두르면 탈이 나고, 지나침은 부족함만도 못하다고 했다. 안토니오는 포르타가 툴롱 항을 시찰했다는 말에서 경계심이 일었다. 상사원에게, 그것도 정식으로 계약도 체결하지 않은 마당에 군항을 시찰케 한 것은 도를 넘는 환대였다.

정말로 프랑스가 그렇게 급박한 처지에 몰렸단 말인가. 그러나 안토니오의 의혹은 조르지오의 일에 파묻히고 말았다.

* * *

마침내 지배인단회의가 열렸다. 회의를 주재하는 안토니오는 어쩌면 이것이 마지막 회의가 될지 모른다는 생각이 들자 잠시 비감한 기분에 잠겼다.

"피아제타 유리공장에서 회수한 자금을 어떻게 할 것인지를 논의하기로 하겠습니다."

안토니오가 차분한 어조로 안건을 상정했다. 상사 대표와 총지배인을 위시해서 부지배인들 모두 빠짐없이 자리를 하면서 오랜만에 전원이 참석을 한 자리가 되었다.

"인쇄업에 진출하는 것이 유망하다고 생각합니다."

스트로치가 먼저 발언하고 나섰다.

"그러면 규모는 어느 정도를 생각하고 있소?"

감사역을 맡고 있는 파베제 수석부지배인이 물었다.

"인쇄물 수요가 날로 증가하고 있는 마당에 지금 베니스는 소규모 인쇄소들이 난립하고 있습니다. 이래가지고서는 리옹이나 앤트워프의 큰 인쇄소들과는 경쟁할 수 없습니다. 그래서 50만 두카트를 투자해서 대형 인쇄소를 새로 건립할 계획입니다."

스트로치의 입에서 50만 두카트라는 말이 나오자 조르지오와 첼리니를 제외한 사람들의 얼굴에 경악의 빛이 스치고 지나갔다. 놀라기는 안토니오도 마찬가지였다. 30만 두카트까지 예상했는데 50만 두카트라니……. 그렇다면 조선소와 인쇄소 둘 중 하나를 택할 수밖에 없을 것이다.

"인쇄소에 50만 두카트를 투자하는 것은 너무 과한 것 아니오? 로마나 파리에도 그렇게 큰 인쇄소가 있다는 말은 들어본 적이 없소."

토마소 부지배인이 놀란 표정으로 반문하고 나섰다.

"당연히 기존 인쇄소와는 비교되지 않는 큰 규모입니다. 그렇지만 인쇄물량이 날로 늘어나고 있습니다. 이럴 때 다른 곳보다 앞서가야 합니다."

"예상되는 인쇄수요의 증가는 내가 따로 조사를 했습니다."

이번에는 첼리니가 나섰다. 첼리니는 베니스와 제노바, 그리고 피렌체의 상사 길드에서 알아낸 자료임을 전제하고는 연도별로 수요량의 증가를 밝혔는데 매년 두 배 이상의 증가를 보이고 있었다. 전망이 밝은 것은 분명했다.

"그렇다면 인쇄물량을 얼마나 예상하고 있소?"

파베제 수석부지배인이 다시 질문했다.

"인쇄기 6대에 활자 주물틀 3대를 갖출 생각입니다. 그러면 인큐볼라본을 기준으로 하루에 400장 정도를 인쇄할 수 있습니다."

스트로치가 거침없이 답변했다. 예상보다 큰 규모와 밝은 전망에 놀란 것일까. 회의장에 잠시 침묵이 흘렀다. 그렇다면 투자를 승인해야 하나. 사람들의 시선이 일제히 안토니오에게 집중되었다. 공이 조선소로 넘어간 것이다.

"포르타 부지배인, 발언하시오."

안토니오는 담담한 표정으로 포르타를 지목했다. 그는 어떤 보따리를 풀 것인가. 그가 조선소 인수와 관련해서 동분서주하고 있다는 사실을 잘 아는 사람들은 긴장해서 포르타의 발언에 주목했다.

"저는 델 로치 캄파넬라 상사의 활로는 조선업에 있다고 보고 있습니다. 그래서 정청으로부터 불하를 받을 국영조선소를 대폭 확장하려 합니다."

포르타가 분명하게 입장을 밝히자 참석한 사람들 사이에서 작은 동요가 일었다. 조선소 인수는 누구나 알고 있는 일이지만 확장까지 생각하고 있을 줄은 몰랐다. 아무튼 포르타의 생각이 그러하다면 안토니오도 같은 생각일 것이다.

유리공장에서 회수한 자금은 간신히 조선소를 인수할 수 있는 정도다. 그런데 대폭 늘리겠다면……. 더구나 조르지오도 예상보다 훨씬 큰 인쇄소를 신축하겠다고 했다. 그렇다면 대규모 증자나 차입이 불가피한데 지금 상황에서는 커다란 위험이 따를 것이다.

"건조 물량이 날로 줄어드는 형편에 조선소를 대폭 증축하겠다니. 하면 포르타 부지배인은 물량을 수주할 자신이 있는가?"

토마소 부지배인이 물었다. 상황은 안토니오와 조르지오 두 사람 중 한 사람을 택해야만 하게끔 흘러가고 있다. 그렇다면 주주들이 선임한 토마소와 파베제 두 부지배인이 누구 손을 들어주느냐에 따라 결정될 것이다. 그리고 그 결정은 포르타의 해명 여부에 달려 있을 것이다.

"물론입니다. 머지않아 프랑스에서 대량으로 갈레온을 발주할 것입니다."

포르타가 안토니오를 힐끗 쳐다보고는 자신 있게 답변했다.

"프랑스에서 갈레온을? 구체적으로 말해보라."

파베제 수석부지배인이 바짝 흥미를 보였다. 조르지오와 첼리니, 스트로치는 깜짝 놀라서 포르타를 쏘아보았다.

"라로셸 해전에서 잉글랜드에게 참패를 당한 프랑스는 설욕을 계획하고 있습니다. 그래서……."

포르타는 침착하게 저간의 경과를 설명했다.

"수주총액은 수백만 두카트, 적어도 3백만 두카트 이상이 될 것으로 추정되고 있습니다. 사정이 그렇다면 유럽 전역의 조선소들이 모조리 달려들 겁니다. 그전에 우리가 선수를 쳐야 합니다."

포르타가 자신만만한 태도로 서둘러야 함을 설파했다.

"프랑스가 설욕을 계획하고 있고, 또 갈레온이 해안봉쇄에는 나름대로 적합하다는 데는 그런대로 일리가 있다고 본다. 그렇지만 구두 약속에 불과하지 않은가. 그것만 가지고 조선소를 대규모 증축하는 것은 매우 위험하다! 그러다 수주를 하지 못하면 어떻게 할 것인가! 델 로치 캄파넬라 상사는 재기불능에 빠질 것이다! 나는 반대다!"

조르지오가 강력하게 반대를 하고 나섰다.

"그렇습니다. 너무 막연합니다."

스트로치가 가세했다. 너무 막연하고 너무 위험한 일임에는 틀림이 없다. 그렇지만 일이 뜻대로 성사되면 델 로치 캄파넬라 상사는 반석 위에 앉게 될 것이다. 의외의 안건이 계속 상정되면서 회의장에 침묵이 흘렀다.

"총지배인 생각은 어떻소? 델 로치 캄파넬라 상사의 운명이 걸린 일 같은데."

파베제 수석부지배인이 안토니오의 의견을 구했다. 회계사 출신답게 매사에 치밀한 그는 안토니오를 적극 신임하고 있었다.

"활자주물틀은 한 번 정하면 바꿀 수 없는 것인데 활자는 어떤 걸 택할 계획인가?"

안토니오는 대답 대신에 스트로치에게 질문을 던졌다.

"그야 당연히 이탈리아 활자체를 써야지요. 딱딱한 고딕 활자체에 비해서 기품이 있으면서 필기체에 가까워서 눈이 덜 피로한 걸로 정평이 나 있으니까요."

스트로치가 당연하다는 투로 대답했다.

"근자에 늘어난 인쇄물량 중에서 고딕 활자체와 이탈리아 활자체의 비율이 어떻게 되는지 조사해보았는가?"

"그야…… 둘의 비율은 큰 차이가 없는 걸로 알고 있습니다."

갑작스러운 질문에 스트로치가 허둥댔다.

"내가 따로 조사한 바에 따르면 고딕 활자체의 비율이 조금씩 증가하고 있으며 앤트워프와 프랑크푸르트의 인쇄업자들은 점차 고딕 활자체로 비중을 높여가고 있다. 그런데 오로지 이탈리아 활자체만 쓰겠다면 너무 위험하지 않겠는가?"

"총지배인님이 어디서 그런 말을 들었는지는 모르겠지만 저는 앤트워프와 프랑크푸르트의 인쇄업자들이 고딕 활자체를 늘려가고 있다는 말을 들어본 적이 없습니다."

스트로치는 조르지오를 쳐다보더니 당당한 어조로 답변하고 나섰다.

"그렇습니다. 고딕 활자체는 겨우겨우 글을 익힌 평민층에게 통지서나 공문서를 알리는 용도로 쓰이는 것으로 일시적으로 물량이 증가한 것처럼 보이는 것뿐입니다."

첼리니가 기다렸다는 듯이 말을 받았다.

"그에 비해서 유려한 이탈리아 활자체는 각종 고전과 성서, 왕실기록물의 인쇄에 쓰이고 있기에 물량이 꾸준할 것입니다. 머지않아 교황청에서 성서를 대량으로 찍을 것인바, 단언컨대 이탈리아 활자체를 택할 것이고 그 후로 이탈리아 활자체가 활자체의 표준이 될 것입니다."

스트로치가 확신에 찬 어조로 이탈리아 활자체의 전망이 밝음을 밝혔다.

"틀린 말은 아니지만 사업이라는 것이 그렇게 마음먹은 대로만 되는 게 아니지 않는가. 고딕 활자체는 평민에게, 이탈리아 활자체는 귀족과 성직자를 비롯한 식자층에게 호평을 받고 있다는 견해에는 전적으로 동의한다. 그렇지만 항차 평민들도 고전과 성서를 읽게 될 것이며, 필요하면 직접 기록도 남길 것이다. 그렇게 되면 그들에게 친근한 고딕 활자체가 각광을 받게 될 것이다. 그래서."

안토니오가 잠시 호흡을 고르고 자기 견해를 밝혔다.

"처음부터 50만 두카트를, 그것도 이탈리아 활자체에 모두 투자하는 것은 너무 위험하다. 그러니 일단 10만 두카트를 투자해서 이탈리아 활자체 주물틀을 만들고, 이후에 판로를 봐가면서 투자를 늘려가는 게 좋을 것이다."

"무슨 소리인가! 겨우 10만 두카트를 가지고 무슨 일을 하라고!"

조르지오가 언성을 높이며 나섰다.

"인쇄업의 전망이 밝다는 데는 동의하면서도 이탈리아 활자체의 전망이 어둡다는 것은 괜한 트집 아닌가!"

조르지오는 잡아먹을 듯 안토니오를 쏘아보았다. 사람들은 올 게 왔구나 하는 심정으로 두 사람의 대치를 지켜보았다. 둘의 문제는 둘이서 해결하는 수밖에 없다.

"진정하십시오. 공연히 트집을 잡자는 것이 아닙니다. 불확실한 요소를 최소로 줄이자는 것입니다."

정면대결이 불가피하다면 당당하게 맞서야 한다. 안토니오는 물러서지 않고 맞받아쳤다.

"불확실한 것은 조선소 쪽이 더 크지 않을까? 프랑스와 정식으로 계약도 하지 않은 마당에 조선소를 확장하겠다니! 혹여 프랑스가 갈레온을 발주하지 않으면 델 로치 캄파넬라 상사는 끝장이다!"

조르지오가 사정없이 안토니오를 몰아붙였다. 관례에 따른 일이지만 따지고 들면 틀린 말은 아니다.

"프랑스에서 대량으로 배를 매입할 계획이 확인되었고 갈레온을 대상으로 하고 있는 마당에 조선소 인수를 미룰 수는 없소. 그리고 필요하면 증자를 해서라도 규모를 늘릴 필요가 있을 것이오."

안토니오가 답변을 생각하고 있는데 파베제 수석부지배인이 먼저 나섰다. 그의 뜻은 곧 대주주들의 뜻이며 그가 편을 들면 안건은 가결된다. 토마소 부지배인도 고개를 끄덕이며 안토니오에게 힘을 실어주었다.

"일단은 유리공장에서 회수한 자금을 조선소 인수에 투입하고, 자금이 더 들어가면 다시 지배인단회의를 소집해서 증자 혹은 차입을 논의토록 하겠습니다."

안토니오가 조선소 인수를 최종결정했다.

조르지오의 얼굴이 처참하게 일그러졌다. 프랑스가 개입하면서 허를
찔린 것도 아팠지만 안토니오가 자기를 이렇게 철저하게 짓밟을 줄이야.
은혜를 이런 식으로 갚는단 말인가.

"좋다. 지배인단회의에서 그렇게 결정을 내렸다면 나는 내 길을 가겠
다. 델 로치 캄파넬라 상사에서 내 지분을 빼내서 독립하겠다!"

조르지오가 폭탄선언을 하고 일어섰다. 안토니오가 우려했던 일이 그
예 발생한 것이다.

* * *

베니스 만을 스치고 지나가는 봄바람이 아직은 차가웠다. 조선소의 을
씨년스러운 분위기 탓일까, 안토니오는 으스스한 기분이 더했다. 주인이
바뀐 조선소는 아직 정상을 찾지 못했고 일은 제대로 돌아가지 않고 있
었다.

"실세를 하다 보니 손볼 데가 한두 군데가 아니더군요. 시간은 촉박한
데 자꾸 일이 생겨서 큰일입니다."

말은 그렇게 하지만 포르타는 여유를 잃지 않고 있었다. 안토니오는
아무 말 없이 주변을 살폈다. 당장은 황량하기 그지없지만 머지않아 자재
들이 산더미처럼 쌓이고 인부들이 규모가 훨씬 커진 작업장을 부지런히
오가게 될 것이다. 안토니오는 벌써부터 흥분이 되었다. 그러면서 마지막
사업을 꼭 성공시키리라 다짐했다.

조선소를 정식으로 인수한 지 넉 달이 지났다. 그 사이에 해가 바뀌어
서 1628년이 되었는데 일은 그런대로 순조롭게 진행되고 있었다.

그만하면 빠뜨리지 않고 살펴본 셈이다. 안토니오와 포르타는 아직은

제 모습을 갖추지 못하고 있는 조선소를 빠져나왔다.

"조금 더 서둘러야 하지 않을까? 지금쯤이면 여기저기에 소문이 다 퍼졌을 텐데. 지체했다가는 다른 곳에서 프랑스와 접촉할 수도 있어."

조선소에 모든 것을 걸었기 때문일까. 아니면 마지막 사업이란 생각에서일까. 안토니오는 그답지 않게 문득문득 불안을 느끼고 있었다.

"대형 갈레온을 제작할 능력을 갖춘 곳은 제노바뿐인데, 주의해서 살피고 있으나 그쪽 조선소에서 별다른 움직임은 포착되지 않고 있습니다."

포르타는 안토니오와 달리 늘 자신만만한 태도를 보였다. 그런 모습을 보며 안토니오는 젊은 날의 자신을 보는 생각이 들었다. 젊은 시절의 패기는 많이 줄어들었지만 그래도 신중함이 늘었으니 그것으로 위안을 삼아야 할 것이다.

"건조창을 늘리고 자재를 사들이는 일은 팔라디오가 알아서 잘 추진하고 있습니다. 문제는 사람인데, 인부들이야 얼마든지 모집할 수 있지만 기술자를 구하는 게 문제입니다. 정식으로 발주계약을 하면서 프랑스에서 까다로운 조건을 부가할지 모르니까요."

안토니오가 우려하고 있던 점을 포르타가 정확하게 지적하고 나섰다.

"나도 진작부터 그게 신경이 쓰였어. 틀림없이 프랑스는 여러 조건을 추가하려 할 거야. 그래서 호세에게 사람을 보냈네."

"호세 곤잘레스 말입니까? 과연…… 바다라면 그보다 잘 아는 사람이 없을 겁니다."

포르타가 감탄을 했다. 사르가소 바다를 지나고, 무풍지대를 빠져나온 게 벌써 10년 전의 일이다.

"큰 도움이 될 겁니다. 그런데 바람이 제법 차군요. 그만 안으로 들어가는 게 좋겠습니다."

포르타가 안토니오의 건강을 염려했다. 다행히 근자들어 어지럼 증상은 사라졌지만 늘 신경이 쓰이던 터였다. 안토니오는 얼른 마차에 올랐다.

한 가지 다행인 것은 델 로치 캄파넬라 상사를 떠나겠다던 조르지오가 일단 그대로 남기로 했다는 사실이다. 지분을 빼는 대신에 지분을 담보로 대출을 받기로 한 것이다. 인쇄업이 실패하면 조르지오는 상사와 완전히 결별하게 되겠지만 일도 시작하기 전에 상사에서 내쫓는 것을 면하게 되어 안토니오는 한결 마음이 편했다.

상사로 돌아오자 피로가 몰려왔다. 안토니오는 은퇴 결심을 상사 사람들에게는 일절 함구하고 있었다. 그렇지만 일이 여기까지 진행된 마당에 후계자로 정한 포르타에게는 귀띔을 해주어야 할 것 같았다.

"여기저기 돌아다니느라 힘들었을 텐데 좀 쉬시죠."

안토니오가 어떻게 말을 꺼낼까 궁리를 하는데 포르타가 카드를 가지고 왔다. 안토니오는 짬이 날 때마다 카드놀이를 즐겼다. 머리를 쓰면서 머리를 식힐 수 있다는 점이 안토니오에게는 매력으로 다가왔던 것이다.

네 종류의 카드로 구성되어 있는 카드놀이는 본래 동양에서 비롯된 것으로 13세기 무렵에 실크로드를 따라 유럽으로 전래되면서 상류사회에서 크게 성행하고 있었다. 네 종류의 카드는 처음에는 성배와 칼, 화폐 그리고 곤봉의 그림이었지만 나중에 하트와 스페이드, 다이아몬드, 클로버로 바뀌면서 각각 프랑스 부르봉 왕가와 합스부르크 왕가, 잉글랜드의 스튜어트 왕가, 그리고 북방의 강국 스웨덴 왕실을 상징하고 있었다.

'30년전쟁'이 중반전으로 접어들면서 처음에는 참전을 자제했던 강국들, 잉글랜드와 프랑스, 신성로마제국에 이어서 스웨덴까지 차례로 전장에 뛰어들면서 유럽은 네 장의 카드가 각축을 벌이는 형국이 되었다.

과연 하트와 스페이드, 다이아몬드와 클로버 중에서 최종승자는 누구일까. 안토니오는 심각한 표정으로 포르타가 늘어놓은 카드를 집어들었다.

"다음 달쯤 다시 툴롱으로 가볼 생각입니다. 이쪽 일은 팔라디오가 잘하고 있으니 프랑스 쪽에 전념하겠습니다."

포르타가 패를 다시 섞으면서 말했다.

"그렇게 하도록 해. 여기 일은 나도 있으니까 걱정하지 말고. 그리고……."

안토니오는 포르타를 찬찬히 살핀 후에 이번 일을 끝으로 은퇴할 뜻을 밝혔다. 베니스를 떠난다고 생각하니 만감이 교차했지만 유능하고 신뢰가 가는 포르타가 있기에 마음 편히 떠날 수 있을 것이다.

"그게 무슨 소리입니까? 아직 더 일하셔야지요. 아직 주식회사 체제가 안정적이지 못합니다."

예상대로 포르타가 만류하고 나섰다. 그렇지만 안토니오는 뜻을 굽힐 생각이 없었다.

"안토니오!"

그때 문이 거칠게 열리면서 팔라디오가 방으로 뛰어들어왔다.

"무슨 일인가?"

팔라디오의 얼굴이 백지장이 되어 있었다. 안토니오와 포르타는 불길한 예감에 휩싸였다.

"아직 소식을 듣지 못했군요. 정청에 갔다가 마른 하늘에 날벼락과도 같은 소식을 들었습니다!"

팔라디오는 부들부들 떨며 흥분을 자제하지 못했다.

"진정하게, 팔라디오. 대체 무슨 소식을 들었다는 건가?"

"프랑스가 스웨덴에 전함을 발주했다고 합니다!"

이게 무슨 소리인가. 안토니오와 포르타는 뭘 잘못 들은 게 아닌가 하는 표정으로 서로를 쳐다봤다.

"스웨덴에 전함을 발주했다니? 그게 무슨 소리인가?"

포르타가 눈을 부릅뜨며 팔라디오에게 자세한 내용을 재촉했다.

"말 그대로야. 프랑스 정부가 스웨덴 조선소와 정식으로 전함발주 계약을 체결했다고 하네. 정청에서도 확인했다고 하는데 들리는 말로는 스웨덴 조선소는 잉글랜드의 '바다의 제왕'을 능가하는 대형 캐렉을 건조 중이라고 하네."

팔라디오가 잔뜩 겁먹은 얼굴로 안토니오에게 시선을 돌렸다.

"그럼 우리는 어떻게 되는 겁니까? 이제 와서 조선소 인수를 없던 일로 돌릴 수는 없습니다."

팔라디오의 말 그대로다. 위약금도 위약금이지만 델 로치 캄파넬라 상사의 신용은 땅에 떨어지고 주주들은 일제히 안토니오에게 책임을 물으려 할 것이다.

"말도 안 되는 소리! 분명히 리슐리외 추기경의 대리인과 해군 지휘부로부터 약속을 받았어!"

포르타가 몸을 벌떡 일으켰다.

"앉아라, 포르타!"

안토니오가 당장이라도 프랑스로 달려갈 기세인 포르타를 진정시켰다. 이럴수록 냉정하게 대처해야 한다. 안토니오는 마음을 가라앉히며 전후관계를 차분하게 정리해보았다. 정청에서 확인한 정보라니 진위여부는 더 따질 필요 없을 것이다. 그런데 그 사이에 계약을 체결했다면, 그리고 스웨덴이 '바다의 제왕'을 능가하는 대형 캐렉을 건조하고 있다면 프랑스 재상부와 스웨덴은 포르타가 프랑스 해군과 협상을 벌이기 전부터 은밀히 접촉하고 있었을 것이다.

그럼에도 포르타에게 언질을 준 이유는 무엇일까. 안토니오는 생각에 잠겼다.

"아무래도 프랑스가 의도적으로 우리를 함정에 빠뜨린 것 같습니다."

팔라디오가 볼멘소리로 의견을 전했다. 안토니오도 같은 생각이었다. 우연 혹은 어쩔 수 없는 결과라고 보기에는 석연치 않은 면이 많았다.

하면 무슨 이유로……? 아무리 생각해도 델 로치 캄파넬라 상사가 프랑스에게 해를 끼친 일이 떠오르지 않았다.

"어떻게 이럴 수가! 외부인에게는 출입이 통제되는 툴롱 항을 보여줄 만큼 거래에 적극적이었습니다!"

포르타가 길길이 날뛰었다. 델 로치 캄파넬라 상사의 존망이 걸린 마당이다.

'그렇구나! 그때 한 번 더 살폈어야 했는데…….'

안토니오는 포르타의 푸념을 듣는 순간 사태의 전말을 파악하게 되었다. 그렇지 않아도 포르타가 툴롱 항을 시찰했다고 할 때 조금 이상하다는 생각이 들었다. 그런데 일을 서두르면서 상대가 리슐리외 추기경이라는 사실을 그만 간과한 것이다.

프랑스는 애초부터 델 로치 캄파넬라 상사에게 함선을 발주할 계획이 없었을 것이다. 비밀리 스웨덴과 접촉을 하고 있는데 델 로치 캄파넬라 상사가 불쑥 끼어든 것이고, 프랑스는 감시의 눈을 번뜩이고 있는 잉글랜드의 첩보원들을 속이기 위해서 델 로치 캄파넬라 상사에게 미끼를 던졌던 것이다.

그런데 그걸 모르고 포르타는 덜컥 물었고, 안토니오도 방심을 하면서 델 로치 캄파넬라 상사는 창사 이래 최대의 위기에 몰리게 된 것이다.

"내 책임입니다! 툴롱, 아니 파리로 가겠습니다!"

일의 전말을 깨달은 포르타는 울분을 참지 못했다.

"진정하라고 했잖아! 이럴수록 냉정하게 대처해야 한다는 걸 왜 몰라!"

안토니오가 그답지 않게 언성을 높였다. 그리고 생각에 잠겼다. 늪에 빠졌을 때 허우적대면 더 빨리 잠기게 마련이다. 냉정하게, 그리고 침착하게 마음을 다지면서 빠져나갈 방도를 마련해야 한다. 안토니오는 두근거리는 가슴을 진정시키며 대책을 강구하기 시작했다.

"······!"

무심코 탁자에 시선을 주던 안토니오는 묘한 생각에 빠져들었다. 탁자 위에는 방금 전에 포르타가 섞은 다이아몬드와 하트, 클로버와 스페이드 패들이 어지럽게 널려 있는데 마치 델 로치 캄파넬라 상사의 처지를 말해주는 것 같다는 생각이 든 것이다. 지금 델 로치 캄파넬라 상사는 잉글랜드(다이아몬드)에게 설욕을 하려고 하는 프랑스(하트)에게 배를 팔려다 클로버(스웨덴)에게 뒷덜미를 잡힌 꼴이다. 클로버의 킹은 스웨덴의 구스타프 2세 국왕을 상징한다.

그렇다면 클로버 킹을 잡을 수 있는 나머지 한 장의 카드패는······ 안토니오는 손을 뻗어 스페이드 에이스 카드를 집어들었다. 그리고 힘껏 움켜쥐었다.

겉보기 회전점

한 무리의 기마병들이 뽀얀 먼지를 일으키면서 운터마인 다리를 급하게 건너갔다. 가톨릭동맹군의 총사령부가 있는 프랑크푸르트는 온통 군인들 천지로 전쟁분위기가 물씬 풍기고 있었다. 안토니오는 경비병이 사나운 눈초리로 쏘아보고 있는 프랑크푸르트의 성문 앞에서 소식이 오기만을 기다리고 있었다.

"우리를 만나주겠습니까? 발렌슈타인을 만나는 게 황제를 만나는 것보다 어렵다고 하던데."

프랑크푸르트를 담당하고 있는 순회대리인 셀시오가 안토니오의 눈치를 살피며 말을 걸었다.

"일단 면회신청을 했으니 기다려보는 수밖에."

안토니오가 도도히 흐르고 있는 마인 강에서 눈을 떼지 않은 채 대답했다. 셀시오의 말은 과장되지 않다. 가톨릭동맹과 신교연합의 싸움은 10년째 계속되고 있었는데 그 사이에 가톨릭동맹의 총수로 올라선 알브레히트 폰 발렌슈타인은 지금 유럽에서 제일 바쁘고 가장 힘이 있는 사람이 되었고, 스페이드 카드의 주인공으로 행세하고 있었다.

과연 그를 통해서 델 로치 캄파넬라 상사의 위기를 타개할 수 있을까.

마무리를 잘 짓고 홀가분하게 은퇴를 하려던 계획은 수포로 돌아갔고 반면에 엄청난 위기가 닥쳤다. 그렇지만 호랑이에게 물려가도 정신만 차리면 산다고 했다. 안토니오는 충격을 받고 쓰러진 포르타를 대신해서 전면에 나서기로 했고, 그 일로 프랑크푸르트로 온 것이다.

주주들은 포르타를 문책할 것을 요구하고 나섰다. 하지만 안토니오는 아직 끝난 게 아님을 들어 그들의 요구를 뿌리쳤고, 구스토디를 설득해서 간신히 수습의 기회를 얻었지만 갈 길은 첩첩산중이다.

"들어오십시오."

부관이 면회를 신청할 때와는 판이하게 달라진 태도로 안토니오를 대했다. 안토니오는 깊은 숨을 들이쉬고는 부관의 안내를 받으며 총사령관실로 향했다.

"당신이 나를 찾아왔다는 말을 듣고 깜짝 놀랐소. 이렇게 다시 만나게 될 줄이야."

발렌슈타인이 활짝 웃으며 안토니오를 반겼다. 예전처럼 까만 옷을 입고 있었는데 황제를 능가하는 권력자답게 집무실은 호화롭기 이를 데 없었다. 바이서베르크 전투 이후 가톨릭동맹의 총사령관이 된 발렌슈타인은 신교연합의 맹장 만스펠트 백작을 물리친 데 이어서 재작년(1626)의 루테른 전투에서 덴마크의 크리스티안 4세마저 격파하면서 프레드리히 2세의 신임을 한몸에 받고 있었다.

"오랜만입니다, 각하."

안토니오가 정중하게 예를 표했다.

"보헤미아에서 헤어지고서 8년 만이군. 당신이 델 로치 캄파넬라 상사의 총지배인이 되었다는 말은 들었소."

최고의 권력자가 된 발렌슈타인은 명성만큼 비난도 많이 받고 있었다. 대부분 출세에 눈이 먼 정상배라는 내용들인데, 딱히 틀린 말도 아닐 만큼 발렌슈타인은 철저하게 계산을 하면서 사람을 대하는데 지금 안토니오를 맞는 태도는 평판과는 전혀 딴판이었다.

"저도 각하 소식을 자주 듣고 있습니다."

"당신이나 나나 그런대로 뜻을 이룬 셈이군. 문득문득 그때의 일이 생각나오. 그런데 무슨 일로 나를?"

발렌슈타인이 8년 전에 비해서 훨씬 여유로운 모습으로, 그러면서 가식을 벗어던진 모습으로 안토니오를 상대했다.

"각하의 도움이 필요해서 찾아왔습니다."

"도움? 내가 뭘 도울 수 있는지 말해보시오."

발렌슈타인이 호기심을 보였고 안토니오는 델 로치 캄파넬라 상사가 처한 위기를 간략하게 설명했다.

"그런 일이 있었군. 입장이 몹시 난처해졌겠소. 잉글랜드하고 프랑스라면 충분히 그런 일이 있을 수 있겠지. 둘은 사사건건 물고 늘어지는 앙숙이니까. 그런데 내게 뭘 어떻게 도와달라는 것이오?"

발렌슈타인은 선뜻 이해가 가지 않는다는 표정이었다. 잉글랜드와 프랑스는 언젠가는 종교전쟁에 끼어들겠지만 아직은 전쟁의 당사국이 아니다.

"스웨덴과 관련된 정보를 알고 싶습니다."

안토니오가 본론을 꺼냈다.

"스웨덴? 왜 내게서 스웨덴의 정보를? 스웨덴 역시 전쟁의 당사국이 아닌데 왜 내게 정보를 원하는 것이오?"

발렌슈타인이 짐짓 이해할 수 없다는 표정을 지었다.

"틀림없이 상세한 정보를 수집해놓았을 것입니다."

상대는 발렌슈타인이다. 그렇다면 돌려 말할 필요 없이 단도직입적으로 나가는 게 좋을 것이다. 안토니오는 자신의 예상을 간략하면서 분명하게 설파하기 시작했다.

"짐작건대 각하는 구스타프 아돌프 2세의 동정을 매일 점검하고 있을 것입니다."

북쪽 변두리 나라였던 스웨덴은 17세기로 접어들면서 강국으로 성장을 했다. 내정이 안정되면 밖으로 세력을 뻗치게 마련이다. 그리고 전쟁은 세력을 확장시키기 좋은 기회다.

그런데 북방의 사자(獅子)를 자처하고 있는 스웨덴의 구스타프 아돌프 2세는 같은 신교국가면서 라이벌이기도 한 덴마크의 크리스티안 4세에게 뒤통수를 맞고 말았다. 그가 먼저 종교전쟁에 끼어들면서 참전의 기회를 놓친 것이다.

그런데 루테른 전투에서 덴마크 군대가 발렌슈타인에게 참패를 당하면서 크리스티안 4세는 철군에 들어갔다. 구스타프 아돌프 2세는 참전할 수 있는 좋은 기회를 잡은 셈이다. 당연히 발렌슈타인은 스페인과 관련된 정보를 수집하고 있을 것이다. 안토니오는 그렇게 내다본 것이다.

"과연 안토니오 코레아요. 베니스에 있으면서도 내 속을 꿰뚫어보고 있군."

감탄을 하는 발렌슈타인의 얼굴에서 평소의 음험함은 찾아볼 수 없었다.

"그렇다고 해도 내가 도움을 줄 게 별로 없을 것 같은데. 스웨덴군의 훈련 및 병력 이동과 관련해서는 매일 보고가 올라오고 있지만 배라면 내 관심권 밖인데."

"관심이 있을 것입니다. 중요한 것은 배가 아니고 돈이니까요."

시치미를 떼는 발렌슈타인과 집요하게 물고 늘어지는 안토니오. 그렇지만 분위기는 나쁘지 않았다.

"돈이라…… 구체적인 이유가 듣고 싶소."

"전쟁에 뛰어들려면 막대한 전비가 필요합니다. 지금 스웨덴의 사정을 고려해보건대 돈을 마련할 길은 프랑스에 전함을 파는 것밖에 없습니다. 그걸 모를 각하가 아닐 테니 틀림없이 스웨덴에서 건조하고 있는 대형 캐럭에 대해서 상세한 정보를 수집하고 있을 것입니다."

안토니오는 자기 예측을 가감 없이 전했고 발렌슈타인은 고개를 끄덕이며 시인했다. 더 신경전을 벌일 필요가 없는 상대다.

"그러니까 당신은 스웨덴이 프랑스에 팔려고 하는 전함과 관련된 정보를 이용해서 둘의 계약을 취소시키겠다는 것인가?"

"그렇게 되면 스웨덴도 신교연합에 가담하는 게 늦어질 것입니다."

안토니오는 나만을 위한 제안이 아님을 밝혔다. 발렌슈타인의 태도로 봐서 그가 스웨덴과 관련된 정보를 가지고 있음이 분명했다.

"설사 내가 당신이 필요로 하는 것을 가지고 있다고 해도 확실한 손실과 불확실한 이익을 맞바꾸자는 것인데, 그것은 당신이 보기에도 불공정한 거래이지 않소?"

확실한 손해는 정보를 누출함으로써 애써 심어놓았던 정보원이 노출되는 것이고, 불확실한 이익은 안토니오가 신형 전함과 관련된 정보를 손에 넣는다고 해도 반드시 스웨덴과 프랑스의 계약을 파기시킨다고 장담할 수 없다는 말이다.

발렌슈타인의 말이 틀리지 않다. 그리고 가톨릭동맹의 총수로 재력과 권력을 겸비한 마당에 발렌슈타인은 웬만한 조건에는 움직이지 않을 것이다. 하면 이제 어떻게 해야 하나. 아무리 궁리를 해도 그를 확실하게 움직일 수 있는 무기가 떠오르지 않았다.

"당신 말은 잘 알아들었소. 그런 일이 있는 줄, 그리고 이렇게 당신과 다시 얽히게 될 줄은 몰랐소. 짐작하겠지만 간단히 결정할 일이 아니오. 그러니 일단 돌아가 있으시오. 결심이 서거든 연락하겠소."

안토니오가 선뜻 답변을 하지 못하자 발렌슈타인이 심각한 표정으로 회합의 결론을 내렸다. 안토니오는 무거운 마음으로 몸을 일으켰다. 어쩌다 델 로치 캄파넬라 상사의 운명이 발렌슈타인의 결심에 달렸단 말인가. 참으로 어처구니가 없었다.

"꽤 오래 걸렸군요. 발렌슈타인을 면담하셨습니까?"

성문에서 기다리고 있던 셀시오가 뛰어오며 물었다. 정말로 발렌슈타인을 만났는지 반신반의하는 표정이었다.

"그래, 충분히 설명했고, 기다려달라는 답을 들었다."

"그렇습니까? 놀랐습니다. 발렌슈타인을 만나려면 왕족들도 면회를 신청하고 며칠씩 기다려야 한다고 들었는데."

안토니오와 발렌슈타인의 관계를 모르는 셀시오는 놀라움에 입을 다물지 못했다.

"그런데 어디로 가는 겁니까? 그쪽은 뢰머 광장으로 가는 길입니다."

안토니오가 숙소와는 다른 쪽으로 발길을 옮기자 지리를 잘 아는 셀시오가 주의를 주었다.

"여기 온 김에 서적견본시(Buchmesse)를 살펴볼 생각이다."

많이 피곤했지만 프랑크푸르트까지 온 마당에 서적견본시를 그냥 지나칠 수는 없다. 조르지오는 인쇄업에서 그런대로 수익을 내고 있었다. 안토니오는 만약의 경우, 그러니까 조선소로 인해서 델 로치 캄파넬라 상사가 큰 손실을 입게 될 경우 조르지오에게 상사 경영을 맡기고, 인쇄업에 주력할 생각이었다. 원주인에게 상사를 돌려주는 것이니 주주들도 크게 반대하지 않을 것이다.

그렇지만 그렇게 되기 위해서는 인쇄업이 계속해서 승승장구를 해야 한다. 그래서 안토니오는 현장을 살펴보기로 한 것이다.

                                    ＊ ＊ ＊

　프랑크푸르트 서적 견본시는 유럽을 대표하는 서적시장으로 장터에
는 온갖 종류의 책들이 전시되어 있었고, 뢰머 광장은 사람들로 북적였
다. 활자가 보편화되면서 인쇄량은 급증했고, 각종 서적들이 앞다투어 출
간되고 있었다. 그러니 유심히 살펴보면 인쇄와 출판의 동향을 파악할 수
있을 것이다.

　"과연 델 로치 님이로군요. 출판물들이 하루가 다르게 늘어나고 있는
것 같습니다."

　셀시오가 감탄을 했다. 그의 말대로 몇 년 전에 들렀던 서적 견본시와
는 비교도 되지 않을 만큼 다양한 종류의 책들이 출품되었고, 여기저기서
흥정하는 소리가 그치질 않고 있었다.

　"여전히 라틴어로 인쇄된 책들이 주류를 이루고 있지만 베르나쿨라
(vernaculra)도 많이 늘어났군요."

　프랑크푸르트 주재원답게 셀시오는 눈썰미가 있었다. 그의 말대로 각
국어로 인쇄된 베르나쿨라 본이 이전에 비해 눈에 띄게 늘어나 있었다.

　그렇지만 안토니오가 견본시에 들른 이유는 다른 데 있었다. 활자체를
유심히 살피던 안토니오의 표정이 어두워졌다.

　'이탈리아 활자체를 장담하기 어렵겠는데……'

　살펴본바 새 인쇄물일수록 고딕 활자체 비중이 높은 것 같았다. 예상
대로 우아한 이탈리아 활자체는 기존 식자층이, 그리고 간단명료한 고딕
활자체는 새로 글을 익힌 평민층이 선호하고 있었다.

　문제는 긴 안목으로 봤을 때 어느 쪽이 전망이 있느냐는 것인데 조르
지오는 여전히 이탈리아 활자체를 고집하고 있었다. 이렇다 할 고생이라
는 것을 모르고 살았던, 오로지 귀족과 부호들만 상대했던 조르지오에게
평민은 애초부터 고려대상이 아니었다.

조르지오의 판단대로 평민들을 대상으로 하는 수요는 공지문에 한정될 것인가. 아니면 문맹이 급격히 줄면서 평민 수요가 급증할 것인가. 안타깝게도 더 이상 그 일에 신경을 쓸 수 없는 형편이다. 조선업에 발목이 단단히 잡힌 마당이다.

안토니오는 울적했다. 조선업이 위태로운 마당에 인쇄업마저 장래가 불투명하다면……. 먹구름이 델 로치 캄파넬라 상사를 향해 몰려오는 기분이었다. 어쩌다 은퇴를 결심한 마당에 이렇게 참담한 현실과 마주치게 되었단 말인가.

"……!"

한숨을 내쉬던 안토니오는 자신과 눈이 마주치자 황급히 고개를 돌리는 남자를 보는 순간 이상한 생각이 들었다. 그렇지 않아도 아까부터 자기를 유심히 살피는 것 같았는데 왜 나를 피하려는 걸까. 동양인이 수행원을 데리고 견본시에 나타났으니 사람들의 이목을 끄는 것은 당연했지만 방금의 경우는 그와는 달랐다.

그렇지 않아도 이런저런 일로 신경이 곤두서 있는 마당이다. 안토니오는 경계심 반 호기심 반의 심정으로 그 남자에게 다가갔고 남자는 당황하면서 안토니오를 피하려고 했다.

"앗! 당신은 로셀리노 아니오?"

안토니오는 그제서야 그가 누군지 알아보았다.

"나를 알아보는군요, 안토니오. 오랜만입니다."

남자가 멋쩍은 웃음을 지으며 안토니오가 내미는 손을 잡았다. 미모 로셀리노는 안토니오가 델 로치 상사에 들어온 지 얼마 되지 않아서 유리 제품을 교황청에 납품하는 일로 로마로 향했을 때 동행을 했었고, 그 일로 델 로치 상사를 떠났던 사람이다. 오랜만에 만난 로셀리노는 몰라볼 만큼 변해 있었다.

"여기서 당신을 만나게 될 줄이야. 정말 오랜만이군요."

"델 로치 상사를 떠난 지 벌써 22년이 지났으니 참으로 긴 세월이 흘렀군요. 당신 소식은 들어서 알고 있습니다."

모질지 못한 게 흠이었지만 모난 데 없는 성격에 말주변은 상당했던 로셀리노는 델 로치 상사에서 쫓겨난 후에 여기저기 견본시를 떠돌며 생계를 이어가고 있는 듯했다.

"당신에게 늘 미안한 마음입니다. 그때 내가 더 적극적으로 변호를 했어야 했는데⋯⋯. 그래, 어떻게 지내고 있습니까?"

안토니오는 22년 전의 일을 가슴 아파했다.

"무슨 그런 말을. 당신이 그때 나를 위해 얼마나 애를 써주었는지 잘 알고 있습니다. 베니스를 떠난 후로 여기저기를 떠돌면서 행상들을 거들고 있습니다. 할 줄 아는 게 장사뿐이라서⋯⋯. 지금은 프랑크푸르트에서 서적 위탁판매상인을 돕고 있습니다."

그간 고생이 심했는지 로셀리노는 예전의 활달했던 모습과는 많이 달랐다.

"여기서 이럴 게 아니라 자리를 옮기지요."

안토니오는 셀시오를 먼저 숙소로 돌려보내고 로셀리노를 이끌고 근처 선술집으로 향했다. 로셀리노는 술을 마실 형편이 못 되었는지 사양을 하지 않았고, 자리를 잡아 단숨에 잔을 비웠다.

"가족들은 잘 지냅니까?"

"가족들은 베니스에 그냥 있습니다. 가끔 들러서 되는대로 돈을 집어주고 오지요. 사는 게 어렵지만 그런대로 지내고 있습니다. 그런데 부끄럽군요. 이런 모습을 보여서."

"부끄러울 게 뭐 있습니까."

안토니오는 마음이 편치 않았다. 열심히 일했지만 결과가 나빠서 상사를 떠났던 사람들 모두 어렵게 지내고 있었다. 승자가 있으면 패자가 있게 마련이다. 피할 수 없는 상사원의 운명이지만 그래도 가슴 아픈 일이다.

"그런데 알베르토하고 기슬란티 소식을 알고 있습니까?"

허겁지겁 잔을 비우던 로셀리노가 돌연 두 사람을 거명하고 나섰다. 둘 모두 한때는 안토니오의 상사였고, 도중에 델 로치 상사를 떠난 사람들이다. 말하는 것으로 봐서 로셀리노는 두 사람 소식을 알고 있는 듯했다.

"알베르토 소식은 들었습니다만 기슬란티는 어떻게 지내고 있는지 궁금합니다. 당신은 알고 있습니까?"

알베르토는 신교연합이 패배하면서 델 로치 상사를 떠나게 되었는데 피렌체에서 집사 노릇을 하며 연명하고 있다는 소식을 들었다. 그렇지만 잉글랜드가 원모 수출을 중단할 때 시세판단을 잘못하는 바람에 델 로치 상사를 떠나야 했던 기슬란티에 관해서는 들은 바가 없었다.

"기슬란티도 나처럼 행상들을 쫓아다니고 있습니다. 나야 애초부터 능력이 모자라는 사람이었지만 알베르토나 기슬란티는 아까운 사람들인데……."

로셀리노가 고개를 숙였다. 안토니오는 문득 포르타도 그렇게 되는 게 아닌가 하는 생각이 들었다. 어쩌면 자신도 명예로운 은퇴가 아니고 축출을 당하게 될지도 모르는 판국이다.

"상사원의 삶이라는 게 정말 힘들고 덧없는 것 같습니다. 운이 좋아서 여기까지 왔지만 과연 무사히 마무리를 지을 수 있을지 걱정입니다."

안토니오가 솔직한 심정을 털어놓았다.

"그게 무슨 말입니까? 안토니오답지 않게. 나는 당신이 그동안에 어떻게 난관들을 극복하고 그 자리에 앉았는지 잘 알고 있습니다. 그런데 다른 사람들은 잘 있습니까?"

로셀리노가 괜한 소리 하지 말라는 표정으로 안토니오를 쳐다봤다.

"구에르치노가 얼마 전에 죽었습니다. 좋은 친구였는데. 포르타가 그를 대신해서 부지배인이 되었습니다."

"그렇습니까? 애석한 일이군요. 구에르치노는 나하고 같은 해에 델 로치 상사에 들어갔는데. 그렇지만 포르타가 부지배인이 되었다니 잘됐군요. 뭐 지난 얘기지만 포르타는 나한테 일을 배웠지요. 따지고 보면 안토니오 당신도 마찬가지지만요. 하하하."

로셀리노가 처음으로 활짝 웃었고 안토니오도 따라 웃었다.

"그런데 프랑크푸르트는 무슨 일로?"

로셀리노가 정색을 하고 물었다.

"델 로치 캄파넬라 상사가 인쇄업에 진출했습니다. 그래서 서적견본시를 둘러보고 있습니다."

발렌슈타인을 만났다는 사실은 극비다.

"그렇습니까? 델 로치 캄파넬라 상사가 인쇄업에도 손을 댔군요. 하긴 인쇄업은 전망이 밝으니까요."

"혹시 조언해줄 일은 없습니까? 프랑크푸르트에서 오래 일했다면 이쪽 사정에 밝을 텐데."

"내가 안토니오 당신에게 조언해줄 일이 뭐가 있겠습니까."

로셀리노가 손사래를 쳤다.

"내가 보기에 새로 찍은 인쇄물일수록 고딕 활자체를 많이 쓰는 것 같은데 사실입니까?"

"역시 날카롭군요. 그렇습니다. 앤트워프의 인쇄업자들은 점점 고딕 활자체 비중을 높이고 있습니다."

로셀리노가 고개를 끄덕였다.

"하지만 고딕 활자체는 평민들을 상대로 하는 만큼 한계가 있지 않을까요?"

"그렇게 보는 사람도 있고 그 반대로 생각하는 사람도 있습니다. 결과는 알 수 없지만 교황청에서 성서를 찍으면서 어떤 활자체를 선택할 것이냐에 따라 이탈리아 활자체와 고딕 활자체의 앞날이 정해질 것이라고 보고 있습니다."

로셀리노가 안토니오의 예상을 뒷받침해주었다.

"그만 가봐야겠습니다. 당신을 만나서 정말 반가웠습니다."

로셀리노가 몸을 일으켰다.

밖으로 나오자 날이 이미 저물어 있었다. 안토니오는 어둠이 깔린 프랑크푸르트 거리를 천천히 걸었다. 마음이 무거웠다. 조선소는 발렌슈타인의 결심에, 인쇄업은 교황청의 결정에 장래가 걸려 있는 셈이다. 내 손으로 뭘 더 어떻게 할 수 없다는 사실이 안토니오의 마음을 더 무겁게 짓눌렀다.

* * *

일각이 여삼추의 심정으로 소식이 오기만을 기다리고 있는데 사흘 만에 발렌슈타인으로부터 만나자는 연락이 왔다.

안토니오는 두근거리는 가슴을 진정시키며 프랑크푸르트 성으로 들어섰고, 부관의 영접을 받았다. 부관이 안토니오를 대접견실로 안내하자 고급 지휘관과 고위 성직자들이 놀라서 안토니오를 쳐다봤다. 그곳은 발렌슈타인이 제후나 주교 등 고위 인사를 상대할 때 쓰는 방이다. 그런데 상인으로 보이는 자가, 더구나 동양인이 그곳으로 안내되다니.

침착하려고 했지만 넓은 접견실에 홀로 남게 되자 다시 불안감이 몰려왔다. 발렌슈타인은 일단 호의를 보였지만 그가 어떻게 나올지는 장담할 수 없다. 발렌슈타인은 철저하게 자기 이익에 따라 행동하는 사람이다. 그런 그가 자기 말대로 불확실한 이익과 확실한 손실을 맞바꾸려고 할지 솔직히 의문이었다.

"오래 기다렸소? 기동훈련에 참관하느라 조금 늦었소."

발렌슈타인이 뽀얀 먼지를 뒤집어쓴 갑옷 차림으로 대접견실로 들어섰다. 자기 연출에 능한 발렌슈타인은 상대를 초조하게 만들기 위해서 일부러 약속시간에 늦게 나타나기도 하는데 오늘은 그런 것 같지는 않았다. 그렇다면 일부러 더 정장 차림으로 여유를 부리며 등장했을 것이다.

"앉읍시다. 나이가 나이인지라 이제는 말 타는 게 힘이 들어."

발렌슈타인이 웃음을 지으며 앉을 것을 권했는데 그의 지시가 있었는지 대접견실 주변은 섬뜩할 정도로 조용했다.

발렌슈타인이 어떻게 나올 것인가. 그가 입을 열기를 기다리는 안토니오는 피가 마를 것 같았다. 델 로치 캄파넬라 상사의 명운이 그의 결심 여하에 달려 있다고 해도 과언이 아니었다.

"이제야 오랜 빚을 갚게 되었군."

한참을 아무 말 없이 안토니오를 쳐다보고 있던 발렌슈타인이 천천히, 그렇지만 분명한 어조로 입을 열었다.

"하면……?"

"당신이 원하는 것을 주겠소. 당신 예상대로 나는 진작부터 스웨덴 왕실에 첩자를 심어놓고서 그들의 동정을 예의주시하고 있었소."

안토니오는 심장이 뛰었다. 발렌슈타인이 도와주겠다고 한 것이다.

"잉글랜드의 바다의 제왕을 제압할 목적으로 건조 중인 스웨덴의 신형 전함 '바사'는 넉 달 후, 그러니까 8월경에 진수식을 가질 예정인데 배수량이 1천 톤에 달하며 24파운드 대포를 무려 64문이나 장착한 초대형 전함이라고 하오."

발렌슈타인이 몸을 일으키더니 금고로 향했고, 곧 큼지막한 상자를 들고 왔다.

"이 안에 바사 호의 설계도가 들어 있소. 바사 호와 관련된 모든 정보가 들어 있는 셈이지."

발렌슈타인이 바사 호의 설계도를 안토니오에게 건넸다. 안토니오는 꿈을 꾸는 기분이었다. 발렌슈타인이 스웨덴의 동정에 관심을 기울이고 있으리란 사실은 그런대로 예측이 가능했지만 그가 순순히 협상에 응할 거라고는 크게 기대치 못했던 마당이었다. 그런데 설계도라니. 그것은 상상조차 못했던 엄청난 소득이었다.

"설계도를 손에 넣고 있었군요. 통하는 사람이 있을 거라 짐작은 했지만."

안토니오가 감탄했다.

"스웨덴에서도 바사 호 설계도에 접근할 수 있는 사람은 극소수에 불과하오. 그러니……."

발렌슈타인은 애써 심어놓은 첩자의 신분이 노출될 것을 각오하고 있었다.

"정말 고맙습니다. 이렇게 귀중한 물건을 얻게 될 줄은 몰랐습니다. 그런데……."

안토니오는 말끝을 흐리며 발렌슈타인의 눈치를 살폈다. 발렌슈타인은 절대로 밑지는 거래를 하는 사람이 아니다. 그러니 선물이 큰 만큼 엄청난 대가를 요구할 것이다.

"물론 당신은 그에 따른 대가를 지불해야 할 것이오."

발렌슈타인이 정색을 하며 말했다. 그렇지만 왠지 상대를 매섭게 몰아붙이던 평소의 모습과는 다른 느낌이었다.

"대가는 당신이 얘기했던 대로 스웨덴과 프랑스의 거래를 막는 것이오."

그게 전부란 말인가……? 발렌슈타인은 아직 사태를 제대로 파악하지 못한 표정의 안토니오를 쳐다보고는 말을 이었다.

"당신의 예상대로 스웨덴의 구스타프 아돌프 국왕은 전쟁에 끼어들려고 하고 있소. 스웨덴으로서는 밖으로 세력을 뻗칠 수 있는 좋은 기회겠지. 전비를 마련하는 대로 이쪽으로 진격해올 텐데 아직 우리는 그들과 맞서 싸울 채비가 되어 있지 않소. 그러니 당신이 시간을 벌어주시오. 저것을 가지고."

발렌슈타인이 설계도함을 가리켰다. '30년전쟁'의 중반기를 주도하는 두 사람, 스웨덴의 구스타프 아돌프 2세와 가톨릭동맹의 총수 발렌슈타인. 안토니오가 프랑크푸르트를 찾았을 무렵은 클로버 킹과 스페이드 에이스가 정면대결을 앞두고 숨을 고르던 시기였다.

"감사합니다. 그렇지만 당장은 최선을 다하겠다는 말밖에 달리 드릴게 없습니다."

안토니오는 여전히 긴장을 풀지 못했다. 상대가 발렌슈타인이었기 때문이다.

"그 말로 됐소."

발렌슈타인이 진지한 표정으로 대답을 했는데 아무리 살펴도 가식이 느껴지지 않았다. 발렌슈타인에게도 저런 면모가 있었단 말인가. 여러 차례 발렌슈타인을 상대했지만 이런 면모는 처음이었다.

그렇다면 협상은 끝난 셈이다. 그리고 기대 이상의 성과를 거두었다. 그런데 발렌슈타인은 왜 내게 이런 호의를 베푸는 걸까. 설계도를 손에 넣었지만 그걸로 스웨덴과 프랑스의 계약을 파기시킬 수 있는지는 여전히 미지수였다.

"그것은 당신도 나를 믿어주었기 때문이오."

발렌슈타인이 안토니오의 마음을 읽기라도 한 듯 먼저 대답하고 나섰다.

"그때 일이 생각나시오? 8년 전에 당신은 아무도 상대해주지 않는, 가진 것이라고는 입밖에 없는 나를 믿고 큰돈을 빌려주었소. 내가 오늘 이 자리에 있게 된 것은 그때 당신이 나를 믿어주었기 때문이오."

발렌슈타인이 다가오더니 안토니오의 손을 덥석 잡았다. 손끝에서 따스한 온기가 전해졌다. 안토니오는 순간 당혹스러웠다. 그때, 혹시 사기를 당한 것이 아닌가 해서 안절부절못하던 때가 생각났던 것이다.

"고맙습니다. 그때의 일에 비하면 너무나 큰 보답을 받았습니다."

안토니오는 진심으로 사의를 표했다.

"약속한 대로 최선을 다하겠습니다. 그렇지만 갈 길이 멉니다."

"잘 알고 있소. 그렇지만 안토니오, 당신은 틀림없이 잘 극복할 것이오."

발렌슈타인이 미소를 지으며 말을 이었다.

"잘 가시오, 동양인 친구. 나도 세상 사람들이 나를 어떻게 평가하고 있는지 잘 알고 있소. 그런데 만일 누가 나에게 당신은 신의라는 것을 아느냐고 묻거든 이렇게 대답하겠소. 내게는 안토니오 코레아라는 진정한 친구가 있다고."

* * *

날씨가 점점 더워지는데 불구덩이에 머리를 디밀자니 조르지오는 미칠 지경이었다. 그렇지만 짜증은 오래가지 않았다. 사업이 순조롭게 풀리고 있었기 때문이다.

"덥군. 당신들은 하루종일 이러고 있나?"

"돈 버는 일이 어디 쉽습니까?"

조르지오의 말에 인쇄업자가 히쭉거렸다. 고생이라고는 모르고 자랐을 명문가의 상속인이 사업을 챙긴다며 인쇄소를 찾아와서 벌겋게 달아오른 주물화로에 얼굴을 디미는 게 우스웠던 모양이다.

"돈 얘기가 나왔으니 하는 말인데 기왕에 돈을 벌려면 주물화로를 더 늘려야 하지 않을까? 이것 가지고서야 한꺼번에 몇 자나 부어내겠어?"

조르지오는 자신이 있었다. 인쇄물량이 애초의 예상보다 훨씬 많았다.

"주물화로를 늘리는 건 누름판이나 조판틀을 늘리는 것과는 다릅니다. 주물화로를 새로 설치하려면 큰돈이 들어갑니다."

인쇄업자가 10만 두카트를 가지고 더 이상의 증설은 어렵다는 뜻을 밝혔다.

"그럼 얼마나 필요한가?"

"그야 많으면 많을수록 좋겠지만 우선은 20만 두카트면 화로를 하나 더 설치하고 주물틀과 누름판을 3개씩 늘릴 수 있습니다. 그러면 당장의 주문량을 소화할 수 있습니다."

"하면 50만 두카트면 그런대로 여유 있게 운영할 수 있겠군."

조르지오의 입에서 50만 두카트라는 말이 나오자 인쇄업자는 놀라서 벌린 입을 다물지 못했다. 그렇다면 베니스 전체의 물량을 소화하고도 남을 규모의 인쇄소를 세울 수 있을 것이다.

활자를 붓는 곳을 나온 조르지오는 인쇄를 찍고 있는 곳으로 발길을 돌렸다. 불구덩이에서 빠져나오자 한결 나았다.

"고생 많으셨습니다."

작업을 감독하고 있던 스트로치가 땀투성이가 되어 돌아온 조르지오를 보고 웃었다.

"뭐, 잠깐 있었는데. 그보다는 첼리니는 아직 연락이 없나?"

조르지오가 여유를 부리며 물었다.

"아직 없습니다. 시간이 좀 걸리는 모양입니다. 그런데 안토니오가 돌아왔다고 합니다."

"그래? 어디 갔었다고 하던가?"

조르지오가 얼른 관심을 보였다.

"그것까지는……. 알아봤는데 상사에서도 아는 사람이 없는 것 같습니다."

"도대체 그자는 왜 그렇게 비밀이 많아! 포르타가 제멋대로 행동하는 바람에 지금 델 로치 캄파넬라 상사가 큰 어려움에 처한 판인데!"

조르지오가 짜증을 냈다. 여전히 조선소에 미련을 버리지 못하고 있는 안토니오가 못마땅했던 것이다.

"조선소는 어떻게 될까요? 예정대로 인수를 할까요? 아니면……."

"정청에서 승인까지 난 마당에 인수를 하지 않으면 위약금도 위약금이지만 델 로치 캄파넬라 상사의 신용이 뭐가 되겠어? 손해를 감수하더라도 일단 인수한 후에 분할매각을 하던가 해야겠지. 왜 내 말을 안 듣고서……."

조르지오가 혀를 끌끌 찼다.

"큰일이로군요."

스트로치가 맞장구를 쳤는데 두 사람 모두 말만 그렇게 했지 진심으로 걱정하는 기색은 아니었다.

조르지오는 한결 가벼워진 발걸음으로 인쇄소를 나섰다. 모든 게 순조롭게 돌아가고 있었다. 첼리니가 지금 자본가들을 만나고 있는데 반응이 호의적이다. 주주들도 일이 꼬여버린 조선소 대신에 전망이 밝은 인쇄업에 차츰 관심을 기울이고 있었다.

그런데 안토니오는 어디서 뭘 하고 있단 말인가. 알 수 없지만 대세가 기운 마당이다. 조르지오는 더 신경쓰지 않기로 했다.

'경영에 복귀하고 상사를 되찾겠다!'

조르지오는 이를 악물었다.

* * *

"대단하군요. 이만하면 충분히 바다의 제왕을 제압할 수 있겠습니다!"

설계도를 살피던 팔라디오가 감탄을 금치 못했다. 배수량이 1천 톤인 대형 캐렉 바사 호는 선수사장(船首斜檣, bow spirit)과 전장(前檣, formast), 주장(主檣, main mast), 후장(後檣, mizzen mast) 등 4개의 마스트로 구성되어 있는 점에서는 다른 캐렉과 다를 바가 없지만 선수사장에 2중의 4각형 스피리트 돛을 더하고, 3단으로 구성된 앞돛(foresail)과 2중의 꼭대기 돛(topsail)에 통상보다 훨씬 큰 삼각돛(lateen sail)을 채택해서 강력한 추진력을 얻고 있었다. 그리고 화력은 24파운드 대형포를 64문이나 장착해서 그야말로 떠다니는 요새를 방불케 하고 있었다.

"정말로 24파운드 대포가 2층으로 배열되어 있군요. 일제히 발포를 하면 당해낼 배가 없겠습니다."

팔라디오가 감탄을 연발했다.

"나도 놀랐어. 스웨덴에서 이런 배를 건조하고 있을 줄이야. 리슐리외 추기경이 탐을 낼 만하군."

안토니오가 동의했다. 설계도만 살펴봐도 바사 호의 위용은 감탄을 자아내게 하기에 충분했다. 포르타는 내내 아무 말이 없었다. 그렇지 않아도 이번 일에 책임을 느끼고 있는 차였는데 다시 거대한 벽이 앞을 가로막고 있었던 것이다.

"어떻게 하지요?"

팔라디오가 조심스럽게 물었다. 안토니오는 입을 굳게 다문 채 설계도에서 눈을 떼지 않았다. 아무리 생각해도 갈레온이 경쟁할 상대가 아니다. 그렇다면 무슨 수로 리슐리외 추기경의 마음을 돌릴 수 있단 말인가. 너무도 막막했다.

"상황이 이렇다면 스웨덴을 물리치고 프랑스와 계약을 하는 건 불가능할 것 같습니다. 총지배인님, 제가 책임을 지고 상사를 떠나겠으니 조선소를 속히 분할매각해서 피해를 최소로 줄이십시오."

얼굴이 핼쑥해진 포르타가 기어들어가는 목소리로 말했다.

"약한 소리 마라! 아직 끝나지 않았다!"

안토니오가 엄한 표정으로 포르타를 꾸짖었다. 하지만 암담하고 참담하기는 안토니오도 마찬가지였다. 혹시라도 건조 중인 전함에 무슨 약점이라도 있을까 해서 발렌슈타인을 통해서 어렵게 설계도를 손에 넣었는데 결과는 차라리 안 보니만 못했다. 바사 호는 갈레온과는 상대도 되지 않는, 리슐리외 추기경이 탐을 낼 만한 막강한 전함이었다. 무슨 수로 이 난관을 타개해나갈 것인가. 여기까지 오면서 숱한 어려움을 겪었지만 이렇게 앞이 깜깜하기는 처음이었다.

"정말 바사 호가 몇 달 후면 진수식을 가진단 말입니까? 스웨덴이 바이킹의 후예로 바다에 능하다는 사실은 알고 있지만 그래도 기껏해야 소형 코크 선이나 만드는 줄 알았는데……."

팔라디오도 적지 않은 충격을 받았는지 말끝을 맺지 못했다. 동분서주하면서 자본을 끌어들이고, 대출을 받은 마당에 생각지도 못했던 곳에서 발목을 잡힌 것이다.

스웨덴이 바다를 주름잡던 바이킹의 후예라는 사실을 왜 간과했을까. 새삼 후회가 밀려왔다.

유럽을 대표하는 두 종류의 배, 북쪽의 크노르와 남쪽의 갈레는 대서양시대가 열리고 대형 범선이 등장하면서 운명을 달리하게 되었다. 본래부터 지중해 항해용이었던 갈레는 그럭저럭 명맥을 유지했지만 바이킹이 험한 바다용으로 개발한 크노르 ─ 롱쉽 ─ 는 캐럭에 밀려서 자취를 감추고 말았다. 그래서 안토니오도 간과를 했던 것인데, 그래도 조선업의 기술과 전통은 남아 있었기에 스웨덴은 빠른 시간에 대형 캐럭 건조에 성공한 것이다.

그래도 그렇지 잉글랜드의 자랑인 '바다의 제왕'을 제압하는 대형 캐럭을 건조할 줄이야. 하지만 잉글랜드는 그 사실을 놓치지 않았고, 그들의 감시를 따돌리기 위해서 프랑스는 델 로치 캄파넬라 상사를 내세워서 위장 계약을 했던 것이다. 그런데 왜 나는 그 사실을 까맣게 모르고 있었을까. 안토니오는 일찍이 느껴보지 못했던 깊은 낭패감에 빠져들었다.

"혹시 거짓 설계도가 아닐까요? 잉글랜드 첩보기관을 속이기 위해서."

팔라디오가 조심스럽게 의견을 전했다. 안토니오도 그런 생각을 안 해본 것이 아니다. 그렇지만 발렌슈타인은 거짓 정보에 넘어갈 만큼 호락호락한 사람이 아니며 설계도는 세부적인 곳까지 상세하게 담고 있었다. 바사 호는 두 사람의 야심가, 리슐리외 추기경과 구스타프 아돌프 2세가 서로 가진 것을 주고받기에 아주 적합한 여건을 지닌 배였다.

"조선소에서는 계속 작업 중인가?"

후회한다고 해결될 일이 아니다. 안토니오가 화제를 바꾸기로 하고 갈레온의 작업 진척을 물었다.

"아직까지는 작업이 별 차질 없이 진행되고 있습니다만 앞으로가 걱정입니다. 소문만큼 빠른 게 없다고 머지않아 계약이 깨졌다는 말이 새어나갈 텐데……."

팔라디오가 한숨을 내쉬었다. 그러면서 어떻게 할까요 하는 눈빛으로 안토니오를 쳐다봤다.

"계속 작업을 해! 행여 투자자나 인부들이 동요하는 일이 없도록 각별히 신경쓰고!"

안토니오는 밀어붙이기로 했다. 여기서 주저앉으면 그다음은 선택의 여지가 없을 것이다.

"피해를 줄이려면 지금이라도 현실을 인정하고 작업을 중단시키는 게 좋을 겁니다."

포르타가 계속 약한 소리를 했다. 안토니오는 대답을 않고 창가로 향했다. 믿고 뒤를 맡기기로 한 포르타가 저렇게 약하게 나오는 것은 그만큼 상황이 비관적이라는 뜻이다. 어떻게 해야 하나. 수많은 고비의 순간마다 나를 지켜준 것은 할 수 있다는 의지라고 믿고 있었다. 그런데 이렇게 온몸에서 힘이 빠져나가는 것은…… 나이를 먹었기 때문일까.

안토니오는 고개를 세게 흔들었다. 이럴수록 마음을 강하게 먹어야 한다. 조선에는 하늘이 무너져도 솟아날 구멍이 있고, 호랑이에게 물려가도 정신만 차리면 산다는 속담이 있다. 안토니오는 약해지려던 마음을 다지며 다시 설계도로 향했다. 그리고 찬찬히 살펴보았다. 이 세상에 완벽한 것은 없다. 면밀히, 빠뜨리지 않고 살피면 약점을 찾아낼 수 있을 것이다.

그렇지만 바사 호의 설계도는 살필수록 완벽함이 느껴졌다. 스웨덴은 지금 이 설계도대로 착실하게 배를 건조하고 있을 것이다. 안토니오의 머릿속에 파도를 가르며 당당하게 전진하는 바사 호의 위용이 그려졌다.

안토니오가 설계도를 뚫어져라 살피고 있는데 문이 조심스럽게 열리면서 상사원이 웬 건장한 남자를 데리고 들어왔다.

"무슨 일인가? 외부 사람 출입을 통제하라고 했는데!"

팔라디오가 상사원에게 짜증을 냈다.

"오랜만입니다, 안토니오. 그런데 포르타, 팔라디오도 함께 있었군요."

건장한 남자가 활짝 웃으며 안토니오에게 다가왔다. 이 사람이 누구더라? 스페인 억양의 남자는 세 사람을 잘 아는 것 같았는데 안토니오는 도통 생각이 나질 않았다.

"앗! 당신은 디에고 아니오?"

그제서야 포르타가 남자를 알아보았다.

"그렇습니다. 호세가 빨리 가보라고 해서 서둘러 달려온 길입니다."

안토니오는 그제서야 남자를 알아보았다. 호세를 따라다니던 견습사관 디에고는 몰라볼 정도로 늠름한 자태를 하고 있었다.

"디에고였나? 그때는 견습사관이었는데 이제는 선장티가 나는군. 정말 오래간만이네."

안토니오가 환하게 웃으며 디에고를 반겼다.

"사르가소 해를 지나간 게 벌써 10년 전의 일이군요. 안토니오 소식은 들어서 알고 있습니다."

'성 엘모의 불' 견습사관이었던 디에고는 신대륙 항해를 함께했던 안토니오와 포르타, 그리고 리스본 항에서 기다리고 있었던 팔라디오와 반갑게 재회의 인사를 나누었다. 안토니오는 조선업에 진출하면서 호세에게 배와 바다에 대해서 잘 아는 사람을 소개시켜달라고 서신을 보낸 적이 있는데 호세가 디에고를 추천했던 것이다.

"호세는 잘 있나?"

안토니오는 육지에서는 술에 절어 지내다가도 바다에만 나가면 신이 나는 사나이 호세의 소식이 궁금했다.

"호세는 요새 배를 타지 않습니다. 그런데 술을 너무 많이 마셔서 걱정입니다. 아무튼 술만 마셨다 하면 안토니오와 함께 말의 바다를 항해했던 얘기를 하면서 지금도 흥분을 감추지 못하고 있습니다."

호세가 배를 안 탄다는 사실은 안토니오도 알고 있었다. 그런데 술은 여전한 모양이었다.

"디에고는 줄곧 호세와 함께 있었나?"

"몇 차례 더 신대륙을 다녀왔습니다. 그리고 호세가 배를 타지 않은 후로는 스페인 해군으로 옮겼지요. 지금은 바다는 충분히 경험했다고 판단하고서 군에서 나와서 배 설계를 하고 있습니다."

디에고는 안토니오와 다시 일하게 된 것을 크게 기뻐했고 안토니오는 그 사이에 항해와 해전, 그리고 조선의 전문가로 성장을 한 디에고를 보며 흐뭇했다. 호세가 적임자를 보내준 것이다.

"잘 왔네. 호세가 큰 선물을 보냈군."

안토니오가 디에고의 손을 덥석 잡았다.

"저도 안토니오와 다시 일하게 돼서 기쁩니다. 그런데 저것은……?"

디에고의 눈길이 어느새 바사 호 설계도로 가 있었다.

* * *

인부들이 힘겹게 목재를 운반하고 있었다. 프랑스와의 계약이 수포로 돌아갔다는 소문이 퍼졌을 텐데도 표면적으로 조선소는 조용했다. 자재비와 인부들 보수는 정확하게 지급되고 있었고 투자자들과 채권자들 쪽에서도 아직까지는 별다른 반응이 없었다. 계획대로라면 조선소 규모는 지금보다 세 배는 더 커질 것이다. 그런데 시작부터 암초에 부딪힌 것이다.

"이것보다 3배나 더 크다면…… 참으로 엄청난 규모로군요. 부지런히 수주해야겠습니다."

조선소를 둘러본 디에고가 감탄했다.

"갈레와 갈레온의 시대가 저물고 있지만 그래도 나름대로 장점도 있으니 일부 개선을 하면 캐렉과 공존할 수 있을 거라 생각하네."

안토니오가 자신의 계획을 밝혔다. 대서양시대가 열렸지만 그래도 연안항해는 지속될 것이다. 그리고 연안항해라면 갈레가 우수한 면이 많다. 안토니오는 군이 남의 뒤를 좇느니 나 잘하는 쪽에 집중하기로 했다.

"물론입니다. 그런데……."

디에고가 고개를 끄덕였다. 그렇지만 표정은 밝지 못했다. 그도 사정을 잘 알고 있었다.

"바사 호 설계도를 검토해보았나? 정말 그렇게 큰 캐렉을 만들 수 있을까?"

안토니오는 행여 하는 심정으로 디에고의 대답을 기다렸다.

"측면도와 반폭도, 곡면도를 전부 살폈고, 장폭비(長幅比)와 폭심비(幅深比), 모두 검토해봤는데 기술적으로 문제가 없을 것 같습니다."

디에고가 심각한 표정으로 대답했다.

"드디어 캐럭이 1천 톤 시대로 접어드는군요. 사르가소 해를 지날 때 탔던 '성 엘모의 불'이 겨우 1백 톤이었는데. 잉글랜드에서 '바다의 제왕'을 건조했을 때 크게 놀랐는데 어느 틈에 스웨덴에서 더 큰 배를 만들었군요."

디에고가 감탄을 했다. 짐작했던 대로 설계도는 진짜였다. 그렇다면 바사 호는 머지않아 모습을 드러낼 것이다. 이제는 정녕 방법이 없는 걸까. 그렇지만 안토니오는 포기하지 않기로 했다. 호랑이는 토끼를 사냥할 때도 최선을 다한다고 한다. 그럼에도 열 번에 겨우 한 번 정도 성공한다고 한다. 쫓기는 토끼도 최선을 다해서 도망을 가고, 실낱같은 기회를 놓치지 않고 호랑이의 추적을 따돌리기 때문이다.

"그럼 갈레온을 3백 톤급 이상으로 만들고 10파운드 대포를 장착하는 것은 어떨까?"

"기술적으로는 가능합니다. 하지만 바사 호가 완성되기 전에 대포 장착을 완료하고 시험운항까지 마치려면 시일이 너무 촉박합니다."

디에고의 표정이 계속 어두웠다. 그럼 아무런 수가 없단 말인가. 바사 호의 진수까지는 이제 석 달이 채 남지 않았다. 뒤를 따르고 있는 포르타는 내내 말이 없었다.

"표정이 그게 뭔가? 이럴수록 힘을 내야지."

"죄송합니다. 그때 조금 더 신중하게 살폈어야 했는데."

"쓸데없는 소리! 아직 끝난 게 아니라고 했잖아!"

안토니오가 엄한 표정을 짓는데 팔라디오가 헐떡거리며 달려왔다.

"철물공작소에서 10파운드 대포를 만들 수 있다고 합니다. 다만 선금을 달라고 하는데 어떻게 할까요?"

그들도 소문을 들었을 테니 당연히 그런 요구를 해올 것이다. 그렇다면 포기를 할 것이냐 말 것이냐 여부를 지금 결정해야 한다. 철물공작소에 선금을 지불하고 나면 자칫 인부들 보수 지급에 차질을 빚을 수도 있다. 돌파구는 보이지 않는데 압박은 가중되고 있다. 그리고 시간도 없다. 안토니오는 속이 바짝바짝 타들어갔다. 포르타와 팔라디오, 디에고는 아무 말 없이 안토니오의 결정을 기다렸다.

최고경영자는 외롭다고 하는데 안토니오는 이 순간만큼 외롭다고 느껴본 적이 없었다. 여러 사람이 많은 의견을 내지만 결국 결정은 한 사람이 해야 한다. 그리고 그에 따른 책임도 혼자 져야 할 것이다. 그런데 델로치 캄파넬라 상사의 운명이 걸린 결정을 내려야 할 시간이 온 것이다.

"좋아, 선금을 줘! 그 대신 단단하게 만들어달라고 해!"

결심을 하는 데 그리 오랜 시간이 걸리지 않았다. 늘 그러했듯 정면돌파를 택한 것이다.

"안토니오!"

포르타가 화들짝 놀라며 쳐다봤다.

"투자자들이 돈을 회수하겠다고 나설지도 모릅니다."

팔라디오가 걱정을 했다.

"삼백 톤짜리 갈레온을 완성하더라도 바사 호를 상대하기는 어렵습니다."

디에고도 한마디 했다.

"걱정할 것 없다! 갈레온을 만들어서 예정대로 프랑스에 팔면 된다!"

결심이 선 마당이다. 안토니오의 눈에서 빛이 일었다. 싸움을 앞둔, 그리고 이 한 판에 모든 것을 건 투사의 눈빛이었다.

포르타는 가슴 깊은 곳에서 뜨거운 기운이 솟아오르는 것을 느꼈다. 두려움 없는 자태로 당당하게 정면승부를 하려는 안토니오를 보면서 잃었던 투지를 되찾은 것이다. 포르타는 부끄럽다는 생각이 드는 동시에 도대체 저 남자는 어디서 저런 용기가 나는 걸까 하는 의문이 새삼 일었다.

"모두들 잘 들어라. 예정대로 갈레온을 완성해서 프랑스에 인도할 것이다. 방법은 이제부터 생각하면 된다. 그러니 절대로 마음을 약하게 먹지 말도록."

안토니오는 세 사람에게 당부를 하고는 바닷가로 걸음을 옮겼다. 베니스에 도착한 후로 고향생각이 날 때마다, 그리고 난관에 부딪쳤을 때마다 거닐던 곳이다. 아드리아 해의 푸른 물결은 그때나 지금이나 변함없이 마음에 위안을 주었다.

"집에 가서 기다리겠다. 디에고를 안내하는 일은 포르타가 맡아라. 그리고 팔라디오는 즉시 철공소로 가서 계약을 진행해. 일을 마치는 대로 늦더라도 집으로 와서 결과를 보고하도록. 반드시 길이 있을 것이다."

베니스에서의 삶을 마감하려는 마당이다. 안토니오는 개성상인의 투혼을 마지막으로 불사를 각오였다.

* * *

해가 넘어간 지 오래다. 안토니오는 서재에 틀어박혀서 이 궁리 저 궁리를 해봤지만 여전히 돌파구는 보이지 않았다. 참으로 답답한 일이었다. 세 사람은 여태 도착하지 않았다.

창가로 향하니 저 멀리서 달빛을 가르며 대운하를 지나는 곤돌라가 눈에 들어왔다. 타들어가는 안토니오의 마음과는 대조적으로 무척이나 한가롭고 고요한 정경이었다.

배, 배가 문제인데 뭘 어떻게 풀어가야 한단 말인가. 아무튼 이렇게 꽉 막혀 있을 때는 서두르지 말고 처음부터 순서대로 풀어가야 할 것이다. 일본에 있을 때 급할수록 돌아가야 한다는 속담을 들었던 기억도 났다.

제일 처음 떠오르는 배는 통제영에서 목도했던 거북선과 판옥선이다. 그리고 사카이의 베자이와 명나라의 정크, 베니스의 갈레와 대서양을 건

넜던 캐렉이 차례로 뇌리를 스치고 지나갔다.

"아직도 서재에 있군요."

안토니오가 바사 호의 설계도를 펼치는데 살그머니 문이 열리더니 줄리에타가 들어왔다.

"찾아올 사람이 있을 것 같아서. 그런데 시간이 꽤 됐는데도 오지 않는 걸 보니 어쩌면 안 올지도 모르겠소."

"이렇게 늦은 시각에 손님이라니? 상사에 무슨 일이라도?"

줄리에타가 걱정스러운 표정으로 안토니오를 살폈다. 그렇지 않아도 요즘 골머리를 앓고 있는 안토니오를 보며 불안해하던 터였다.

"그런 건 아니고 단지 상의할 일이 남았기에 집으로 부른 것이오."

"당신이 잘 알아서 처리하겠지만 그래도 너무 무리하지 말아요."

줄리에타는 그 말을 남기고 방을 나갔다. 상사원의 어려움을, 그리고 안토니오를 누구보다 잘 아는 그녀였기에 어떻게 하는 게 안토니오를 제일 편하게 해주는 길인지 알고 있었던 것이다. 그런 줄리에타를 보며 안토니오는 너무 고맙고 또 너무 미안했다.

'뜻하지 않았던 일이 생겼소. 그렇지만 꼭 원만하게 수습하고 약속대로 은퇴하고 당신 고향으로 가서 남은 여생은 오로지 가족을 위해서 살겠소.'

안토니오는 그렇게 다짐했다.

세 사람이 나타난 것은 그러고도 한참이 지나서였다.

"늦었군. 일은 무사히 마쳤는가?"

"네. 지시대로 계약을 마쳤습니다. 디에고도 그만하면 충분히 조선소를 둘러보았고요."

팔라디오가 대답했다. 그런데 아까와는 눈빛이 달랐다. 패전지장의 그것이 아니었다. 변하기는 포르타와 디에고도 마찬가지였다.

"좋아. 그럼 이제부터 대책을 마련키로 한다. 힘든 상황이지만 정신을 똑바로 차리고 잘 살펴보면 반드시 돌파구가 보일 것이다."

안토니오가 결연한 어조로 세 사람을 독려했다.

"차례차례 정리해보기로 하자. 프랑스는 라로셀 해전에서 잉글랜드에게 패한 것을 설욕하려고 스웨덴으로부터 대형 전함을 사들이려 한다. 그리고 잉글랜드의 감시를 피하기 위해서 우리를 이용했다. 그런데 우리는 무슨 수를 쓰더라도 애초의 계획대로 프랑스에 갈레온을 인도해야 할 처지에 놓였다. 하지만 갈레온이 바사 호를 상대하는 것은 불가능하다. 여기까지는 부인할 수 없는 사실이다."

안토니오는 차분하게 상황을 설명했고, 세 사람은 아무 말 없이 경청했다.

"그렇다면 이제부터 현실을 인정하면서 가능한 변수를 찾아보기로 한다. 디에고, 해전에서는 큰 배가 반드시 유리한가?"

안토니오가 디에고를 지목했다.

"당연히 거함거포가 유리합니다. 하지만 연안해전이라면 꼭 그렇지도 않습니다. 해안포의 존재를 감안해야 하니까요."

이미 소상하게 정황을 파악하고 있는 디에고가 간략하게 답변했다.

그것은 진작에 안토니오가 간파했었고, 프랑스 해군도 인정했던 사실이다.

"그렇다면 바사 호는 리슐리외 추기경의 과욕 때문인 셈이군."

"그렇다고 봐야겠지요. 잉글랜드는 프랑스의 앙숙이고 리슐리외 추기경은 지고는 못 배기는 성격이니까요."

"그렇다면 돌파구는 리슐리외 추기경에게 바사 호가 연안해전에서는 꼭 필요한 배가 아니라는 사실을 밝히는 데서부터 시작되겠군."

안토니오는 첫 매듭을 그렇게 풀었다. 일단 방향을 정하면 그다음부터는 쉽다.

"그런 셈입니다."

"해안포의 지원을 받을 수 있는 연안해전에서는 무엇보다도 기동성이 중요하다는 사실은 프랑스 해군도 인정했다. 그럼에도 바사 호를 고집하는 것은 바사 호도 나름대로 기동성을 확보했다는 뜻 아닐까?"

안토니오는 그렇게 내다보았다.

"제 생각도 그렇습니다. 프랑스 해군이 연안해전의 특성을 모를 리 없을 테니까요. 물론 기동성에서 범선이 노를 젓는 갈레온을 당해낼 수는 없겠지만 한 차례의 선회로 한정지어 생각하면 꼭 그렇지만도 않습니다."

항해와 해전, 그리고 배 설계 모두에 능한 디에고는 답변에 막힘이 없었다.

"한 차례의 선회라니? 그건 또 무슨 소리인가?"

"대양해전이라면 서로 쫓고 쫓기면서 함포를 발사하기에 연속적 회피기동이 필수지만 해안포는 탄착점이 고정되어 있어서 한 차례의 선회로 포탄이 떨어지는 곳을 벗어나면 그만입니다. 그러니까 요란한 회피기동은 필요 없다는 뜻이지요."

안토니오는 고개를 끄덕였다. 충분히 이해가 가는 말이었다. 미처 몰랐던 사실을 새로 알게 되었지만 그렇다고 달라진 것은 없다. 안토니오는 바사 호의 설계도로 눈길을 돌렸다. 포르타와 팔라디오는 내내 말이 없었다.

"설계도를 꼼꼼히 살펴봤지만 문제될 만한 곳을 찾을 수 없었습니다. 2층으로 배치된 함포들이 일제히 발사를 하면 당해낼 배가 없을 것입니다. 그런데……."

제 잘못인 양 미안해하며 설명을 하던 디에고가 갑자기 말을 멈추더니 고개를 숙이고는 뚫어질 듯 설계도를 살폈다.

"함포가 2층에도 배치되었다면 겉보기 회전점이 통상의 경우와는 다른 곳에 생길 수도 있습니다."

"겉보기 회전점이라니?"

안토니오가 얼른 되물었다. 처음 듣는 말이었다.

"배는 회전점을 중심으로 선회를 하는데 급선회를 할 경우에는 통상의 회전점 말고 선수 부근에 따로 선회점이 생깁니다. 겉보기 회전점이라고 하지요."

배가 선회를 하면 배의 무게중심으로부터 정상 선회직경과 배 편류각의 사인(sign)값을 곱한 거리에 회전점이 생기는데 급선회의 경우는 선수 부근에 또 하나의 선회점 – 겉보기 선회점 – 이 생긴다는 것이 디에고의 설명이었다.

"그게 중요한 건가?"

"그렇습니다. 겉보기 회전점을 소홀히 했다가는 자칫 배가 뒤집히는 수도 있으니까요. 그래서 큰 배를 만들 때는 겉보기 회전점을 감안해서 설계를 하지요."

"하면 바사 호의 경우도 그랬을 것 아닌가?"

"물론 그랬을 것입니다. 이렇게 큰 캐렉을 만들면서 겉보기 회전점을 소홀히 했을 리 없습니다. 그런데 문제는 함포가 2층에도 배치되어 있다는 사실입니다."

"그래서……?"

안토니오는 긴장이 되었다. 실마리가 풀릴 것 같은 영감이 온 것이다.

"겉보기 회전점은 선수가 직선침로 안쪽으로 들어온 상태에서 선회에 들어갈 때 생깁니다. 무슨 말인가 하면 바사 호에서 함포를 발사하면 그 반동으로 선수가 안쪽으로 밀리면서 겉보기 회전점이 설계와 다르게 생길 수 있는데 그런 상태에서, 더구나 함포가 2층에 배치되면서 무게중심이 높은 상태에서 급선회에 들어갈 경우 위험할 수 있습니다."

"위험할 수 있다는 말은 뒤집힐 수도 있다는 뜻인가?"

디에고의 말대로라면 엄청난 사실을 알아낸 셈이다. 안토니오는 가슴이 뛰었다.

"선회항적은 키 조작점으로부터 배가 90도 돌았을 때까지 거리인 전진 거리, 최초의 진입항적으로부터 배가 180도 돌았을 때 배의 원점까지의 가로이동거리, 진입항적으로부터 180도 돌았을 때 배가 그린 원의 직경인 전체선회직경, 선회원의 중심으로부터 배의 중심까지 거리인 정상선회직경 등에 의해 결정되는데 배의 균형을 유지하는 게 중요합니다. 그렇지만 아무리 선회항적을 정확하게 산출해도 겉보기 회전점이 제대로 설계되지 않았다면 급선회 시 배가 뒤집어질 수도 있습니다."

디에고가 전문적인 용어를 섞어가며 설명을 했다. 상세히는 알 수 없지만 아무튼 바사 호의 설계에 문제가 있는 것 같았다.

"아무튼 바사 호에 문제가 있다는 말 아닌가?"

"설계도만 보고 단언할 수는 없지만 2층에도 함포를 장착한 대형 캐럭이 급선회를 하는 것은 간단한 일이 아닙니다."

그것은 안토니오도 쉽게 이해되는 말이었다. 무게중심이 높은 배가 급선회를 하면 당연히 균형을 유지하기 힘들 것이다. 문제는 겉보기 회전점의 실재 여부였다.

"급선회라면 어느 정도의 급선회를 말하는가?"

안토니오는 끈질기게 물고 늘어졌고, 포르타와 팔라디오도 숨을 죽이며 두 사람의 대화를 지켜보았다.

"글쎄요…… 시험운항을 해보지 않고는 단언할 수 없지만 대략 이동거리가 배 길이의 5배 정도?"

디에고가 고개를 갸우뚱하더니 대답했다. 그렇다면 바사 호의 급선회 능력을 시험하도록 프랑스를 설득하는 게 우선일 것이다. 정말로 바사 호에 문제가 있는지는 알 수 없지만 아무튼 돌파구는 마련된 셈이다. 안토니오는 세 사람에게 차례로 눈길을 주고는 천천히 입을 열었다.

"사흘 후에 지배인단회의가 열린다. 델 로치 님이 소집을 요구했다. 포르타의 인책과 남은 자금을 인쇄업에 전용할 것을 주장할 것이다. 인쇄업이 전망이 불투명하다는 생각에는 변함이 없다. 그러니 무슨 수를 써서라도 프랑스에 배를 팔아야 한다. 그렇게 알고 마음 단단히 먹도록."

"잘 알겠습니다. 끝까지 최선을 다하겠습니다."

예전의 활기찬 모습으로 돌아간 포르타가 큰소리로 대답했다.

* * *

"지배인단회의가 열릴 거라고 들었네. 당신을 신뢰하는 마음에는 변함이 없지만 이번 일은 포르타를 문책하는 선에서 일을 수습했으면 하는 게 내 생각이네."

안토니오의 결심을 전해들은 구스토디가 심각한 표정으로 말했다.

"반드시 계약을 성사시키겠습니다."

안토니오는 구스토디에게 계속 지원해줄 것을 요청했다. 델 로치 캄파넬라 상사의 분위기는 싸늘했다. 조르지오는 매몰차게 안토니오를 몰아붙일 것이다. 주주들이 파견한 두 부지배인이 적극적으로 안토니오를 옹호하지 않으면 입장이 크게 어려워질 판이다.

"당신을 믿는다고 하지 않았나. 하지만 그렇게 되면 결과에 대한 책임도 안토니오, 당신이 져야 할 거야."

구스토디가 다짐을 받듯 말했다.

"물론입니다."

안토니오는 결연한 어조로 대답했고, 구스토디는 그 이상 반대하지 않았다.

"집으로 간다."

마차에 오른 안토니오는 마부에게 집으로 갈 것을 지시했다. 끝까지 피하고 싶었건만 조르지오와의 정면대결은 불가피하게 되었다. 결론이 어떻게 나건 결국 남남으로 갈라서게 될 것이고, 둘 중 한 사람은 상사를 떠나게 될 것이다. 창밖을 물끄러미 내다보고 있는 안토니오의 입에서 깊은 한숨이 새어나왔다.

바사 호의 전복

지배인단회의는 예상했던 대로 조르지오가 안토니오를 공격하는 것으로 시작되었다. 조르지오가 인쇄소에서 상당한 수익을 거두고 있는 데 비해서 안토니오는 일을 제대로 시작도 하기 전에 곤경에 처했으니 호통을 치는 쪽과 수세에 몰린 쪽이 자연스럽게 정해진 것이다.

"이 지경에 이르렀는데도 여전히 정신을 차리지 못하고 있단 말인가! 아직도 기회가 있다니. 델 로치 캄파넬라 상사가 완전히 파산을 해야 정신을 차릴 사람들이로군!"

조르지오가 안토니오와 포르타를 사납게 쏘아보면서 맹비난을 퍼부었다. 포르타가 아직도 기회가 있다며 조선소에 투자할 것을 호소하자 더욱 비위가 상한 것이다.

"그렇게 흥분하지 말고 차분히 생각해보십시오. 이탈리아 활자체는 당장은 귀족들에게 호평을 받고 있지만 전망이 그리 밝지만은 못합니다. 대세는 평민들이 선호하는 고딕 활자체로 갈 것입니다. 그런 마당에 대형 주물틀과 화로를 새로 설치하는 것은 너무 위험합니다."

안토니오는 진심으로 충고를 했지만 기고만장해서 날뛰는 조르지오의 귀에 들어갈 리 만무였다.

"무슨 소리를 하는 건가! 이탈리아 활자체는 예술의 극치다. 어디 멋대가리 없는 고딕 활자체와 비교를 한단 말인가! 당신이 예술을 아는가? 그리고 리슐리외 추기경이 결심을 한 마당에 당신이 무슨 수로 뒤엎겠다는 건가? 당신이 프랑스 국왕이라도 된단 말인가?"

조르지오는 원색적인 비난도 서슴지 않았다. 애초에는 안토니오는 일단 제쳐두고 포르타만 제거할 생각이었는데 생각을 바꿔서 이 기회에 둘 모두를 내치기로 한 것이다.

"여유자금 전부를 철공소에 줘버리면 뭘로 상사를 운영한단 말인가? 총지배인이 지금 상사가 어떻게 돌아가고 있는지도 모르고 있단 말인가!"

기선을 잡은 조르지오는 고삐를 늦추지 않았다.

"프랑스에서 갈레온을 수주받으면 당장 3백만 두카트가 들어옵니다."

포르타가 얼굴을 붉히며 대들었다. 먹느냐 먹히느냐의 싸움이다. 한 치의 양보도 없었다.

"아직도 수주 운운하고 있다니 참으로 어이가 없군. 그리고 그 태도는 또 뭐야! 내가 엄연히 델 로치 캄파넬라 상사의 대표인데 이제는 대표도 안중에 없다는 것인가?"

조르지오가 잡아먹을 듯 포르타를 노려보았다. 그리고 포르타가 반박하기 전에 말을 이었다.

"당신들 논리대로라면 곧 교황청에서 발주할 성서 물량도 3백만 두카트 이상이 될 텐데, 그렇다면 당연히 주물틀과 화로를 증설해야 하지 않나! 이 자리에서 장담을 하겠다. 교황청은 틀림없이 성서 인쇄를 이탈리아 활자체로 지정할 것이다!"

조르지오는 절대 물러설 기세가 아니었다. 물러서기는커녕 이 기회에 경영권을 장악할 뜻을 감추지 않았다. 조선업이냐 인쇄업이냐. 둘 중 하나를 택해야 하는데 이제 표결에 부치는 수밖에 없다. 8명의 지배인단회의 참석자 중에서 6명은 이미 태도를 결정했다. 그렇다면 남은 두 사람, 파베제 수석부지배인과 토마소 부지배인이 누구를 지지하느냐에 따라 결과가 정해질 것이다.

두 사람은 회의 내내 눈을 감은 채 아무런 발언을 하지 않았다. 표결과 관련해서 대주주들로부터 서로 엇갈린 지시를 받고 있었다. 안토니오가 주주들을 설득하러 돌아다니는 동안에 조르지오도 가만히 있지 않았던 것이다.

"아무래도 조선소는 가망이 없는 것 같으니 인쇄소에 집중하는 것이 좋겠소."

토마소 부지배인이 고뇌 가득한 얼굴로 인쇄소를 지지하고 나섰다. 조르지오와 첼리니, 스트로치의 얼굴이 환해졌다. 안토니오와 포르타, 팔라디오는 긴장해서 파베제 수석부지배인에게 시선을 돌렸다. 그도 인쇄소를 지지하면 모든 게 끝장이다.

"나는 조선소를 택하겠소. 상황이 어렵지만 아직 끝난 건 아니니까."

파베제 수석부지배인은 평소에 깊이 신뢰하고 있는 안토니오의 손을 들어주었다. 이렇게 되면 4 대 4로 동수가 된다. 그럼 어떻게 되나…… 이런 경우는 처음이었다. 사람들이 당황해서 서로를 쳐다보는데 조르지오가 선수를 치고 나섰다.

"동수가 되었으니 상사 대표인 내가 결정을 하겠소!"

"아니지요!"

파베제 수석부지배인이 얼른 제지하고 나섰다.

"상사 정관에 따르면 지배인단회의에서 가부를 결정하지 못하면 주주총회에 부의하게 되어 있소. 그런데 구스토디 님을 위시해서 주식의 과반수를 보유한 주주들께서 총지배인의 재량에 맡긴다는 위임장을 보내주셨소."

파베제 수석부지배인이 위임장을 제시했다. 그렇다면 안토니오의 결정이 합법적인 효력을 지니게 된다.

사람들의 시선이 일제히 안토니오에게 쏠렸다. 안토니오는 짧고 명확한 어조로 자신의 의사를 밝혔다.

"인쇄소 투자는 보류하고 조선소에 집중하기로 하겠습니다."

"좋아! 마음대로 해!"

조르지오가 벌떡 일어서며 악을 썼다.

"그렇다면 내 지분을 빼서 나가겠다!"

조르지오가 자리를 박차고 나가자 스트로치와 첼리니가 당황해서 그의 뒤를 따랐다. 델 로치 캄파넬라 상사 창업자의 후손이 상사를 떠나는 일만은 어떻게 해서든 막고 싶었는데 그예 우려했던 일이 발생한 것이다.

그렇지만 여기서 마음을 약하게 먹어서는 안 된다. 델 로치 캄파넬라 상사는 이미 주식회사로 전환을 했으며 지금 심각한 위기에 처해 있다. 상사가 파산하면 많은 사람들이 큰 어려움을 겪게 될 것이다. 안토니오는 델 로치 캄파넬라 상사를 살리는 것 말고는 아무것도 생각하지 않기로 했다.

* * *

오늘은 대학 기숙사에서 지내는 줄리오가 집으로 돌아오는 날이다.

"일찍 오셨네요. 줄리오도 방금 왔는데."

줄리에타가 마차에서 내리는 안토니오를 반겼다. 모처럼 가족이 다 모이는 날이다.

"줄리오는?"

"여기 있습니다. 늦으실 거라고 들었는데 저 때문에 일찍 오신 건가요?"

오랜만에 보는 줄리오는 건강해 보였다. 엄마를 닮은 줄리아와 달리 줄리오는 자라면서 더 동양인 외모를 띠고 있었다.

"그래, 어서 들어가자."

안토니오는 늠름하게 자란 아들을 보며 흐뭇했다. 안토니오는 서재로 향했고, 줄리오가 따라서 들어왔다.

"언제 돌아가느냐?"

"며칠 머무를 예정입니다. 집을 떠나니 새삼 가정의 소중함이 느껴지더군요."

"힘든 일은 없느냐?"

아버지가 베니스 제일의 무역상사 총지배인인 만큼 경제적인 어려움은 없겠지만 그래도 객지생활이 쉽지만은 않을 것이다. 줄리오가 대학생이 되었다고 하지만 안토니오와 줄리에타에게는 여전히 아이였다.

"없습니다. 객지라고 하지만 먼 동쪽에서 단신으로 베니스에 온 아버지에 비하면 아무것도 아니니까요."

줄리오가 당당하게 대답했다. 외모는 동양인이지만 베니스에서 태어나서 베니스에서 자란 줄리오는 생각이며 행동 모두 완벽한 베니스 사람이었다. 그리고 어느새 안토니오가 조선을 떠났을 때의 나이로 성장해 있었다. 그런 줄리오를 보며 안토니오는 새삼스레 지난 세월이 주마등처럼 스치고 지나갔다.

"요즘 너무 무리하시는 것 아닙니까? 어머니가 걱정 많이 하시던데."

"마음 쓸 것 없다. 내가 알아서 잘 챙기고 있으니까."

안토니오는 아버지 걱정을 하는 줄리오가 새삼 대견했다.

"그렇게 잘 아는 사람이 매일 늦게 돌아오고, 또 서재에만 틀어박혀 있나요?"

줄리에타가 들어오면서 핀잔을 주었다.

"줄리오 앞에서 쓸데없는 소리를……. 그러나저러나 줄리아는 왜 여태

오지 않았소? 줄리오가 온다는 사실을 알고 있을 텐데."

"일찍 들어오라고 했어요."

"줄리아는 매일 늦게 들어오는 모양이군요. 저는 제 방에서 짐을 정리하겠습니다."

줄리오는 자리를 비켜주기라도 하듯 서재를 나갔다.

"파리를 다녀와야 할 것 같소."

둘이 남자 안토니오가 정색을 했다. 갑자기 파리로 간다고 하자 줄리에타는 주춤했지만 그 이상 놀라지는 않았다.

"급한 일이 생긴 모양이로군요."

"그렇소. 그리고 돌아와서 당신과의 약속을 꼭 지키겠소."

안토니오는 마지막 업무임을 밝혔다.

"줄리아도 곧 돌아올 테니 모처럼 가족이 한자리에 모이게 되겠군요. 나는 저녁 준비를 해야겠어요."

줄리에타는 더 묻지 않고 서재를 나갔다. 혼자 남자 안토니오는 다시 차가운 현실 속으로 빨려들어갔다. 한 고비 넘겼지만 여전히 높고 험한 산이 앞을 가로막고 있었다. 눈을 감자 대책회의가 떠올랐다.

'솔직히 설계도만 보고는 그 이상 단언할 수 없습니다.'

상황의 중대성을 인식한 디에고는 잔뜩 긴장해서 답변했다.

'가능성이 어느 정도인가?'

안토니오는 바사 호의 전복에 모든 것을 걸기로 했다.

'함포를 일제히 발사한 후에 급선회를 시도한다고 가정하면…… 그러니까 두 가지 요건이 전부 갖추어진 경우라면 전복 가능성은 절반 이상이라고 봅니다.'

디에고는 그동안에 설계도를 바탕으로 모형선을 만들었고, 여러 차례 시험도 해봤다. 그렇지만 함포를 일제 발사했을 때의 반동을 정확하게 추산하기는 힘들었다.

'역시 겉보기 회전점이 문제일 겁니다. 바사 호는 초대형 캐럭이며 함포가 이층에도 배치된 특이한 구조입니다. 그러니 누구도 정확하게 겉보기 회전점을 설계하지 못했을 것입니다. 그런 마당에 급선회를 하면 전복될 가능성이 큽니다.'

안토니오의 심정을 십분 이해하고 있는 디에고가 자신의 추론이 틀리지 않을 것임을 강조하면서 안토니오에게 힘을 실어주었다. 그렇다면 이제 남은 것은 바사 호를 급선회시키는 일이다. 그런데 리슐리외 추기경을 설득시킬 수 있을까. 쉽지 않겠지만 물러설 수 없는 싸움이다.

* * *

프랑스 파리는 유럽 제일의 도시답게 사람들로 넘쳐났다. 안토니오는 파리가 처음이 아니지만 처지가 처지인지라 낯설게만 느껴졌다.

붐비던 거리도 밤이 되자 고요 속에 묻혔다. 포르타는 불안한지 연신 방 안을 서성였지만 안토니오는 평정을 잃지 않기 위해서 눈을 감은 채 명상에 잠겼다. 두 사람은 며칠째 여기 허름한 여인숙에서 머물며 소식이 오기를 기다리고 있었다.

"트랑블레 수사는 안토니오와 구면이니 면회를 거절하지 않겠지만 리슐리외 추기경이 우리를 만나줄지 솔직히 자신이 없습니다."

포르타가 걱정을 했다. 발렌슈타인을 통해서 알게 된 프랑스 첩보 기관의 책임자 트랑블레 수사가 리슐리외 추기경의 측근이라는 사실은 안토니오에게 고무적이었다. 그렇지만 그 이후의 일은 포르타의 말대로 어느 것도 장담할 수 없었다.

"사안이 간단치 않으니 리슐리외 추기경의 귀에 들어갔겠지만 리슐리외 추기경은 잉글랜드 못지않게 이탈리아를 경원하고 있는데 우리와 손을 잡을지 걱정입니다.”

불안하면 말이 많아지게 마련이다. 포르타가 계속 입을 놀렸다. 상대를 움직이려면 그가 필요로 하는 것을 가지고 있어야 한다. 호의나 동정을 바라고 약하게 나가면 상대는 올라타려 한다. 그 사실을 잘 알고 있기에 안토니오는 생각 같아서는 당장 재상부로 달려가고 싶지만 상대가 먼저 움직일 때까지 참고 기다리는 중이다.

“재상부로 찾아가는 게 좋지 않을까요?”

포르타가 더 참지 못하고 먼저 움직이자고 했다. 심정이야 충분히 이해가 가지만 여기서 참지 못하면 큰 손해를 감수하게 될 것이다. 불안하지만 신경전에서 이겨야 한다. 그런데 정말 내 뜻대로 될까. 미끼는 매력적이지만 상대는 트랑블레 수사며 리슐리외 추기경이다.

“……!”

누가 조심스럽게 계단을 오르고 있었다. 두 사람은 본능적으로 문으로 향했다.

“트랑블레 수사님께서 기다리고 계십니다. 내 뒤를 따라오십시오.”

건장한 남자가 문밖에서 아무런 감정을 담지 않은 표정으로 말했다. 남의 이목을 피할 요량으로 일부러 늦은 시각에 나타난 것 같았다. 트랑블레 수사가 과연 어떻게 나올 것인가. 만나주는 것만으로도 한 고비를 넘긴 셈이지만 여전히 갈 길이 멀다. 가톨릭동맹이 프라하로 진격할 때 발렌슈타인과 함께 만스펠트 용병대를 전선에서 이탈시키는 계략을 추진했던 트랑블레 수사는 리슐리외 추기경의 전폭적인 신뢰를 받으며 프랑스 첩보기구의 수장으로 자리하고 있었다. 그러니 그를 설득시키면 큰 산을 넘는 셈이다.

“저쪽 복도 끝에 문이 보이지요? 그 방으로 들어가면 됩니다.”

이리저리 골목을 돌아서 변두리 웬 허름한 집으로 안토니오와 포르타를 데리고 온 사람이 구석방을 가리켰다. 남의 이목을 피할 만한 곳을 택했겠지만 그래도 이렇게 폐가 같은 집일 줄이야. 으스스한 기분조차 들었다. 안토니오와 포르타는 주위를 둘러보고는 방으로 들어섰다. 짐작대로 트랑블레 수사 혼자 있었다.

"오랜만이오. 당신과 다시 얽히게 될 줄이야. 왜 나를 보자고 했는지는 대강 짐작하고 있소."

트랑블레 수사가 예의 표정이 없는 얼굴로 안토니오를 맞았다.

"수사님하고는 늘 은밀하게 만나게 되는군요. 이 사람은 델 로치 캄파넬라 상사의 포르타 부지배인입니다. 갈레온 발주 계약을 담당하고 있습니다."

"하면 구두계약 불이행을 따지러 온 것이오? 델 로치 캄파넬라 상사 입장에서는 억울할 수도 있겠지만 상사의 일이라는 게 다 그런 것 아니오? 구두계약의 효력에 대해서는 법률가로부터 충분히 조언을 받았을 텐데?"

트랑블레 수사는 상대가 안토니오가 아니라면 아예 만나주지도 않았을 것임을 분명히 했다.

"구두계약의 법적 효력을 따지자고 온 게 아닙니다. 프랑스와의 계약은 애초부터 신의에 바탕을 둔 것이었으니까요. 프랑스는 아직 정식으로 조선소를 인수하지 않은 우리를 믿고 발주를 했지요. 그래서 우리는 신의를 좇아 조선소를 인수했고, 갈레온을 제작 중입니다. 그리고 예정대로 프랑스 해군에 인도할 예정입니다."

안토니오가 분명한 어조로 찾아온 이유를 밝혔다. 막상 트랑블레 수사와 대면을 하자 가슴을 짓누르고 있던 불안감이 사라졌다.

"그 일이라면 이미 끝난 얘기인데 왜 새삼…… 당신은 발렌슈타인이 인정하는 유일한 사람이라는 사실은 알고 있지만."

트랑블레 수사가 날카로운 눈매로 안토니오를 쏘아보았다.

"우리는 스웨덴으로부터 '바다의 제왕'을 상대할 대형 캐럭을 인도받기로 했소. 그러니 갈레온 따위에는 관심이 없소. 리슐리외 추기경께서 결심을 하신 일이니 더 얘기할 것 없소."

트랑블레 수사는 그 말을 남기고 몸을 일으켰다.

"잠깐만 수사님! 면담을 신청한 이유는 따로 있습니다."

안토니오가 트랑블레 수사를 제지하며 본론을 꺼냈다.

"바사 호는 심각한 결함이 있습니다. 그걸 알려드리려고 온 것입니다."

"무슨 소린가? 바사 호는 아직 진수도 하지 않았는데."

트랑블레 수사가 뜨악한 표정으로 안토니오를 쳐다봤다.

"설계도를 면밀히 검토한 결과 그런 결론을 내렸습니다."

안토니오의 입에서 설계도라는 말이 나오자 어지간한 일에는 놀라지 않는 트랑블레 수사의 안색이 변했다.

"설계도라니? 바사 호의 설계도를 말하는 건가? 그것을 본 사람은 프랑스에서도 극소수에 한정되는데 당신이 어떻게……?"

다시 자리에 앉은 트랑블레 수사는 경계심 가득한 눈길로 안토니오를 살폈다.

"발렌슈타인을 통해 손에 넣었습니다."

안토니오는 감출 일이 아니라고 판단했다.

"발렌슈타인이 무슨 수로 바사 호의 설계도를 입수했는지 모르겠지만 설사 그렇다고 해도 그걸 당신에게 넘겼을 리가 없다!"

트랑블레 수사는 안토니오의 말을 믿지 못하겠다는 태도였다. 안토니오는 천천히, 그리고 또박또박 아는 사실을 밝혔다.

"바사 호는 배수량이 1천 톤이며 스피리트 세일이 2중으로 되어 있고 앞돛은 3단 구조입니다. 그리고 24파운드 대포 64문을 2층으로 배치하고 있지요. 물론 더 상세한 내용도 알고 있습니다."

트랑블레 수사의 얼굴이 처참할 정도로 일그러졌다. 설계도를 보지 않고는 얘기할 수 없는 내용이었다.

"그래서 우리가 구두계약을 이행하지 않으면 바사 호 설계도를 잉글랜드에 넘기기라도 하겠다는 것인가?"

트랑블레 수사가 적대감 가득한 눈길로 안토니오를 쏘아보았다.

"진정하십시오. 거래에서 제일 중요한 것은 신의라고 믿고 있습니다. 델 로치 캄파넬라 상사는 거래의 상대방인 프랑스의 이익을 위해서 끝까지 최선을 다할 것입니다."

"재미있는 말을 하는군. 아까 바사 호는 큰 결함을 지니고 있다고 했는데, 하면 그 얘기를 하려는 것인가?"

"그렇습니다."

"우리도 바사 호가 결함이 있다는 사실을 알고 있다. 그 결함은 가격이 너무 비싸다는 것이지. 그렇지만 프랑스의 국고에는 금괴가 가득하다."

트랑블레 수사는 자신 있게 답변했지만 안토니오는 그가 동요하고 있다는 사실을 놓치지 않았다. 그렇다면 승부는 이제부터다.

"그 문제가 아닙니다. 바사 호는 프랑스 해군에서 요구하는 조건에 절대적으로 부적합하다는 사실을 말하려는 것입니다."

"절대적으로 부적합하다? 하면 그 이유는?"

"그 이유는 추기경 전하에게 직접 설명하겠습니다."

기선을 잡았으면 그다음은 슬쩍 물러서면서 상대를 초조하게 만들어야 한다. 그리고 사후에 책임질 일과 관련해서 어떻게 해서든 상대방을 끌고 들어가야 한다.

"추기경 전하를 배알하는 일은, 특히 외국인의 경우는 간단치 않으니 내게 말하시오."

일방적으로 몰아치던 트랑블레 수사가 조금은 풀이 죽은 태도로 대답했다. 트랑블레 수사는 첩보전의 귀재지만 협상과 거래는 안토니오 쪽이 한 수 위였다.

"수사님을 믿지 못해서 그러는 게 아닙니다. 제 말은 프랑스 해군 실무자가 배석한 자리에서 구체적인 것을 말씀드리겠다는 것입니다."

첩보전은 음모가 횡행하고 배신이 일상이다. 언제 어떻게 바뀔지 모른다. 그러니 일을 분명히 하려면 리슐리외 추기경을 직접 만나서 확약을 들어야 한다.

트랑블레 수사는 아무 말이 없었다. 자리를 박차고 일어서기에는 사안이 너무 중대했고, 즉석에서 수락하기에는 미진한 면이 있었던 것이다.

"그럼 한 가지만 말하겠습니다. 수사님은 바사 호의 겉보기 회전점이 어디에 위치하게끔 설계되었는지 알고 있습니까?"

"겉보기 회전점이라니? 그게 무슨 소리인가?"

트랑블레 수사가 뜨악한 표정으로 안토니오를 쳐다봤다.

"이 자리에서 설명하자면 깁니다. 그러니 해군 실무자를 배석시켜주십시오. 이것은 '대프랑스의 영광'과 밀접하게 관련되어 있는 일입니다."

안토니오의 입에서 '대프랑스의 영광'이라는 말이 나오자 트랑블레 수사가 정색을 했다. 그것은 리슐리외 추기경이 입버릇처럼 뇌까리는 말이었다. 그렇다면 절대로 허술하게 넘겨서는 안 될 것이다.

트랑블레 수사는 혼란에 빠졌다. 그래도 예전에 함께 일을 도모했던 적이 있는 사람이 프랑스로 인해서 큰 곤경에 처하게 되었으니 모른 체할 수 없어서 안토니오의 면담 요청에 응했던 것이다. 그런데 이렇게 꼼짝없이 발목을 잡힐 줄이야.

여기에 신경 쓰이는 것이 하나 더 있었다. 안토니오의 말이 사실이라면 잉글랜드의 '여왕 폐하의 신하'들도 지금쯤 부지런히 움직이고 있을 것이다. 그러니 그들이 손을 쓰기 전에 먼저 대책을 마련해야 한다.

"연락할 테니 돌아가 있으시오."

트랑블레 수사는 일단 안토니오를 돌려보내기로 했다.

* * *

리슐리외 추기경은 날카로움과 비정함이 어우러진 눈매로 안토니오를 쏘아보았다. 그의 뒤에는 트랑블레 수사와 해군의 블랑제 제독, 그리고 계약의 실무를 관장할 담당관이 자리를 하고 있었다.

"뵙게 되어 영광입니다. 베니스 델 로치 캄파넬라 상사의 총지배인 안토니오 코레아입니다."

안토니오는 정중하게 프랑스 국정의 최고 실력자에게 예를 표했다. 진정하려고 해도 자꾸 떨렸다. 여태 만나본 사람 중에서 제일 고위직이며, 가장 어려운 상황에서의 면담이었다. 하지만 적을 알고 나를 알면 싸워서 지지 않는다고 했다. 안토니오는 본격적인 면담에 들어가기에 앞서서 리슐리외 추기경에 대해서 조사했던 사항들을 되새겨보았다.

리슐리외 추기경은 국왕 루이 13세의 절대적인 신임을 바탕으로 프랑스 국정을 주도하면서 부르봉 왕가의 수호와 대프랑스의 영광을 위해 온 힘을 쏟고 있었다. 그런 그에게 왕가에 반기를 든 라로셀의 위그노들은 눈엣가시와도 같은 존재였고, 그들을 돕는 잉글랜드는 절대로 용납할 수 없는 존재였다. 그렇다면 바사 호가 잉글랜드와의 해전에서 무용지물이라는 사실만 밝혀내면 얼마든지 상황을 역전시킬 수 있을 것이다. 생각이 거기에 미치자 안토니오는 더 이상 떨리지 않았다.

"트랑블레 수사로부터 들었다. 그대가 대프랑스의 영광과 관련된 일로 만나고 싶다고 했는데 베니스의 상인과 대프랑스의 영광을 논하는 것이 우습지만 일단 들어보기로 하겠다."

리슐리외 추기경이 정식으로 면담을 허락하자 배석하고 있는 블랑제 제독이 구면인 포르타에게 힐끗 시선을 주고는 본론으로 들어갔다.

"당신이 바사 호가 프랑스 해군에게 무용지물이 될 거라는 말을 했다고 들었는데 구체적인 이유를 듣고 싶소. 트랑블레 수사에게 겉보기 회전점을 지적했다고 하던데."

"그렇습니다. 바사 호는 함포가 이층으로 배치되어 있어 당연히 무게중심이 높은 곳에 위치합니다. 그러니 겉보기 회전점을 정확하게 잡지 못하면 급선회 시 전복될 위험이 있습니다. 그런데 설계도를 보면 겉보기 회전점이 어디에 설치되어 있는지 알 길이 없습니다."

"바사 호는 바다에 떠 있는 요새다. 급선회를 할 필요가 없다!"

트랑블레 수사가 끼어들었다.

"연안해전에서는 해안포의 존재를 감안해야 합니다. 바다에 떠 있는 요새일지라도 해안포를 당해낼 수는 없을 테니까요."

안토니오가 침착하게 응대했다.

"해안포가 왜 나오는가? 바사 호의 상대는 '바다의 제왕'이다!"

해전에 관해서는 깊이 아는 바가 없는 트랑블레 수사가 자꾸 끼어들었다.

"해안포의 존재는 인정하겠소. 그렇지만 바사 호는 적의 포탄이 도달하지 않는 곳에서 발사를 하도록 설계되어 있소."

블랑제 제독이 트랑블레 수사를 제지하고 나섰다. 해전 전문가가 인정을 하자 트랑블레 수사는 더 이상 두 사람의 대화에 끼어들지 않았다.

"그렇지 않습니다. 잉글랜드와의 해전에서 대형 전함이 무용지물이라는 사실은 이미 80년 전에 입증이 되었습니다."

"무슨 소리인가? 80년 전에 입증되었다니?"

안토니오가 갑자기 80년 전의 일을 거론하고 나서자 리슐리외 추기경이 의아한 표정을 지었다.

"로즈메리 호를 말하는 것이오?"

블랑제 제독이 해전 전문가답게 얼른 기억해냈다.

"그렇습니다. 그때와 지금이 상황이 흡사하다는 것도 말씀드리고 싶습니다."

1545년에 잉글랜드와 프랑스는 해전을 벌인 적이 있었다. 프랑스는 갈레 선단을 출동시켰고 잉글랜드는 함포를 무려 91문이나 장착한 670톤급 거함 로즈메리 호를 출동시켰다. 그런데 잉글랜드 헨리 8세의 자랑인 로즈메리 호가 제풀에 가라앉으면서 해전이 싱겁게 끝나고 말았다. 좁은 해협에서의 해전에서는 연속회피기동이 필수였기에 로즈메리 호는 무리해서 방향을 틀다 뒤집히고 만 것이다. 안토니오는 파리로 오기 전에 자료를 꼼꼼히 살폈고, 유사한 예를 찾아서 집중적으로 분석했다.

"로즈메리 호가 회피기동 중에 뒤집힌 것은 사실이지만, 기록에 의하면 그날은 파도가 몹시 높았소. 매일 파도가 높을 수는 없소. 바사 호는 로즈메리 호와 다를 것이오!"

블랑제 제독이 반박했다. 리슐리외 추기경과 배석한 사람들은 긴장해서 두 사람의 공방전에 집중했다.

"물론입니다. 당시 파도가 높았다는 사실은 인정합니다. 그리고 바사 호는 현존하는 최강의 전함이라는 사실도 인정합니다. 그렇지만 연안해전에서는 해안포를 감안해야 합니다. 24파운드짜리 함포가 아무리 막강해도 30파운드짜리 해안포를 당해낼 수 없으니까요. 발사 후 급선회를 하지 않으면 해안포로부터 집중사격을 받게 될 것입니다."

안토니오의 말에 블랑제 제독은 달리 반론을 제기하지 않았다. 그러자 루이가 당황하면서 나섰다. 스웨덴과의 계약을 주도하고 있는 그로서는 안토니오가 성가신 존재였다.

"방금 말하지 않았소? 로즈메리 호는 높은 파도 때문에 전복된 거라고. 바사 호는 다를 것이오. 발사 후 급선회를 해도 전복되는 일은 절대로 없을 것이오!"

"바사 호는 함포가 2층에도 배치되어 있습니다. 무게중심이 높은 곳에 위치하는 데다 겉보기 회전점을 따로 설계하지 않았습니다. 그러니 시험 운항을 하기 전에는 장담할 수 없습니다."

안토니오는 마지막 승부수를 띄웠다. 리슐리외 추기경은 입을 굳게 다문 채 아무 말이 없었다. 생각했던 것보다 일이 심각하게 진행되고 있었던 것이다. 블랑제 제독의 반응으로 봐서 헛소리가 아닌 건 분명했다. 무슨 수를 써서라도 라로셀의 반란을 금년 안에 진압해야 한다. 그러니 이제 와서 바사 호의 설계를 다시 할 수 없다.

"대프랑스의 영광을 위하는 길입니다, 추기경 전하."

안토니오가 리슐리외 추기경의 결심을 촉구했다.

"돌아가라! 한갓 이탈리아의 장사꾼과 대프랑스의 영광을 논하고 싶지 않다!"

리슐리외 추기경이 엄한 표정으로 안토니오에게 물러갈 것을 지시했다. 그렇지만 안토니오는 그의 눈빛이 흔들리고 있다는 사실을 놓치지 않았다.

안토니오와 포르타가 물러가자 리슐리외 추기경이 블랑제 제독에게 고개를 돌렸다.

"제독은 어떻게 생각하는가? 저자의 말이 신빙성이 있는가?"

"바사 호는 누구도 건조해본 적이 없는 신형이며 대형 전함입니다. 대양에서의 해전이라면 바사 호는 최강이겠지만 연안해전이라면 그자 말도 일리가 있습니다. 그리고 결과는 시험운항을 해보기 전에는 장담할 수 없습니다."

블랑제 제독이 솔직한 의견을 전하자 리슐리외 추기경은 마음을 정하고 루이에게 지시를 내렸다.

"바사 호의 진수식이 다음 달 중순이라고 했던가? 당장 스웨덴으로 달려가서 그자가 말한 급선회 회피기동을 시험운항 항목에 넣도록 해!"

* * *

"뭘 꾸물거려! 빨리빨리 움직여!"

도목수가 호통을 치자 그늘에서 쉬고 있던 인부들이 투덜대며 일어섰다. 조선소가 문을 닫을 것이니, 분할 매각될 것이니 등등의 말이 있지만 아무튼 보수는 확실하게 지급되고 있으니 인부들은 큰 불만이 없었다. 갈레온은 그런대로 모습을 갖추었고, 이제 함포를 장착하는 일이 남았다.

"어떤가? 연안해전이라면 그런대로 쓸모가 있는 배 아닌가?"

파리를 다녀온 지 한 달이 지났다. 안토니오는 진수를 앞둔 갈레온을 보며 디에고에게 물었다.

"그렇습니다. 치고 빠지는 데는 갈레온이 최적이지요."

디에고가 수긍했다. 팔라디오가 애쓴 덕에 건조는 순조로웠다. 함포 장착도 큰 문제가 없을 것이다. 문제는 과연 갈레온들을 프랑스 해군에게 인도할 수 있느냐는 것이다. 그것은 델 로치 캄파넬라 상사의 명운이 걸린 일이며 베니스에서의 삶을 마감하려는 안토니오에게는 마지막 사업이기도 하다.

안토니오는 힐끗 하늘을 올려다보고는 천천히 그늘로 걸음을 옮겼다. 날씨가 무척 더웠다. 얼마 후면 바사 호 진수식이 있을 예정이다. 리슐리외 추기경은 끝내 답변을 주지 않았지만 틀림없이 급선회 회피기동을 주문했을 것이다. 정말 바사 호가 균형을 잃고 뒤집어질까. 22년간의 상사원 생활이 멀리 떨어진 스톡홀름 앞바다에서 결정될 거라 생각하니 갑자기 허탈해졌다.

"스톡홀름에 가실 건가요?"

디에고가 물었고 안토니오는 대답 대신에 고개를 끄덕였다. 이제 믿는 것은 오직 하나. 진인사대천명(盡人事待天命). 최선을 다하고 하늘의 뜻을 기다리는 심정이다.

그런데 무슨 일일까. 이 더위 속에서 팔라디오가 헐레벌떡 달려오고 있었다. 그런데 혼자가 아니었다. 조르지오를 따라 델 로치 캄파넬라 상사를 나간 첼리니가 뒤를 따르고 있었다.

"무슨 일인가?"

안토니오는 땀을 뻘뻘 흘리면서도 안색이 창백한 첼리니를 보며 좋지 않은 일이 발생했음을 직감했다.

"상의드릴 게 있습니다."

첼리니가 조심스럽게 입을 열었다. 상사를 떠난 마당에 이렇게 허겁지겁 달려와서 상의를 하겠다는 것은…… 문제가 심각한데 아무리 만류를 해도 조르지오가 듣지 않기에 이리로 달려왔을 것이다.

"그동안 인쇄업에 진출해서 쏠쏠한 재미를 봤지만 솔직히 전망은 그리 밝은 편이 못 됩니다. 그런데도 조르지오 님이 자꾸 일을 크게 벌이려 합니다."

첼리니가 불안 가득한 얼굴로 말했다. 안토니오의 예상이 크게 빗나가지 않았다.

"구체적으로 말해보게."

법적으로는 남남이지만 델 로치 가문의 후계자가 곤경에 처했는데 모른 체할 수는 없다.

"남은 자금을 몽땅 털어서 초대형 주물화로를 설치하려고 하는데 내 생각으로는 파멸을 자초하는 것입니다."

첼리니는 말리다 말리다 포기하고 안토니오에게 달려온 길이라고 했다.

"그렇다면 스트로치하고 끝까지 말렸어야지."

"스트로치는 며칠 전부터 인쇄소에 나오지 않고 있습니다."

이럴 수가……. 심복이 떠났다면 더 묻지 않아도 사태는 돌이킬 수 없는 지경일 것이다.

"소문에 의하면 교황청에서 발주할 성서는 고딕 활자체를 채택할 거라고 합니다."

첼리니가 안토니오 눈치를 살피며 말했다. 그예 일이 우려했던 대로 진행되고 있단 말인가. 그렇다면 앞으로 이탈리아 활자체의 수요는 급격하게 줄 것이다. 그런 마당에 조르지오는 인쇄시설을 늘리려 하고 있었다. 고생이라는 걸 모르고 자라온 그는 판을 키우기만 하면 돈은 저절로 따라오는 줄 아는 모양이었다.

"내가 뭘 어떻게 해주기를 바라는가?"

"조르지오 님을 말려주십시오. 그래도 총지배인님은 어려워하고 있습니다."

첼리니가 간청을 했다. 하지만 이제 와서 별 소용이 없을 것이다. 오히려 아집이 센 조르지오는 반발심에서 더 강행하려 할 것이다.

안토니오는 막막했다. 나 때문에 델 로치 캄파넬라 상사가 파산하지 않을까 노심초사를 하고 있는 마당에 델 로치 가문의 후계자가 섶을 지고 불속으로 뛰어들려 하고 있었다.

"무슨 수든 강구해볼 테니 돌아가 있게."

안토니오는 일단 첼리니를 돌려보내고 바닷가로 걸음을 옮겼다. 디에고가 근심 가득한 얼굴로 뒤를 따랐다. 열풍이 얼굴을 스치고 지나갔다. 하늘에는 한껏 달아오른 태양이 이글거리고 있었고 바다에는 언제나처럼 파란 물결이 일렁이고 있었다. 저 파란 물결은 멀리 떨어져 있는 고국 조선에까지 이어져 있을 것이다. 안토니오는 출렁이는 아드리아 해의 파란 물결을 보며 약해지려는 마음을 다잡았다.

＊ ＊ ＊

스웨덴 스톡홀름의 항구.

아침부터 사람들이 항구로 모여들었다. 오늘은 스웨덴의 자랑이며 구스타프 아돌프 2세 국왕의 자존심인 대형 전함 바사 호가 진수를 하는 날이다. 그것은 중세 해양을 지배했던 바이킹의 영광을 재현하는 것이기도 했다.

국왕 구스타프 아돌프 2세가 식장으로 들어서자 군중들이 일제히 기립했다. 조금 떨어진 조선소에서 위용을 자랑하고 있는 바사 호는 국왕이 자리를 좌정하면 곧 진수를 하게 된다.

팡파르가 요란하게 울려퍼지면서 구스타프 아돌프 2세가 자리에서 일어섰고, 흐뭇한 미소를 보내며 좌우를 훑어보고는 손을 번쩍 들었다. 그러자 축포가 울리면서 바사 호가 구름대를 따라 천천히 바다로 미끄러져 내려갔다.

"와!"

군중들이 일제히 탄성을 질렀다. 1천 톤급 거대 전함이 무사히 발트 해에 진입한 것이다.

"어떻습니까? 정말 대단하지요?"

"과연…… 이제 '바다의 제왕'은 꽁무니 빼기 바쁘게 생겼군."

구스타프 아돌프 2세로부터 그리 멀지 않은 자리에 앉은 스웨덴 조선소 책임자와 루이는 흐뭇한 표정을 감추지 않았다. 그렇지만 그들로부터 조금 떨어진 곳에서 진수식을 지켜보고 있는 안토니오와 포르타, 디에고는 바늘방석에 앉은 기분으로 상황을 지켜보아야 했다.

스톡홀름 항을 빠져나온 바사 호는 커다란 돛을 한껏 부풀린 채 발트 해로 나갔다. 진수는 성공이었다.

"곧 추기경께서 요구하신 함포 발사 후 급선회 회피기동에 들어갈 겁니다."

조선소 책임자가 자신 있게 말했다. 빠른 속도로 먼 바다를 향해 항진을 하던 바사 호가 방향을 틀더니 발포 채비에 들어갔다. 군중들은 숨을 죽이고 2층으로 배열된 24파운드짜리 함포의 일제 발포를 지켜보았다. 그것은 일찍이 존재한 적이 없는 엄청난 화력일 것이다.

"드디어 발포군요."

디에고의 목소리가 멀리서 들리는 것 같았다. 안토니오는 아무 말 없이 망원경을 집어들었다.

미끄러지듯 순항하던 바사 호가 왼쪽으로 방향을 틀면서 우현 쪽 함포 발사에 들어갔다. 배가 완전히 돌았다고 느끼는 순간 바사 호는 시커먼 포연을 차례로 토해냈고, 곧 우레와도 같은 포성이 귀청을 때렸다. 이어서 먼 바다에서 하얀 물기둥이 차례로 치솟아올랐다.

함성이 항구를 뒤덮었다. 저 함포 세례에 견딜 배는 없을 것이다. 스웨덴은 대륙의 강자로 부상한 데 이어서 바다를 주름잡던 바이킹의 영광도 재현한 것이다.

발사를 마친 바사 호는 천천히 원을 그리며 방향을 틀었고, 다시 선수가 먼 바다로 향하게 되었다. 이번에는 좌현 쪽 함포를 발사할 차례다. 그리고 발사 후에는 프랑스 측의 요구에 따라 즉시 급선회 회피기동에 들어갈 예정이다.

"잘 보십시오. 그리고 추기경께 분명히 전해주십시오."

조선소 책임자가 자신만만한 표정으로 루이에게 망원경을 건넸다. 다시 한 번 시커먼 포연이 일더니 천둥소리에 이어서 물기둥들이 솟아올랐다. 좌현 발포도 성공이었다.

안토니오는 망원경에서 눈을 떼지 않았다. 숨을 죽이기는 포르타와 디에고도 마찬가지였다. 이제 바사 호는 급선회 회피기동에 들어갈 것이다.

바사 호의 전복

그리고 그 결과에 델 로치 캄파넬라 상사의 운명이 걸려 있다. 과연 예측대로 바사 호는 균형을 잃고 전복될 것인가. 아니면 무사히 선회를 마칠 것인가.

바사 호는 오른쪽으로 한껏 기울었고, 하얀 물결을 일으키며 급선회에 들어갔다. 거의 90도에 이르는 급선회였다. 배가 기울자 사관과 수병들이 당황하는 모습이 망원경에 똑똑히 들어왔다. 과연 바사 호는 다시 균형을 잡을 것인가. 아니면 가속을 이기지 못하고 뒤집힐 것인가. 안토니오는 숨이 막힐 것 같았다.

"어……?"

사건은 별문제가 없다고 판단한 루이가 망원경에서 눈을 떼려는 순간에 발생했다. 미끄러지듯 급선회를 하던 바사 호가 갑자기 뒤뚱거리더니 균형을 회복하지 못하고 그대로 뒤집어진 것이다.

지금 무슨 일이 발생한 것일까. 항구에 모여 있던 사람들은 자기 눈을 의심했다. 설마 바사 호가 제풀에 가라앉으리라고는 상상도 못했던 것이다. 멍해서 서로를 쳐다보던 군중들은 구명선이 급히 달려가자 그제서야 눈앞에서 무슨 일이 벌어졌는지를 똑똑히 깨닫게 되었다.

스웨덴의 자존심이었던 바사 호는 1628년 8월 10일, 430명의 사관과 수병들을 태운 채 진수식 날 바로 스톡홀름 앞바다에 수장되었다. 큰 기대를 안고 건조되었지만 제대로 바다로 나가지도 못하고 물속에 잠기고만 것이다.

그렇게 가라앉았던 바사 호는 333년 동안 물속에 있다가 1961년에 인양되었고, 박물관으로 개조되어 스웨덴의 영광을 후세에 전하고 있다.

한복을 입은 남자

안토니오는 새삼 구름이 높이 떠 있다고 느꼈다. 알비에 가을이 다시 찾아온 것이다. 베니스를 떠나 이곳으로 옮긴 후 벌써 여섯 번째 맞이하는 가을이다.

안토니오는 동산으로 걸음을 옮겼다. 저택 뒤편의 나지막한 동산은 안토니오가 틈이 날 때마다 오르며 건강을 챙기는 곳이다. 알비에 정착한 후로 안토니오는 부근의 산타마리아 성당에서 성서를 번역하는 일을 하고 있었는데 그 일도 일단락이 나면서 당분간은 한가한 시간을 보내게 된 것이다. 대도시 베니스에서 시골의 작은 부락 알비로 옮기고서 처음에는 여러 면에서 불편했지만 지금은 그런대로 적응이 되어서 별 어려움을 느끼지 않고 지내고 있었다.

동산 아래로 촌락의 고즈넉한 모습이 눈에 들어왔다. 여러 번 느낀 것이지만 알비는 고향 송도와 닮은 면이 많은 곳이다. 알비에서의 여유로운 삶에 줄리에타가 크게 만족하고 있음은 물론이다.

그래도 문득문득 베니스에서의 치열했던 삶이 그리워질 때도 있었다. 안토니오는 파란 하늘에 한가롭게 떠 있는 흰 구름을 보며 베니스에서의 마지막 나날들을 떠올려보았다.

＊ ＊ ＊

프랑스 정부는 총계 450만 두카트에 달하는 갈레온 건조를 델 로치 캄파넬라 상사에 발주했다. 델 로치 캄파넬라 상사는 조선업에 성공적으로 진출하게 되었고, 어려움을 극복하고 다시 베니스를 대표하는 상사로 자리매김을 하게 되었다.

안토니오는 총회를 소집했고, 포르타와 팔라디오, 토마소와 파베제 부지배인들과 구스토디를 비롯한 대주주들이 자리를 함께하게 되었다.

"시대는 급변하고 있습니다. 델 로치 캄파넬라 상사도 변화의 물결을 피해갈 수 없습니다. 많은 어려움이 있었지만 여러분들이 애써준 덕분에 다행히 무사히 고비를 넘겼습니다."

안토니오가 참석자 모두에게 치하의 말을 건넸다.

"주주들 모두 총지배인의 노고에 감사를 하고 있소. 총지배인의 정확한 판단과 흔들리지 않는 추진력이 없었다면 위기를 극복하지 못했을 것이오."

구스토디가 주주들을 대표해서 안토니오에게 감사의 말을 전했다. 그리고 좌중을 훑어본 후에 발언을 이어갔다.

"오늘 총회에서 상사의 새 이름을 정하고, 공석 중인 부지배인을 선출하는 것이 어떻겠소?"

조르지오 델 로치가 지분을 전부 빼가면서 델 로치 캄파넬라 상사는 더 이상 델 로치 가문과 연관이 없게 되었다. 그러니 이름도 새로 정해야 할 것이다. 그리고 스트로치와 첼리니 두 부지배인의 후임도 정해야 한다.

"상사의 이름을 어떻게 정하면 좋겠소?"

여태 상사의 이름은 소유 가문의 성을 따랐다. 그렇지만 주식회사로 전환이 된 마당에 굳이 전례를 따를 필요가 없다. 그렇다면 어떻게 정해

376

야 하나. 처음 겪는 일이라 사람들은 선뜻 의견을 내지 못했다.

"이제 가문의 성을 따서 상사명을 정하던 시대는 갔으니 새로운 방식으로 상사명을 정하도록 합시다."

아무도 의견을 내는 사람이 없자 구스토디가 다시 발언하고 나섰다.

"소유와 경영이 분리된 마당이오. 그렇다면 상사가 살아남는 데 지대한 공을 세운 총지배인을 기념해서 코레아 캄파넬라 상사라고 정하는 것이 어떻겠소?"

코레아 캄파넬라 상사!

그 말을 듣는 순간 안토니오는 가슴이 쿵쿵 뛰었다. 혈혈단신으로 베니스로 와서 베니스 제일의 무역상사 총지배인이 되었고, 이제 자신의 성을 상사명으로 쓰게 된 것이다.

아무도 반대하는 사람이 없었다. 그만큼 안토니오의 공은 컸고 영향력은 막강했다.

"단지 고용인에 불과한, 더구나 이방인인 내 성을 상사명으로 쓰겠다니 이보다 더한 영광은 없습니다."

안토니오는 그만큼 자기를 신임하는 주주와 따르는 부지배인들에게 진심으로 감사를 표했다. 뜻하지 않았던 영광을 안게 된 것이다. 안토니오는 흥분을 가라앉히며 발언을 이어갔다. 안토니오는 오늘 총회에서 은퇴를 발표하고, 후계자를 지명할 예정이었다.

"존경하는 주주님, 그리고 동료 여러분."

진작에 결심을 했던 일이지만 막상 발표를 하려니 만감이 교차하면서 쉽게 입이 떨어지지 않았다.

저 사람이 무슨 말을 하려고 저렇게 긴장을 하나. 사람들은 의아한 표정으로 안토니오를 쳐다봤다.

"저는 이제 그만 일선에서 은퇴하겠습니다."

안토니오의 입에서 은퇴라는 말이 나오자 사람들은 뭘 잘못 들은 게 아닌가 하는 표정으로 안토니오를 쳐다봤다.

"진작에 결심했던 일인데 상사가 어려움을 겪는 바람에 미루고 있었습니다. 제 처는 오래전부터 고향으로 돌아가서 마음 편히 지내기를 희망하고 있었습니다. 그리고 저도 베니스에서 내 역할은 다했다고 생각하고 있습니다. 그리고 근자들어 건강에도 이상이 있습니다. 조용한 곳에서 몸을 추스르며 여생을 보낼 생각입니다."

안토니오가 차분한 어조로 은퇴의 변을 전했다. 이 사람이 언제 입 밖으로 낸 말을 뒤집은 적이 있던가. 사람들은 만류한다고 될 일이 아니라는 것을 잘 알고 있었다.

"그러면 코레아 캄파넬라 상사는……?"

구스토디가 무거운 표정으로 물었다.

"포르타를 후계자로 지명하겠습니다. 오랫동안 지켜봤는데 포르타라면 코레아 캄파넬라 상사를 잘 이끌고 갈 것입니다."

안토니오가 잔뜩 긴장한 포르타에 이어서 팔라디오에게 시선을 돌렸다. 신중하고 꼼꼼한 성격의 팔라디오가 곁에서 보좌를 하면 포르타는 큰 실수 없이 상사를 이끌고 갈 것이다.

사람들은 아무도 입을 열지 않았다. 그만큼 충격이 컸던 것이다. 그렇지만 후계자로 포르타가 적임이라는 사실에는 모두 동의했다.

잠시 침묵이 흐른 후에 안토니오가 다시 입을 열었다. 조르지오 델 로치 문제를 꺼낼 차례다.

"코레아 캄파넬라 상사의 모체는 델 로치 상사며, 델 로치 가문에서 창업했습니다. 지금은 델 로치 가문과는 관련이 없게 되었지만 그래도 창업주의 공을 인정해서 조르지오 님에게 대표를 맡겼으면 합니다."

그즈음 조르지오는 인쇄소가 파산을 하면서 큰 어려움을 겪고 있었다.

교황청은 결국 고딕 활자체를 채택했고, 이탈리아 활자체에 전력을 쏟은 조르지오는 빼간 지분을 전부 날리고 빈털터리가 되어 있었다.

"당신이 무슨 마음으로 그런 말을 하는지 충분히 이해하겠소. 의결권 없는 대표라면 굳이 반대하지 않겠소."

안토니오의 마음을 헤아린 구스토디가 찬성하고 나섰다. 안토니오는 구스토디와 포르타, 팔라디오 그리고 참석한 주주들, 부지배인들과 차례로 악수를 나누었다. 손끝에서 진한 정이 느껴졌다. 오랜 세월 동안 때로는 힘을 합치고, 때로는 의견을 달리하면서 기쁨과 슬픔을 함께 나누었던 사람들이다.

창밖으로 시선을 돌리니 곤돌라가 한가하게 대운하를 지나가고 있었다. 안토니오는 처음 베니스에 도착했던 때가 떠올랐다. 문득 지난 세월이 꿈처럼 느껴졌다. 먼 조선 땅에서 온 개성상인의 후예는 베니스에서의 치열했던 삶을 그렇게 마감하고 정든 상사를 나섰다.

* * *

회상에 젖어 있는 동안에 어느새 해가 서산으로 기울려 하고 있었다. 안토니오는 몸을 일으켰다. 줄리에타가 기다리고 있을 것이다. 줄리아는 알비로 내려온 후에 결혼을 해서 두 사람과 함께 살고 있었다. 처음에는 촌 생활에 적응하지 못하면 어떻게 하나 걱정했는데 다행히 줄리아는 알비에서의 삶에 만족해하고 있었다.

대학에서 역사를 공부하던 줄리오는 생각을 바꿔서 상인이 되었고, 지금은 인근의 카탄자로에서 상사원으로 일하고 있다. 가끔 집에 들르는데 이제는 제법 상사원 티가 났다. 그럴 때면 역시 피는 못 속이는구나 하는 생각이 들었다. 포르타는 가끔 소식을 전하는데 기대에 어긋나지 않게 그는 코레아 캄파넬라 상사를 잘 이끌고 있었다.

종교전쟁은 계속되고 있었다. 그동안 신교연합은 스웨덴의 구스타프 아돌프 2세가 새로 선봉장을 맡았고, 가톨릭동맹은 여전히 발렌슈타인이 이끌고 있었는데 이제는 두 사람 다 이 세상 사람이 아니었다. 구스타프 아돌프 2세는 재작년(1632)에 전사했고, 발렌슈타인은 금년(1634)에 부하에게 살해되었다. 그리고 신대륙을 항해할 때 큰 도움을 주었던 갈릴레이 교수는 지동설을 주장하다 작년(1633)에 종교재판에 회부되면서 큰 고초를 겪고 있었다.

이어서 만대 아저씨, 사카이 상인 도시오와 서여스님, 신안상인 담대인, 스테파노 수사와 장인 루셀라니 그리고 미카엘 수사의 얼굴이 차례로 스치고 지나갔다. 잉글랜드의 머레이와 군사전략가 반호프도 잊을 수 없는 인물들이다.

상념의 끝은 언제나 돌아갈 수 없는 고향, 송도였다. 눈을 감자 부모님과 누이동생 명이, 그리고 송도의 산천이 차례로 떠올랐다. 자남산에서 명이와 뛰어놀던 시절, 아버지를 따라 만월대(滿月臺)로 놀러갔던 일들, 그때 채하동(彩霞洞)에서 잠시 부모님을 놓치는 바람에 어머니께서 크게 놀라셨었다.

'아버지, 어머니 그리고 명이의 묘소는 어떻게 되었을까. 고향 친척들이 손봐주고 있겠지. 그런데 장사는 잘되고 있을까.'

생각에 생각이 꼬리를 물었다. 그리운 시절, 보고픈 얼굴들이지만 언제까지 상념에 젖어 있을 수는 없다. 안토니오는 천천히 동산을 내려와 집으로 향했다. 요즘 안토니오의 주요 일과는 지난 세월이 고스란히 묻어 있는 서류들을 정리하는 것이다. 서재로 들어선 안토니오는 아직 풀지 않은 서류함을 집어들었다.

"……!"

제법 큼직한 상자를 열자 그 안에서 그림이 나왔다. 한복을 입고 있는 모습의 그림인데 수석부지배인이 되었을 무렵에 당시 베니스를 방문했던 유명화가 루벤스에게 부탁해서 그린 그림이다. 한복은 아버지가 입고 계셨던 옷을 떠올려서 봉제공에게 부탁했는데 어설프기는 해도 그런대로 비슷하게 흉내낸 편이었다. 참으로 오랜만에 입어본 한복인데 낯설지가 않았다. 뿌리는 어쩔 수 없는 것일까. 마치 오래전에 잃어버렸던 옷을 찾은 기분이었던 것이다.

그런데 얼마나 더 살 수 있을까. 알비로 온 후로 극심한 증상은 나타나지 않았지만 그래도 조심해야 할 것이다. 조심을 하면 한 5~6년쯤은 버틸 수 있을 것 같았다. 그렇다면 남은 생은 줄리에타와 아이들을 위해서 보내고 때가 되면 부모님과 명이를 만나러 가야 할 것이다.

* * *

1640년 가을, 알비.

한복을 입은 안토니오는 숨을 가쁘게 몰아쉬었다. 아무래도 부모님을 만나러 가야 할 때가 온 것 같았다. 몹시 힘들었지만 사랑하는 줄리에타와 줄리오, 줄리아가 곁에서 지켜보고 있기에, 그리고 최선을 다해서 살았기에 그 어떤 두려움도, 미련도 없었다.

안토니오가 힘겹게 손을 내밀자 줄리에타가 꼭 잡았다. 언제나처럼 잔잔한 정이 손끝을 통해 전해졌다. 평생을 함께해온 반려와 그만 작별할 때가 된 것이다. 줄리오와 줄리아가 차례로 안토니오의 손을 잡았고, 안토니오가 고개를 끄덕이자 마을 신부가 병자성사를 주기 위해서 안토니오에게 다가왔다. 숨이 점점 가빠지면서 아무런 생각이 들지 않았다.

'내 이름은 유승업.'

안토니오는 멀어져가는 기억을 잡기라도 하려는 듯 자신의 본명을 중얼거려보았다. 그리고 그대로 잠들듯 눈을 감았다. 이승에서의 삶을 훌륭

하게 마무리하고 영원한 안식에 들어간 안토니오의 얼굴에 희미한 미소
가 지어졌다.

〈끝〉

베니스의 개성상인 2

개정판 1쇄 발행   2023년 2월 20일

지 은 이   오세영
펴 낸 이   한승수
펴 낸 곳   문예춘추사

편   집   이상실
디 자 인   박소윤
마 케 팅   박건원, 김지윤

등록번호   제300-1994-16
등록일자   1994년 1월 24일

주   소   서울특별시 마포구 동교로 27길 53, 309호
전   화   02 338 0084
팩   스   02 338 0087
메   일   moonchusa@naver.com

I S B N   978-89-7604-509-6 04810
               978-89-7604-507-2 (전 2권)